Hinter dem Pseudonym Trevanian verbirgt sich ein erfolgreicher englischsprachiger Schriftsteller, der mit seinen Romanen hervorragende ironisch-parodistische Superthriller geschrieben hat. Die internationale Presse rühmt seinen satirischen Esprit und sprachlichen Witz.

Von Trevanian sind außerdem als
Knaur-Taschenbücher erschienen:

»*Der Experte*« (Band 535)
»*Ein Herzschlag bis zur Ewigkeit*« (Band 663)

Vollständige Taschenbuchausgabe
Droemersche Verlagsanstalt Th. Knaur Nachf. München
Titel der amerikanischen Originalausgabe
»The Eiger Sanction«
© 1972 by Trevanian
© der deutschen Ausgabe Droemer Knaur Verlag
Schoeller & Co. Zürich 1974
Aus dem Amerikanischen übertragen von Werner Peterich
Umschlaggestaltung Atelier Blaumeiser
Satz IBV Lichtsatz KG, Berlin
Druck und Bindung Ebner Ulm
Printed in Germany · 9 · 5 · 384
ISBN 3-426-00461-5

Gesamtauflage dieser Ausgabe: 70 000

Trevanian:
Im Auftrag des Drachen

Roman

ISBN 3-426-00461-5   680

Montreal   16. Mai

An diesem Abend hatte es auf dem Boulevard St. Laurent geregnet, und immer noch standen dreieckige Pfützen auf dem unebenen Bürgersteig. Jetzt hatte der Regen zwar aufgehört, aber es war noch so frisch, daß CII-Agent Wormwood seinen leichten, hellbraunen Regenmantel anbehielt. Eigentlich mochte er lieber Trenchcoats, aber er wagte es nicht, einen zu tragen, weil er wußte, daß seine Kollegen ihn deswegen auf den Arm nehmen würden. Dafür klappte Wormwood wenigstens den Kragen des Regenmantels hoch und vergrub die Hände tief in den Taschen. Eine dieser Hände hatte er fest um ein Stück Bubble-Gum geschlossen, das er vor zwanzig Minuten auf dem für Fremde gesperrten Gelände des Sainte-Justine-Krankenhauses von einem übelriechenden Zwerg zugesteckt bekommen hatte. Der Gnom war unversehens aus den Sträuchern hervorgetreten und hatte Wormwood einen gehörigen Schrecken eingejagt, so daß er zusammengefahren war, was er dadurch zu kaschieren versucht hatte, daß er die Bewegung in eine Karatehaltung übergehen ließ. Sich den Anschein von raubkatzenhafter Geschmeidigkeit zu geben, wäre vielleicht wirkungsvoller gewesen, aber er hatte nun einmal das Pech gehabt, in einen Rosenbusch hineinzutreten.

Wormwoods Schritte hallten deutlich in der immer leerer werdenden Straße wider. Was ihn beflügelte, war das Gefühl – nun ja, nicht etwas Bedeutendes geleistet, wohl aber seine Sache gut gemacht zu haben. Dieser Job war jedenfalls nicht in die Hose gegangen. Sein Spiegelbild huschte über ein dunkles Schaufenster, und er war nicht unzufrieden mit dem, was er sah. Der zuversichtliche Blick und sein entschlossener Gang machten die hängenden Schultern und das immer schütterer werdende Haar mehr als wett. Wormwood kehrte die Handflächen nach vorn, um seine Schultern zu straffen; irgend jemand hatte ihm einmal gesagt, eine männliche Haltung erreiche man am besten dadurch, daß man die Handflächen nach vorn kehre. Das war zwar höchst unbequem und bewirkte eher, daß er watschelte wie ein Pinguin, aber er tat es trotzdem jedesmal, wenn er daran dachte.

Er wurde schmerzlich daran erinnert, daß er vor kurzem in einen Rosenbusch hineingetreten war, entdeckte jedoch, daß er sich von dieser lästigen Pein befreien konnte, indem er den Zwickel seiner Hose mit dem Daumen und Zeigefinger packte und die Naht aus der Gesäßspalte herauszog. Das tat er denn auch von Zeit zu Zeit, ohne sich um die verwunderten Blicke der Passanten zu kümmern.

Er war zufrieden. »Man muß eben die Traute haben«, sagte er sich. »Ich wußte, daß ich es schaffen würde, und ich hab's auch geschafft!« Insgeheim spielte er mit dem Gedanken, daß man das Unglück anziehe, wenn man es erwarte – und der Ausgang der letzten paar Aufträge, die er ausgeführt hatte, schien diese Theorie zu bestätigen. Im allgemeinen hielt Wormwood an solchen Theorien nie lange fest. Mit dem Problem des Kahlwerdens hatte er nach dem Grundsatz fertigwerden wollen: Trag es kurz, und du behältst es lang! Also hatte er stets einen Bürstenschnitt getragen, der ihn weniger bedeutend aussehen ließ, als es nötig gewesen wäre, aber die Haare waren ihm trotzdem weiter ausgegangen. Eine Zeitlang hatte er sich an die Vorstellung geklammert, daß eine frühe Glatze auf ungewöhnliche Virilität schließen ließ, doch einschlägige Erfahrungen hatten ihn dann gezwungen, auch diese Hypothese fallenzulassen.

»Diesmal komm ich unbehelligt nach Haus! Keine Komplikationen! Morgen früh um sechs bin ich wieder in den Staaten!«

Seine Hand schloß sich fester um den Bubble-Gum. Noch einen Mißerfolg konnte er sich nicht leisten. Seine Kollegen im Hauptquartier sprachen von ihm schon als von der »Ein-Mann-Schweinebucht«!

Als er nach links in die Lessage Lane einbog, schien die Straße menschenleer. Kein Laut war zu hören. Es fiel ihm auf, aber er nahm es einfach nicht zur Kenntnis. Als er sich auf der St. Dominique Street wieder nach Süden wandte, war es dort so still, daß das Echo seiner Schritte von den Fassaden der unbeleuchteten, eintönigen Backsteinhäuser wie kleine Schläge auf ihn zurückzufallen schien. Das Schweigen störte ihn nicht; betont unbekümmert pfiff er leise vor sich hin.

»Dieses Positiv-Denken bringt einen wirklich weiter«, dachte er aufgekratzt. »Gewinner gewinnen eben, daran ist nicht zu rütteln.«

Dann zog sich sein rundes, jungenhaftes Gesicht nachdenklich zusammen, und er überlegte, ob dann wohl auch Verlierer immer verlieren müßten. Er versuchte, sich an den Logik-Kursus am College zu erinnern. »Nein«, zu diesem Schluß kam er nach einiger Zeit, »das folgert nicht notwendigerweise daraus. Verlierer müssen nicht immer verlieren. Aber Gewinner, die gewinnen eben immer!« Ihm war wohler, nachdem er das herausgefunden hatte.

Er war jetzt nur einen Häuserblock von dem drittklassigen Hotel entfernt, in dem er abgestiegen war. Von weitem sah er bereits die schadhafte rote Neonreklame: H TEL.

»Fast schon wieder zu Haus – unbehelligt!«

Er erinnerte sich an die Instruktionen, die sie ihm im Ausbildungslager des CII eingebimst hatten: Sein Ziel steuere man stets von der gegenüberliegenden Straßenseite aus an! Also überquerte er die Straße. Den Grund für diese Regel hatte er freilich nie so recht begriffen, er sah darin höchstens ein Zeichen von Wichtigtuerei; doch dafür eine Erklärung zu fordern, wäre ihm genausowenig in den Sinn gekommen, wie etwa einem Befehl nicht zu gehorchen.

Die schmiedeeisernen Straßenlaternen in der St. Dominique Street waren der Verhäßlichung der Stadt noch nicht zum Opfer gefallen und nicht durch Leuchtstofflampen ersetzt worden, deren Licht das Lippenrot schwarz erscheinen ließ. Es machte Wormwood Spaß, wenn er seinen Schatten unter seinen Füßen hervorgleiten und sich vor ihm in die Länge ziehen sah, bis die nächste Lampe das Feld beherrschte und seinen immer kürzer werdenden Schatten hinter ihn warf. Er blickte über die Schulter zurück und bewunderte dieses lustige Schattenspiel – und prallte dabei unversehens gegen einen Laternenpfahl. Nachdem er sich von dem Schock erholt hatte, blickte er wütend die Straße hinauf und hinunter: Es hatte ihn doch wohl niemand gesehen?

Jemand *hatte* ihn gesehen, doch das wußte Wormwood nicht, und so funkelte er den tückischen Laternenpfahl böse an, straffte die Schultern, indem er die Handflächen nach vorn kehrte, und ging hinüber zu seinem Hotel.

Die Halle roch beruhigend nach jenem penetranten Gemisch aus Schimmel, Lysol und Urin, das für heruntergekommene Hotels so charakteristisch ist. Späteren Berichten zufolge mußte Wormwood das Hotel zwischen elf Uhr fünfundfünfzig und elf Uhr siebenundfünfzig betreten haben. Aber wann genau auch immer – wir können uns darauf verlassen, daß er sich des genauen Zeitpunkts vergewisserte und sich wie stets am Leuchtzifferblatt seiner Armbanduhr erfreute. Zwar hatte er gehört, daß man von dem Leuchtstoff, den man für Zifferblätter verwendet, Hautkrebs bekäme, doch glaubte er das Risiko reichlich dadurch wettzumachen, daß er das Rauchen aufgegeben hatte. Er hatte es sich angewöhnt, jedesmal nach der Uhr zu sehen, sobald er sich an einem dunklen Ort befand. Wozu hatte man schließlich eine Uhr mit Leuchtzifferblatt? Vermutlich war es die Zeitspanne, die er brauchte, diese Überlegung anzustellen, welche den Unterschied zwischen elf Uhr fünfundfünfzig und elf Uhr siebenundfünfzig ausmachte.

Als er die spärlich beleuchtete und mit einem muffigen, abgetretenen Läufer belegte Treppe hinaufstieg, mußte er wieder daran denken, daß »Gewinner gewinnen«. Seine Hochstimmung verflog jedoch, als er das Husten aus dem Zimmer nebenan hörte, ein gequältes, röchelndes, krankhaftes Gehuste, das sich die ganze Nacht über in immer neuen, krampfartigen Anfällen wiederholte. Gesehen hatte er den alten Mann im Zimmer nebenan nie, aber er haßte dieses Gehuste, das ihn bis zum Morgen wachgehalten hatte.

Als er draußen vor seiner Zimmertür stand, holte er den Bubble-Gum aus der Tasche und untersuchte ihn. »Wahrscheinlich ein Mikrofilm, und vermutlich steckt er zwischen dem Gummi und dem Papier – dort, wo normalerweise die beigelegten kleinen Comicstrips stecken.«

Sein Schlüssel drehte sich in dem ausgeleierten Schloß. Als er die Tür hinter sich geschlossen hatte, atmete er erleichtert auf. »Ja, da gibt's nichts«, dachte er. »Gewinner...«

Aber der Gedanke wurde erstickt, noch während er ihn dachte. Er war nicht allein im Zimmer.

Mit einer blitzschnellen Reaktion, zu der seine Ausbilder ihm gratuliert hätten, ließ er den Bubble-Gum samt dem Papier, in das er eingewickelt war, im Mund verschwinden und hatte ihn bereits halb heruntergeschluckt, als ihm am Hinterkopf der Schädel eingeschlagen wurde. Es war wirklich ein höllischer Schmerz, aber das Geräusch war noch viel schrecklicher. Es war so ähnlich, wie wenn man in knackigen Stangensellerie hineinbiß und sich dabei die Ohren zuhielt – nur viel näher.

Das Geräusch, das der zweite Schlag hervorrief, hörte er durchaus deutlich – ein schmatzendes Knirschen –, aber eigentümlicherweise tat dieser Schlag nicht weh.

Aber dann tat etwas weh. Er konnte es zwar nicht sehen, aber er wußte, daß sie ihm die Kehle durchschnitten. Die Vorstellung allein ließ ihn erschauern, und er hoffte, daß ihm nicht übel werden würde. Dann machten sie sich über seinen Bauch her. Etwas Kaltes sägte in seinen Bauch hinein und wieder heraus. Der alte Mann im Nebenzimmer hustete und würgte. Wormwoods Geist raste dem Gedanken nach, der durch seine erste Angst abgewürgt worden war.

»Gewinner gewinnen«, dachte er. Dann starb er.

New York   2. *Juni*

»... eines jedenfalls sollten Sie in diesem Semester gelernt haben: daß
es zwischen Kunst und Gesellschaft keine irgendwie relevante Beziehung
gibt, mögen die populären Propheten der Massenkultur und der Mas-
senpsychologie noch so hochfliegende Bekenntnisse dafür abgeben; die
kommen nämlich zu hanebüchenen Pauschalurteilen, wenn sie sich auf
Gebiete vorwagen, von denen sie nichts verstehen. Die Begriffe ›Gesellschaft‹ und ›Kunst‹ haben nichts miteinander gemein, ja, sie schließen
sich geradezu gegenseitig aus. Die Reglementierungen und Einengun-
gen...«
Dr. Jonathan Hemlock, Professor für Kunstgeschichte, haspelte seine
Schlußvorlesung in diesem Semester ab – er haßte diese »Kunst und Gesellschaft« betitelte Massenvorlesung, doch war sie nun einmal das tägli-
che Brot für seine Abteilung, und er mußte sie jedes Jahr wieder halten.
Sein Vortragsstil war durch und durch ironisch, ja, von geradezu ätzender
Schärfe, und trotzdem war er außerordentlich beliebt bei den Studenten,
von denen jeder einzelne annahm, sein Nachbar winde sich unter Dr.
Hemlocks überlegener Verachtung. Für sie war seine schneidende Kälte
Ausdruck einer attraktiven Verbitterung angesichts einer mitleidlosen
bourgeoisen Welt, der Inbegriff jenes Weltschmerzes, welcher der romantischen Seele junger Studenten in den ersten Semestern so teuer ist.
Hemlocks Beliebtheit bei den Studenten hatte verschiedene Gründe, die
alle nichts miteinander zu tun hatten. Erstens war er mit siebenunddreißig Jahren der jüngste Ordinarius der kunstgeschichtlichen Abteilung.
Die Studenten nahmen daher an, er sei ein Liberaler. Doch das war er
nicht, genausowenig wie er ein Konservativer, ein Ultra-Konservativer,
ein Gegner der Prohibition, ein Isolationist oder ein Sozialist fabianischer
Prägung war. Er interessierte sich nur für die Kunst, und Dinge wie Politik, studentische Freiheit, Feldzug gegen die Armut, die hoffnungslose
Lage der Neger, der Krieg in Vietnam und die Ökologie waren ihm vollkommen gleichgültig, ja, sie langweilten ihn geradezu. Trotzdem stand
er nun einmal in dem Ruf, ein Professor nach dem Herzen der Studenten
zu sein. Wenn er seinen Schülern zum Beispiel wieder gegenübertrat,
nachdem die Vorlesungen wegen einer Studentenrevolte eine Zeitlang
ausgefallen waren, machte er sich unverhohlen über die Verwaltung lustig, die weder die Fähigkeit noch den Mumm hatte, so eine lächerliche
Demonstration zu unterdrücken. Die Studenten sahen darin eine Kritik
am Establishment und bewunderten ihn deshalb nur um so mehr.
»... schließlich gibt es nur Kunst und Nicht-Kunst. So etwas wie Kunst

der Schwarzen, soziale Kunst, junge Kunst, Pop-Kunst oder Massen-Kunst gibt es einfach nicht. Das sind nichts weiter als fiktive, bedeutungs-lose Klassifizierungen, die man sich ausgedacht hat, um die verkrampften Pinseleien irgendwelcher Nichtskönner zu beweihräuchern, die...«

Studenten, die von Hemlocks Heldentaten als international bekannter Bergsteiger gelesen hatten, waren von der Kombination Gelehrter/Sport-ler beeindruckt, und das trotz der Tatsache, daß er schon seit etlichen Jah-ren keine bedeutendere Besteigung mehr unternommen hatte. Und die jungen Damen wiederum fühlten sich von seiner eisigen Zurückhaltung angezogen, hinter der sie eine leidenschaftliche und geheimnisvolle Natur vermuteten. Dabei hatte er so gar nichts von einem Romantiker. Er war schlank und von durchschnittlicher Größe, und nur seine zielstrebigen, drahtigen Bewegungen sowie seine verschleierten graugrünen Augen waren dazu angetan, in ihren sexuellen Träumereien eine Rolle zu spie-len.

Wie nicht anders zu erwarten, erstreckte sich seine Beliebtheit nicht auch noch auf das Professorenkollegium. Was seine Kollegen ihm übelnah-men, waren sein akademischer Ruf, seine Weigerung, in irgendwelchen Komitees mitzuarbeiten, seine Gleichgültigkeit allen ihren Vorhaben und Vorschlägen gegenüber und sein vielbesprochenes Studenten-Charisma – ein Ausdruck, der sich aus ihrem Mund immer so anhörte, als meinten sie damit das Gegenteil von wissenschaftlicher Integrität. Was ihn aber vor allem vor ihrem giftigen Gerede schützte, war das Gerücht, er sei reich und unabhängig und wohne in einem Landhaus auf Long Island. Als typi-sche akademische Liberale waren die Kollegen selbst unbewiesenem, nur Gerüchten zufolge bestehendem Reichtum gegenüber wie vor den Kopf geschlagen und wußten nicht, wie sie sich zu ihm stellen sollten. Sie konnten diese Gerüchte weder als falsch entlarven noch bestätigen, denn keiner von ihnen war jemals in sein Haus eingeladen worden, und es war auch kaum anzunehmen, daß sie jemals dorthin eingeladen werden wür-den.

»... das Verständnis von Kunst ist nichts, was man lernen kann. Dazu bedarf es besonderer Gaben – Gaben, von denen Sie selbstverständlich annehmen, daß Sie sie besitzen, weil man Sie in dem Glauben erzogen hat, Sie wären alle gleich geschaffen. Dabei bedeutet das nichts weiter, als daß Sie einander gleichen...«

Die Worte kamen wie mechanisch aus seinem Mund, und so erlaubte Hemlock seinen Augen, die vorderste Reihe des amphitheatralisch an-steigenden Hörsaals entlangzuschweifen. Wie gewöhnlich saßen dort lä-chelnde, nickende, hirnlose Mädchen, die ihre Röcke zu hoch gezogen hatten, und deren Knie unbewußt auseinanderklafften. Ihm fuhr der Gedanke durch den Kopf, daß sie mit ihrem Lächeln, das sie ihm zuwandten, und mit ihren runden, leeren Augen aussähen wie eine ganze Reihe von Üs. Mit Studentinnen ließ er sich nie ein: Studenten, Jungfrauen und Betrunkene hielt man sich besser vom Leibe. Gelegenheiten gab es mehr als genug, und moralische Bedenken hätten ihn auch nicht abgehalten; aber er war nun einmal ein Sportsmann, und für ihn hatte das Aufs-Kreuz-Legen dieser Gänse etwas von Hochwildjagd mit Zielfernrohr oder vom Dynamit-Fischen vor einem Staudamm.

Wie immer fiel das Läuten der Pausenglocke mit dem letzten Wort seiner Vorlesung zusammen, und so schloß er damit, daß er den Studenten einen friedlichen, von keinerlei schöpferischen Gedanken getrübten Sommer wünschte. Sie klatschten wie immer am letzten Vorlesungstag, und er verließ raschen Schrittes den Hörsaal.

Als er um eine Ecke des Korridors bog, stieß er auf eine Studentin im Minirock, mit langem schwarzem Haar und einem Augen-Make-up wie bei einer Ballerina. Wiederholt aufgeregt nach Luft ringend, erklärte sie ihm, wieviel Spaß ihr seine Vorlesung gemacht habe, und daß sie jetzt mehr Verständnis für die Kunst habe als je zuvor.

»Wie schön.«

»Mein Problem ist nur, daß ich einen Notendurchschnitt von *B* haben muß, Dr. Hemlock, sonst verliere ich mein Stipendium.«

Er angelte in der Tasche nach den Schlüsseln für sein Büro.

»Und ich fürchte, bei der Abschlußprüfung schaffe ich es bei Ihnen nicht ganz – ich habe zwar viel Gefühl für die Kunst, aber Gefühl kann man ja nicht immer zu Papier bringen.« Sie blickte zu ihm auf, nahm allen Mut zusammen und versuchte, schrecklich vielsagende Augen zu machen.

»Also, wenn ich irgend etwas tun kann, um eine bessere Note zu bekommen – ich meine, ich wäre bereit, alles zu tun, wirklich.«

Hemlock sprach mit sonorer Stimme. »Und über die Implikationen dieses Angebots sind Sie sich völlig im klaren?«

Sie nickte und schluckte, und ihre Augen leuchteten erwartungsvoll.

Vertraulich senkte er die Stimme. »Haben Sie irgend etwas vor heute abend?«

Sie räusperte sich und sagte, nein, sie habe nichts vor.

Hemlock nickte. »Wohnen Sie allein?«

»Meine Zimmergenossin ist diese Woche verreist.«

»Gut. Dann schlage ich Ihnen vor, Sie nehmen sich Ihre Bücher vor und lernen, bis Sie nicht mehr sitzen können. Das ist meines Wissens der sicherste Weg, zu einer guten Note zu kommen.«

»Aber...«

»Ja?«

Sie wurde ganz klein. »Danke.«

»Es war mir ein Vergnügen.«

Langsam ging sie den Korridor hinunter, und Hemlock betrat leise vor sich hinsummend sein Büro. Großartig hatte er das gemacht! Aber seine Hochstimmung verflog. Auf dem Schreibtisch fand er Notizen, die er sich gemacht hatte, Erinnerungen an Rechnungen, die bald fällig sein würden oder es längst waren. Die Gerüchte, die an der Universität über seinen Reichtum umgingen, entbehrten jeder Grundlage; in Wahrheit gab Hemlock jedes Jahr ein bißchen mehr als dreimal soviel aus, wie er durch seine Tätigkeiten als Universitätslehrer, Autor und Gutachter verdiente. Den überwiegenden Teil seines Geldes – etwa vierzigtausend pro Jahr – verdiente er durch Nebenbeschäftigungen. Jonathan Hemlock arbeitete für die Abteilungen »Spürhund« und »Strafaktion« des CII. Er war ein Mörder.

Das Telefon summte, er drückte auf den Knopf, der aufgeleuchtet war, und nahm den Hörer ab. »Ja?«

»Hemlock? Können Sie reden?« Die Stimme gehörte Clement Pope, Mr. Dragons erstem Assistenten. Es war unmöglich, diese verkrampfte, leicht belegte Sprechweise nicht sofort wiederzuerkennen. Pope spielte gern den Spion.

»Was kann ich für Sie tun, Pope?«

»Mr. Dragon möchte Sie sprechen.«

»Das hab ich mir fast gedacht.«

»Können Sie in zwanzig Minuten 'rüberkommen?«

»Nein.« Eigentlich hätten zwanzig Minuten mehr als gereicht, aber Jonathan verabscheute die Leute von »Spürhund« und »Strafaktion«.

»Wie wär's mit morgen?«

»Es geht um eine Angelegenheit von höchster Wichtigkeit. Er will Sie *jetzt* sehen.«

»Dann also in einer Stunde.«

»Hören Sie, Mann, wenn ich Sie wäre, würd' ich mich auf die Socken machen und so schnell wie...« Aber Jonathan hatte bereits aufgelegt.

Die nächste halbe Stunde machte Jonathan sich in seinem Büro zu schaffen. Als er sicher war, daß er etwas später als zur angegebenen Zeit in Dragons Büro sein würde, rief er ein Taxi und verließ den Campus.

Als der schmierige, altersschwache Fahrstuhl ihn bis zum obersten Stockwerk eines gesichtslosen Bürohauses in der Third Avenue hinaufbeförderte, nahm Jonathan automatisch all die vertrauten Einzelheiten wahr: die abblätternde graue Farbe an den Wänden, die Stempel der Jahresinspektion, die aufs Geratewohl übereinander hingehauen worden waren,

12

die Gewichtsbegrenzungen der Firma Otis, zweimal ausgekratzt und wegen der sinkenden Leistung dieses alten Kastens immer etwas mehr herabgesetzt. Er dachte an alles, was ihn die nächste halbe Stunde erwarten würde, und diese Vorschau bereitete ihm Unbehagen.

Der Fahrstuhl hielt und schaukelte weich, als die Türen sich ratternd öffneten. Er stieg in der obersten Büroetage aus, wandte sich nach links und stieß die schwere, feuersichere Eisentür mit der Aufschrift *Kein Zutritt* auf, die ins Treppenhaus führte. Auf den naßkalten Zementstufen, einen Werkzeugkasten neben sich, hockte ein riesiger Neger in einem Overall. Jonathan grüßte nickend und stieg an ihm vorbei die Treppe hoch. Nach etwa fünfzehn Stufen endete sie, und Jonathan ging durch eine weitere feuersichere Tür; hier war früher einmal der Dachboden des Gebäudes gewesen, ehe das CII sich dort eingenistet hatte. Der Krankenhausgeruch, an den er sich so deutlich erinnerte, erfüllte den Korridor, in dem eine wie ein Hefeteig aufgegangene Putzfrau mit einem Mop träge immer wieder dieselbe Stelle wischte. Auf einer Bank neben einer Tür mit der Aufschrift *Yurasis Dragon, Beratungsdienst* saß ein muskulöser Mann in einem dunklen Anzug, die Aktenmappe auf den Knien. Der Mann erhob sich und stellte sich vor Jonathan hin, der es haßte, von diesen Leuten angefaßt zu werden. Alle: der Negerhandwerker, die Putzfrau und der Geschäftsmann waren CII-Wachen; und der Werkzeugkasten, der Mopstiel und die Aktentasche enthielten samt und sonders Schußwaffen.

Breitbeinig, die Hände an der Mauer, stand Jonathan da, peinlich berührt von der Untersuchung und ärgerlich auf seine Verlegenheit darüber, daß der Geschäftsmann ihn und seine Kleidung mit kundiger Hand filzte.

»Der ist neu«, sagte der Geschäftsmann und zog einen Füllfederhalter aus Jonathans Tasche. »Für gewöhnlich haben Sie doch einen französischen – dunkelgrün und gold.«

»Den hab ich verloren.«

»Ach so. Ist dieser mit Tinte gefüllt?«

»Es ist ein Füllfederhalter.«

»Tut mir leid. Entweder bewahre ich ihn für Sie auf, bis Sie wieder 'rauskommen, oder ich muß ihn ausprobieren. Und wenn ich ihn ausprobiere, muß ich Ihre schöne Tinte verspritzen.«

»Behalten Sie ihn doch einfach bis nachher.«

Der Geschäftsmann trat beiseite und gab Jonathan den Weg ins Büro frei.

»Sie haben achtzehn Minuten Verspätung, Hemlock«, sagte Mrs. Cerberus tadelnd, als er die Tür hinter sich schloß.

»Das kommt wohl ungefähr hin.« Jonathan wurde von dem überwältigenden Krankenhausgeruch des Vorzimmers förmlich erschlagen. Mrs.

Cerberus in ihrer gestärkten weißen Krankenschwesterntracht war pummelig, aber muskulös und trug das graue Haar ziemlich kurz. Ihre kalten Augen waren in schmale, durch Fettsäcke gebildete Schlitze eingebettet, ihre schmirgelpapierrauhe Haut schien täglich mit Soda und Wurzelbürste geschrubbt zu werden, und auf ihrer schmalen Oberlippe schimmerte ein aggressiver Damenbart.

»Sie sehen heute geradezu zum Anbeißen aus, Mrs. Cerberus.«

»Mr. Dragon hat es nicht gern, daß man ihn warten läßt«, knurrte sie.

»Wer von uns hat das schon gern?«

»Sind Sie gesund?« fragte sie, schien jedoch nicht wirklich um ihn besorgt.

»Einigermaßen.«

»Keine Erkältung? Soweit Sie wissen, einen Kontakt mit irgendwelchen Infektionen?«

»Nur das übliche: Gürtelrose, Syphilis, Elefantiasis.«

Sie funkelte ihn an. »Na gut, dann gehen Sie hinein.« Sie drückte auf einen Knopf, woraufhin sich die Tür hinter ihr öffnete, wandte sich dann wieder ihren Papieren auf dem Schreibtisch zu und kümmerte sich nicht weiter um Jonathan.

Er trat in den windfangartigen Zwischenraum. Die Tür hinter ihm schloß sich ratternd, und er stand in dem dämmerigen roten Licht, das Mr. Dragon als Übergang von dem strahlenden Weiß seines Vorzimmers zur völligen Dunkelheit seines eigenen Arbeitszimmers installiert hatte. Jonathan wußte, daß er sich rascher an die Dunkelheit gewöhnte, wenn er die Augen schloß. Gleichzeitig zog er sich den Mantel aus. Die Temperatur in diesem Zwischenraum und in Mr. Dragons Zimmer wurde ständig auf dreißig Grad gehalten. Die leichteste Erkältung, der geringste Kontakt mit irgendwelchen Grippeviren würde Mr. Dragon für Monate arbeitsunfähig machen. Er besaß gegen Krankheiten so gut wie keine natürliche Widerstandskraft.

Die Tür zu Mr. Dragons Arbeitszimmer machte »klick!« und glitt automatisch auf, als die kühlere Luft, die Jonathan beim Eintritt in den Zwischenraum hineingebracht hatte, wieder auf dreißig Grad erhitzt war.

»Treten Sie näher, Hemlock«, ließ sich Mr. Dragons metallische Stimme aus dem Dunkel jenseits der Tür vernehmen.

Jonathan streckte die Hände vor und tastete sich an einen großen Ledersessel heran, der, wie er wußte, gegenüber von Mr. Dragons Schreibtisch stand.

»Etwas weiter nach links, Hemlock.«

Als er Platz nahm, konnte er schwach den Ärmel seines weißen Hemdes erkennen. Allmählich gewöhnten sich seine Augen an die Dunkelheit.

»Nun? Wie ist es Ihnen in den letzten Monaten ergangen?«

»So lala.«

Dragon ließ ein knappes, abgehacktes Lachen vernehmen, das aus nicht mehr und nicht weniger als einem dreimal hervorgestoßenen »Ha!« bestand. »Das kann man wohl sagen! Wir haben – selbstverständlich nur zu Ihrem Schutz – ein Auge auf Sie gehabt, und man hat mir gesagt, es gäbe da ein Bild auf dem schwarzen Markt, in das Sie sich verliebt hätten.«

»Ja. Einen Pissarro.«

»Dann brauchen Sie also Geld. Zehntausend Dollar, wenn ich recht unterrichtet bin. Ein teurer Spaß.«

»Das Bild ist unbezahlbar.«

»Nichts ist unbezahlbar, Hemlock. Der Preis für dieses Bild ist das Leben eines Mannes in Montreal. Ich habe Ihre Schwärmerei für Leinwand und Farbkrusten nie begriffen. Irgendwann müssen Sie mir das einmal beibringen.«

»So etwas läßt sich nicht erlernen.«

»Entweder man besitzt es oder man besitzt es nicht – wie?«

»Man hat's oder man hat's nicht.«

Dragon seufzte. »Für diese Feinheiten muß man wohl mit Ihrer Muttersprache geboren sein.« Kein Akzent, höchstens eine gewisse übergenaue Diktion verriet Dragons fremde Herkunft. »Aber wie dem auch sei, ich darf mich über Ihre Sammelleidenschaft nicht lustig machen. Ohne sie bräuchten Sie weniger häufig Geld, und wir müßten auf Ihre Dienste verzichten.« Nach und nach, gleichsam wie eine Fotografie auf dem Boden einer Entwicklerschale, begann Mr. Dragon aus der Dunkelheit hervorzutreten. Jonathans Pupillen erweiterten sich. Schon im voraus spürte er den Ekel, den er gleich empfinden würde.

»Lassen Sie mich Ihre Zeit nicht über Gebühr in Anspruch nehmen.«

»Womit Sie zweifellos meinen: Kommen wir zur Sache.« Dragons Stimme klang enttäuscht. Wider Willen hatte er eine gewisse Zuneigung zu Jonathan gefaßt; er hätte gern mit jemandem geplaudert, der außerhalb der geschlossenen Welt des internationalen Mördersyndikats stand. »Nun, schön. Einer unserer Männer – Deckname: Wormwood – ist in Montreal umgebracht worden. Beteiligt waren an seiner Beseitigung zwei Leute. ›Spürhund‹ hat einen von ihnen aufgestöbert. Sie werden die Strafaktion gegen diesen Mann übernehmen.«

Jonathan lächelte über den geheimnisvollen CII-Jargon, in dem »maximale Zurückversetzung« soviel hieß wie Ausmerzen durch Tötung, »persönlicher Druck« Erpressung, »nasse Arbeit« Ermordung und »Strafaktion« Mord als Vergeltung für Mord. Seine Augen hatten sich an die

15

Dunkelheit gewöhnt, und Dragons Gesicht war nun verschwommen sichtbar. Sein Haar war weiß wie Seide und gekräuselt wie Schaffell. Seine Gesichtszüge, die in dem immer weiter weichenden Dämmer schwammen, waren ausdruckslos wie Alabaster. Dragon, der »Drache«, verkörperte eine der bizarrsten Launen der Natur: Er war ein vollkommener Albino. Daher seine Lichtempfindlichkeit – seinen Augen und seinen Lidern fehlte es an der schützenden Pigmentierung. Außerdem war er von Geburt an nicht in der Lage, weiße Blutkörperchen in genügender Anzahl zu produzieren. Deshalb mußte er jeden Kontakt mit Menschen vermeiden, die Krankheitskeime übertragen konnten. Ferner hatte er sich zweimal im Jahr einem totalen Blutaustausch zu unterziehen. Sein Leben lang, ein halbes Jahrhundert also, hatte Dragon im Dunkeln gelebt, außerhalb der Gesellschaft anderer Menschen und vom Blute anderer lebend – eine Daseinsform, die nicht ohne Auswirkungen auf seinen Charakter geblieben war.

Jonathan konzentrierte sich auf Dragons Gesicht und wartete darauf, daß der abstoßende Zug sichtbar würde. »Sie sagen, Ihr Spürhund hat nur *einen* der Beteiligten aufgestöbert?«

»Dem zweiten sind sie auf der Spur. Ich hoffe, daß sie wissen, wer es ist, bis Sie in Montreal eintreffen.«

»Beide werde ich aber nicht übernehmen. Das wissen Sie doch.«

Jonathan hatte eine Art von moralischem Abkommen mit sich selbst getroffen, das darin bestand, nur dann für das CII zu arbeiten, wenn es finanziell nötig wäre. Er mußte auf der Hut sein, daß ihm nicht auch sonst noch Strafaktionen aufgehalst wurden.

»Vielleicht ist es aber doch nötig, daß Sie beide Aufgaben übernehmen, Hemlock.«

»Dann vergessen Sie's.« Jonathan spürte, wie seine Hände sich um die Armlehnen seines Sessels klammerten. Dragons Augen wurden sichtbar. Bar jeder Eigenfärbung, war die Iris von einem widerwärtigen Rosa wie bei einem Kaninchen und die Pupille blutrot. Unwillkürlich angeekelt, mußte Jonathan den Blick abwenden.

Dragon war gekränkt. »Aber, aber! Wir werden über die zweite Aktion reden, wenn es soweit ist.«

»Vergessen Sie's. Außerdem habe ich einige schlechte Nachrichten für Sie.«

Dragon lächelte nachsichtig. »Zu mir kommen die Leute selten mit guten Nachrichten.«

»Diese Strafaktion wird Sie zwanzigtausend Dollar kosten.«

»Das Doppelte Ihres üblichen Honorars? Ich muß schon sagen, Hemlock!«

»Zehntausend brauche ich für den Pissarro. Und weitere zehntausend für mein Haus.«

»Ihre Haushaltsplanung interessiert mich nicht. Sie brauchen also zwanzigtausend Dollar. Normalerweise zahlen wir Ihnen zehntausend für eine Strafaktion. Und hier geht es um zwei Aufträge. Das könnte also gerade hinkommen.«

»Ich habe Ihnen doch schon gesagt, daß ich nicht beide Aufträge übernehmen werde. Ich verlange zwanzigtausend für einen.«

»Und ich sage, daß zwanzigtausend mehr sind, als der Auftrag wert ist.«

»Dann schicken Sie jemand anders!« Für einen flüchtigen Augenblick verlor Jonathans Stimme ihre Gelassenheit.

Sofort wurde Dragon unruhig. Leute, die mit Strafaktionen betraut wurden, waren in besonderem Maße dem psychischen Streß ihrer Arbeit und den damit verbundenen Gefahren ausgesetzt, und er war darauf geeicht, Anzeichen dessen zu erkennen, was er »Zermürbungserscheinungen« nannte. Im vergangenen Jahr hatte es bei Jonathan in der Tat einige Anzeichen dafür gegeben. »Seien Sie doch vernünftig, Hemlock! Im Augenblick haben wir niemand sonst zur Verfügung. Es hat – nun ja, einige Ausfälle in der Abteilung gegeben.«

Jonathan lächelte. »Ich verstehe.« Und nach einem kurzen Schweigen: »Wenn Sie aber sonst niemand haben, bleibt Ihnen keine andere Wahl. Zwanzigtausend.«

»Sie haben überhaupt kein Gewissen, Hemlock.«

»Aber das haben wir doch schon immer gewußt.« Damit spielte er auf die Ergebnisse einiger psychologischer Tests an, denen er sich während seiner Dienstzeit beim Armeegeheimdienst im Koreakrieg hatte unterziehen müssen. Nachdem die Tests wiederholt worden waren, um das einmalige Reaktionsmuster zu bestätigen, das bei den ersten Tests ermittelt worden war, hatte der Chefpsychologe der Armee seine Beobachtungen in völlig unwissenschaftlicher Prosa zusammengefaßt:

»... Wenn man bedenkt, daß seine Kindheit durch die Erfahrung größter Armut und Gewalttätigkeit geprägt war (dreimal vom Jugendgericht wegen schwerer Körperverletzung bestraft, Taten, die jeweils dadurch provoziert worden waren, daß er von anderen Jugendlichen gefoltert worden war, die ihm seine außergewöhnliche Intelligenz und sein gutes Ansehen bei den Lehrern übelnahmen), und in Anbetracht der Demütigungen, die er nach dem Tod seiner Mutter von gleichgültigen Verwandten einstecken mußte (der Vater ist unbekannt), ist manches in seinem unsozialen, widersprüchlichen, unangenehm überheblichen Verhalten verständlich, ja, vielleicht gar nicht anders zu erwarten.

Ein Verhaltensmuster ist besonders auffällig. Die Testperson hat rigorose Ansichten, wenn es um Freundschaften geht. Für ihn gibt es keine größere Verpflichtung als die Freundestreue, nichts Schändlicheres als Untreue. Keine Strafe würde in seinen Augen ausreichen, eine Person dafür büßen zu lassen, wenn sie seine Freundschaft ausnutzt und mißbraucht. Außerdem ist er der Meinung, daß andere gleichfalls diesem persönlichen Ehrenkodex entsprechend zu handeln haben. Psychologisch gesehen scheint dieses Verhaltensmuster eine Überkompensierung des Gefühls zu sein, daß er von seinen Eltern im Stich gelassen wurde.

Die Testperson weist in ihrer Persönlichkeitsstruktur eine nach meiner und meiner Kollegen Erfahrung einzigartige Besonderheit auf, die uns zwingt, seine Vorgesetzten, die für ihn verantwortlich sind, zu warnen: Diesem Mann mangelt es vollkommen an normalen Schuldgefühlen. Er hat überhaupt kein Gewissen. Es ist uns nicht gelungen, irgendwelche Spuren einer Negativreaktion auf Sünde, Verbrechen, Sexualität oder Gewalttätigkeit bei ihm festzustellen. Damit soll nicht etwa behauptet werden, daß er labil wäre. Im Gegenteil, er ist nur allzu beständig – allzu beherrscht. Und zwar in ganz abnormem Maß.

Vielleicht ist er für die Arbeit im Armeegeheimdienst ideal geeignet, doch muß ich geltend machen, daß die Testperson meiner Ansicht nach als Persönlichkeit irgendwie unvollständig ist. Und, gesellschaftlich gesehen, äußerst gefährlich.«

»Sie weigern sich also, beide Strafaktionen zu übernehmen, Hemlock, und Sie bestehen auf zwanzigtausend für die eine.«

»So ist es.«

Einen Moment lang ließ Dragon seine rosaroten Augen nachdenklich auf Jonathan ruhen und rollte einen Bleistift zwischen den Handflächen. Dann stieß er sein knappes und abgehacktes Ha-ha-ha aus. »Nun gut. Diesmal haben Sie gewonnen.«

Jonathan erhob sich. »Ich nehme an, ich habe in Montreal Kontakt mit der Abteilung ›Spürhund‹ aufzunehmen?«

»Jawohl. Die Montrealer Sektion ›Ahornblatt‹ von ›Spürhund‹ untersteht Miß Felicity Arce – ich nehme an, daß sie sich so ausspricht wie *arse*, Arsch. Von ihr erhalten Sie Ihre Instruktionen.«

Jonathan zog seinen Mantel an.

»Und was die zweite Strafaktion betrifft, Hemlock: Sobald ›Spürhund‹ die Identität des zweiten Begleiters festgestellt hat...«

»Für die nächsten sechs Monate werde ich schätzungsweise kein Geld mehr brauchen.«

»Und was ist, wenn wir Sie brauchen?«

Jonathan gab keine Antwort. Er machte die Tür zum Zwischenraum auf, und Dragon zuckte bei dem dämmerigen roten Licht zusammen.

In die Helligkeit des Vorzimmers blinzelnd, bat Jonathan Mrs. Cerberus um die Adresse der Sektion »Ahornblatt«.

»Hier.« Resolut hielt sie ihm ein kleines weißes Kärtchen vor die Nase und gab ihm fünf Sekunden, sich das, was darauf stand, einzuprägen. Dann ordnete sie sie wieder in ihre Kartei ein. »Ihre Kontaktperson wird Miß Felicity Arce sein.«

»Dann wird sie also tatsächlich so ausgesprochen. Was es nicht alles gibt!«

Long Island   2. Juni

Da es jetzt auf Spesen des CII ging, nahm Jonathan für die ganze Strecke von Dragons Büro bis zu seinem Heim am North Shore von Long Island ein Taxi.

Ein Gefühl von Frieden und Geborgenheit überkam ihn, als er die schwere Eichentür des Vestibüls hinter sich zumachte, die er so belassen hatte, wie sie war, als er die Kirche zu einem Wohnhaus umgebaut hatte. Über die Wendeltreppe mit dem gotischen Deckengewölbe stieg er zum Chor hinauf, den er zu einem weiträumigen, das gesamte ehemalige Kirchenschiff überblickenden Schlafzimmer und zu einem sieben mal sieben Meter großen Badezimmer umgebaut hatte, in dessen Mitte das von ihm als Badewanne benutzte römische Badebecken tief in den Boden eingelassen war. Während das heiße Wasser aus vier Wasserhähnen zugleich ins Becken rauschte und das Bad sich mit Dampf füllte, zog er sich aus, bürstete sorgfältig seinen Anzug ab, legte ihn zusammen und packte seinen Koffer für Montreal. Dann ließ er sich beherzt in das sehr heiße Wasser hineingleiten. Ohne auch nur einen einzigen Gedanken an Montreal zu verschwenden, aalte er sich. Gewiß, er kannte keine Gewissensbisse, aber frei von Angst war er keineswegs. Diese Strafaktionen waren – genauso wie einst schwierige Bergbesteigungen – mit einem Höchstmaß an Nervenspannung verbunden. Der Luxus dieses römischen Bades – es hatte ihn das Honorar einer Strafaktion gekostet – war mehr als eine schwelgerische Reaktion auf die Entbehrungen seiner Kindheit; er gehörte ganz einfach zu seinem ungewöhnlichen Handwerk.

In einen japanischen Kimono gehüllt, stieg er von der Chorempore hinunter und betrat durch schwere Doppeltüren den Hauptraum seines Hauses. Die Kirche war in der klassischen Kreuzform gebaut, und das gesamte Mittelschiff hatte er als offenen Wohnraum belassen. Eines der Querschiffe war in einen gewächshausähnlichen Wintergarten umgewandelt worden: Das farbige Glas der Fenster hatte er durch normales Glas ersetzen und inmitten der tropischen Vegetation ein steinernes Becken mit einem Springbrunnen anlegen lassen. Das andere Querschiff säumten Bücherregale, es diente als Bibliothek.

Barfüßig tappte er durch das hochgewölbte, mit Steinplatten ausgelegte Mittelschiff. Das durch die Lichtgaden hereinfallende Licht entsprach ganz seiner Vorliebe für dämmerige Interieurs und von niemand einsehbare weite Räume. Nachts konnte er mit einem speziellen Scheinwerfersystem die Fenster von außen beleuchten, die dann Farbcollagen auf die Wände zauberten. Ganz besonders entzückte ihn dieser Effekt, wenn es regnete und das farbige Licht an den Wänden tanzte und zu rieseln schien.

Er öffnete eine Tür und stieg die zwei Stufen zu seiner Bar hinab, mixte sich einen Martini und schlürfte ihn genüßlich, stützte dabei seine Ellbogen auf die Bar in seinem Rücken und betrachtete stolz und zufrieden sein Heim.

Nach einer Weile hatte er das Bedürfnis, mit seinen Bildern zusammenzusein, und so stieg er die gewundene Steintreppe in die Krypta hinunter, wo er sie aufgehängt hatte. Ein halbes Jahr lang hatte er Abend für Abend geschuftet, um den Fußboden zu legen und die Wandpaneele aus einem italienischen Renaissancepalazzo einzubauen, die zeitweilig die Halle eines Ölmagnaten in dessen Landhaus am North Shore geschmückt hatten. Jonathan zog die Tür hinter sich zu und knipste die Beleuchtung an. Von den Wänden leuchteten ihm die Farben von Monet, Cézanne, Utrillo, van Gogh, Manet, Seurat, Degas, Renoir und Mary Cassat entgegen. Gemächlich ging er in dem Raum hin und her, grüßte jeden einzelnen seiner geliebten Impressionisten. An jedem dieser Bilder hing er, denn jedes besaß einen eigentümlichen Zauber und übte eine besondere Wirkung auf ihn aus; eines wie das andere erinnerte ihn an die Mühen und auch an die Gefahren, denen er sich unterzogen hatte, um diese Bilder zu erwerben.

Für seine Größe war der Raum nur spärlich mit Möbeln ausgestattet: mit einem bequemen, keiner besonderen Stilperiode zugehörigen Diwan, einem Lederpuff mit Schlaufen daran, um ihn herumzuziehen und sich vor diesem oder jenem Bild niederzulassen, einem freistehenden Franklinkamin und dem dazugehörigen Vorrat an Zedernkloben in einer italienischen Truhe daneben sowie einem Bartolomeo-Cristofore-Flügel, den er renoviert hatte und auf dem er mit größter Präzision, wenn auch mit wenig Seele, spielte. Den Boden bedeckte ein alter Keschan aus dem Jahre 1914 – der einzige wirklich vollkommene Orientteppich. Und in der Ecke, nicht weit vom eisernen Kamin, stand ein kleiner Schreibtisch, an dem er meistens zu arbeiten pflegte. Über dem Schreibtisch und überhaupt nicht mit allem anderen in Einklang stehend, waren wahllos ein Dutzend Fotografien an der Wand befestigt. Es waren gestellte Amateuraufnahmen aus den Bergen von Alpinisten mit verlegenen oder jungenhaften Clownsgesichtern – mutige Männer, die nicht ohne Hemmungen vor eine Kamera treten konnten und ihre Verlegenheit hinter lächerlichen Verrenkungen zu verbergen trachteten. Die meisten Bilder zeigten Jonathan zusammen mit seinem alten Bergkameraden Big Ben Bowman, der vor seinem Unfall die meisten der bekannten Gipfel der Welt mit dem für ihn typischen Fehlen jeglichen Raffinements bezwungen hatte: Ben hatte sie mit brutaler Kraft und einem unbeugsamen Willen erklettert. Zusammen hatten sie ein sonderbares, aber sehr tüchtiges Gespann abgegeben: Jonathan, der Taktiker, und Big Ben, das gipfelstürmende Tier.

Nur eine der Fotografien zeigte einen Mann, der kein Alpinist war. An seine einzige echte Freundschaft mit einem Mitglied der internationalen Geheimdienstwelt erinnerte Jonathan ein Foto, auf dem der ermordete Henri Baq mit verzerrtem Gesicht in die Kamera grinste – Henri Baq, dessen Tod Jonathan eines Tages rächen würde.

Er ließ sich an seinem Schreibtisch nieder und trank seinen Martini aus. Dann holte er aus einer Schublade ein Tabakpäckchen hervor und füllte den Kopf einer reichverzierten Wasserpfeife, die er auf der Brücke vor dem Cassatt niederstellte. Er hockte sich auf den Lederpuff, rauchte und ließ den befreiten Blick liebevoll über die Leinwand wandern. Unversehens, wie aus heiterem Himmel, mußte er auch jetzt daran denken, daß er seinen ganzen Lebensstil – seine akademische Laufbahn, die Kunst, sein Haus – der armen Miß Ophel verdankte.

Die arme Miß Ophel. Diese ausgetrocknete, ewig aufgeregte, zerbrechliche alte Jungfer! Miß Ophel mit den Spinnweben vor dem Loch! So nannte er sie insgeheim immer, wiewohl er so vernünftig gewesen war, den Zurückhaltenden und Dankbaren zu spielen, als sie ihn im Jugendheim besucht hatte. Miß Ophel hatte ganz für sich allein in einem Denkmal schlechten victorianischen Geschmacks am Rande von Albany gelebt. Sie war der letzte Sproß einer Familie, die ihr Vermögen mit Düngemitteln gemacht hatte, die den Erie-Kanal heruntertransportiert worden waren. Nach ihr sollte es keine Ophels mehr geben. Das bescheidene Maß an Mütterlichkeit, das sie besaß, verschwendete sie an Katzen, Vögel und junge Hunde mit zuckersüßen Kosenamen. Eines Tages kam sie auf den Gedanken, daß Wohltätigkeit sie auf andere Gedanken bringen könne – und überdies auch noch nützlich sei. Allerdings stand ihr nicht der Sinn danach, sich höchstpersönlich in die Slums zu begeben, die nach Urin stanken, und Kinderköpfe zu streicheln, die womöglich verlaust waren. Sie beauftragte vielmehr ihren Anwalt, sich nach einem Bedürftigen umzusehen, der möglichst bildungsfähig und ein feiner Kopf sein sollte. Und dieser Rechtsanwalt fand Jonathan.

Jonathan war damals gerade in einem Jugendgefängnis und saß eine Strafe dafür ab, daß er versucht hatte, den Bevölkerungsüberschuß der North Pearl Street um zwei boshafte irische Burschen zu verringern, die aus der Tatsache, daß Jonathan die Lehrer der Fünften Volksschule mit seinem Wissen und seiner geistigen Beweglichkeit erstaunte, den Schluß gezogen hatten, er müsse schwul sein. Jonathan war zwar kleiner als sie, schlug jedoch bereits zu, als die anderen beiden noch »Na, du?« riefen, und hatte außerdem nicht vergessen, sich die ballistischen Vorteile eines halben Meters Bleirohr zu sichern, das er auf dem Weg hatte liegen sehen. Passanten waren dazwischengefahren und hatten die Irenjungen davor bewahrt, ihn noch weiter zu hänseln – aber schöne Männer würden sie wohl nie mehr werden.

Als Miß Ophel Jonathan besuchte, stellte sie fest, daß er friedfertig und höflich, ein heller Kopf und mit seinen sanften Augen und zarten Zügen sonderbar anziehend war – ein Junge also, der es ganz gewiß »wert« sei. Und als sie auch noch feststellte, daß er genausowenig ein Zuhause hatte wie ihre Welpen und Vögel, war die Sache abgemacht. Kurz nach seinem vierzehnten Geburtstag zog Jonathan in das Haus von Miß Ophel ein, und nach einer Reihe von Intelligenz- und Eignungstests bekam er einen Hauslehrer nach dem anderen, die ihn alle auf das College vorbereiteten.

Um seine Bildung zu vertiefen, nahm sie ihn jeden Sommer mit nach Europa, wo er seine natürliche Sprachbegabung und – für ihn höchst bedeutsam – seine Liebe zu den Alpen und zum Bergsteigen entdeckte. Am Abend seines sechzehnten Geburtstags gab es eine kleine Feier, nur für sie beide, mit Champagner und Petits fours. Miß Ophel wurde ein bißchen beschwipst, vergoß einige Tränen über ihr leeres Leben und wurde sehr zärtlich zu Jonathan. Sie umarmte ihn und küßte ihn mit ihren trokkenen Lippen. Dann schloß sie ihn fester in die Arme.

Am nächsten Morgen hatte sie eine süße kleine Bezeichnung für dies Spielchen gefunden, und von da an bat sie ihn schüchtern fast jeden Abend, es mit ihr zu treiben.

Im Jahr danach schrieb sich Jonathan nach einer ganzen Reihe von Eignungsprüfungen im Alter von siebzehn Jahren an der Harvard-Universität ein. Kurz vor seinem Abschlußexamen – er war damals neunzehn – entschlief Miß Ophel friedlich. Mit dem überraschend kleinen Rest ihres Erbes setzte Jonathan seine Ausbildung fort und fuhr ab und zu in die Schweiz, wo er sich als Alpinist einen Namen zu machen begann.

Sein erstes Universitätsexamen hatte Jonathan in vergleichender Sprachwissenschaft abgelegt, wobei ihm vor allem seine Neigung zu logischem Denken sowie seine Sprachbegabung zugute kamen. Auf diesem Gebiet hätte er auch weitermachen können, wäre da nicht einer jener Zufälle gewesen, die unserem Leben ungeachtet unserer eigenen Pläne eine ganz bestimmte Richtung geben können.

Aus einer Laune heraus übernahm er einen Ferienjob und half einem Kunsthistoriker beim Katalogisieren jener künstlerischen Restbestände, die von der Konfiszierung der Nazi-Kunstschätze nach dem Krieg noch geblieben waren. Die Krumen dieses abermals entwendeten Diebesgutes waren an einen amerikanischen Zeitungskönig gefallen, der Abfall davon wiederum einer Universität vermacht worden – gewissermaßen als eine Art Beruhigungsspritze für das amerikanische Gewissen, ein einst putzmunteres und gesundes Organ, das erst vor kurzem die Vergewaltigung von Hiroshima ohne ersichtlichen Schaden überstanden hatte.

Im Verlauf dieser Katalogisierungsarbeit hatte Jonathan ein kleines Ölbild unter der Rubrik »Meister unbekannt« geführt, obgleich es laut Verpackungsaufkleber von einem unbedeutenden italienischen Renaissancemaler stammen sollte. Der Professor machte ihm wegen dieses Versehens Vorwürfe, doch Jonathan hatte behauptet, es sei kein Irrtum.

»Woher wollen Sie denn das so genau wissen?« fragte der Professor belustigt.

Über diese Frage war nun wiederrum Jonathan verwundert. Er war noch jung und nahm an, Professoren wüßten auf ihrem Gebiet Bescheid. »Nun, das ist doch ganz klar. Von dem Maler haben wir letzte Woche ein Bild gesehen, aber dieses hier ist nicht von derselben Hand gemalt. Sie brauchen es sich doch nur anzusehen.«

Dem Professor war nicht wohl in seiner Haut. »Woher wollen Sie denn das wissen?«

»Aber sehen Sie es sich doch an! Selbstverständlich, es ist auch möglich, daß das andere falsch etikettiert war. Das kann ich natürlich nicht wissen.«

Das Bild wurde von Experten untersucht, und dabei stellte es sich heraus, daß Jonathan recht hatte. Eines der Gemälde stammte von einem Schüler des unbedeutenden Malers. Das war aktenkundig und seit dreihundert Jahren allgemein bekannt gewesen; nur durch das Erinnerungssieb der Kunstgeschichte war es hindurchgerutscht.

Wer das vergleichsweise unwichtige Bild nun gemalt hatte, schien dem Professor weniger interessant als Jonathans geradezu unheimliche Fähigkeit, das herausgefunden zu haben. Nicht einmal Jonathan selbst konnte erklären, warum er, wenn er die Arbeiten eines Malers studiert hatte, jedes andere Werk desselben Meisters unfehlbar erkannte. Diese Fähigkeit war spontan und instinktiv, aber man konnte sich felsenfest auf sie verlassen. Mit Rubens und seiner Werkstatt freilich hatte er Schwierigkeiten, und van Gogh mußte er gewissermaßen als zwei Persönlichkeiten betrachten – eine vor dem Zusammenbruch und dem Aufenthalt in St. Rémy, die andere danach –, doch im allgemeinen waren seine Urteile unanfechtbar. Es dauerte nicht lange, und er wurde für eine Reihe von größeren Museen und seriösen Sammlern unentbehrlich.

Nach dem Abschluß seines Studiums übernahm er eine Lehrerstelle in New York und begann, Aufsätze in wissenschaftlichen Zeitschriften zu publizieren. Ein Artikel nach dem anderen erschien in rascher Folge, und in ebenso rascher Folge erschien eine Frau nach der anderen in seinem Appartement in der Zwölften Straße, und die Monate vergingen in einem angenehmen, wenn auch wenig sinnvollen Dasein. Dann jedoch, eine Woche, nachdem sein erstes Buch die Druckerei verlassen hatte, fanden seine Freunde und Mitbürger, er sei besonders geeignet, in Korea als Kugelfang zu dienen.

Es ergab sich, daß er nicht oft dazu kam, Kugeln abzufangen, und die wenigen, die sich überhaupt in seine Richtung verirrten, wurden schon vorher von anderen Amerikanern abgefangen. Da er intelligent war, steckte man ihn in den Geheimdienst der Armee – er wurde der Abteilung »Sphinx« zugeteilt. Vier sinnlos vergeudete Jahre hindurch verteidigte er sein Volk gegen die Aggressionen des Linksimperialismus, indem er unternehmungslustigen amerikanischen Soldaten auf die Schliche kam, als sie ihr Einkommen dadurch aufzubessern versuchten, daß sie amerikanisches Heeresgut auf den Schwarzmärkten von Japan und Deutschland verschoben. Diese Aufgabe brachte es mit sich, daß er viel reiste, wobei es ihm gelang, einen beachtlichen Anteil von Zeit und Geld, der eigentlich der Regierung gehörte, fürs Bergsteigen zu verwenden und außerdem Material zu sammeln, das ihm dazu verhalf, seinen akademischen Ruf durch Publikationen ständig auf Hochglanz zu halten.

Nachdem die Amerikaner den Nordkoreanern zu gelegener Zeit ihre Lektion erteilt hatten, wurde Jonathan wieder ins Zivilleben entlassen, und er fing mehr oder weniger dort wieder an, wo er aufgehört hatte. Sein Leben verlief angenehm und in keiner bestimmten Richtung. Das Unterrichten fiel ihm leicht und ging fast automatisch; seine Artikel bedurften selten einer Überarbeitung, die er ihnen auch nie zuteil werden ließ – das heißt, sie wurden so veröffentlicht, wie er sie spontan formuliert hatte. Was sein gesellschaftliches Leben betraf, so genoß er seine Wohnung und schlief mit den Frauen, die er kennenlernte, sofern die Verführung nicht allzuviel Energie kostete, was im allgemeinen der Fall war. Dieses angenehme Leben jedoch wurde nach und nach von seiner wachsenden Sammelleidenschaft unterminiert. Während seiner Arbeit bei der »Sphinx« in Europa war ihm ein halbes Dutzend gestohlener Impressionisten in die Hände geraten. Diese ersten Erwerbungen entzündeten in ihm das unauslöschliche Feuer des Sammlers. Gemälde zu betrachten und zu bewundern genügte ihm nicht mehr – er mußte sie auch besitzen. Kanäle zum Untergrund und zum schwarzen Markt standen ihm durch seine Beziehungen zur »Sphinx« offen, und sein unvergleichliches Auge bewahrte ihn davor, übers Ohr gehauen zu werden. Seine Einkünfte allerdings erwiesen sich für Bedürfnisse dieser Art als zu gering.

Zum erstenmal in seinem Leben wurde Geld wichtig für ihn. Und genau zu diesem Zeitpunkt tauchte etwas auf, was ihn noch mehr Geld kosten sollte. Er entdeckte eine prächtige aufgelassene Kirche auf Long Island, in der er augenblicklich die ideale Bleibe für sich und seine Bilder erkannte.

Seine drückenden Geldsorgen sowie seine Ausbildung bei der »Sphinx« und seine besondere Persönlichkeitsstruktur, der jegliches Schuldgefühl fehlte – all das machte ihn reif für Mr. Dragon.

Eine Weile saß Jonathan sinnend da und überlegte, wo er den Pissarro aufhängen sollte, sobald er ihn von dem Geld erworben hätte, das er für die Strafaktion in Montreal erhalten würde. Dann stand er träge auf, putzte die Wasserpfeife und stellte sie fort, setzte sich an seinen Flügel, spielte ein wenig Händel und ging dann zu Bett.

Montreal   5. Juni

Der hochgelegene Komplex von Wohngebäuden war typisch für die demokratische Mittelklassenarchitektur. Sämtliche Mieter konnten zwar einen Blick vom La Fontaine Park erhaschen, aber keiner konnte ihn wirklich gut sehen, manche sogar nur unter akrobatischen Verrenkungen auf ihren engen, versetzt gebauten Balkonen. Der Haupteingang bestand aus einer großen, schweren Glasplatte, deren Angeln fünfundzwanzig Zentimeter vom Rand angebracht worden waren; die Eingangshalle war mit einem roten Spannteppich ausgelegt, Farne aus Plastik standen herum, ein Lift mit gepolsterten Wänden stand zur Verfügung, und ringsum war die Halle mit bedeutungslosen Wappenschildern geschmückt.

Jonathan stand in dem sterilen Korridor, wartete, daß auf sein Klingelzeichen hin ein Summer ertönte und blickte flüchtig, aber voller Abscheu auf den Schweizer Reliefdruck eines Cézanne, der dem Ganzen einen Hauch von Luxus verleihen sollte. Die Tür ging auf, und er drehte sich um.

Sie war körperlich durchaus wohlgestaltet, ja sogar üppig; aber kaum in Geschenkverpackung, wenn man so sagen darf. In ihrem maßgeschneiderten Tweedkostüm schien sie eher wie zum Postversand verpackt. Dichtes, flachsblondes Haar, starke Backenknochen, volle Lippen, und der Busen wehrte sich sichtlich dagegen, von der Kostümjacke eingezwängt zu werden. Flacher Bauch, ausladende Hüften, lange Beine, schlanke Fesseln. Sie hatte Schuhe an, doch Jonathan nahm an, daß ihre Zehen nicht minder wohlgeformt waren.

»Miß...?« Er schob die Augenbrauen in die Höhe, um sie dazu zu bringen, den Namen selbst zu nennen, denn er war sich immer noch nicht sicher, ob er wirklich wie *arse* – also Arsch – ausgesprochen wurde.

»Felicity Arce«, sagte sie und streckte ihm gastfreundlich die Hand entgegen. »Kommen Sie doch herein. Ich freue mich darauf, Sie kennenzulernen, Hemlock. Man hält große Stücke auf Sie in unseren Kreisen, wissen Sie das?«

Sie trat beiseite, und er trat ein. Die Wohnung stand ganz im Einklang mit dem Gebäude: teuer, aber stillos. Als sie sich die Hand gaben, bemerkte er, daß ihr Unterarm mit einem dichten Flaum weicher, goldener Härchen bedeckt war, was er als ein gutes Zeichen zu deuten wußte.

»Sherry?« erkundigte sie sich.

»Nicht am fortgeschrittenen Abend.«

»Whisky?«

»Ja, bitte.«

»Scotch oder Bourbon?«

»Haben Sie Laphroaig?«

»Leider nein.«

»Dann ist es egal.«

»Setzen Sie sich doch, während ich uns einschenke.« Sie ging zur einge-
bauten Hausbar hinüber, die ganz auf antik gemacht war, unter der alt-
weißen Farbe jedoch wohl nur billiges Fichtenholz verbarg. Ihre Bewegungen waren energisch, um die Taille herum jedoch erfreulich fließend.
Er setzte sich in die Ecke einer quer in den Raum gestellten Couch und
wandte sich der anderen Ecke zu, so daß es ausgesprochen unhöflich gewesen wäre, wenn sie sich irgendwo anders hingesetzt hätte als dort.

»Wissen Sie«, begann er, »diese Wohnung ist von geradezu monumenta-
ler Häßlichkeit. Allerdings schätze ich, daß Sie sehr gut sein werden.«

»Sehr gut?« fragte sie über die Schulter hinweg, während sie reichlich
Whisky in die Gläser goß.

»Im Bett mit mir. Ein bißchen mehr Wasser, bitte.«

»So?«

»Das kommt ziemlich hin.«

Sie lächelte und schüttelte den Kopf, als sie mit den Gläsern zurückkehrte.

»Wir haben andere Dinge zu tun, als miteinander ins Bett zu gehen,
Hemlock.« Trotzdem setzte sie sich auf die Couch, als er sie mit einer läs-
sigen Handbewegung dazu aufforderte.

Er nahm einen kleinen Schluck. »Wir haben doch Zeit für beides. Aber
das liegt natürlich ganz bei Ihnen. Überlegen Sie sich's, und in der Zwi-
schenzeit erzählen Sie mir, was ich über diese Aktion wissen muß.«

Miß Arce blickte zur Decke hinauf und schloß einen Moment lang die
Augen, um sich zu konzentrieren. »Der Mann, den sie umgebracht haben,
hatte den Decknamen Wormwood – ein kleiner Fisch.«

»Und was hat er hier in Kanada gemacht?«

»Keine Ahnung. Irgend etwas für das CII-Hauptquartier. Aber das geht
uns ja auch nichts weiter an.«

»Nein, da haben Sie wohl recht.« Jonathan streckte die Hand aus, und sie
legte mit leichtem zustimmendem Fingerdruck die ihre hinein. »Fahren
Sie fort.«

»Nun ja, Wormwood bekam in einer kleinen Pension an der Casgrain
Avenue eins über den Schädel – hmm, das muß angenehm sein. Kennen
Sie den Teil der Stadt?«

»Nein.« Er fuhr fort, ihr die Innenseite der Handgelenks zu streicheln.

»Glücklicherweise ließ das CII ihn von einem zweiten Mann beschatten.
Der befand sich im Zimmer nebenan und hörte, wie sie ihn erledigten.

Sobald die beiden Killer fort waren, ging er in Wormwoods Zimmer hinüber und durchsuchte routinemäßig seine Leiche. Dann verständigte er sofort ›Spürhund‹ und ›Strafaktion‹, und Mr. Dragon setzte mich unverzüglich auf den Fall an.«

Jonathan küßte sie sanft. »Willst du mir weismachen, daß der Beschatter nebenan saß und zuließ, daß sie diesen Wormwood fertigmachten?«

»Noch einen Whisky?«

»Nein, vielen Dank.« Er erhob sich und zog sie hinter sich her. »Wo ist es? Hier hindurch?«

»Das Schlafzimmer? Ja.« Sie folgte ihm. »Du mußt ja wissen, wie sie vorgehen, Hemlock. Der Beschatter hat die Aufgabe, zu beobachten und sich nicht einzumischen. Aber wie dem auch sei, es scheint, als hätten sie einen neuen Trick ausprobiert.«

»So? Was für einen Trick denn? Es tut mir leid, Herzchen, aber diese Häkchen machen mich immer ganz konfus.«

»Laß nur, ich mach das schon. Sie haben sich immer mit dem Problem herumgeschlagen, wie sie die Geräusche und die Bewegungen des Beschatters kaschieren könnten, wenn sie ihn im Zimmer nebenan einquartieren. Und jetzt sind sie auf die Idee gekommen, er solle gerade Geräusche machen, statt zu versuchen, still zu sein…«

»Mein Gott! Bewahrst du diese Laken im Kühlschrank auf?«

»Das ist eben Seide – nur für dich! Sie haben experimentiert, mit einer Bandaufnahme vom Gehuste eines alten Mannes, die lassen sie Tag und Nacht laufen, geben also zu verstehen, daß nebenan jemand ist – allerdings jemand, von dem niemand annehmen würde, daß er ein Agent sein könnte. Oh, da bin ich sehr erregbar. Jetzt kribbelt es, aber gleich nicht mehr. Ist das nicht phantastisch?«

»Der hustende alte Mann? Ja, phantastisch.«

»Nun ja, sobald Mr. Dragon mir das Formblatt B-3611 schickte, habe ich mich an die Arbeit gemacht. Es war kinderleicht. An der Außenseite hab ich es besonders gern.«

»Ja, das habe ich gespürt.«

»Wie es scheint, war dieser Wormwood doch nicht ganz so unbrauchbar. Er erwischte nämlich einen der beiden Männer irgendwie. Der Beschatter sah, wie sie das Hotel verließen, und selbst vom Fenster aus konnte er genau erkennen, daß einer von ihnen hinkte. Der andere – der, der unverletzt war – muß es mit der Angst bekommen haben, denn er rannte – ach, tut das gut! – er rannte auf der gegenüberliegenden Straßenseite gegen einen Laternenpfahl. Als er stehenblieb, um sich von seiner Benommenheit zu erholen, erkannte unser Mann ihn. Der Rest war ein Kinderspiel.«

»Und wie heißt mein Mann?«

»Kruger. Garcia Kruger. Ein ganz schlimmer Bursche.«

»Das mit dem Namen meinst du doch nicht ernst?«

»Mit Namen meine ich es immer ernst. Ooochchch! Hkn, khn, khn!!«

»Was heißt das: ein ganz schlimmer Bursche?«

»Die Art, wie er Wormwood zugerichtet hat. Er – aaah, das tut gut. Er...
Er...«

»Setz deine Fußsohlen richtig auf!«

»Gut. Wormwood verschluckte den Kassiber, den er bei sich hatte, und
Kruger suchte mit dem Messer danach. Gurgel und Bauch. Ooohhh! Hkn,
khn, khn! Oh ja... ja... ja...«

»Liest du viel Joyce?«

Sie zwängte die Worte durch die fest zusammengebissenen Zähne, wobei
jedesmal ein wenig Luft aus ihrer verkrampften Luftröhre entwich.

»Nein. Ooochch! Wieso?«

»Unwichtig. Und was ist mit dem anderen Mann?«

»Dem, der hinkte? Weiß ich noch nicht. Nur daß er kein Profi ist, davon
sind wir überzeugt.«

»Woher wollt ihr wissen, daß er kein Profi ist?«

»Ihm wurde schlecht, als Kruger Wormwood aufschlitzte. Mußte kotzen,
mitten auf den Fußboden. Ooochchch-aaa-hhh-aaa-hhh-ooochchch!« Sie
bog ihren kräftigen Rücken durch und stemmte ihn vom Bett ab. Er kam
gleichzeitig mit ihr.

Eine Weile streichelten sie sich nur sanft, dann lösten sie sich behutsam
voneinander.

»Weißt du, Hemlock« – ihre Stimme war sanft, klang entspannt, aber
auch ein bißchen zitterig von der Anstrengung – »du hast wirklich wunderschöne Augen. Irgendwie tragikomische Augen.«

Das hatte er erwartet. Hinterher redeten sie immer von seinen Augen.

Etwas später hockte er auf dem Rand ihrer Badewanne und hielt ein Gum-
misäckchen hoch in dem fruchtlosen Bemühen, dem Wasser zu erlauben,
sich selbst einen Pegel zu suchen. Ein Teil seines Charmes beruhte auf
solchen kleinen Aufmerksamkeiten.

»Ich habe über Ihre Pistole nachgedacht, Hemlock!«

»Ja und, was ist damit?«

»Nach der Information von Mr. Dragon benutzen Sie eine ziemlich groß-
kalibrige Waffe.«

»Stimmt. Es bleibt mir gar nichts anderes übrig, ich bin nämlich kein besonders guter Schütze. Fertig?«

»Mhm.«

Sie zogen sich an und tranken in dem sterilen Wohnzimmer noch einen
Whisky. In allen Einzelheiten berichtete Miß Arce noch einmal von den

30

Gewohnheiten und dem Tagesablauf von Garcia Kruger und beantwortete Fragen, die Jonathan ihr stellte. Schließlich sagte sie: »All das steht in der Akte, die wir für Sie angelegt haben. Sie sollten sie durchlesen und dann vernichten. Und hier ist Ihre Pistole.« Sie reichte ihm ein dickes braunes Paket. »Sehen wir uns noch einmal?«

»Halten Sie das für klug?«

»Nein, da haben Sie wohl recht. Aber darf ich Ihnen etwas sagen? Gerade als ich – nun, auf dem Höhepunkt – können Sie sich vorstellen, was mir ausgerechnet da einfiel?«

»Nein.«

»Ich mußte daran denken, daß Sie ein Killer sind.«

»Und hat Sie das gestört?«

»Aber nein. Ganz im Gegenteil! Ist das nicht komisch?«

»Nein, das ist durchaus üblich, wirklich.« Er nahm die Akte und die Waffe und ging zur Tür. Sie folgte ihm und wartete auf einen Abschiedskuß; die Frostigkeit, die nach dem Koitus von ihm ausging, machte ihr nichts aus.

»Vielen Dank auch«, sagte sie leise, »für den Rat, die Füße richtig aufzusetzen, meine ich. Das hilft, wirklich.«

»Ich liebe die Vorstellung, die Menschen etwas bereichert zu haben, wenn sie von mir gehen.«

Sie reichte ihm die Hand, und er nahm sie. »Sie haben wirklich wunderschöne Augen, Hemlock. Ich bin glücklich, daß Sie gekommen sind.«

»Lieb von Ihnen, daß ich durfte.«

Als er draußen auf dem Korridor auf den Aufzug wartete, war er froh darüber, wie der Abend verlaufen war. Es war einfach und unkompliziert gewesen und hatte vorübergehend Erleichterung verschafft: wie ein Gang auf die Toilette. Das war die Art Beischlaf, wie er sie am liebsten hatte. Im allgemeinen war sein Geschlechtsleben nicht aufregender als, sagen wir, die Tagträume des durchschnittlichen Junggesellen. Freilich neigte er stets einem Höhepunkt zu, wenn er im Begriff stand, eine Strafaktion zu vollziehen. Zu einem hatte er dabei für diese Dinge mehr Gelegenheit als sonst, zum anderen erregte ihn die bevorstehende Gefahr sexuell – vielleicht ein mikroskopisch kleiner Beweis für jene pervertierte Naturkraft, derzufolge in Kriegszeiten mehr Kinder geboren werden als sonst. Wenn er erst mit einer Frau im Bett war, so war er sehr gut. Sein technisches Können hatte nichts mit der Rammelei als solcher zu tun, in dieser Hinsicht war er wohl nicht anders als die Mehrzahl aller Männer. Und wie wir gesehen haben, war diese Fertigkeit auch nicht die Folge seines Werbens und sorgfältiger Vorbereitung. Sie war vielmehr das Ergebnis seines bemerkenswerten Stehvermögens und seiner reichen Erfahrung.

Was seine Erfahrungen betrifft, so braucht darüber nichts weiter gesagt zu werden, als daß er sich selten dazu hinreißen ließ, aus reiner Neugierde den Kopf zu verlieren. Nach Ankara, Osaka und Neapel waren ihm keine Stellungen und keine technischen Nuancen mehr fremd. Im übrigen gab es nur zwei Arten von Frauen, mit denen er noch nichts zu tun hatte: mit australischen Abos und mit Eskimos. Und was das betrifft, so hatte er seines ausgeprägten Geruchssinns wegen keinerlei Ehrgeiz, diese ethnischen Lücken zu schließen.

Der weitaus wichtigste Grund für sein geradezu episch ausgedehntes Stehvermögen war eine Besonderheit seines Tastsinns und der damit verbundenen Nerven. Jonathan spürte nichts, wenn er mit jemandem schlief. Das heißt, er hatte nie jene auf einen bestimmten Körperteil beschränkte Ekstase kennengelernt, die wir mit dem Höhepunkt in Verbindung bringen. Gewiß, sein Organismus produzierte regelmäßig Samen, und daß es so viel war, störte ihn, beeinträchtigte seinen Schlaf und lenkte ihn von seiner Arbeit ab. Daher empfand er es als eine große Erleichterung, wenn er ihn los wurde. Aber Erleichterung bedeutete in seinem Fall das Ende eines Unlustgefühls – nicht Lustgewinn.

Daher war er seiner bemerkenswerten Selbstbeherrschung wegen im Grunde mehr zu bedauern als um die Tüchtigkeit zu beneiden, die sie ihm garantierte.

Montreal   9. Juni

Er rauchte seine Zigarette zu Ende und spülte den Inhalt des Aschenbechers dann die Toilette hinunter. Völlig angekleidet saß er auf dem Bett und machte eine Entspannungsübung, um sich zu beruhigen, atmete tief und regelmäßig durch, entspannte dadurch jeden einzelnen Muskel seines Körpers, legte die Fingerspitzen leicht aneinander und konzentrierte sich auf seine gekreuzten Daumen. Das Dämmerlicht in seinem Hotelzimmer wurde von Lanzen von Sonnenlicht durchbohrt, die durch die nur teilweise hochgestellten Lamellen der Jalousien hindurchdrangen. Winzige Staubteilchen schwebten in diesen Lichtbündeln.

Den Vormittag hatte er damit zugebracht, noch einmal Garcia Krugers Tagesablauf durchzugehen, ehe er den Bericht der Abteilung »Spürhund« vernichtete. Dann hatte er zwei Kunstgalerien besucht, war gemächlich spazierengegangen und hatte bewußt seinen Stoffwechsel gebremst, um sich auf die vor ihm liegende Aufgabe vorzubereiten.

Als Körper und Geist völlig bereit waren, erhob er sich langsam von seinem Bett, um die oberste Schublade einer Kommode aufzuziehen und eine braune, oben wie ein Lunchpaket geschlossene Tüte hervorzuholen, die freilich nichts zu essen enthielt, sondern die mit einem Schalldämpfer versehene Pistole, die Miß Arce ihm gegeben hatte. Eine zweite, genauso aussehende, aber zusammengefaltete Tüte steckte er in die Manteltasche, und dann verließ er das Zimmer.

Krugers Büro lag in einer schmalen und schmutzigen Seitengasse der St.-Jacques-Straße in der Nähe des Bonaventure-Güterbahnhofs. »Kuba-Import und -Export – Garcia Kruger«: ein hochtrabender Name für eine Firma, die niemals Schiffsladungen empfing oder verschickte, und ein lächerlicher Name für einen Mann, der das Zufallsprodukt eines Samens war, den ein deutscher Seemann im Schoß einer Dame mittelmeerischer Herkunft zum Austragen zurückgelassen hatte. Vor dem Haus spielten ein paar Kinder unter den Treppenstufen, die auf die Straße herunterführten, *cache-cache* oder Verstecken. Auf der Flucht vor einem Verfolger prallte ein zerlumpter Gassenjunge mit hungrigem Gesicht und aerodynamisch anliegenden Ohren mit Jonathan zusammen, der ihn festhielt, damit er nicht hinfiel. Der Junge war überrascht und verlegen und machte ein finsteres Gesicht, um sein Unbehagen zu verbergen.

»Ich fürchte, um dich ist's geschehen, mein Junge«, sagte Jonathan auf französisch. »Einen protestantischen Bürger anzurempeln ist ein Terrorakt der FLQ. Wie heißt du?«

Der Junge hörte Jonathans nur zum Schein gestrenger Stimme an, daß

33

er ihn bloß aufziehen wollte, und spielte das Spiel mit. »Jacques«, erwiderte er mit dem breiten Diphthong »au« des Quebecer Gassenjargons. Jonathan tat, als habe er ein Notizbuch in der Hand. »J-a-c-q-u-e-s. Richtig! Wenn das noch mal vorkommt, übergebe ich dich Monsieur Elliot.« Nach einem Augenblick der Unentschlossenheit grinste der Junge Jonathan an und lief fort, um weiterzuspielen.

Garcia Kruger teilte die zweite Etage mit einem Zahnarzt und einem Tanzlehrer. Die untere Hälfte der Fenster war mit Firmenschildern und Reklameplakaten zugekleistert. Gleich hinter der Eingangstür fand Jonathan den Pappkarton, den Miß Arce nach seinen Instruktionen dort abgestellt hatte. Er trug ihn die ausgetretene Holztreppe hinauf, und die lockeren Metallträger quietschten unter seinen Tritten. Nach der strahlenden Helligkeit und dem häßlichen Straßenlärm war es im Korridor kühl und still. Sowohl der Zahnarzt als auch der Tanzlehrer waren für heute schon nach Hause gegangen, doch Jonathan wußte aus seiner Akte, daß er Kruger noch in seinem Büro vorfinden würde.

Auf sein Klopfen ertönte von innen eine gereizte Stimme: »Ja, wer ist denn da?«

»Ich möchte zu Dr. Fouchet«, sagte Jonathan, und ahmte ganz annehmbar die schmeichelnde und dummdreiste Stimme eines Vertreters nach.

Die Tür ging ein paar Zentimeter auf, und über die Sicherheitskette hinweg blickte Kruger ihn an. Er war großgewachsen, ausgemergelt, glatzköpfig, hatte sich einen Tag lang nicht rasiert und in den Augenwinkeln kleine weiße Schleimfleckchen. Sein blauweißgestreiftes Hemd war unter den Armen verschwitzt und zerknittert, und auf der Stirn trug er ein Pflaster über einer Schramme, die zweifellos von seinem Zusammenprall mit dem Laternenpfahl herrührte.

Mit dem Pappkarton auf dem Arm und der Papiertüte darauf, die er mit dem Kinn festklemmte, wirkte Jonathan linkisch und nicht sehr tüchtig.

»Hallo. Ich bin Ed Benson. Von den Arlington-Werken.«

Kruger sagte kurz angebunden, der Zahnarzt habe schon Feierabend gemacht, und schickte sich an, die Tür zu schließen. Rasch erklärte Jonathan, er habe Dr. Fouchet versprochen, ein Muster ihrer neuesten Zahnprothesenmasse vorbeizubringen, habe sich jedoch verspätet,»... und das noch nicht mal aus geschäftlichen Gründen«, wie er, verständnisheischend mit den Augen zwinkernd, hinzufügte.

Kruger gab durch sein vulgäres Lachen zu verstehen, daß er begreife, und seinen Zähnen nach zu urteilen schien er nur höchst selten zum Zahnarzt hinüberzugehen. Aber sein Ton war nicht besonders zuvorkommend.

»Ich hab doch gesagt, er ist schon weg.«

Jonathan zuckte mit den Achseln. »Hm, wenn er weg ist, kann man nichts machen.« Er schickte sich an, wieder umzukehren, doch dann, als sei ihm eine Idee gekommen, sagte er: »Sagen Sie mal, könnte ich nicht das Muster bei Ihnen lassen, Sir? Sie könnten es Dr. Fouchet doch morgen früh geben.« Er zeigte sein entwaffnendstes Lächeln. »Damit würden Sie mir verdammt aus der Patsche helfen.«

Widerstrebend sagte Kruger, er werde das Paket übernehmen. Jonathan wollte es ihm reichen, doch die Sicherheitskette war im Weg. Kruger ließ die Tür mit einem wütenden Knall ins Schloß fallen, hakte die Kette aus und machte die Tür wieder auf. Als Jonathan eintrat, redete er in einem fort; wie heiß es draußen sei, daß es aber nicht so sehr die Hitze als vielmehr die Luftfeuchtigkeit sei, die einen so fertigmache. Kruger knurrte und wandte sich ab, um aus dem Fenster zu sehen, und überließ es Jonathan, das Paket irgendwo in dem unaufgeräumten Büro abzustellen.

Plopp! machte es – der dumpfe Knall einer Achtunddreißiger mit Schalldämpfer, die aus einer Papiertüte heraus abgeschossen wurde.

Kruger wurde herumgewirbelt und prallte gegen die Ecke zwischen zwei Fenstern mit der spiegelverkehrten Aufschrift »Kuba-Import«. Fassungslos starrte er Jonathan an.

Jonathan ließ ihn keinen Moment aus dem Auge und erwartete, daß er eine Bewegung auf ihn zu machen würde.

Kruger jedoch hob die Handflächen nach vorn – eine rührende Geste, so, als wolle er sagen: »Warum?«

Jonathan überlegte, ob er nicht noch einen Schuß abfeuern sollte.

Zwei entsetzlich lange Sekunden blieb Kruger dort stehen, als sei er an die Wand genagelt.

Jonathan wurde unruhig. »Ach, nun komm schon!«

Dann erst rutschte Kruger an der Wand herunter, während der Tod seine Augen umflorte und sie für immer in einem bestimmten Fokus verharren ließ. Der weiße Schleim in den Augenwinkeln war immer noch da. Weil er Kruger nie zuvor gesehen hatte und man ihm daher auch kein Motiv hätte unterstellen können, hatte Jonathan keine Angst, entdeckt zu werden. Er faltete die zerrissene Tüte zusammen, steckte sie zusammen mit der Pistole in die zweite Tüte, die er mitgebracht hatte.

Kein Mensch trägt eine Pistole in einer braunen Tüte mit sich herum.

In der flimmernden Helligkeit der Straße spielten die Kinder immer noch zwischen den Treppenaufgängen. Der kleine Jacques sah Jonathan aus Krugers Haus herauskommen und winkte ihm über die Straße hinweg zu. Jonathan stieß mit dem Zeigefinger vor und tat so, als schieße er auf den Jungen, der die Hände hochwarf und sich wie ein kleiner Schauspieler im Todeskampf aufs Pflaster fallen ließ. Beide lachten.

Montreal/New York/Long Island   10. Juni

Während er wartete, daß das Flugzeug zur Startbahn rollte, breitete Jonathan seine Aktenmappe und seine Papiere auf dem Nebensitz aus und fing an, sich Notizen für einen Artikel zu machen, den er längst hatte schreiben wollen – »Toulouse-Lautrec – Ein soziales Gewissen« – und den er dem Herausgeber einer Kunstzeitschrift mit leicht liberaler Tendenz versprochen hatte. Jonathan konnte sich ungeniert ausbreiten, denn wenn er auf Spesen des CII reiste, buchte er immer zwei Plätze nebeneinander, um vor unerwünschter Unterhaltung sicher zu sein. Diesmal freilich war die extravagante Vorsichtsmaßnahme überflüssig, denn das Abteil der ersten Klasse war nahezu leer.

Sein Gedankenstrom wurde unterbrochen durch die väterliche und plebejische Stimme des Piloten, die ihm mitteilte, wohin und in welcher Höhe sie jetzt fliegen würden. Das Interesse an seinem Artikel über Toulouse-Lautrec war einfach nicht stark genug, diese Unterbrechung zu überleben, und so blätterte er in einem Buch, das er rezensieren wollte. Es handelte sich um eine Abhandlung mit dem Titel *Tilman Riemenschneider – Der Mensch und seine Zeit*. Mit dem Autor war Jonathan bekannt, und er wußte, daß das Buch sowohl Laien wie Fachleute ansprechen sollte, also einen Kompromiß darstellte und zwischen schwülstig und scharfsinnig schwankte. Trotzdem gedachte er, es wohlwollend zu rezensieren - getreu seiner Theorie, die sicherste Methode, eine Spitzenposition auf irgendeinem Gebiet zu behaupten, bestehe darin, Männer von eindeutig geringeren Fähigkeiten zu fördern und zu unterstützen.

Unversehens und in einem Augenblick, da ihm das überhaupt nicht paßte, stieg ihm der Duft ihres Parfums in die Nase – ein herber und doch unaufdringlicher Duft, den er bis heute nicht vergessen hat.

»Sind das beides Ihre Sitze?« fragte sie.

Er nickte, ohne von seiner Arbeit aufzublicken. Zu seiner großen Enttäuschung hatte er aus den Augenwinkeln heraus gesehen, daß sie Uniform trug, was genügte, sie abzulehnen; denn für ihn waren Stewardessen wie Krankenschwestern, etwas, womit man sich nur in fremden Städten abgab, wenn man sonst keine Frau fand.

»Veblen nannte das treffend ›aufwendigen Verbrauch‹.« Ihre Stimme war wie warmer, fließender Honig.

Überrascht, daß eine Stewardeß Bildung verriet, klappte er das Buch zu und blickte in gelassene Augen, die ihn amüsiert ansahen. Braun und weich waren sie, mit Flecken von Goldflitter darin. »Und das würde auch gut auf Mimi im letzten Akt passen.«

Sie lachte perlend – kräftige weiße Zähne und ein wenig kecke, volle Lippen. Dann hakte sie seinen Namen auf einer Liste ab, die sie auf einem Brettchen festgeklemmt hatte, und ging nach hinten, um sich um die anderen Fluggäste zu kümmern. Mit unverhohlener Neugier betrachtete er ihr strammes Gesäß mit der typisch afrikanischen Form, die schwarze Frauen in einen so vorteilhaften Blickwinkel rückt. Dann seufzte er und schüttelte den Kopf. Er wandte sich wieder der Riemenschneiderstudie zu, doch seine Augen wanderten über die Seiten, ohne aufzunehmen, was er las. Später machte er sich einige Notizen; dann nickte er ein.

»Scheiße?« fragte sie, die Lippen nahe an seinem Ohr.

Er wachte auf, drehte den Kopf und blickte zu ihr hinauf. »Wie bitte?« Seine Kopfwendung brachte ihren Busen zehn Zentimeter vor seine Nase, doch er wandte die Augen nicht von den ihren.

Sie lachte – wieder der Goldflitter in ihren Augen – und ließ sich auf der Armlehne nieder.

»*Sie* haben diese Unterhaltung begonnen, indem Sie ›Scheiße‹ sagten, stimmt's?« fragte er.

»Nein, ich hab's nicht gesagt, ich hab's gefragt.«

»Verträgt sich denn das mit Kaffee, Tee und Milch?«

»Nur auf den Fluglinien der Konkurrenz. Ich warf einen Blick über Ihre Schulter auf Ihr Notizbuch und sah das Wort ›Scheiße‹ mit zwei Ausrufungszeichen dahinter. Deshalb meine Frage.«

»Ach so! Ja, das war mein Kommentar über den Inhalt dieses Buches, das ich besprechen muß.«

»Eine fäkalische Studie also?«

»Nein. Ein schlampiges Stück Arbeit, aufgemotzt durch eine nicht stichhaltige Logik und verschachtelte Sätze.«

Sie grinste. »Nicht stichhaltige Logik kann ich ja noch verkraften, aber Schachtelsätze gehen mir auf den Wecker.«

Die leicht asiatisch schräggestellten Mandelaugen, in denen der Schalk saß, gefielen Jonathan. »Ich kann einfach nicht glauben, daß Sie eine Stewardeß sind.«

»Nach dem Motto: Was macht ein Mädchen wie Sie in . . . ? Ich bin gar keine Stewardeß. Ich bin eine verkleidete Flugzeugentführerin.«

»Wie beruhigend. Wie heißen Sie?«

»Jemima.«

»Ach, machen Sie keine Witze!«

»Bestimmt, ich nehme Sie nicht auf den Arm. Ich heiße wirklich so: Jemima Brown. Meine Mutter hatte es nun mal mit der Folklore.«

»Ganz wie Sie wollen, solange wir beide uns einig sind, daß ein solcher Name für ein schwarzes Mädchen einfach zuviel ist.«

»Ich weiß nicht. Die Menschen vergessen einen nicht so leicht, wenn man Jemima heißt.« Sie rückte sich auf der Armlehne zurecht, und ihr Rock rutschte nach oben.

Jonathan bemühte sich, es nicht zu bemerken. »Und ich bezweifle, daß Männer Sie leicht vergessen, selbst wenn Sie Fred hießen.«

»Du liebe Güte, Dr. Hemlock! Gehören Sie vielleicht zu den Männern, die versuchen, mit Stewardessen anzubändeln?«

»Normalerweise nicht, aber offenbar bin ich in der Beziehung entwicklungsfähig. Woher wissen Sie, wie ich heiße?«

Sie setzte eine ernste Miene auf und tat vertraulich. »Das ist eine geheimnisvolle Fähigkeit, die ich besitze – Namen fliegen mir einfach zu. Eine Gabe, gewissermaßen. Zuerst sehe ich mir einen Typ ganz genau an. Dann konzentriere ich mich. Dann sehe ich in der Passagierliste nach, und voilà – schon ist der Name da.«

»Na schön! Und wie nennen die Leute Sie, wenn sie es nicht mit der Folklore haben?«

»Jem. Nur schreiben sie ihn dann wie ›gem‹ – Gemme.« Als leise ein Gong ertönte, blickte sie auf. »Wir werden gleich landen. Sie müssen Ihren Sicherheitsgurt anlegen.« Dann ging sie nach hinten, um sich um die weniger interessanten Fluggäste zu kümmern.

Gern hätte er sie zum Abendessen oder zu sonst etwas eingeladen, aber der richtige Augenblick war verpaßt, und gesellschaftlich gesehen gibt es nun einmal keine größere Sünde, als jemanden im falschen Augenblick einzuladen. Folglich seufzte er und wandte seine Aufmerksamkeit dem verschobenen Spielzeug-New-York zu, das im Fenster unter ihm auftauchte.

Im John-F.-Kennedy-Flughafen sah er Jemima flüchtig noch einmal. Während er ein Taxi herbeiwinkte, lief sie zusammen mit zwei anderen Stewardessen an ihm vorbei. Die drei hatten es offenbar eilig und gingen im Gleichschritt, und ihm kam wieder seine allgemeine Abneigung gegen die Gattung zum Bewußtsein. Es würde nicht ganz der Wahrheit entsprechen, wollte man behaupten, daß er sie während der langen Fahrt vom Flugplatz bis nach Hause aus seinem Denken ausschloß; aber immerhin brachte er es fertig, sie in den dämmerigen Hintergrund seines Bewußtseins zu verbannen. Es war sonderbar tröstlich zu wissen, daß es sie dort draußen gab – als ob ganz unten im Ofen unter einer dicken Schicht Asche noch etwas Glut läge, die den Ofen warmhielt.

Jonathan genoß das dampfende Wasser in seinem römischen Bad. Allmählich verflog die Spannung der letzten paar Tage, entkrampften sich die Muskelstränge in seinem Nacken, wich der Druck hinter seinen Augen, entspannten sich zögernd seine Kiefermuskeln. Der Knoten der Angst in seinem Magen jedoch löste sich nicht auf.

Ein Martini an seiner Bar, eine Pfeife vor seiner Bildersammlung in der Krypta; schließlich kramte er in seiner Küche nach etwas Eßbarem. Seine Suche wurde mit ein paar dänischen Zwiebäcken, einem Glas Erdnußbutter, einer Dose Kimchee und einem Piccolochampagner belohnt. Dieses gastronomische Durcheinander trug er in das Querschiff hinüber, das er in einen Wintergarten verwandelt hatte, setzte sich dort neben dem leise plätschernden Brunnen nieder und ließ sich vom Geräusch des Wassers und den angenehmen Strahlen der einfallenden Sonne einlullen.

Kleine Schweißperlen auf seinem Rücken juckten leise, als er einzuschlafen begann, und der Friede des Hauses kam über ihn.

Doch dann, plötzlich, fuhr er zusammen – fassungslos ihn anstarrende Augen mit weißem Schleim in den Augenwinkeln verjagten ihn aus seinem Traum. Ihm wurde übel.

Ich werde zu alt für solche Sachen, klagte er. Wie habe ich mich bloß jemals auf so etwas einlassen können?

Drei Wochen, nachdem die Entdeckung der verlassenen Kirche seinen Bedarf an Geld noch weiter gesteigert hatte, nahm er in Brüssel an einer Tagung teil und lebte sorglos auf Kosten der Ford Foundation. An einem feuchten, sturmgepeitschten Abend suchte ein CII-Agent ihn in seinem Hotelzimmer auf, und nachdem er eine Weile um den heißen Brei herumgeredet hatte, bat er ihn schließlich, seinem Land einen Dienst zu erweisen. Jonathan hatte sich erst ausgeschüttet vor Lachen, dann verlangte er nähere Erklärungen. Für einen Mann wie ihn, mit »Sphinx«-Ausbildung, war die Aufgabe ziemlich einfach: Sie wollten nichts weiter von ihm, als daß er einen Briefumschlag in die Aktenmappe eines italienischen Tagungsteilnehmers schmuggle. Schwer zu sagen, warum er sich schließlich einverstanden erklärte, es zu tun. Er langweilte sich, gewiß, und das Honorar, die Belohnung in klingender Münze, die man ihm in Aussicht stellte, kam gerade in dem Augenblick, wo er seinen ersten Monet aufgestöbert hatte. Hinzu kam jedoch, daß der Italiener gerade vor kurzem die Stirn gehabt hatte anzudeuten, er verstehe von den Impressionisten fast genausoviel wie Jonathan.

Auf jeden Fall erledigte er die Angelegenheit. Was in dem Umschlag drin war, sollte er nie erfahren; er hörte nur später, der Italiener sei von Agenten seiner eigenen Regierung aufgegriffen und wegen Verschwörung ins Gefängnis gesteckt worden.

Bei seiner Rückkehr nach New York wartete ein Umschlag mit zweitausend Dollar auf ihn – für Auslagen, wie es in einer beigefügten Notiz hieß.

In den folgenden Monaten übernahm er drei ähnliche Botengänge für das CII und wurde jedesmal in gleicher Weise großzügig dafür honoriert, so daß er in der Lage war, ein Bild und etliche Skizzen zu erwerben. Die Kirche jedoch überstieg immer noch seine Möglichkeiten. Er fürchtete, ein anderer würde ihm sein Haus – in Gedanken war es bereits sein Haus – vor der Nase wegschnappen, wiewohl diese Furcht eigentlich ziemlich unbegründet war. Die meisten Gemeinden auf Long Island gaben ihre traditionellen Kirchen zugunsten von Holzbaracken in Fertigbauweise auf, die für ihren Umgang mit Gott offenbar besser geeignet zu sein schienen.

Der Höhepunkt seiner Arbeit für das CII – einer Art Probezeit, wie er später feststellte – kam in Paris, wo er in den Weihnachtsferien ein texanisches Museum beim Ankauf beriet – und den Leuten klarzumachen versuchte, daß kleine Gemälde ebenso wertvoll sein könnten wie großformatige. Das CII konstruierte eine Aufgabe, bei der es um nichts Schlimmeres ging als darum, einem französischen Regierungsbeamten kompromittierendes Material in die Notizbücher zu schmuggeln. Unseligerweise kam der Betroffene dazu, als Jonathan gerade dabei war. Zuerst verlief der Kampf, der sich daraufhin entspann, ziemlich schlecht. Während die beiden sich packten und ringend durch das Zimmer rollten, ließ Jonathan sich dadurch ablenken, daß er versuchte, eine erlesen schöne Schäferin aus Limoges-Prozellan zu schützen, die ständig Gefahr lief, von einem zierlichen Beistelltischchen heruntergestoßen zu werden. Zweimal ließ er den Franzosen fahren, um sie aufzuhalten, als sie umzufallen drohte, und beide Male nutzte sein Gegner die Gelegenheit, ihm mit einem Spazierstock auf Schultern und Rücken einzudreschen. Mehrere Minuten ging der Kampf hin und her. Dann hatte plötzlich der Franzose die kleine Statue in der Hand und schleuderte sie auf Jonathan. Ernüchtert, geschockt und empört über die vorsätzliche Zerstörung von soviel Schönheit, sah Jonathan, wie sie an einem Marmorkamin zerschellte. Er brüllte vor Zorn auf und versetzte ihm mit voller Wucht einen Handkantenschlag auf den Brustkorb unmittelbar unterm Herzen. Der Tod trat augenblicklich ein.

Später an diesem Abend saß Jonathan am Fenster eines Cafés auf der Place St. Georges und sah zu, wie der langsam herniederrieselnde Schnee um die Vorübergehenden herumwirbelte. Er war selber überrascht, daß das einzige, was er – abgesehen von einigen Schrammen – spürte, ein Gefühl tiefen Bedauerns über die Schäferin aus Limoges war. Trotzdem kam er zu dem unwiderruflichen Schluß, niemals wieder für das CII zu arbeiten.

An einem Spätnachmittag, kurz nach Beginn des Wintersemesters, wurde er in seinem Büro durch den Besuch von Clement Pope bei seiner Arbeit unterbrochen. Er hatte vom ersten Augenblick an eine Abneigung gegen diesen schleimigen Speichellecker gefaßt, die ihn niemals wieder verlassen sollte.

Nachdem Pope vorsichtig die Tür zu seinem Büro hinter sich geschlossen, in dem Raum für Jonathans Assistenten nachgesehen und überdies auch noch einen Blick aus dem Fenster auf den mit Schneeresten bedeckten Campus geworfen hatte, erklärte er bedeutungsvoll: »Ich bin vom CII. Von der Abteilung SS.«

Jonathan blickte kaum von seinen Papieren auf. »Tut mir leid, Mr. Pope, aber für Ihre Leute zu arbeiten, macht mir keinen Spaß mehr.«

»SS ist die Abkürzung für ›Spürhund‹ und ›Strafaktion‹. Schon mal von uns gehört?«

»Nein.«

Pope strahlte. »Unsere Sicherheitsvorkehrungen sind eben unübertroffen. Deshalb hat auch noch niemand von uns gehört.«

»Ich bin sicher, daß Sie Ihren Ruf verdienen. Aber jetzt habe ich zu tun.«

»Wegen diesem Franzmann brauchen Sie sich keine grauen Haare wachsen zu lassen, mein Junge. Unsere Leute in Paris haben die Sache vertuscht.« Er setzte sich auf den Rand von Jonathans Schreibtisch und durchblätterte die ersten Papiere, die er dort vorfand.

Jonathans Magen krampfte sich zusammen. »Raus mit Ihnen!«

Pope lachte. »Glauben Sie wirklich, daß ich durch diese Tür verschwinde, Kumpel?«

Jonathan schätzte die Entfernung zwischen ihnen ab. »Entweder durch die Tür oder durchs Fenster. Vergessen Sie nicht, daß wir hier im vierten Stock sitzen.« Sein sanftes, entwaffnendes Lächeln gelang ihm wie von selbst.

»Na, na, Kumpel…«

»Und machen Sie, daß Sie da von meinem Schreibtisch runterkommen!«

»Hören Sie doch mal zu, mein Junge…«

»Hören Sie doch bloß auf, mich ›mein Junge‹ oder ›Kumpel‹ zu nennen!«

»Mann, hätte ich nicht meine Befehle…« Pope spannte die Schultermuskeln und schätzte für einen Augenblick die Lage ab, doch dann rutschte er vom Schreibtisch herunter. »Mr. Dragon will Sie sprechen.« Und dann, um nicht das Gesicht zu verlieren: »Und zwar sofort.«

Jonathan ging hinüber in eine Ecke seines Büros und ließ aus der Kaffeemaschine einen Becher mit Kaffee vollaufen.

»Wer ist dieser Mr. Dragon?«

»Mein Vorgesetzter.«

41

»Darunter kann ich mir nicht sonderlich viel vorstellen.«

»Er möchte mit Ihnen sprechen.«

»Das haben Sie schon mal gesagt.« Jonathan setzte den Becher ab.

»Schön, machen wir also einen Termin aus.«

»Er soll hierher kommen? Sie machen wohl Witze?«

»Tu ich das?«

»Klar.« Pope runzelte die Stirn und rang sich dann zu einem Entschluß durch. »Hier, lesen Sie das, Kumpel.«

Er zog einen geschlossenen Brief aus der Manteltasche und reichte ihn Jonathan.

Sehr geehrter Dr. Hemlock,

wenn Sie diesen Brief lesen, ist es meinem Boten nicht gelungen, Sie allein kraft seiner persönlichen Ausstrahlung zu überzeugen. Das wundert mich nicht. Selbstverständlich hätte ich persönlich zu Ihnen kommen sollen, aber es geht mir leider nicht gut, und meine Zeit ist begrenzt.

Ich möchte Ihnen einen Vorschlag unterbreiten, der Sie sehr wenig Zeit kostet und der es Ihnen ermöglichen würde, jährlich etwa dreißigtausend Dollar dazuzuverdienen, natürlich steuerfrei. Ein Einkommen dieser Größenordnung, glaube ich, würde es Ihnen erlauben, jene Kirche auf Long Island zu kaufen, auf die Sie Ihr Auge geworfen haben, und würde Ihnen vielleicht sogar die Möglichkeit geben, Ihre illegale Gemäldesammlung noch wesentlich zu erweitern.

Wie Sie sehen, versuche ich, Sie mit meinem Wissen über Ihr Leben und Ihre Geheimnisse zu beeindrucken, und ich hoffe sehr, daß mir das gelungen ist.

Falls Sie interessiert sind, begleiten Sie bitte Mr. Pope zu meinem Büro, wo Sie kennenlernen werden

Ihren ergebenen
Yurasis Dragon

Jonathan las den Brief zu Ende und steckte ihn dann sorgfältig wieder in den Umschlag.

»Nun?« fragte Pope. »Was sagen Sie jetzt, Kumpel?«

Jonathan lächelte ihn an, als er sich erhob und das Zimmer durchmaß. Pope erwiderte sein Lächeln, als Jonathans Handrücken ihm ins Gesicht klatschte und ihn aus dem Gleichgewicht brachte.

»Ich habe Sie gewarnt, mich noch einmal ›Kumpel‹ zu nennen. Dr. Hemlock tut's doch auch.«

Tränen standen Pope vor Wut und Schmerz in den Augen, doch er beherrschte sich. »Kommen Sie jetzt mit mir?«

Jonathan warf den Brief auf seinen Schreibtisch. »Ja, ich glaube, ich komme mit.«

Ehe sie gingen, nahm Pope den Brief und steckte ihn zurück in die Manteltasche. »Mr. Dragons Name erscheint nirgendwo in den Vereinigten Staaten auf irgendeinem Stück Papier«, erklärte er. »Ehrlich gesagt, ich habe es noch nie erlebt, daß er irgend jemand einen Brief geschrieben hätte.«

»So?«

»Das sollte Eindruck auf Sie machen.«

»Offenbar mache ich Eindruck auf Mr. Dragon.«

Stöhnend erwachte Jonathan. Die Sonne war untergegangen, und der Wintergarten war von grauem, ungastlichem Dämmerlicht erfüllt. Jonathan stand auf und reckte sich, um seine steifgewordenen Rückenmuskeln zu lockern. Der Abend trieb einen bleiernen Himmel vom Meer herüber. Draußen schimmerten die chartreusegrünen Unterseiten der Blätter matt in der stillen Luft. Fernes Donnergrollen kündigte einen heftigen Regen an.

Er trottete zur Küche hinüber. Regen sehnte er sich immer herbei, und er war darauf vorbereitet, ihn zu empfangen. Als ein paar Minuten später der Sturm über die Kirche hinwegfegte, saß Jonathan, ein Buch auf dem Schoß und eine Kanne Kakao auf dem Tisch neben sich, bereits auf seinem gepolsterten Sessel wie auf einem Thron. Jenseits des begrenzten Lichtkreises, in dem er las, zitterten schwache Muster von Gelb, Rot und Grün über die Wände, als der Regen die farbigen Glasfenster herunterrann. Hin und wieder leuchteten die Formen innerhalb des Raumes auf und tanzten im zuckenden Blitz. Regen prasselte auf das Bleidach; heulend fuhr der Wind um die Ecken.

Zum erstenmal erlebte er dieses Ritual: den alten Aufzug im Haus an der Third Avenue, die verkleideten Wachtposten vor Mr. Dragons Büro, die häßliche und superhygienische Miß Cerberus, die rote Beleuchtung und den überheizten Zwischenraum.

Langsam weitete sich die Iris seiner Augen, und sie unterschieden verschwommene Formen. Und zum erstenmal traten Mr. Dragons blutrote Augen hervor, versetzten ihm einen Schock und machten ihn fast krank.

»Stört Sie mein Äußeres, Hemlock?« fragte Dragon mit seiner künstlich klingenden, metallisch klirrenden Stimme. »Ich persönlich habe mich damit abgefunden. Das Leiden kommt höchst selten vor – fast ist es so etwas wie eine Auszeichnung. Genetische Launen der Natur wie diese deuten auf ganz besondere Abstammung hin. Ich nehme an, die Habsburger waren auf ihre Bluterkrankheit genauso stolz wie ich.« Die pergamentene

Haut um Dragons Augen herum legte sich in tausend Fältchen, als er lächelte und sein dürres Ha-ha-ha ausstieß.

Die trockene, metallische Stimme, die künstliche Umgebung und das ständige Starren dieser scharlachroten Augen bewirkten, daß Jonathan wünschte, mit dieser Unterhaltung zu einem Ende zu kommen.

»Könnten Sie nicht zur Sache kommen?«

»Ich habe nicht die Absicht, unsere kleine Unterhaltung über Gebühr in die Länge zu ziehen, aber ich habe nun einmal sehr wenig Gelegenheit, mich mit gebildeten Menschen zu unterhalten.«

»Richtig. Ich habe ja Ihren Mr. Pope kennengelernt.«

»Er ist ein ergebener und pflichtgetreuer Mitarbeiter.«

»Was sollte er sonst sein?«

Dragon schwieg einen Augenblick. »Hm, kommen wir zur Sache. Wir haben ein Angebot auf eine verlassene gotische Kirche auf Long Island gemacht. Sie wissen, welche ich meine. Wir haben die Absicht, sie abreißen und das Terrain in ein Trainingsgelände für unsere Mitarbeiter ausbauen zu lassen. Wie gefällt Ihnen das, Hemlock?«

»Fahren Sie fort.«

»Falls Sie sich uns anschließen, werden wir unser Angebot zurückziehen, und Sie erhalten einen größeren Vorschuß, der ausreichen dürfte, eine Anzahlung zu machen. Aber ehe ich fortfahre, sagen Sie mir bitte eines: Wie haben Sie darauf reagiert, als Sie feststellten, daß Sie diesen Franzosen umgebracht hatten, der die Porzellanfigur zerschmetterte?«

Um die Wahrheit zu gestehen: Jonathan hatte seit dem Morgen nach diesem Vorfall überhaupt nicht mehr an ihn gedacht. Das sagte er Dragon.

»Phantastisch! Einfach phänomenal! Das bestätigt das Psychogramm von ›Sphinx‹ voll und ganz. Keine Spur von Schuldgefühlen! Sie sind zu beneiden.«

»Woher wissen Sie das mit der Porzellanfigur?«

»Wir haben vom Dach eines gegenüberliegenden Gebäudes alles mit einem Teleobjektiv gefilmt.«

»Woraus ich schließen darf, daß Ihr Kameramann sich ganz zufällig dort oben befunden hat.«

Dragon ließ sein dreifaches trockenes »Ha« vernehmen. »Sie glauben doch wohl nicht, der Franzose wäre rein zufällig hineinmarschiert?«

»Er hätte mich umbringen können.«

»Richtig. Und das wäre wirklich bedauerlich gewesen. Aber wir mußten nun einmal wissen, wie Sie unter Druck reagieren, ehe wir uns entschlossen, Ihnen dieses hübsche Angebot zu machen.«

»Und was genau wollen Sie von mir?«

»Wir nennen es die Ausführung von Strafaktionen.«

»Und wie nennen andere Leute es?«

»Mord.« Dragon war enttäuscht, als dieses Wort keinerlei sichtbare Auswirkung auf Jonathans Gesichtsausdruck hatte. »Eigentlich ist es gar nicht so verworfen, wie es sich für ein jungfräuliches Ohr anhört, Hemlock. Wir beseitigen nur Leute, die unsere CII-Agenten in der Ausübung ihres Berufes umgebracht haben. Diese Vergeltungsmaßnahme ist der einzige Schutz, den die armen Kerle haben. Erlauben Sie mir, daß ich Ihnen ein bißchen von der Entstehung unserer Organisation erzähle, während Sie sich überlegen, ob Sie zu uns stoßen wollen oder nicht. Die Abteilungen ›Spürhund‹ und ›Strafaktion‹...«

Ins Leben gerufen wurde das CII nach dem Zweiten Weltkrieg. Es war ein Zusammenschluß der verschiedenen Büros, Agenturen, Abteilungen und Zellen, die während des Krieges mit Aufgaben des Geheimdienstes und der Spionage betraut waren. Daß diese Gruppen zum siegreichen Ausgang des Krieges beigetragen hatten, läßt sich nicht beweisen, aber man hat behauptet, daß sie weniger Sand ins Getriebe gestreut hätten als ihre Gegenspieler in Deutschland, vornehmlich wohl deshalb, weil sie weniger tüchtig und ihre Fehler aus diesem Grund weniger auffällig waren.

Die Regierung hatte erkannt, daß es nicht ratsam wäre, jene gesellschaftlichen Außenseiter und psychologischen Mutanten, wie sie sich im paramilitärischen Brackwasser von Spionage und Gegenspionage sammeln, nach dem Krieg auf die Zivilbevölkerung loszulassen, und daß mit den einhundertzwei Organisationen, die wie Pilze aus dem Boden geschossen waren, etwas geschehen müsse. Die Kommunisten spielten das Stiehl-die-Akten-und-fotografiere-alles-Spiel offensichtlich mit größter Begeisterung, und folglich riefen unsere gewählten Volksvertreter in einer Anwandlung von ehrgeizigem »Ich auch!« den riesigen verwaltungstechnischen Golem des CII ins Leben.

Funk, Fernsehen und Zeitungen sprechen vom CII als dem *Central Intelligence Institute*, was ein Resultat schöpferischer Überlegung sein muß, denn in Wahrheit handelt es sich bei CII nicht um eine Abkürzung, sondern um die römische Zahl 102 – also um die einhundertzwei kleineren Organisationen, aus denen die Abteilung gebildet wurde.

Innerhalb von zwei Jahren war das CII zu einem politischen Phänomen von alarmierenden Ausmaßen geworden. Sein Netz spannte sich über die gesamten Vereinigten Staaten, ja die ganze Welt, und die Informationen, die das CII über die sexuellen Besonderheiten und die finanziellen Machenschaften vieler unserer bedeutenderen politischen Köpfe gesammelt hat, machten die Organisation völlig unangreifbar und autonom. In der

Praxis wurde der Präsident vom CII immer erst nach vollzogener Tat unterrichtet.

Innerhalb von vier Jahren brachte das CII es fertig, daß unser Spionagesystem in ganz Europa verspottet wurde, daß das Bild vom »bösen Amerikaner« entstand, daß wir dreimal an den Rand eines Krieges gerieten und ein solcher Wust von trivialem und privatem Material angesammelt wurde, so daß man zwei Computersysteme in der unterirdischen Zentrale in Washington installieren mußte – eines, um verlorengegangene Daten wiederzufinden, und eines, um das Riesenmaterial überhaupt zu sichten.

Infolge der bürokratischen Systemen innewohnenden tückischen Eigengesetzlichkeit fuhr die Organisation fort, sich machtmäßig und personell weiter auszudehnen. Diese Expansion wurde plötzlich gebremst und kam eines Tages unerwartet ganz zum Stillstand. Die Computer des CII informierten die Verantwortlichen über eine erstaunliche Tatsache: Die Personalverluste außerhalb von Amerika waren etwa genauso groß wie die Zahlen der ehrgeizigen Bewerber zu Hause. Ein Team von Analytikern der *Information Limited* wurde engagiert, dieser unglaublichen Abnutzungserscheinung auf den Grund zu gehen, und man stellte fest, daß 36 Prozent der Verluste aus Überläufern bestanden; 27 Prozent beruhten auf unsachgemäßer Behandlung von Lochkarten (und man riet dem CII, diese Verluste einfach hinzunehmen, da es leichter sei, diese Männer abzuschreiben, als die gesamte Lohn- und Personalabteilung umzuorganisieren); vier Prozent der Verluste wurden auf unsachgemäßen Umgang mit Sprengstoffen zurückgeführt, und zwei Prozent waren ganz einfach »verloren« – Opfer der europäischen Eisenbahnfahrpläne.

Die verbleibenden 31 Prozent waren ermordet worden. Verluste durch Ermordung stellten ein ganz besonderes Problem dar. Da die Agenten des CII im Ausland nicht im Auftrag der dortigen Behörden, oft sogar zum Schaden der jeweiligen ausländischen Regierung arbeiteten, konnten sie sich auch nicht um finanziellen Schutz bemühen. Als echte Verwaltungsmenschen beschlossen die Leiter des CII, man müsse eine besondere Abteilung aufbauen, die sich mit diesem Problem beschäftigen solle. Sie verließen sich auf ihre Computer, um den Mann hierfür zu finden, der das Zeug dazu hatte, die neue Abteilung zu leiten, und die Karte, die bei der letzten Siebung zurückblieb, trug den Namen von Yurasis Dragon. Um Mr. Dragon in die Vereinigten Staaten zu bringen, war es nötig, ihn von Beschuldigungen reinzuwaschen, die im Zusammenhang mit gewissen kleineren Massentötungen standen und beim Tribunal für Kriegsverbrechen vorlagen, doch das CII hielt diese Aufgabe als für der Mühe wert.

Die neue Abteilung wurde »Spürhund« und »Strafaktion« genannt, also SS. Die hausinterne Bezeichnung – *Sweat Shop* – beruht auf den beiden

Anfangsbuchstaben und ist eine Rückbildung und Verballhornung von *Wet Shop*, einer Bezeichnung, die selbstverständlich mit dem Jargonausdruck *wet work* – nasse Arbeit – zu tun hat und vornehmlich den Tatbestand des Tötens ausdrückt. Die Abteilung »Spürhund« erledigte, wie schon der Name sagt, das Aufspüren von Leuten, die für die Ermordung von CII-Agenten verantwortlich sind, wohingegen die Abteilung »Strafaktion« die Schuldigen mit dem Tode bestrafte.

Es war typisch für Dragons Sinn für Dramatik, daß alle Angehörigen der Abteilung »Strafaktion« Decknamen trugen, die irgendwie etwas mit Giften zu tun haben. »Wormwood«, also Wermut, war Kurier der Abteilung »Strafaktion« gewesen. Außerdem arbeitete eine wunderschöne Eurasierin für die Abteilung, die jedesmal mit dem Todeskandidaten (gleich, ob Mann oder Frau) ins Bett ging, ehe sie ihren Auftrag ausführte. Ihr Deckname war Belladonna. Jonathan bekam von Dragon übrigens niemals einen Decknamen. Offensichtlich hielt er es für einen Akt der Vorsehung, daß Jonathan bereits einen für einen Gelehrten wahrhaft passenden Namen trug: Hemlock, also Schierling – das Gift des Sokrates.

Dragon tischte Jonathan eine schöngefärbte und romantische Version all dieser Tatsachen auf. »Nun, wie steht's, Hemlock – machen Sie mit, stoßen Sie zu uns?«

»Und wenn ich mich weigere?«

»Ich hätte Sie nicht hierher gebeten, wenn ich das für wahrscheinlich hielte. Wenn Sie sich weigern, wird die Kirche, an die Sie Ihr Herz gehängt haben, abgerissen werden, und Ihre persönliche Freiheit ist dann leider in Gefahr.«

»Wieso?«

»Wir wissen alles über die Bilder, die Sie gesammelt haben. Und die staatsbürgerliche Pflicht würde es von uns verlangen, daß wir die Behörden verständigen, es sei denn, wenn wir das täten, würden wir einen guten und bewährten Mitarbeiter verlieren.« Die blutroten Augen blinkerten. »Sind Sie unser Mann?«

Um Jonathan drehte sich unversehens alles, als ihm über dem Buch auf seinem Schoß der Kopf auf die Brust sackte. Er holte erschrocken Luft und zwinkerte herab auf die Seite, an deren Inhalt er sich nicht mehr erinnerte. Der Kakao war kalt geworden, und obendrauf hatte sich eine schokoladefarbene Haut gebildet. Es donnerte nicht mehr, und der Wind hatte sich gelegt; nur der Regen trommelte noch gleichmäßig und einschläfernd gegen die farbigen Fenster. Jonathan wandte sich um, knipste das Licht aus und ging dann mit einer Sicherheit, wie sie auf langer Gewohnheit beruht, durch das dunkle Schiff. Immer noch abgespannt nach einem

47

mit Nichtstun verbrachten Tag, blieb er eine Weile vor seinem mächtigen Bett aus dem sechzehnten Jahrhundert stehen, blickte über die Chorbalustrade hinüber zu den gedämpften bunten Fenstern, lauschte hierhin und dorthin, nahm das Geräusch des Regens wahr und überhörte es dann wieder.

Die Spannung von Montreal verkrampfte ihm immer noch den Magen. Die ersten Schichten des Schlafs schlossen sich sanft über ihm, verflogen jedoch jählings, als er angstgepeitscht hochfuhr. Bewußt beschwor er in seinem Geist Bilder herauf und versuchte, die weißen Schleimflecken in gewissen Augenwinkeln zu vertreiben. Zuletzt konzentrierte er sich auf den Goldflitter warmer brauner Augen.

Plötzlich war er hellwach und mußte sich übergeben. Unbewußt hatte er das Bedürfnis danach bekämpft, aber jetzt konnte er einfach nicht mehr. Nachdem er sich übergeben hatte, lag er splitternackt über eine Stunde auf den kalten Bodenfliesen seines Badezimmers und versuchte, seine Gedanken zu sammeln.

Dann ging er wieder zu Bett und kehrte zurück zu dem Bild von den Goldflitteraugen.

Long Island   11. Juni

Als Jonathan erwachte, fühlte er sich weder frisch, noch war er bester
Laune. Erst mußte er ganze Schichten von Unbehagen durchstoßen.
Traumreste mischten sich mit der auf ihn eindringenden Wirklichkeit.
War es Wirklichkeit oder war es Traum? Auf jeden Fall versuchte irgend
jemand, ihm seinen Schmuck wegzunehmen, die Familienjuwelen – nein,
Gemmen waren es.
Seine Lenden kribbelten. Durch schmale Augenschlitze, die nicht größer
werden wollten, versuchte er sein Zimmer zu fixieren. »Ach nein!«
krächzte er dann. »Was zum Teufel, machst du da, Cherry?«
»Guten Morgen, Jonathan«, sagte sie fröhlich. »Hat das gekitzelt?«
Er stöhnte und drehte sich auf den Bauch.
Cherry, die nur mit ihren Tennisshorts bekleidet war, schlüpfte zu ihm
unter die Decke und brachte ihre Lippen ganz nahe an sein Ohr.
»Knusper, knusper, Knäuschen«, sagte sie und knapperte daran.
»Laß mich«, ließ er gedämpft seine Stimme aus dem Kopfkissen heraus
vernehmen. »Wenn du mich nicht in Ruhe läßt, werde ich…« Ihm fiel
keine geeignete Strafe ein, und so stöhnte er nur.
»Was wirst du dann tun?« fragte sie aufgekratzt. »Mich vergewaltigen?
Ach, weißt du, ich habe letzthin viel über das Vergewaltigtwerden nachgedacht. Gut ist es nicht, denn das läßt den beiden Beteiligten keine Gelegenheit, zwischenmenschliche Beziehungen aufzubauen. Aber es ist immer noch besser als Onanieren. Man ist dabei nicht so einsam. Verstehst
du, was ich meine? Wenn du also versessen darauf bist, mir Gewalt anzu-
tun, dann bleibt mir wohl nichts anderes übrig, als es hinzunehmen wie
eine Frau.« Und damit warf sie sich herum und streckte Arme und Beine
von sich wie ein gekreuzigter Sankt Andreas.
»Ach, Cherry, Cherry! Ich sollte dir wirklich den Hintern versohlen.«
Augenblicklich legte sie das Kinn in die Handfläche, stützte sich auf den
Ellenbogen und war ganz Ernst und Besorgnis. »Für einen Sadisten hab
ich dich eigentlich nie gehalten, Jonathan. Aber es ist wohl die Pflicht einer liebenden Frau, den sexuellen Besonderheiten ihres Mannes Rechnung zu tragen.«
»Du bist keine liebende, sondern eine läufige Frau. Aber wie du willst!
Ich gebe mich geschlagen! Ich steh schon auf. Warum gehst du nicht runter und machst mir einen Kaffee?«
»Der steht bereits fix und fertig neben dir, du ungestümer Liebhaber. Ich
hab ihn schon gekocht, ehe ich heraufkam.« Auf dem Nachttisch stand
ein Tablett mit Kaffeekanne und zwei Tassen. Als er sich aufsetzte, stopfte

sie ihm die Kissen in den Rücken, dann schenkte sie ihm Kaffee ein und reichte ihm die Tasse, die er nur mit Mühe im Gleichgewicht halten konnte, als sie wieder ins Bett hineinkletterte und sich so neben ihn setzte, daß ihre Schultern und Hüften sich berührten, und auch noch das eine Bein über das seine legte. Jonathan spürte, daß das Oberliga-Sexspiel für den Augenblick vorbei war, doch war sie immer noch bis zum Nabel nackt, und ihrer Bikinibräune wegen stachen ihre weißen Brüste vorteilhaft vom warmen Kupferton ihrer übrigen Haut ab.

»He, Jonathan?« sagte sie ernst und blickte dabei auf den Boden ihrer Tasse. »Darf ich dich mal was fragen? Es stimmt doch, daß der frühe Morgen die beste Zeit für mich wäre, an dich ranzukommen, oder? Es stimmt doch, daß Männer morgens oft mit einer Erektion aufwachen, ja?«

»Das bedeutet im allgemeinen, daß sie pinkeln müssen«, knurrte er in seine Tasse hinein.

Schweigend verdaute sie diese Information. »Die Natur ist eben verschwenderisch«, kommentierte sie dann niedergedrückt. Doch dann schnellte ihre Laune wieder nach oben. »Aber keine Angst. Eines Tages werde ich dich schon noch überrumpeln, wenn du mal nicht aufpaßt, und dann – bums!«

»Bums?«

»Nicht sonderlich lautmalerisch, was?«

»Hoffentlich!«

Einen Augenblick war sie in sich zurückgezogen, dann wandte sie sich wieder an ihn und fragte: »Es liegt nicht an mir, oder? Ich meine, wenn ich keine Jungfrau mehr wäre, würdest du mit mir schlafen, nicht wahr?«

Er verschränkte die Hände hinter dem Kopf und reckte sich bis in die Zehen hinein. »Bestimmt. Sofort. Bums!«

»Denn«, verfolgte sie ihren Gedankengang weiter, »schließlich bin ich einigermaßen hübsch und schrecklich reich, und schlecht gebaut bin ich auch nicht.« Sie hielt inne und wartete auf ein Kompliment von ihm. »He! Wir sprachen gerade darüber, wie ich gebaut bin!«

Abermals hielt sie inne. »Na, zumindest meine Brüste können sich doch sehen lassen, stimmt's?«

Er blickte nicht hinüber. »Gewiß doch. Sie sind großartig.«

»Jetzt hör aber auf! Guck sie dir doch mal an! Vielleicht sind sie nach gängigen Maßstäben ein bißchen klein, aber dafür sind sie fest und süß, findest du nicht auch?«

Er legte eine Hand unter eine ihrer Brüste und begutachtete sie mit professioneller Kurzsichtigkeit. »Sehr schön«, lautete sein Urteil. »Und dann sind es auch noch zwei, was etwas ganz Besonderes ist.«

»Und warum gibst du dann nicht deinen Widerstand auf und schläfst mit mir?«

»Weil du so süß verlegen bist. Und außerdem bist du noch Jungfrau. Die süße Verlegenheit könnte ich ja noch verzeihen in der Annahme, daß du die mit der Zeit schon ablegst, aber Jungfräulichkeit – nie! Also, warum ziehst du jetzt nicht wieder deine Bluse an?«

»Nei-ein! Lieber nicht. Wer weiß? Vielleicht löst das bei dir plötzlich einen normalen Impuls aus, und – bäng-bäng!«

»Bäng-bäng?«

»Das klingt besser als bums! Komm, ich schenk dir noch Kaffee ein.«

Sie goß ihm ein und trug ihre eigene Tasse hinüber an den Rand der Empore, wo sie sich gegen die Balustrade lehnte und gedankenverloren über das Mittelschiff hinwegblickte.

Cherry war Jonathans nächste Nachbarin. Mit ihren Haustieren und Dienstboten bewohnte sie ein weitläufiges Landhaus, das nicht ganz einen halben Kilometer weiter an derselben Straße lag. Sie teilten sich die Kosten des künstlich angelegten Sandstrandes, der die beiden Grundstücke miteinander verband. Ihr verstorbener Vater, der Syndikus James Mathew Pitt, hatte das Anwesen erst kurz vor seinem Tod erworben, und Cherry machte es Spaß, es zu verwalten. Wenn er auf Reisen ging, vertraute Jonathan ihr sein Haus sowie die Bezahlung der für das Grundstück anfallenden Rechnungen an. Aus diesem Grund hatte er ihr einen Schlüssel geben müssen, und sie ging hier ein und aus, um sich Bücher aus seiner Bibliothek zu holen und für ihre Partys Anleihen aus seinem Sektvorrat zu machen. Er nahm an diesen Partys niemals teil, denn er legte keinen Wert darauf, die freizügigen jungen Leute ihres Kreises kennenzulernen. Überflüssig zu sagen, daß sie nichts weiter von ihm wußte, als daß er Professor und Kunstkritiker war und, soweit sie wußte, einigermaßen wohlhabend und unabhängig. Niemals war sie eingeladen worden, sich seine private Kunstsammlung unten in der Krypta anzusehen.

Nach und nach hatte ihr Sexspiel bestimmte Formen angenommen und bestand jetzt im wesentlichen aus episch breiten Verführungsversuchen ihrerseits und stoischen Weigerungen, diesen zu verfallen, seinerseits. Das Ganze beruhte auf der stillschweigenden Übereinkunft, daß Jonathans Rolle darin zu bestehen habe, sie sich in dieser Beziehung vom Hals zu halten. Sie hätte nicht gewußt, was tun, wäre ihm jemals eingefallen, es nicht zu tun. Diese Rangelei entbehrte niemals eines gewissen Reizes, denn beide gaben sich ihr mit viel Humor hin. Außerdem enthielt das Ganze als Würze noch die vage Möglichkeit, es könnte sich doch einmal etwas daraus ergeben, und so hatte ihre Beziehung stets einen Anflug von echtem Sex.

Nach einem ausgedehnten Schweigen sagte Cherry plötzlich, ohne sich nach ihm umzuwenden: »Bist du dir eigentlich klar darüber, daß ich die einzige vierundzwanzig Jahre alte Jungfrau auf ganz Long Island bin – die paar an Händen und Füßen gelähmten sowie eine Handvoll Nonnen ausgenommen? Und daran bist einzig und allein du schuld. Du bist es der Menschheit schuldig, mir endlich den Anstoß zu geben.«

Schwungvoll drehte Jonathan die Beine aus dem Bett. »Wenn ich mich nicht mit Jungfrauen einlasse, so ist das bei mir nicht nur eine Frage der Ethik, sondern auch eine Frage der Mechanik. Ein Mädchen zu entjungfern, fällt einem Mann in meinem Alter schon verdammt schwer.«

»Okay! Bestraf dich nur selbst! Versag dir die Wonnen des Fleisches. Mir macht das nichts aus!« Sie folgte ihm ins Badezimmer, wo sie die Stimme erheben mußte, um das in die römische Badewanne rauschende Wasser zu übertönen. »Und dabei macht es mir doch was aus, weißt du. Schließlich, irgend jemand *muß* mir doch einmal den Anstoß geben.«

Von der Toilette rief er herüber: »Und irgend jemand muß auch den Müll wegtragen. Aber ich bestimmt nicht.« Das unterstrich er, indem er die Wasserspülung zog.

»Hübsche Analogie!«

Er kehrte zurück ins Badezimmer und ließ sich in das heiße Wasser gleiten. »Warum ziehst du dich nicht an und bereitest uns ein schönes Frühstück?«

»Ich will deine Geliebte sein, nicht deine Frau.« Dennoch ging sie zögernd zurück ins Schlafzimmer.

»Und zieh dir dein Hemd über, ehe du hinuntergehst!« rief er hinter ihr her. »Du könntest draußen Mr. Monk begegnen.« Mr. Monk war der Gärtner.

»Ich möchte mal wissen, ob der vielleicht bereit wäre, mich von dieser schmachvollen Keuschheit zu befreien.«

»Mit dem Gehalt, das er von mir bekommt, bestimmt nicht«, brummte Jonathan vor sich hin.

»Ich nehme an, du möchtest deine Eier roh«, rief sie, als sie hinausging.

Nach dem Frühstück ging sie im Wintergarten auf und ab, während er seine Morgenpost in die Bibliothek hinübertrug, wo er ein bißchen arbeiten wollte. Überrascht und ein wenig beunruhigt stellte er fest, daß der übliche blaue Umschlag vom CII mit dem Honorar in bar nicht dabei war. Routinemäßig wurde es stets am Abend nach seiner Rückkehr von einer Strafaktion von einem Boten in seinen Briefkasten gesteckt. Er war jedoch sicher, daß es sich hier nicht um ein Versehen handelte. Irgend etwas führte Dragon im Schilde. Aber es blieb ihm nichts anderes übrig, als abzuwarten, und so sah er sich seine Kontoauszüge an und stellte fest, wenn er die zehntausend für den neuen Pissarro ausgegeben und seinen Gärtner für den Sommer im voraus bezahlt hatte, blieb nur noch sehr wenig übrig. Auf großem Fuß würde er in diesem Jahr nicht leben können, aber immerhin, er würde zurechtkommen. Seine Hauptsorge war, daß er dem Kunsthehler in Brooklyn das Geld für heute versprochen hatte. Er beschloß zu telefonieren und ihn zu überreden, das Bild noch einen weiteren Tag für ihn aufzuheben.

»...ja, aber wann *können* Sie es denn abholen, Jonathan?« fragte der Händler. Seine Stimme klang wegen der überartikulierten Konsonanten des Levantiners sehr rauh.

»Morgen, nehme ich an. Oder übermorgen.«

»Kommen Sie übermorgen. Morgen will ich mit meiner Familie 'raus nach Jones Beach. Und Sie werden die zwölftausend bei sich haben, wie abgemacht?«

»Die *zehn*tausend wie abgemacht.«

»Waren es nur zehn?« fragte der Händler mit kummervoller Stimme.

»Es waren nur zehn.«

»Ach, Jonathan, was mach ich bloß? Ich lasse zu, daß meine Freundschaft zu Ihnen die Zukunft meiner Kinder gefährdet. Aber – abgemacht ist abgemacht. Ich bin Philosoph. Ich verstehe, mit Anstand zu verlieren. Aber bringen Sie das Geld unbedingt vor Mittag. Es ist gefährlich, ein solches Objekt hier bei mir aufzubewahren. Außerdem habe ich noch einen Interessenten.«

»Das ist natürlich gelogen!«

»Ich lüge nicht, ich stehle. Ich habe wirklich einen Interessenten. Er hat heute Kontakt mit mir aufgenommen. Wenn Sie also das Bild nicht verlieren wollen, dann seien Sie pünktlich. Sie verstehen?«

»Ich verstehe.«

»Gut. Alsdann! Und wie geht's der Familie?«

»Ich bin Junggeselle. Es ist doch immer wieder dasselbe. Sie fragen mich jedesmal, wie es meiner Familie geht, und ich sage Ihnen jedesmal, daß ich nicht verheiratet bin.«

»Ach, ich bin eben vergeßlich. Hab ich nicht auch vergessen, daß es nur zehntausend waren? Aber im Ernst, Sie sollten sich eine Familie anschaffen. Was soll das Leben, wenn man keine Kinder hat, für die man arbeitet? Können Sie mir das sagen?«

»Übermorgen bin ich bei Ihnen.«

»Ich freue mich darauf. Seien Sie pünktlich, Jonathan. Es ist noch ein anderer Käufer da.«

»Das haben Sie mir schon gesagt.«

Etliche Minuten, nachdem er aufgelegt hatte, saß Jonathan mit düsterer Miene am Schreibtisch. Die Angst, daß ihm der Pissarro durch die Lappen gehen könnte, legte sich bedrückend auf seine Stimmung. Beunruhigt überlegte er, was wohl im Kopf von Mr. Dragon vorging.

»Hast du Lust, ein paar Bälle zu klopfen?« rief Cherry vom anderen Ende des Schiffes herüber.

Es hat keinen Sinn, herumzusitzen und sich zu mopsen, und so sagte er zu. Der Sturm hatte die Wolken vom Himmel gefegt, und es war ein strahlendheller Tag voller Sonne geworden. Eine Stunde lang spielten sie Tennis, dann löschten sie ihren Durst mit zwei Piccolos. Sie tat es ihm in seiner profanen Gewohnheit nach und trank den Champagner aus der Flasche, als wäre es Bier. Später schwammen sie ein bißchen im Meer, um sich abzukühlen.

Cherry schwamm in ihren Tennisshorts, und als sie aus dem Wasser herauskam, waren ihre Hosen fast durchsichtig.

»Ich komme mir vor wie ein italienisches Starlet«, erklärte sie und blickte an sich hinunter auf das dunkle Dreieck, das durch ihre nassen Shorts hindurchschimmerte.

»Ich auch«, sagte er und ließ sich auf den heißen Sand fallen. Eine Weile plauderten sie, während sie aus ihrer Faust Sand auf seinen Rücken rieseln ließ. Sie erwähnte, daß sie das Wochenende mit einigen ihrer Freunde auswärts verbringen würde und lud ihn ein, mitzukommen, doch er lehnte ab. Ihre allzu jungen und übertrieben liberalen Freunde mit ihrem nomadischen Liebesleben und ihrer überspannten Denkweise langweilten ihn.

Ein kühler Wind fuhr in kurzen Stößen den Strand herunter – ein Vorbote des Regens, der gegen Abend wieder einsetzen würde, und nachdem Cherry Jonathan ohne allzuviel Hoffnung nochmals aufgefordert hatte, sie in sein warmes Bett zu nehmen, ging sie nach Hause.

Auf dem Rückweg zu seiner Kirche erblickte Jonathan seinen Gärtner, Mr. Monk. Einen Moment lang überlegte er, ob er sich nicht davonschleichen solle, um nicht mit ihm zusammenzutreffen, doch dann ärgerte ihn die Vorstellung, vor einem Angestellten Angst zu haben, und so ging er tapfer weiter. Mr. Monk war der beste Gärtner auf der ganzen Insel, war jedoch nicht sonderlich gefragt. Er litt an der Wahnvorstellung, Gras, Blumen und Sträucher wären samt und sonders seine persönlichen Feinde, die es darauf abgesehen hätten, ihn diabolisch und mit List und Tücke ins Verderben zu jagen. Er hatte die Angewohnheit, Unkraut mit geradezu sadistischem Vergnügen auszureißen, die Hecken zu schneiden, als gälte es, sie zu bestrafen, und das Gras wutentbrannt zu mähen und es dabei ständig mit Schimpfworten aus der Fäkalsphäre zu überhäufen.

Und wie zum Hohn wuchsen, blühten und gediehen Gärten und Anlagen unter seiner Hand, was er als eine absichtliche Beleidigung betrachtete und woraufhin sein Haß sich nun noch um so mehr über sie ergoß.

So brummelte er auch vor sich hin, als er den Rand einer Blumenrabatte mit dem Spaten bestrafte. Jonathan trat verlegen hinzu, beinahe schüchtern, und sagte: »Nun, wie steht's, Mr. Monk?«

»Was? Ach, Sie sind es, Dr. Hemlock! Bescheiden steht's, kann ich Ihnen nur sagen! Diese verdammten Blumen wollen immer bloß Wasser, Wasser, Wasser, Wasser! Eine Bande von Scheiße fressenden geilen Gewächsen ist das. Wasserköpfe! Sagen Sie mal, was für ein Badeanzug war das eigentlich, den Ihre Nachbarin da eben trug? Ich konnte richtig durchsehen, bis auf ihre Pietzen. Bißchen geschielt haben die. Nun sehen Sie sich bloß mal diesen Spaten an – in der Mitte durchgebogen. Andere macht man heute gar nicht mehr. Taugen einen Scheißdreck! Haben Sie noch die Zeiten erlebt, in denen ein Spaten...«

Jonathan murmelte entschuldigend, alles sehe sehr gut aus, und dann verzog er sich und schlich nach Hause.

Sobald er in die kühle, beruhigende Weite des gewölbten Schiffes eingetreten war, stellte er fest, daß er Hunger hatte, und richtete sich ein leichtes Mittagessen, bestehend aus Macadamia-Nüssen, polnischer Wurst, einem Apfel und einem Piccolo. Dann rauchte er eine Pfeife, entspannte sich und nahm sich fest vor, nicht auf das Klingeln des Telefons zu lauern. Dragon würde Kontakt mit ihm aufnehmen, wenn es an der Zeit war. Das beste war, man wartete einfach auf ihn.

Um auf andere Gedanken zu kommen, ging er hinunter in seine Galerie und verbrachte einige Zeit bei seinen Bildern. Als er soviel Kraft aus ihnen gezogen hatte, wie sie ihm im Augenblick geben konnten, setzte er sich an den Schreibtisch und arbeitete, allerdings wenig zielbewußt, an seinem Lautrec-Artikel, aus dem jedoch nicht so recht etwas werden wollte. Immer wieder schweiften seine Gedanken ab, und er überlegte, was Dragon wohl vorhabe – und dachte an seinen Pissarro, der ihm zu entgehen drohte. Ohne es jemals in Worte gefaßt zu haben, war er sich doch schon seit geraumer Zeit darüber klar, daß er nicht weiter für das CII arbeiten könne. Sein Gewissen spielte bei diesem wachsenden Unbehagen selbstverständlich keine Rolle. Das einzige, was ihn quälte, wenn er ein Mitglied der erbärmlichen Subkultur der Spionage umbrachte, war der Ärger darüber, überhaupt mit ihnen zu tun zu haben. Vielleicht war es die Erschöpfung. Möglicherweise auch die Spannung der letzten Tage. Wenn es nur eine Möglichkeit gäbe, seinen Lebensstil aufrechtzuerhalten, sein Haus und seine Sammlung zu behalten, ohne an diese Dragons, Popes und Melloughs gebunden zu sein...

Miles Mellough! Er biß die Zähne zusammen, als er an diesen Mann dachte. Zwei Jahre lang hatte er jetzt schon geduldig darauf gewartet, daß das Schicksal ihm eine Chance gab, Miles umzulegen. Ehe diese Schuld nicht beglichen war, durfte er die sichere Deckung durch den CII auf keinen Fall verlassen.

Er hatte nur sehr wenigen Menschen jemals gestattet, seinen Schutzpanzer aus kühler Distanziertheit zu durchbrechen. Jenen gegenüber, die das fertiggebracht hatten, bewahrte er eine geradezu verbissene Treue – und von seinen Freunden erwartete er, daß sie seine rigorosen Ansichten über Freundschaft und Treue teilten. Doch im Laufe seines Lebens waren nur vier Männer nahe genug an ihn herangekommen, um seiner Freundschaft teilhaftig zu werden – und damit freilich auch das damit verbundene Risiko einzugehen, seinen Zorn auf sich zu ziehen. Da war Big Ben Bowman, den er schon seit drei Jahren nicht mehr gesehen hatte, mit dem er jedoch auf Berge geklettert war und Bier getrunken hatte. Und Henri Baq, ein französischer Geheimagent mit der Gabe, über alles lachen zu können – ein Mann, dem man vor zwei Jahren ein Messer in den Leib gerammt hatte. Und Miles Mellough, der für Baqs Tod verantwortlich war und einst zu Henris und Jonathans engsten Freunden gehört hatte.

Der vierte war der Grieche gewesen, der Jonathan während einer Strafaktion verraten hatte. Nur dank einer glücklichen Fügung sowie dadurch, daß er nachts verzweifelt vier Meilen durch das nächtliche Meer geschwommen war, hatte Jonathan sein Leben retten können. Selbstverständlich hätte Jonathan so vernünftig sein und einsehen sollen, daß jeden Mann, der einem zyprischen Griechen vertraute, ein trojanisches Schicksal erwartete – was ihn jedoch nicht daran gehindert hatte, ruhig den richtigen Zeitpunkt abzuwarten, bis er ihm in Ankara ins Garn lief. Der Grieche hatte keine Ahnung, daß Jonathan von seinem Verrat wußte – vielleicht hatte er den ganzen Vorfall auch schon vergessen, denn schließlich war er Grieche –, und so nahm er das Geschenk (es handelte sich um seinen Lieblingsarrak) ohne zu zögern an. Der Inhalt der Flasche war mit Stechapfelgift versetzt worden. Der alte Türke, der das erledigt hatte, benutzte die uralte Methode, die Stechapfelsamen zu verbrennen und den Rauch mit einer irdenen Schale aufzufangen, über die dann der Arrak gegossen wurde.

Der Grieche lebte jetzt für immer in einer Irrenanstalt, wo er zusammengekauert in einer Ecke hockte, hin und her schaukelte und endlos einen einzigen Ton vor sich hinsummte.

Da er mit dem Griechen abgerechnet hatte, mußte nur noch Miles Melloughs Schuld beglichen werden. Jonathan war fest davon überzeugt, daß Miles ihm eines Tages über den Weg laufen würde.

Das Klingeln des Telefons riß ihn aus seinen morbiden und zusammenhanglosen Träumereien heraus.

»Hemlock? Wir haben Nachricht aus Montreal. Glatte Arbeit, Kumpel!«
Clement Popes klirrende Versicherungsvertreterstimme genügte, um Jonathan auf die Palme zu bringen.

»Mein Geld war heute morgen nicht im Briefkasten, Pope.«

»Was Sie nicht sagen!«

Jonathan holte tief Atem, um sich zu beherrschen. »Ich möchte mit Dragon sprechen.«

»Sprechen Sie mit mir. Ich bring die Sache schon in Ordnung.«

»Ich werde meine Zeit nicht mit einem Schleimscheißer verplempern. Holen Sie Dragon an den Apparat.«

»Soll ich nicht lieber zu Ihnen hinauskommen, damit wir uns in aller Ruhe unterhalten können?« Pope machte sich lustig über ihn. Er wußte, daß Jonathan es sich nicht leisten konnte, mit ihm gesehen zu werden. Da Dragon aus verständlichen Gründen sein Domizil nicht verlassen durfte, galt nach außenhin Pope als Leiter der Abteilung SS. Sich mit ihm sehen zu lassen war gleichbedeutend damit, am nächsten Morgen einen Aufkleber mit der Aufschrift »Unterstützt das CII« am Wagen zu haben.

»Wenn Sie zu Ihrem Geld kommen wollen, dann sollten Sie sich lieber dazu entschließen, mit uns zusammenzuarbeiten, Kumpel. Dragon spricht nicht übers Telefon mit Ihnen, aber Sie können ihn hier sprechen.«

»Wann?«

»Gleich. Er möchte, daß Sie sich in den nächsten Zug setzen.«

»Na schön. Aber erinnern Sie ihn nochmals daran, daß ich fest mit diesem Geld rechne.«

»Ich bin fest davon überzeugt, das weiß er auch so, mein Junge.« Pope legte auf.

Eines Tages, das schwor Jonathan sich, eines Tages werde ich mit diesem Scheißkerl allein in einem Zimmer sein. Und zehn Minuten genügen...

Nachdem er es sich noch einmal überlegt hatte, kam er zu dem Schluß, daß fünf reichen würden.

New York   11. Juni

»Sie sehen heute nachmittag ganz besonders attraktiv aus, Mrs. Cerberus.«

Sie machte sich nicht einmal die Mühe aufzublicken. »Schrubben Sie sich die Hände im Ausguß dort drüben. Und nehmen Sie die grüne Seife.«

»Das ist ja neu.« Jonathan trat an den Spülstein, der wie in Krankenhäusern einen mit dem Ellenbogen zu bedienenden Hebelhahn anstelle des normalen Hahns hatte.

»Dieser Aufzug ist verdreckt«, sagte sie, und ihre Stimme war genauso schuppig wie ihre Haut. »Und Mr. Dragon ist äußerst geschwächt. Er ist am Ende einer Phase.« Was soviel bedeutete, daß sein Blut wie alle halbe Jahre ausgetauscht werden mußte.

»Haben Sie die Absicht, Blutspender für ihn zu spielen?« fragte Jonathan und rieb sich unter dem heißen Gebläse die Hände trocken.

»Wir haben nicht dieselbe Blutgruppe.«

»Darf ich Ihrem Ton entnehmen, daß Sie das bedauern?«

»Mr. Dragon hat eine sehr seltene Blutgruppe«, erwiderte sie und war sichtlich stolz darauf.

»Für Menschen bestimmt. Kann ich jetzt hinein?«

Sie starrte ihn prüfend an, geradezu diagnostizierend. »Irgendwelche Erkältungssymptome? Grippe? Verdauungsstörungen?«

»Nur einen leichten Schmerz im Hintern, aber erst seit kurzem.«

Mrs. Cerberus drückte auf den Summer auf ihrem Schreibtisch und bedeutete ihm mit einer Handbewegung, in den Zwischenraum einzutreten, ohne daß sie auf diese letzte Bemerkung einging.

Das übliche rote Licht brannte zwar nicht, aber die plötzliche Hitze war erstickend wie eh und je. Die Tür zu Dragons Büro öffnete sich mit einem Klicken. »Treten Sie ein, Hemlock.« Dragons metallische Stimme zitterte ein wenig. »Bitte, entschuldigen Sie, daß heute das rote Licht fehlt. Ich bin noch empfindlicher als sonst, und sogar dieses schwache Licht schmerzt meinen Augen.«

Jonathan tastete sich vor bis zu dem Ledersessel. »Wo bleibt mein Geld?«

»Hemlock wie er leibt und lebt! Nicht lange drum herumgeredet. Nur keine Zeit mit den üblichen Liebenswürdigkeiten vertun! Die Slums lassen sich eben nie verleugnen.«

»Ich brauche das Geld.«

»Richtig. Sonst könnten Sie ja Ihren Zahlungsverpflichtungen wegen des Hauses nicht nachkommen – ganz zu schweigen von dem Pissarro, auf den Sie Ihr Auge geworfen haben. Wie ich höre, ist übrigens ein weiterer

Interessent aufgetaucht. Es wäre ein Jammer, wenn Ihnen das Bild durch die Lappen ginge.«

»Wollen Sie mir mein Honorar vorenthalten?«

»Erlauben Sie mir eine rein theoretische Frage, Hemlock. Was würden Sie tun, wenn ich es täte?«

»Diese hier anzünden.« Jonathan griff mit den Fingern in die Brusttasche seines Hemdes.

»Und was haben Sie dort Schönes?« Dragons Stimme verriet keinerlei Besorgnis. Er wußte, wie gründlich seine Leute jeden untersuchten, der zu ihm kam.

»Ein Heftchen Zündhölzer. Wissen Sie, wie schmerzhaft es für Ihre Augen wäre, wenn ich eins nach dem anderen anzündete?«

Dragon riß seine dünnen Finger automatisch vor die Augen, aber er wußte, daß seine pigmentlose Haut ihn nur wenig schützen würde. Er zwang sich, kühl zu bleiben, und sagte: »Ausgezeichnet, Hemlock. Sie bestätigen das Vertrauen, das ich in Sie setze. In Zukunft werden meine Leute also auch nach Streichhölzern suchen müssen.«

»Und mein Honorar?«

»Liegt dort auf dem Tisch. Übrigens hatte ich die ganze Zeit über die Absicht, es Ihnen zu geben. Ich habe es nur zurückbehalten, um sicherzugehen, daß Sie auch wirklich herkommen würden, um sich meinen Vorschlag anzuhören.« Er stieß seine drei dürren »Ha« aus. »Das war wirklich gut, das mit den Streichhölzern.« Sein Lachen ging in ein schwaches, pfeifendes Husten über, und eine Weile konnte er nicht sprechen. »Es tut mir leid, aber es geht mir wirklich nicht gut.«

»Um Sie zu beruhigen«, sagte Jonathan und steckte das dicke Kuvert mit den Geldscheinen in die Jackentasche, »sollte ich Ihnen sagen, daß ich gar keine Streichhölzer bei mir habe. Ich rauche ja nie in der Öffentlichkeit.«

»Ja, natürlich. Das hatte ich ganz vergessen.« Seine Stimme verriet aufrichtige Bewunderung. »Das war sehr gut! Verzeihen Sie, daß ich übertrieben aggressiv schien. Ich bin eben im Augenblick gar nicht gut beisammen, und das macht mich unwirsch.«

Jonathan mußte über dieses ungewöhnliche Wort lächeln. Bisweilen verriet Dragons Englisch durch die ungewöhnliche Wortwahl, die übergenaue Aussprache und den Gebrauch falscher Redewendungen denn doch den Ausländer. »Was soll das alles bedeuten, Dragon?«

»Ich habe einen Auftrag, den Sie übernehmen müssen.«

»Ich dachte, darüber hätten wir bereits gesprochen. Sie wissen doch, daß ich nur dann einen Job übernehme, wenn ich Geld brauche. Warum setzen Sie nicht einen von Ihren anderen Leuten ein?«

Die rosa und blutrot gefärbten Augen wurden sichtbar. »Das würde ich ja tun, wenn das möglich wäre. Ihre Widerspenstigkeit macht mir nur Ungelegenheiten. Diesen Auftrag kann aber nur ein erfahrener Bergsteiger ausführen, und wie Sie sich denken können, gibt es von denen in unserer Abteilung nicht gerade viele.«

»Ich habe schon seit über drei Jahren keinen Berg mehr von oben gesehen.«

»Daran haben wir gleichfalls gedacht. Sie haben aber Zeit genug, sich wieder in die richtige Kondition zu bringen.«

»Und warum brauchen Sie ausgerechnet einen Bergsteiger?«

»Über die Einzelheiten kann ich nur dann mit Ihnen reden, wenn Sie bereit sind, diesen Auftrag zu übernehmen.«

»Dann vergessen Sie's.«

»Da ist aber noch etwas, Hemlock, und das könnte Sie vielleicht umstimmen.«

»Da bin ich aber gespannt.«

»Einer unserer ehemaligen Mitarbeiter – ein früherer Freund von Ihnen, wenn ich recht unterrichtet bin – ist in die Sache verwickelt.«

Dragon machte eine Pause, um den Namen gebührend wirken zu lassen. »Miles Mellough.«

Nach einem Augenblick sagte Jonathan: »Miles geht Sie nichts an. Mit dem werde ich schon auf meine Weise fertig.«

»Sie sind ein unbeugsamer Mann, Hemlock. Hoffentlich brechen Sie sich nicht doch einmal das Genick, wenn Sie gezwungen werden, sich zu beugen.«

»Wieso gezwungen?«

»Ach, irgend etwas wird mir schon einfallen.« Seine Stimme zitterte bedenklich, und er preßte die Hand auf die Brust, um den Schmerz zu lindern. »Wenn Sie hinausgehen, würden Sie bitte Mrs. Cerberus zu mir hereinbitten? Bitte, seien Sie doch so nett.«

Jonathan drückte sich in die nicht sehr tiefe Eingangsnische des Bürohauses, in dem Dragon sein Domizil hatte, und versuchte, sich vor dem Regen zu schützen, der in dicken Tropfen herniederfiel und auf dem Bürgersteig versprühte. Das Rauschen des Regens übertönte den verworrenen Straßenlärm. Ein leeres Taxi kam langsam die Straße herauf, und Jonathan sprang hinaus ins Freie, um seinen Platz in der Reihe von Bittstellern einzunehmen, die winkten und riefen, während das Taxi majestätisch vorüberrollte; doch der Taxichauffeur pfiff zufrieden vor sich hin und grübelte zweifellos über ein kompliziertes Problem der russischen Grammatik nach. Jonathan kehrte in den Schutz des schmalen Eingangs zurück und betrachtete verdrossen seine Umgebung. Die Straßenbeleuchtung ging an, und die künstliche Helligkeit im Dunkel des Sturms ließ einen glauben, es sei Abend. Wieder rollte ein Taxi heran, und Jonathan trat wider besseres Wissen doch an den Rinnstein; immerhin bestand die Chance, daß der Chauffeur nicht unabhängig und reich war und ein gewisses Interesse daran haben könnte, etwas Geld zu verdienen. Dann sah er, daß das Taxi besetzt war. Als er sich umdrehte, hörte er, wie der Fahrer hupte. Jonathan blieb verwirrt stehen und wurde noch nasser. Der Fahrer winkte ihn heran. Jonathan zeigte auf seine Brust, und ihm stand die etwas lächerliche Frage »Ich?« ins Gesicht geschrieben. Die hintere Tür öffnete sich, und Jemima rief: »Wollen Sie nun einsteigen, oder gefällt es Ihnen dort draußen so gut?«

Jonathan sprang hinein, und das Taxi reihte sich wieder in den allgemeinen Verkehr ein, voller Verachtung für das Protestgehupe von einem Wagen, der fast auf die Gegenfahrbahn abgedrängt wurde.

»Ich möchte ja nicht aufdringlich sein«, sagte Jonathan, »aber Sie sehen wirklich hinreißend aus. Woher kommen Sie? Hab ich schon gesagt, daß Sie bezaubernd aussehen?« Er freute sich wie ein kleiner Junge, sie wiederzusehen. Es war, als hätte er oft an sie gedacht. Was aber wohl nicht stimmte, wie er dann zugeben mußte. Warum sollte er auch?

»Ich sah, wie Sie da herauskamen«, erklärte sie, »und Sie sahen so komisch aus, daß ich einfach Mitleid mit Ihnen hatte.«

»Aha. Nun, da sind Sie auf einen uralten Trick hereingefallen. Ich versuche immer, komisch auszusehen, wenn ich im Regen fast umkomme. Man weiß ja nie, ob nicht vielleicht eine Stewardeß vorüberkommt, die Mitleid mit einem hat.«

Der Taxichauffeur drehte sich um, blickte mit der klassischen Gleichgültigkeit gegenüber dem vorbeiflutenden Verkehr nach hinten und sagte: »Das kostet Doppeltarif, Mister.«

Jonathan sagte ihm, das sei schon in Ordnung.

»Wir sind nämlich nicht verpflichtet, bei so einem Regen extra für einen zweiten Fahrgast unterwegs anzuhalten.« Er geruhte, kurz auf den entgegenkommenden Verkehr zu schauen.

Jonathan sagte, daß er ihm das hoch anrechne.

»Himmel, sonst würde ja jeder daherkommen und die ganze verdammte Stadt mitnehmen, wenn wir nicht Doppeltarif verlangen, das wissen Sie ja wohl selbst.«

Jonathan neigte sich vor und lächelte dem Fahrer im Rückspiegel höflich zu: »Warum teilen wir uns nicht die Arbeit, Freund? Sie fahren, und wir unterhalten uns.« Dann fragte er Jemima: »Wie bringen Sie es bloß fertig, so ruhig und hinreißend auszusehen, obwohl Sie doch vor Hunger fast umkommen?«

»Komme ich vor Hunger fast um?« Die Goldflitter tanzten belustigt in ihren warmen braunen Augen.

»Ganz bestimmt tun Sie das. Ein Wunder, daß Sie das noch nicht bemerkt haben.«

»Ich nehme an, daß Sie mich zum Essen einladen wollen.«

»Richtig geraten.«

Unschlüssig sah sie ihn an. »Damit wir uns recht verstehen: Wenn ich Sie im Regen aufgabelt habe, so bedeutet das nicht, daß ich Sie im üblichen Sinne aufgabelt hätte – mit allen Konsequenzen, meine ich.«

»Du lieber Himmel, wir kennen uns doch kaum! Was soll das überhaupt heißen? Wie steht's nun mit dem Essen?«

Sie überlegte einen Moment, schien hin- und hergerissen. Doch dann sagte sie: »Nein. Ich glaube, lieber doch nicht.«

»Wenn Sie nun nicht nein gesagt hätten, wie hätte denn dann die Alternative dazu ausgesehen?«

»Steak, Rotwein und ein bißchen gut angemachten Salat.«

»Geritzt.« Jonathan beugte sich vor und sagte dem Fahrer, er solle nach Süden fahren, zu einer Adresse in der Vierzehnten Straße.

»Woll'n Sie sich's nicht noch mal überlegen, Mister?«

»Fahren Sie schon!«

Als das Taxi vor dem Restaurant hielt, berührte Jemima Jonathan am Ärmel. »Ich hab Sie vor dem Weggeschwemmtwerden bewahrt, und Sie laden mich zum Essen ein. Damit sind wir quitt, einverstanden? Nach dem Essen geht jeder nach Hause – seinem eigenen Zuhause. Okay?«

Er nahm ihre Hand und blickte ihr ernst in die Augen. »Gem, Sie haben verdammt wenig Vertrauen zu Ihren Mitmenschen.« Er drückte ihre Hand. »Sagen Sie mir's – wer war's, der Mann meine ich, der es zerstört hat?«

Sie lachte, und der Taxichauffeur fragte, ob sie nun aussteigen wollten oder nicht. Während Jemima die paar Schritte zum Restaurant hinüberrannte, zahlte Jonathan und sagte dem Taxifahrer, er sei ein Goldstück gewesen. Sein letztes Wort verstand der Fahrer im Rauschen des Regens und des allgemeinen Verkehrs nicht; er starrte Jonathan einen Moment an, kam dann aber doch zu dem Schluß, daß es ratsamer sei wegzufahren, und fuhr mit kreischenden Rädern an.

Das Restaurant war einfach und teuer, ganz aufs Essen abgestellt und nicht darauf, seine Inneneinrichtung bewundern zu lassen. Teils weil er in festlicher Stimmung war und teils um auf Jemima Eindruck zu machen, bestellte Jonathan eine Flasche Lafite.

»Darf ich einen 1959er vorschlagen?« fragte der Weinkellner ganz in dem Bewußtsein seiner Wichtigkeit.

»Wir sind keine Franzosen«, erklärte Jonathan und wandte die Augen nicht von Jemima.

»Wie bitte, Sir?« Die Wölbung seiner Brauen drückte jene Mischung von Hochmut und Märtyrertum aus, wie sie Kellnern der höheren Ränge eigen ist.

»Wir sind keine Franzosen. Unausgereifte Jahrgänge können uns nicht reizen. Bringen Sie uns einen '53er oder, falls Sie den nicht haben, einen '55er.«

Als der Kellner ging, fragte Jemima: »Ist dieser Lafite etwas Besonderes?«

»Sie haben noch nie Lafite getrunken?«

»Nein.«

Jonathan gab dem Kellner durch ein Zeichen zu verstehen, er möge noch einmal zurückkommen. »Vergessen Sie den Lafite. Bringen Sie uns statt dessen einen Haut-Brion.«

In der Annahme, dieser Sinneswandel habe finanzielle Gründe, strich der Kellner betont umständlich den Lafite auf seinem Block aus und notierte sich den Haut-Brion.

»Warum haben Sie das getan?« fragte Jemima.

»Bloß aus Sparsamkeit, Miß Brown. Ein Lafite ist zu teuer, um ihn bloß so runterzutrinken.«

»Woher wollen Sie wissen, ob ich ihn nicht genossen hätte?«

»Ach, bestimmt hätten Sie ihn genossen, aber zu schätzen hätten Sie ihn nicht gewußt.«

Jemima betrachtete ihn aus zusammengekniffenen Augen. »Wissen Sie was? Ich hab so das Gefühl, daß Sie nicht besonders nett sind.«

»Nettsein ist eine Eigenschaft, die weit überschätzt wird. Durch Nettsein kämpft ein Mann sich nach oben, wenn er nicht den Mumm hat, seine Ellbogen zu gebrauchen, oder wenn er keine Klasse besitzt, um wirklich brillant zu sein.«

»Darf ich Sie zitieren?«

»Na, das werden Sie vermutlich ohnehin tun.«

»Aha – frei nach dem Motto: sprach Johnson zu Boswell?«

»Nein, James Abbott McNeill Whistler zu Wilde. Aber nicht schlecht geraten.«

»Ein Gentleman hätte so getan, als würde ich recht haben. Immerhin hatte ich recht damit, daß Sie nicht besonders nett sind.«

»Ich werd's wieder wettmachen und durch andere Eigenschaften ausgleichen. Durch Geistreich- oder Romantischsein. Oder vielleicht auch bloß dadurch, daß ich mich schrecklich für Sie interessiere, was tatsächlich stimmt, in gewisser Weise jedenfalls.« Er zwinkerte ihr zu.

»Sie wollen mich auf den Arm nehmen.«

»Ich geb's zu. Es ist alles bloß Mache. Ich tue bloß so, als wäre ich ein Mann von Welt, doch das ist bloß ein Panzer, um meine leicht verwundbare Hypersensibilität vor Zugluft zu schützen.«

»Jetzt nehmen Sie mich auf den Arm und auf die Schippe obendrein.«

»Wie gefällt Ihnen denn unser Pingpongspiel?«

»Hilfe, ich geb's auf.«

Jonathan lachte und beließ es bei diesem Schlagabtausch.

Jemima seufzte und schüttelte den Kopf. »Mann, Sie sind in Gesellschaft wirklich ein As, hab' ich recht? Ich ziehe ja selbst gern Leute auf und mache mit Vorliebe in der Unterhaltung logische Sprünge, bis meinen Zuhörern schwindlig wird. Aber das ist nicht einmal Oberliga für Sie, stimmt's?«

»Ich wußte gar nicht, daß man es Oberligaspiel nennen könnte. Schließlich gibt es doch nur eine Mannschaft und nur einen Spieler.«

»Jetzt geht's schon wieder los.«

»Nehmen wir uns Zeit und essen wir erst einmal.«

Der Salat war knackig frisch, die Steaks waren riesig und wunderbar gebraten, und beides spülten sie mit dem Haut-Brion hinunter. Das ganze Essen über plauderten sie zwanglos miteinander, fanden ihr Vergnügen daran, das Thema bei einem besonderen Wort oder Einfall schwirren zu lassen, sprachen von Kunst, Politik und unangenehmen Kindheitserlebnissen, kamen auf soziale Probleme zu sprechen, hielten sich aber bei einem Thema nur so lange auf, wie es sie amüsierte. Beide hatten sie Freude daran, sich über etwas lustig zu machen, und nahmen weder sich selbst noch große Namen in Kunst und Politik allzu ernst. Oft erwies es sich als unnötig, einen Satz zu Ende zu sprechen – der andere ahnte die Pointe bereits und nickte zustimmend oder lachte darüber. Und ab und zu schwiegen sie auch für einen Moment gemeinsam, genossen dieses Schweigen und entspannten sich dabei, und keiner hielt es für nötig, die Unterhaltung als Schutz gegen echte Kommunikation aufrechtzuerhalten. Sie saßen am Fenster. Mal rauschte der Regen, mal ließ er wieder nach. Als sie die Berufe und Ziele der Vorübergehenden rieten, kam es zu den absurdesten Mutmaßungen. Ohne es zu merken, behandelte Jonathan Gem, als sei sie ein Mann – ein alter Freund von ihm. Er ließ sich rückhaltlos vom Strom der Unterhaltung treiben und vergaß völlig die überlegene Hänselei, die für gewöhnlich die Grundlage seines Geplauders abgab, wenn er mit einer Frau ins Bett gehen wollte.

»Ein Universitätsprofessor?« fragte Gem ungläubig. »Das wollen Sie mir doch nicht weismachen, Jonathan. Sie zerstören meine sämtlichen Klischeevorstellungen.«

»Und wie steht's mit Ihnen als Stewardeß? Wie sind Sie überhaupt jemals darauf gekommen?«

»Ach, ich weiß nicht. Ich bin von der Universität abgegangen, nachdem ich zuvor Semester für Semester mein Hauptfach gewechselt hatte, versuchte dann, einen Job als Expertin auf dem Gebiet der Renaissance zu finden, fand jedoch nichts Entsprechendes in den Stellenausschreibungen. Und da schien es mir ganz annehmbar, so durch die Welt zu gondeln. Außerdem machte es mir Spaß, die erste schwarze Stewardeß bei meiner Luftfahrtgesellschaft zu sein – ich war gewissermaßen ihre Renommiernegerin.« Dieses Wort betonte sie gespreizt, gab zu verstehen, daß sie jeden lächerlich fand, der es benutzte. »Und wie steht es mit Ihnen? Wie sind Sie dazu gekommen, Universitätsprofessor zu werden?«

»Ach, ich kam frisch von der Universität und versuchte, einen Job als Experte auf dem Gebiet der Renaissance...«

»Schon gut, schon gut! Lassen wir's.«

Im Lauf ihrer Unterhaltung bekam Jonathan heraus, daß ihr Zwischenaufenthalt in New York drei Tage dauern würde, was ihm selbstverständlich sehr gefiel. Wieder ließen sie sich wohlig in ein ausgedehntes Schweigen hineintreiben.

»Was ist denn so komisch?« fragte sie, als er leicht lächelte.

»Nichts«, sagte er. »Ich.«

»Ist das ein und dasselbe?«

»Ich dachte nur gerade...« Liebevoll lächelte er sie über den Tisch hinweg an. »Mir fiel gerade auf, daß ich bei Ihnen gar nicht erst versuche, besonders geistreich zu erscheinen, und daran liegt mir normalerweise sehr viel.«

»Und was ist mit dem Pingpongspiel?«

»Ach, das war doch nur aufgesetzt, damit wollte ich Sie blenden. Und dabei liegt mir im Grunde gar nichts daran, Sie zu blenden.«

Sie nickte und sah aus dem Fenster, schenkte ihre Aufmerksamkeit dem unregelmäßigen Aufsprühen des Lichts, wenn die Regentropfen auf den Pfützen tanzten. Nach einer Weile sagte sie: »Das ist nett von Ihnen.«

Er wußte genau, was sie meinte. »Ja, nett schon, aber gleichzeitig macht es einen auch ein bißchen verlegen.«

Abermals nickte sie, und beide wußten, daß es auch sie ein wenig verlegen machte.

Eine ganze Serie von schwindelerregenden Einfällen, die zu nichts weiter führten, brachte sie auf das Thema Häuser, und Jonathan geriet richtig in Begeisterung, als er von seinem eigenen erzählte. Eine halbe Stunde lang beschrieb er ihr die Einzelheiten und gab sich größte Mühe, damit sie alles förmlich vor sich sah. Aufmerksam hörte sie zu und gab ihm mit den Augen sowie durch kleine Bewegungen mit dem Kopf zu verstehen, daß sie ganz bei der Sache sei und an seiner Begeisterung teilnehme. Als er unversehens innehielt und ihm klar wurde, daß er ununterbrochen nur von seinen Angelegenheiten geredet hatte, ohne im geringsten auf sie einzugehen, sagte sie: »Es muß ein schönes Gefühl sein, ein Haus so sehr zu lieben. Und man selbst wird dadurch überhaupt kein bißchen belastet.«

»Wie meinen Sie das?«

»Ein Haus erhebt eben emotional keine Ansprüche an einen. Es belastet einen nicht damit, daß es die Liebe erwidert. Sie verstehen schon, was ich meine.«

Das verstand er sogar sehr gut, aber ihr psychologischer Scharfsinn versetzte ihm einen Stich. Ihm ging auf, daß es ihm Spaß machen würde, sie bei sich zu Hause zu haben – einen ganzen Tag nur mit ihr dazusitzen und sich mit ihr zu unterhalten. Er sagte es ihr.

»Das klingt sehr verlockend. Aber jetzt geht es nicht. Das wäre nicht gut. Ich gable Sie mit einem Taxi auf, wir essen zusammen, und schon haben wir nichts Eiligeres zu tun, als zu Ihnen nach Hause zu fahren. Technisch gesprochen wäre das gleichbedeutend mit einer ›schnellen Eroberung‹. Und mir scheint, das ist nicht das richtige für uns.«

Er pflichtete ihr bei, daß das nicht das richtige für sie beide sei. »Aber wir könnten ja schließlich eine Art Abkommen schließen. Es müßte uns doch möglich sein, ein oder zwei Tage lang *nicht* miteinander ins Bett zu gehen.«

»Sie würden mogeln.«

»Ja, wahrscheinlich.«

»Und wenn Sie nicht mogeln, würde ich es tun.«

»Das höre ich gern.«

Das Restaurant war im Begriff zu schließen, und ihr Kellner hatte bereits mehrmals gestört und ihnen mehrere überflüssige Dienste aufdrängen wollen. Jonathan gab ihm ein übertrieben großes Trinkgeld – und zwar für die angenehme Zeit, die er hier hatte verbringen können, nicht für das, was geboten worden war, denn das hatte er kaum wahrgenommen.

Sie beschlossen, zu Fuß zu ihrem Hotel zurückzukehren, denn nach dem Regen waren die Straßen leer und kühl, und das Hotel war nicht allzu weit entfernt. Gemächlich schlenderten sie dahin, unterhielten sich manchmal angeregt, um dann wieder längere Zeit in Schweigen zu verfallen. Sie hatte ihm die Hand in die Armbeuge gelegt, und wenn ihr irgend etwas auffiel, machte sie ihn mit leisem Fingerdruck darauf aufmerksam, was er mit einer sanften Bewegung seiner Armmuskeln erwiderte.

Überraschend schnell standen sie schließlich vor ihrem Hotel. In der Halle reichten sie sich die Hand, und sie sagte: »Einverstanden, wenn ich morgen früh mit dem Zug zu Ihnen hinauskomme? Sie können mich vom Bahnhof abholen, und dann sehen wir uns Ihre Kirche gemeinsam an, ja?«

»Das wäre... wirklich wunderbar.«

»Gute Nacht, Jonathan.«

»Gute Nacht.«

Er ging zu Fuß bis zum Bahnhof. Unterwegs stellte er fest, daß er die Stadt weniger häßlich fand als sonst. Der Regen vermutlich.

Long Island 12. *Juni*

Er schlurfte durch die ganze Weite seines auf der Empore gelegenen Schlafzimmers und bemühte sich, seinen Kaffee nicht überschwappen zu lassen; trotzdem geriet ihm einiges in die Untertasse. Was er in der Hand hielt, war eine große Café-au-lait-Schale mit zwei Henkeln daran, und ein paar Minuten lang lehnte er sich an die Balustrade, trank schlürfend große belebende Schlucke und blickte voller Stolz und Freude über das weite Mittelschiff hin, dessen Dämmer von flach einfallenden Strahlen der Morgensonne in den verschiedensten Farben durchbrochen wurde. Richtig zur Ruhe kam er immer nur dann, wenn er sein Heim um sich herum hatte wie einen Panzer. Seine Gedanken gingen hin und her zwischen freudiger Erwartung, als er an Jemima dachte, und einem unbestimmten Unbehagen über den Ton seiner letzten Unterhaltung mit Dragon.

Später, unten in seiner Galerie, raffte er sich auf und versuchte, mit seinem Lautrec-Artikel voranzukommen. Er machte sich ein paar Bleistiftnotizen, doch dann brach die Mine. Und damit hatte es sich dann. Schicksal! Er hätte weitermachen, sich mühevoll durch eine uninspirierte, teigige Prosa hindurchpflügen können – aber nicht, wenn er sich dazu erst den Bleistift anspitzen mußte. Es war ja nicht seine Schuld, daß der abgebrochen war.

Auf dem Schreibtisch vor ihm lag der blaue Umschlag von Dragon, ein fettes Bündel von Hundert-Dollar-Scheinen. Er nahm es zur Hand, suchte einen sicheren Ort, wo er ihn unterbringen konnte, fand jedoch nichts Geeignetes und legte ihn wieder zurück auf den Schreibtisch. Für jemanden, der zu so extremen Mitteln griff, um sein Geld zu verdienen, hatte Jonathan nicht die geringste Anlage zum Geizkragen. Geld an sich besaß keinerlei Reiz für ihn. Güter, Annehmlichkeiten und Besitztümer – das war etwas ganz anderes. Es versetzte ihn in Hochstimmung, wenn er sich vorstellte, daß er morgen einen typischen Pointillisten wie Pissarro besitzen würde. Er ließ die Blicke über die Wände schweifen, überlegte sich, wo er ihn am besten aufhängen könnte, und dabei fiel sein Auge auf den Cézanne, den Henri Baq in Budapest für ihn gestohlen und ihm zum Geburtstag geschenkt hatte. Erinnerungen an Henri stiegen in ihm auf: an seinen verschrobenen baskischen Witz... ihr gemeinsames Lachen, wenn sie sich anvertrauten, wie sie wieder einmal ums Haar erwischt worden wären... jenes herrliche Besäufnis in Arles, bei dem sie Stierkampf gespielt, ihre Jacken als Capa benutzt und sich nicht im geringsten um das aufgeregte Gehupe des stockenden Verkehrs gekümmert hatten.

Aber er erinnerte sich auch an den Tag, an dem Henri gestorben war, wie er versucht hatte, die hervorquellenden Gedärme mit den Händen zurückzuhalten, und nach einer geistreichen Bemerkung gesucht hatte, um mit ihr auf den Lippen zu sterben – und ihm einfach nichts hatte einfallen wollen.

Jonathan schüttelte kurz den Kopf, um diese Bilder zu verscheuchen, doch das half nichts. Er setzte sich an den Flügel und schlug ziellos ein paar Akkorde an. Sie waren ein richtiges Gespann gewesen – er und Henri und Miles Mellough. Miles arbeitete für die Abteilung »Spürhund«, Jonathan für »Strafaktion« und Henri für das französische Pendant zum CII. Rasch und geschickt erledigten sie ihre Aufträge, und immer fanden sie Zeit, in Bars herumzusitzen, über Kunst, Frauen und ... über Gott und die Welt zu reden.

Dann hatte Miles Henri in den Tod geschickt.

Jonathan leitete über zu einem Stück von Händel. Dragon hatte gesagt, irgendwie habe Miles mit dieser Strafaktion zu tun, die er Jonathan aufzwingen wollte. Seit nunmehr zwei Jahren hatte Jonathan auf den Tag gewartet, an dem er Miles wiedersehen würde.

Denk nicht daran! Jemima kommt!

Er verließ die Krypta, schloß die Tür hinter sich ab und schlenderte über sein Grundstück, um sich die langsam verrinnende Zeit bis zu ihrer Ankunft zu vertreiben. Es wehte eine frische Brise, und die Blätter der Platanen, die die Auffahrt säumten, blitzten in der Sonne. Der Himmel über ihm war stahlblau, doch am nördlichen Horizont überm Meer lastete drohend eine Wolkenbank, die für diesen Abend einen neuen Sturm ankündigte. Jonathan liebte den Sturm.

Er streifte durch die strenge französische Parkanlage mit den frisch geschnittenen Buchsbaumhecken, die einen wahren Irrgarten von Beeten umschlossen. Aus der Tiefe des Labyrinths konnte er das wütende Klick, Klick, Klick von Mr. Monks Heckenschere hören.

»Uhh! Da!« *Klick!* »Das wird dich lehren, du Strohkopf von einem Busch!« *Klick! Klick!* »Okay, du vorwitziger Zweig du, steck ihn nur raus, ich werd ihn dir schon abschneiden! Einfach so!« *Klick!*

Jonathan versuchte, aufgrund der Stimme und des Klickens herauszufinden, wo im Labyrinth der Gärtner arbeitete, um einem Zusammentreffen mit Mr. Monk zu entgehen. Verstohlen bewegte er sich den Heckenweg hinunter und setzte die Füße behutsam auf, um sich nicht zu verraten.

»Du hast wohl was gegen die anderen Zweige, was?« Mr. Monks Stimme klang honigsüß. »Oho, ihre Gesellschaft gefällt dir wohl nicht, was? Na ja, ich versteh schon. Du bist eben ein Einzelgänger, der sich von den anderen absondert.« Und plötzlich röhrte seine Stimme geradezu: »Stolz!

Das ist es, womit du nicht fertig wirst! Aber warte, gegen Stolz hab ich ein schönes Mittel!« *Klick!* »Siehst du?«

Jonathan hockte sich neben der Heckenwand nieder und wagte nicht, sich zu bewegen, denn er war sich nicht sicher, woher Mr. Monks Stimme eigentlich kam. Lange hörte er keinen Laut. Dann stellte er sich vor, wie er so dahockte, krümmte sich bei dem Gedanken, seinem Gärtner zu begegnen. Er lächelte, schüttelte den Kopf und stand auf.

»Was machen Sie'n hier, Dr. Hemlock?« fragte Monk unmittelbar hinter ihm.

»Ach so! Na ja! Guten Morgen.« Jonathan legte die Stirn in Falten und stieß mit der Fußspitze in den Rasen. »Dies – äh – dies Gras hier, Mr. Monk. Ich hab's mir genau angesehen. Sieht für meine Begriffe komisch aus. Finden Sie nicht auch?«

Mr. Monk war das noch nicht aufgefallen, er war jedoch jederzeit bereit, von allen Pflanzen das Schlimmste anzunehmen. »Komisch? Wie meinen Sie denn das, Dr. Hemlock?«

»Nun ja, es ist … grüner als sonst. Grüner, als es sein sollte. Sie verstehen schon, was ich meine.«

Mr. Monk begutachtete den Rasen neben der Hecke, verglich ihn mit den anderen Rasenflächen. »Finden Sie?« Seine Augen wurden kugelrund vor Empörung über dieses Gras, das die Stirn hatte, ihn zu beleidigen.

Betont gleichmütig wanderte Jonathan den Gang hinunter und bog an der ersten Ecke ab. Als er mit beschleunigten Schritten auf das Haus zuging, hörte er Mr. Monks Stimme aus dem Labyrinth heraus.

»Blödes Gras! Immer alles anders machen, als man will. Bist du nicht braun und verrottet, bist du zu grün! Aber warte, damit werden wir schon fertig!« *Schnip!*

Jonathan fuhr die baumgesäumte Straße zum Bahnhof entlang. Wahrscheinlich würde der Zug nach alter Long-Island-Tradition Verspätung haben, aber er konnte es sich nicht leisten, Jemima warten zu lassen. Er fuhr einen uralten Avanti – einen Wagen, der ganz zu seinem hedonistischen Lebensstil paßte. Der Wagen war in schlechtem Zustand, weil er ihn rücksichtslos fuhr und wenig pflegte, aber die Linienführung, überhaupt seine ganze Form, gefiel ihm. Wenn er einmal völlig zusammenbrach, wollte er ihn vorne auf dem Rasen aufstellen und Blumen einpflanzen.

Er parkte in der Nähe des Bahnsteigs, die Stoßstange berührte die graue, verwitterte Holzplanke, der unter dem Einfluß der wärmenden Sonnenstrahlen ein leichter Karbolineumgeruch entströmte. Da es Sonntag war, lagen Bahnsteig und Parkplatz verlassen da. Er lehnte sich zurück und

wartete schläfrig. Sich auf einen Bahnsteig zu stellen, um jemanden abzuholen, kam für ihn nie mehr in Frage, denn…

… Henri Baq hatte es am Ankunftsbahnsteig des Gare St. Lazare erwischt. Jonathan mußte oft an das dumpfe, von feuchter Luft und Metall-
geschepper erfüllte Innere des riesigen, von einer Stahlkonstruktion
überdachten Bahnhofs denken. Und an den monströsen, grinsenden
Clown.

Henri war überhaupt nicht darauf gefaßt gewesen. Er hatte gerade einen
Auftrag erledigt, und zum erstenmal wollte er ohne Frau und Kinder in
die Ferien fahren. Jonathan hatte versprochen, ihn an den Zug zu bringen,
war jedoch auf der Place de L'Europe in einen fürchterlichen Verkehrsstau
geraten.

Er entdeckte Henri, und über die Köpfe der Menge hinweg winkten sie
sich zu. Genau in diesem Augenblick mußte der Killer Henri das Messer
in den Bauch gestoßen haben. Der Fahrdienstleiter ließ seine unverständ-
liche Lautsprecherstimme inmitten des zischend entweichenden Dampfes
und des Geratters der Güterwagen erdröhnen. Bis es Jonathan gelungen
war, sich seinen Weg durch die Menge zu bahnen, lehnte sich Henri bereits gegen das riesige Reklameplakat eines Winterzirkus.

»*Qu'as-tu?*« fragte Jonathan.

Henris matt werdende baskische Augen waren unsagbar traurig. Mit einer Hand krallte er sich an das Revers seines Jacketts, die andere hielt er
gegen den Magen gepreßt. Er lächelte töricht und schüttelte den Kopf, als
wollte er sagen: »Ich kann es einfach nicht glauben«; dann verzerrte sich
das Lächeln zu einem schmerzlichen Grinsen, er glitt zu Boden, wo er
dann mit weit von sich gestreckten Beinen dasaß wie ein Kind.

Als Jonathan sich aufrichtete, nachdem er an Henris Halsschlagader nach
dem Puls gefühlt hatte, stand ihm das irre Grinsen des Clowns auf dem
Plakat unmittelbar vor der Nase.

Marie Baq hatte nicht geweint. Sie dankte Jonathan, daß er gekommen
sei, es ihr beizubringen, versammelte dann in einem Nebenzimmer die
Kinder um sich, um mit ihnen zu reden. Als sie zurückkamen, waren ihre
Augen rot und geschwollen, doch weinen tat keines mehr von ihnen. Der
älteste Junge – er hieß Henri, wie sein Vater – übernahm sogleich seine
neue Rolle und fragte Jonathan, ob er ihm einen Apéritif anbieten dürfe.
Jonathan nahm an, und später führte er sie alle zum Abendessen in ein
gegenüber gelegenes Café. Der Jüngste, der noch nicht so recht begriff,
was eigentlich geschehen war, aß mit ausgezeichnetem Appetit, die anderen jedoch nicht. Und als das älteste Mädchen einen schluchzenden Laut
von sich gab und die Dämme der Selbstbeherrschung brachen, zog sie sich
eilends auf die Damentoilette zurück.

71

Jonathan saß die ganze Nacht über bei Marie und trank Kaffee mit ihr. Sie redeten über praktische und vor allem finanzielle Probleme, die sie über den mit einem Plastiktischtuch bedeckten Küchentisch hinweg besprachen, von dem verträumte Kinder gedankenlos hier und da die Plastikbeschichtung herausgepolkt hatten. Dann fiel ihnen lange Zeit nichts ein, worüber sie hätten reden können. Kurz vor Tagesanbruch raffte sie sich mit einem Seufzer – so tief, daß es fast schon ein Winseln war – von ihrem Stuhl hoch und sagte: »Das Leben geht weiter, Jonathan. Für die Kinder, es muß sein! Komm! Komm mit mir ins Bett!«

Es gibt nichts Lebensbejahenderes als miteinander zu schlafen. Potentielle Selbstmörder tun das fast nie. Zwei Wochen lebte Jonathan bei den Baqs, und Nacht für Nacht benutzte Marie ihn wie eine Medizin. An einem Abend sagte sie ruhig: »Du solltest jetzt gehen, Jonathan. Ich glaube, nun komme ich schon ohne dich zurecht. Wenn wir jetzt noch weitermachen würden, nachdem ich dich nicht mehr brauche, wäre das etwas anderes.«

Er nickte.

Als der Jüngste hörte, daß Jonathan fortgehen würde, war er bitter enttäuscht. Er hatte vorgehabt, Jonathan zu bitten, mit ihm in den Winterzirkus zu gehen.

Etliche Wochen später erfuhr Jonathan, daß Miles Mellough für den Mord verantwortlich war. Da Miles fast gleichzeitig aus dem CII ausgeschieden war, hatte Jonathan nie herausbringen können, welche Seite die Strafaktion nun eigentlich befohlen hatte.

»So lob ich mir das Abgeholtwerden«, sagte Jemima und blickte durch das Fenster neben dem Beifahrersitz.

Er fuhr zusammen. »Tut mir leid. Ich hab gar nicht gemerkt, daß der Zug einfuhr.« Er erkannte, wie fadenscheinig das klang angesichts des verlassenen Bahnsteigs.

Auf der Fahrt zu ihm nach Hause steckte sie die Hand aus dem Fenster und fing den Fahrtwind mit der gekrümmten Handfläche auf wie ein Kind. Er fand sie in ihrem weißen Leinenkleid mit dem hohen Mandarinkragen schick und frisch. Tief in ihren Sitz gekuschelt saß sie da – völlig entspannt.

»Ist das alles, was du zum Anziehen dabei hast?« fragte er und wandte sich ihr zu, hielt jedoch die Augen auf die Straße gerichtet.

»Natürlich. Ich wette, du hast dir gedacht, ich würde diskret in einer braunen Tüte irgendwelche Sachen für die Nacht mitbringen.«

»Welche Farbe die Tüte hätte, wäre mir völlig egal.« Er bremste, fuhr in einen Seitenweg und steuerte dann wieder zurück auf die Hauptstraße.

»Hast du etwas vergessen?«

»Nein. Wir fahren nur zurück ins Dorf. Um dir was zum Anziehen zu kaufen.«

»Gefällt dir mein Kleid nicht?«

»Doch, sehr sogar. Aber mir scheint, zum Arbeiten ist es nicht ganz das richtige.«

»Zum Arbeiten?«

»Ja. Oder hast du gedacht, es wären Ferien für dich?«

»Was für eine Arbeit?« fragte sie mißtrauisch.

»Ich dachte, es würde dir vielleicht Spaß machen, mir zu helfen, mein Boot zu streichen.«

»Da bleibt mir wohl nichts anderes übrig.«

Jonathan nickte gedankenverloren.

Sie hielten vor dem einzigen Geschäft im Ort, das am Sonntag geöffnet hatte, einem Haus im Pseudo-Cape-Cod-Stil mit Fischernetzen und Glaskugeln vor der Tür, wie sie die Wochenendausflügler aus der Stadt entzücken sollten. Der Besitzer jedoch war kein wortkarger Mann des Nordostens, sondern ein geschäftstüchtiger Mittvierziger, der nachgerade zur Fülle neigte, einen eng sitzenden Anzug à la Eduard VII. trug und dazu einen perlgrauen Ascotbinder. Beim Sprechen schob er das Kinn vor und genoß sichtlich seine nasal vorgebrachten Vokale.

Während Jemima im Hintergrund des Ladens Shorts, eine Hemdbluse und Leinenschuhe aussuchte, wählte Jonathan andere Sachen aus und verließ sich dabei, was die Größe betraf, völlig auf das Augenmaß des Ladeninhabers. Dieser gab seinen Rat nicht besonders liebenswürdig, sondern in einem Ton griesgrämiger Enttäuschung. »Ach, etwa Größe zehn würde ich schätzen«, sagte er, preßte dann die Lippen aufeinander und blickte beiseite. »Das ändert sich selbstverständlich, wenn sie erst ein paar Kinder hat. Das tun sie immer.« Seine Brauen befanden sich ständig in Bewegung, aber beide völlig unabhängig voneinander.

Jonathan und Gem hatten bereits eine ganze Strecke zurückgelegt, ehe sie sagte: »Das ist das erstemal, daß man mich beim Einkaufen irgendwelche Vorurteile hat spüren lassen.«

»Ich habe viele Frauen gekannt und bewundert«, sagte Jonathan und imitierte dabei vollkommen die näselnde Sprechweise des Ladeninhabers. »Einige meiner besten Freundinnen sind...«

»Können Sie sich vorstellen, daß Ihr Bruder eine Negerin heiratet?«

»Nun ja, Sie wissen ja, was mit den Grundstückspreisen passiert, wenn eine wie die in der Nachbarschaft einzieht.«

Die Schatten der Bäume links und rechts von der Straße huschten in regelmäßigen Abständen über das Wagendach, und das Sonnenlicht blitzte in ihren Augen auf und erlosch wieder.

Sie drückte an einem der Päckchen herum. »He, was ist denn das?«
»Tut mir leid, aber braune Tüten hatten sie leider nicht.«
Sie schwieg einen Moment. »Ach so.«
Der Wagen bog in die Auffahrt ein und fuhr um eine Zeile von Platanen
herum, welche die Kirche dem Auge verbargen. Er machte den Wagen-
schlag auf und ließ sie vor ihm ins Haus eintreten. In der Mitte des Schiffes blieb sie stehen, drehte sich um und nahm das Ganze in sich auf. »Das
ist kein Haus, Jonathan – das ist ja eine Filmkulisse.«

Er kam von seiner Seite des Bootes zu ihr herüber, um nachzusehen, wie
sie zurechtkam. Die Nase nur zwanzig Zentimeter von der Bootswand
entfernt und die Zunge vor Konzentration zwischen den Zähnen, ver-
schmierte sie die Farbe auf einer etwa einen halben Quadratmeter großen
Fläche – mehr hatte sie noch nicht geschafft.
»Die Stelle ist schon ganz gut getroffen«, sagte er, »bloß das Boot hast
du verfehlt.«
»Halt die Klappe! Geh wieder rüber und mal deine Seite.«
»Damit bin ich schon fertig.«
»Hm – schlampige Arbeit, nehme ich an.«
»Meinst du, du schaffst es noch vor Einbruch des Winters?« fragte er.
»Nur keine Angst, Mann. Ich bin der zielstrebige Typ und bleib bei der
Stange, bis alles fix und fertig ist. Nichts könnte mich von der Würde ehr-
licher Arbeit weglocken.«
»Ich wollte dich aber gerade zum Essen locken.«
»Gewonnen!« Sie ließ den Pinsel in eine Büchse mit Verdünner fallen und
wischte sich an einem Lappen die Hände ab.

Nachdem sie gebadet und sich umgezogen hatte, gesellte sie sich an der
Bar zu ihm, um vor dem Essen einen Martini zu trinken.
»Das ist ja eine überdimensionale Badewanne, die du da hast.«
»Sie macht mir Spaß.«

Sie fuhren quer über die Insel, um in *The Better 'Ole* zu Mittag zu essen:
Meeresfrüche und Champagner. Das Restaurant war fast völlig leer und
angenehm schattig und kühl. Sie unterhielten sich über ihre Kindheit,
dann über die Vorzüge des Chicagoer Jazz gegenüber dem Jazz von San
Francisco, über Untergrundfilme und darüber, daß sie beide gern geeiste
Melonenbällchen zum Nachtisch aßen.

Seite an Seite lagen sie im warmen Sand unter dem nicht mehr stahl-
blauen Himmel, der immer blässer wurde durch den leichten Dunst, wel-

cher unerbittlich der von Norden sich herüberschiebenden bleigrauen Wolkenwand voranging. Die Arbeitskleidung hatten sie wieder angezogen, nur zum Streichen waren sie nicht zurückgekehrt.

»Jetzt hab ich genug von Sand und Sonne, Sir«, sagte Jemima schließlich und stieß sich mit den Armen ab, bis sie saß. »Und ich hab auch keine Lust, mich hier vom Sturm überraschen zu lassen. Deshalb werde ich jetzt aufstehen und allmählich zum Haus zurückkehren. Einverstanden?«

Verschlafen brummte er seine Zustimmung.

»Hast du was dagegen, wenn ich mal telefoniere? Ich muß bei meiner Firma anrufen und sagen, wo ich bin.«

Er schlug die Augen nicht auf, denn er hatte Angst, ganz aus dem Halbschlaf herausgerissen zu werden, der ihm so teuer war. »Sprich aber nicht länger als drei Minuten«, murmelte er schläfrig.

Sie küßte ihn sanft auf die entspannten Lippen.

»Okay«, sagte er. »Also höchstens vier Minuten dann.«

Als er zum Haus zurückkehrte, war es später Nachmittag, und die Wolkenbank reichte ununterbrochen von einem Ende des Horizonts bis zum anderen. Er entdeckte Jemima, die es sich in der Bibliothek bequem gemacht hatte und sich eine Mappe mit Farbholzschnitten von Hokusai ansah. Eine Weile blickte er ihr über die Schulter, dann zog es ihn zur Bar.

»Es wird kalt. Lust auf einen Sherry?« Seine Stimme hallte im Längsschiff wider.

»Keine schlechte Idee. Aber deine Bar gefällt mir nicht besonders.«

»Wieso?«

Sie folgte ihm bis zum Altargitter. »Die ist mir ein bißchen zu gesucht und ausgeklügelt, verstehst du?«

»Wie in ›Ach, nun werd doch endlich mal erwachsen‹?«

»Ja, genau.« Sie nahm die Schale mit dem Sherry entgegen, ließ sich auf dem Altargitter nieder und nippte daran. Mit Besitzerstolz blickte er sie an.

»Ach, was ich noch sagen wollte!« Sie hörte plötzlich auf zu trinken. »Weißt du eigentlich, daß hier auf deinem Grundstück ein Wahnsinniger herumläuft?«

»Was du nicht sagst!«

»Bestimmt. Ich traf ihn auf dem Weg hierher. Er brummelte vor sich hin und grub ein Loch, das mir schrecklich nach einem Grab aussah.«

Jonathan runzelte die Stirn. »Ich kann mir gar nicht vorstellen, wer das wohl sein könnte.«

»Und mit sich selbst reden tat er auch.«

»So, tat er das?«

»Ja. Und zwar wirklich vulgäres Zeug.«
Er schüttelte den Kopf. »Dem muß ich doch einmal nachgehen.«

Sie machte den Salat an, während er die Steaks briet. Das Obst stand schon im Eisschrank, seit sie zurückgekommen waren, und die lila Trauben überzogen sich mit einem malvenfarbenen feinen Niederschlag, als sie mit der feuchten Luft des Gartens in Berührung kamen, wo sich die beiden ungeachtet des drohenden Regens an einen schmiedeeisernen Tisch setzten. Er machte eine Flasche Pichon-Longueville-Baron auf, und dann aßen sie, während sich die Dunkelheit sachte über die Baumkronen herabsenkte, bis sie nur noch von den flackernden Windlichtern auf dem Tisch erhellt wurde. Das Geflacker hörte auf, die Luft wurde drückend und stand förmlich, und die Sturmfront entlang zuckten gelegentlich Blitze auf. Sie schauten zu, wie die tieftreibenden Wolkenfetzen sich verdichteten, während kleine Böen, die dem eigentlichen Sturm vorangingen, die Flammen in den Lampen wieder bewegten und das silberschwarze Laub über ihnen zum Rascheln brachten. Lange, lange danach sollte Jonathan sich noch an die Sternschnuppenbahn erinnern, die Jemimas glimmende Zigarette beschrieb, sobald sie sie an den Mund hob, um zu rauchen.
Endlich unterbrach er das lange währende Schweigen. »Komm mit! Ich möchte dir was zeigen!«
Sie kehrte mit ihm ins Haus zurück. »Das Ganze hat etwas Verwunschenes, weißt du«, sagte sie, als er den Schlüssel hinten aus einer Küchenschublade hervorholte und sie die gewundene Treppe hinunterführte. »Hinab in die Katakomben? Wahrscheinlich eine Kalkgrube im Keller. Was weiß ich überhaupt von dir? Vielleicht sollte ich Brotkrumen hinter mich streuen, damit ich den Weg zurückfinde.«
Jonathan schaltete die Beleuchtung ein und trat beiseite. Angezogen von den Bildern, die von den Wänden herableuchteten, ging sie an ihm vorüber. »O Gott! Ach, Jonathan!«
Er setzte sich auf seinen Schreibtischstuhl und folgte ihr mit den Blicken, wie sie zögernd und dann wieder wie magisch getrieben von einer Leinwand zur anderen ging, vom nächsten Bild angezogen und doch unwillig, sich schon vom vorhergehenden zu trennen. Sie stieß kleine schnurrende Laute der Freude und der Bewunderung aus, fast wie ein glückliches Kind, das allein sein Frühstück ißt.
Mit runden Augen ließ sie sich auf der Klavierbank nieder und blickte eine Weile den Keschan an. »Du bist wirklich einmalig, Jonathan Hemlock!«
Er nickte.
»All das nur für dich allein. Dieses größenwahnsinnige Haus, diese...«

Sie machte eine umfassende Bewegung mit der Hand und mit den Augen. »Und das alles ganz für dich allein.«

»Ich bin eben ein einmalig egozentrischer Mann. Möchtest du ein Glas Champagner?«

»Nein.«

Sie blickte zu Boden und schüttelte traurig den Kopf. »All das bedeutet dir wahnsinnig viel. Viel mehr noch, als Mr. Dragon mich hat glauben lassen.«

»Ja, es bedeutet mir viel, aber...«

... Einige Minuten hindurch sagten sie kein Wort. Sie hob nicht die Augen vom Boden, und er versuchte, nach einem ersten fassungslosen Blick zu ihr hinüber, seiner Verwirrung und seines Zorns Herr zu werden, indem er seine Augen zwang, über die Bilder zu schweifen.

Schließlich seufzte er und stemmte sich aus seinem Sessel hoch. »Na schön, meine Dame, ich glaube, es wird Zeit, daß ich Sie zum Bahnhof bringe. Der letzte Zug in die Stadt...«

Er sprach nicht weiter.

Gehorsam folgte sie ihm zu den Steinstufen. Während sie sich unten in der Galerie aufgehalten hatten, war der Sturm mit aller Gewalt losgebrochen, ohne daß sie es gehört hätten. Jetzt stiegen sie durch ganze Schichten von gedämpften Geräuschen nach oben – dem metallischen Geprassel des Regens an den Fenstern, dem Heulen und Rütteln des Windes und dem fernen bedrohlichen Donnergrollen.

In der Küche fragte sie: »Haben wir so viel Zeit, daß wir noch das Glas Champagner trinken können, das du mir vorhin angeboten hast?«

Wie sehr verletzt er war, verbarg sich unter trockener, eisiger Höflichkeit. »Gewiß. In der Bibliothek?«

Er wußte, daß sie unglücklich war, aber er schwang seinen aufgesetzten gesellschaftlichen Charme wie eine Keule, plapperte mühelos über die erbärmlich schlechten Zugverbindungen in dieser Ecke von Long Island sowie über die besonderen Schwierigkeiten, die es bereiten würde, in diesem Regen voranzukommen. Sie saßen einander in tiefen Ledersesseln gegenüber, der Regen schlug seitlich gegen die farbigen Glasfenster, und über Wände und Fußboden wogten leicht die roten, grünen und blauen Töne. Jemima fiel ihm mitten in seinem Geplauder, das so gar nichts von echter Kommunikation hatte, ins Wort.

»Ich nehme an, ich hätte es dir nicht so an den Kopf werfen sollen, Jonathan.«

»Nein? Wie hättest du es mir denn sonst beibringen sollen, Jemima?«

»Ich hab es nicht einfach laufen lassen können – ich meine, ich hätte es nicht ertragen, daß sich etwas zwischen uns weiterentwickelt hätte, ohne daß du es wußtest. Und mir wollte einfach nichts einfallen, wie ich es dir auf schonendere Weise beibringen könnte.«

»Du hättest mir ja einen Ziegelstein über den Kopf hauen können«, schlug er vor. Dann lachte er. »Ich muß vollkommen blind gewesen sein. Ich hätte längst merken müssen, daß es solche Zufälle nicht gibt! Erst tauchst du im Flugzeug von Montreal nach New York auf – und dann kommst du ganz zufällig in diesem Taxi an Dragons Büro vorüber. Wie sollte denn das eigentlich alles laufen, Jemima? Solltest du mich vor Begierde zur Weißglut bringen und mir dann deinen Körper verweigern, es sei denn, ich übernähme diese Strafaktion für Dragon? Oder solltest du mir in der Euphorie postkoitaler Verwundbarkeit heimtückisch das Versprechen entlocken, sie zu übernehmen?«

»Nein, so eiskalt sollte ich nun doch nicht vorgehen. Ich hatte dir bloß das Honorar für die letzte Aktion zu stehlen.«

»Das nenne ich direktes Handeln!«

»Ich sah es unten auf deinem Schreibtisch. Und Mr. Dragon behauptet, du brauchst das Geld dringend.«

»Da hat er recht. Aber warum gerade du? Warum nicht eine von seinen anderen Kreaturen?«

»Weil er dachte, daß ich schnell an dich herankommen würde.«

»Ach so. Wie lange arbeitest du denn schon für Dragon?«

»Eigentlich arbeite ich gar nicht für ihn. Ich bin beim CII, aber nicht bei ›Spürhund‹ oder ›Strafaktion‹. Man suchte jemand, der nicht in diesen beiden Abteilungen arbeitet, um zu verhindern, daß du den Betreffenden zufällig erkennen würdest.«

»Sehr vernünftig. Und was machst du wirklich?«

»Ich bin Kurier. Der Job als Stewardeß eignet sich dafür besonders.«

Er nickte. »Hast du schon viele solche Aufträge wie diesen ausgeführt? Bei denen du deinen Körper benutzt, um an jemand heranzukommen?«

Sie überlegte, beschloß dann jedoch, es sich nicht mit einer Lüge leicht zu machen, sondern die Wahrheit zu sagen. »Ein paar.«

Für eine Weile schwieg er. Dann brach er in Lachen aus. »Wir sind vielleicht ein schönes Paar! Ein egoistischer Killer und eine patriotische Hure! Wir sollten uns zusammentun, schon allein um herauszukriegen, was für eine Brut dabei herauskommt. Ich hab nichts gegen egoistische Huren, aber patriotische Killer sind das Schlimmste, was es gibt.«

»Jonathan!« Sie schob den Oberkörper vor. Plötzlich war sie wütend. »Hast du überhaupt eine Ahnung, wie wichtig dieser Auftrag ist, den du für Mr. Dragon übernehmen sollst?«

Er betrachtete sie gelassen; er hatte nicht die Absicht, es ihr in irgendeiner Weise leicht zu machen.

»Ich weiß, daß er dich nicht in die Einzelheiten eingeweiht hat. Das konnte er doch nicht, es sei denn, er wäre sicher, daß du den Job übernehmen würdest. Wenn du aber wüßtest, was auf dem Spiel steht, würdest du mitmachen.«

»Das bezweifle ich.«

»Wenn ich es dir bloß sagen könnte. Aber man hat mich strengstens angewiesen...«

»Ich verstehe.«

Nach einer Pause sagte sie: »Ich hab versucht, aus dieser Sache auszusteigen.«

»Ach nein? Wirklich?«

»Heute nachmittag, während wir unten am Strand lagen, wurde mir klar, wie gemein es von mir wäre, jetzt, wo wir doch...«

»Wo wir doch was?« Mit kühler Neugier hob er die Brauen.

Sie schlug die Augen nieder. »Egal, jedenfalls ging ich weg, kam hier herauf und rief Dragon an, um ihn zu bitten, mir diesen Auftrag zu erlassen.«

»Ich nehme an, er hat dir deine Bitte abgeschlagen.«

»Er konnte nicht selbst mit mir sprechen. Er bekommt gerade eine Bluttransfusion oder so. Aber seine rechte Hand schlug es mir rundweg ab – wie heißt der Mann doch gleich?«

»Pope.« Jonathan trank seinen Champagner aus und setzte das Glas sorgfältig auf einem Tischchen ab. »Dir das abzunehmen fällt mir ein bißchen schwer, weißt du. Du bist schon eine ganze Zeit auf mich angesetzt – seit Montreal – und scheinst überzeugt zu sein, daß ich diesen Auftrag übernehmen soll...«

»Du *mußt*, Jonathan.«

»... und trotz alledem erwartest du von mir, dir zu glauben, ein schöner Nachmittag hätte genügt, dich anderen Sinnes werden zu lassen. Ich kann mir nicht helfen, aber ich habe das Gefühl, du begehst einen schweren Fehler, wenn du versuchst, einen Schwindler zu beschwindeln.«

»Ich hab's mir nicht anders überlegt. Ich wollte nur nicht, daß ich die Sache selbst mache. Und du weißt ganz genau, daß das heute nicht nur ein schöner Nachmittag war.«

Er blickte sie an, und seine Augen wanderten von einem ihrer Augen zum anderen. Dann nickte er. »Ja, es war mehr.«

»Und für mich war es nicht bloß dieser Nachmittag. Tagelang habe ich über deinen Personalakten gesessen – die übrigens in einem erschreckenden Maße vollständig sind. Ich weiß, was für eine Kindheit du durchgemacht hast. Ich weiß, wie das CII dich von Anfang an in diesen Job hineinmanövriert hat. Ich weiß darüber Bescheid, wie dein Freund in Frankreich umgelegt worden ist. Und selbst vor diesem Auftrag hab ich dich schon im Studienprogramm des Fernsehens gesehen.« Sie grinste. »Wie du in deiner überheblichen, unverschämten Weise Vorträge über Kunst hieltest. Ach, mich hatte es zu neunzig Prozent schon gepackt, ehe ich dich überhaupt kennenlernte. Und dann, unten in deiner Sammlung – ich kann dir gar nicht sagen, wie glücklich ich war, als du mich aufgefordert hast, sie mir anzusehen. Ich konnte einfach nicht anders, ich mußte einfach so dummes Zeug reden. Aus den Akten wußte ich ja, daß du noch nie jemand mit hinuntergenommen hast. Aber wie dem auch sei, da unten, wie du glücklich auf deinem Schreibtischstuhl gesessen hast, und all diese herrlichen Bilder, und der blaue Umschlag mit dem Geld darin, der da ganz offen herumlag... Ich *mußte* es dir einfach sagen, das ist alles.«

»Und was anderes hast du nicht zu sagen?«

»Nein.«

»Du hast nicht zufällig Lust, auch noch über Schuhe oder Schiffe oder Siegellack zu reden?«

»Nein.«

»In diesem Fall« – er trat zu ihr hinüber und zog sie an den Händen aus ihrem Sessel zu sich empor – »werde ich so schnell wie möglich mit dir nach oben gehen.«

»Ich habe nichts dagegen.«

Ein vom Regen reflektiertes Bündel von Lichtstrahlen spielte auf ihren Augen und ließ den Goldflitter darin aufleuchten, wenn man es am wenigsten erwartete. Er senkte seine Stirn auf die ihre, schloß die Augen und brummte vor Zufriedenheit und Freude vor sich hin. Dann löste er sich wieder von ihr, um sie besser ansehen zu können. »Ich muß dir etwas sagen«, erklärte er dann, »aber du darfst nicht lachen.«

»Sag's mir.«

»Du hast wunderschöne Augen.«

Erfüllt von der ewigen weiblichen Ruhe blickte sie zu ihm auf. »Das ist sehr lieb von dir. Warum sollte ich darüber lachen?«

»Eines Tages werde ich es dir sagen.« Sanft küßte er sie. »Wenn ich's mir jedoch so überlege, dann erzähle ich es dir besser doch nicht. Aber die Warnung, nicht zu lachen, gilt trotzdem weiter.«

»Warum?«

»Wenn du lachst, wirst du mich verlieren.«

Die Vorstellung belustigte sie, also lachte sie und verlor ihn.

»Ich hab dich doch gewarnt. Obwohl das wirklich keine Rolle spielt, wo ich dir doch so viel Gutes getan habe.«

»Sprich nicht mehr darüber.«

Jetzt war es an ihm zu lachen. »Weißt du was? Und das wird für dich eine große Überraschung sein. Ausdauer ist nämlich meine Stärke, ehrlich, ich mach dir nichts vor. Und dabei ist das normalerweise dasjenige, wodurch ich mich empfehle. Ausdauer! Ist das kein Witz?«

»Wir haben doch unendlich viel Zeit. Zumindest hast du nicht nach einer Zigarette gegriffen.«

Er rollte von ihr herunter, ließ sich auf den Rücken fallen und sprach in das Dunkel über ihnen hinein. »Wenn man es richtig bedenkt, ist die Natur doch ein launisches Biest. Die Frauen, mit denen ich geschlafen habe, haben mir nie viel bedeutet – im allgemeinen fühle ich überhaupt nicht viel. Deshalb bin ich ein Musterbeispiel an Beherrschung. Und sie fahren, weiß Gott, gut dabei. Aber bei dir – wo es was bedeutete und weil es mir drauf ankam – da war ich plötzlich die schnellste Kanone im ganzen Osten. Wie ich schon sagte, die Natur ist ein launisches Biest.«

Gem drehte sich zu ihm hin. »He, was soll das eigentlich alles? Du redest, als wäre alles schon vorbei, während ich die ganze Zeit über gehofft habe, es wäre bloß ein Zwischenakt.«

Mit einem Schwung war er aus dem Bett. »Da hast du recht! Wir sind in einem Zwischenakt. Bleib du nur liegen und warte auf mich, ich hole uns bloß einen belebenden kleinen Champagner.«

»Nein, warte!« Sie setzte sich im Bett auf. Die Umrisse ihres Körpers zeichneten sich strahlend vor dem silbrigen Licht im Hintergrund ab. »Komm her. Ich muß dir etwas sagen.«

Er legte sich quer übers Fußende des Bettes und schmiegte seine Wange an ihre Fußsohlen. »Das klingt ja so ernst und unheilvoll.«

»Das soll es auch. Noch mal zu diesem Job für Mr. Dragon...«

»Bitte, Gem!«

»Nein. Nein, jetzt halte du für einen Augenblick mal den Mund! Es hat nämlich was mit einer biologischen Waffe zu tun, an der die Gegenseite arbeitet – etwas ganz Furchtbares. Wenn sie vor uns damit fertig sind... Das könnte entsetzlich sein, Jonathan.«

Er schlang seine Arme um ihre Füße und zog sie an sich. »Gem, es spielt doch keine Rolle, wer dem anderen in diesem Rennen voraus ist. Das ist doch, als ob zwei Jungs mit vor Angst schlotternden Knien einen Meter voneinander Aufstellung nehmen, um ein Handgranatenduell auszufechten. Es spielt doch wirklich keine Rolle, wer zuerst abzieht.«

»Aber es spielt sehr wohl eine Rolle, daß wir es wahrscheinlich nicht sein werden, die zuerst abziehen.«

»Wenn du behauptest, daß der durchschnittliche Ladenbesitzer in Seattle ein ganz menschlicher Bursche ist, hast du vollkommen recht. Aber das ist der durchschnittliche Ladenbesitzer in Petropawlowsk auch. Tatsache ist doch, daß es von solchen Leuten wie Dragon abhängt, ob abgezogen wird oder nicht, oder, noch schlimmer, von irgendeinem Kurzschluß in irgendeinem unterirdisch aufgestellten Computer.«

»Aber Jonathan...«

»Ich werde den Auftrag nicht übernehmen, Gem. Ich führe nie eine Strafaktion aus, wenn ich genug Geld habe, um zurechtzukommen. Und jetzt möchte ich nicht mehr darüber reden, einverstanden?«

Sie schwieg. Dann faßte sie einen Entschluß. »Einverstanden.«

Jonathan küßte ihr die Füße und erhob sich. »Und wie steht es jetzt mit unserem Piccolo?«

Ihre Stimme ließ ihn an der Treppe von der Empore hinunter stehenbleiben. »Jonathan?«

»Madame?«

»Bin ich deine erste Schwarze?«

Er kehrte zurück. »Spielt das eine Rolle?«

»Selbstverständlich spielt das eine Rolle. Ich weiß, daß du Bilder sammelst, und da wollte ich nur wissen, ob...«

Er setzte sich auf den Bettrand. »Ich sollte dir den Hintern versohlen.«

»Tut mir leid.«

»Willst du immer noch ein Glas Champagner?«

Sie breitete die Arme aus und winkte mit dem Finger. »Hinterher.«

Long Island   *13. Juni*

Jonathan machte einfach die Augen auf, und schon war er wach. Ruhig und glücklich. Zum erstenmal seit Jahren befand er sich nicht zwischen Schlaf und Wachsein in einer verschwommenen, unangenehmen Zwischenphase. Voller Behagen reckte er sich, wölbte den Rücken zur Brücke und streckte die Glieder, bis jeder einzelne Muskel vor Anstrengung tanzte. Ihm war, als müßte er laut hinausschreien, durch seinen Schrei kundtun, daß er lebe. Sein Bein berührte eine feuchte Stelle auf dem Laken, und er lächelte. Jemima war nicht im Bett, aber die Stelle, wo sie gelegen hatte, war immer noch warm, und ihr Kopfkissen duftete schwach nach ihrem Parfum und somit auch nach ihr.

Nackt und voller Schwung fuhr er aus dem Bett und lehnte sich über die Chorbalustrade. Der spitze Winkel, in dem die gefärbten Sonnenstrahlen das Schiff durchschnitten, verriet ihm, daß es später Vormittag war. Er rief nach Jemima, und seine Stimme hallte von den Gewölben wider.

Sie erschien auf der Schwelle zur Sakristeiküche. »Sie geruhten zu brüllen, Sir?«

»Guten Morgen!«

»Guten Morgen.« Sie trug das adrette, gut sitzende Leinenkleid, in dem sie gekommen war, und schien dort unten im Schatten weiß zu schimmern. »Wenn du gebadet hast, ist der Kaffee fertig«, sagte sie und verschwand wieder durch die Sakristeitür.

Er planschte in seinem römischen Bad und sang laut, wenn auch nicht gut. Was sollten sie heute unternehmen? In die Stadt fahren? Oder einfach herumgammeln? Es spielte keine Rolle. Er rubbelte sich trocken und zog den Kimono über. Seit Jahren war er nicht mehr so spät aufgestanden. Es mußte schon fast – Himmelherrgott! Der Pissarro! Er hatte dem Händler versprochen, ihn bis Mittag abzuholen.

Er saß auf dem Bettrand und wartete ungeduldig darauf, daß der Hörer am anderen Ende der Leitung abgenommen wurde.

»Hallo? Ja?« Die Stimme des Händlers beschrieb einen Tonbogen, der geheucheltes Interesse verriet.

»Hier spricht Jonathan Hemlock.«

»Ach ja. Wo sind Sie? Weshalb rufen Sie an?«

»Ich bin bei mir zu Hause.«

»Das verstehe ich nicht, Jonathan. Es ist doch schon nach elf. Wie wollen Sie denn bis zwölf Uhr hier sein?«

»Ich kann nicht. Hören Sie, ich möchte, daß Sie das Bild noch ein paar Stunden für mich festhalten. Ich mach mich jetzt auf die Socken.«

»Sie brauchen sich nicht zu beeilen. Ich kann das Gemälde nicht mehr zurückhalten. Ich habe Ihnen doch schon gesagt, daß ich noch einen anderen Interessenten habe. Er ist im Augenblick hier bei mir. Das ist zwar traurig für Sie, aber ich hatte Sie gewarnt und Ihnen gesagt, Sie sollten nicht zu spät hier sein. Geschäft ist Geschäft.«

»Geben Sie mir doch noch eine Stunde.«

»Mir sind die Hände gebunden.«

»Sie sagten, der andere Interessent hätte Ihnen zwölftausend geboten. Ich biete genausoviel.«

»Wenn ich nur könnte, mein Freund. Aber Geschäft...«

»Nennen Sie mir einen Preis.«

»Es tut mir leid, Jonathan. Aber der andere Interessent sagt, er werde jeden Preis, den Sie bieten, überbieten. Aber da Sie fünfzehntausend bieten, will ich ihn fragen.« Jonathan hörte undeutliches Stimmengemurmel. »Er sagt, er bietet sechzehn, Jonathan. Was kann ich da tun?«

»Wer ist der andere Interessent?«

»Aber Jonathan!« Seine Stimme verriet, daß er ehrlich schockiert war.

»Ich werde Ihnen einen Extratausender zahlen, nur um es zu wissen.«

»Wie soll ich es Ihnen sagen, Jonathan? Das läßt meine Geschäftsmoral nicht zu. Und außerdem steht er hier in meinem Zimmer neben mir.«

»Ich verstehe. Na schön, dann werde ich ihn beschreiben. Und Sie brauchen nichts weiter als ja zu sagen, wenn meine Beschreibung stimmt. Also tausend Dollar für eine einzige Silbe.«

»Bei einem Honorar von Tausend pro Silbe – was meinen Sie, was bei der Rate die *Megilloth* bringen würden.«

»Er ist blond, Bürstenschnitt, massig, kleine Augen – untersetzt, grobes, flaches Gesicht, trägt vermutlich eine Sportjacke, Krawatte und Socken von schlechtem Geschmack, und wahrscheinlich hat er auch bei Ihnen drinnen nicht den Hut abgenommen...«

»Das war das Tüpfelchen aufs *i*, Jonathan – *T*-üpfelchen, wie in *T*-ausend.«

Also war es Clement Pope. »Ich kenne den Mann. Er muß irgendwo ein Limit haben. Sein Auftraggeber würde ihm nie erlauben, unbegrenzt zu bieten. Ich biete achtzehntausend.«

Die Stimme des Händlers war voller Respekt. »Haben Sie wirklich so viel in bar, Jonathan?«

»Jawohl, das habe ich.«

Wieder gedämpftes Sprechen, ausgedehnter diesmal. »Jonathan, ich habe eine herrliche Nachricht für Sie. Er sagt, er könne das zwar überbieten, doch er habe nicht so viel Bargeld bei sich, und es würde ein paar Stunden dauern, ehe er es sich beschaffen könne. Also, bester Freund, wenn Sie bis eins mit den neunzehntausend hier sind, haben Sie meinen Segen und das Bild.«

»Neunzehntausend?«

»Haben Sie das Honorar für die Information vergessen?«

Das Bild würde Jonathan fast seine gesamte Barschaft kosten, und er mußte Mittel und Wege finden, seine Schulden und den Lohn für Mr. Monk zu bezahlen – auf jeden Fall aber hätte er den Pissarro.

»Na schön, ich bin also bis eins bei Ihnen.«

»Wunderbar, Jonathan. Meine Frau wird ein Glas Tee für Sie bereit haben. Und nun sagen Sie mir, wie geht es Ihnen – und wie geht es den Kindern?«

Jonathan wiederholte die Bedingungen für ihre Abmachung, damit es auch ja kein Mißverständnis gäbe, und dann legte er auf.

Mehrere Minuten hindurch hockte er auf dem Rand des Bettes, seine Augen blickten ins Leere, und sein Haß auf Dragon und Pope verdichtete sich zu einem stahlharten Klumpen. Dann stieg ihm Kaffeeduft in die Nase, und damit fiel ihm Jemima wieder ein.

Sie war fort. Und mit ihr der blaue, prall mit Hundertdollarscheinen gefüllte Umschlag.

Er führte ein paar hektische Telefongespräche, um zumindest das Bild zu retten, erfuhr dabei, daß Dragon nach dem halbjährlich notwendigen Blutaustausch noch so schwach sei, daß er nicht mit ihm sprechen könne, und stellte fest, daß der Kunsthändler, wiewohl verständnisvoll für sein Mißgeschick, entschlossen war, den Pissarro an Pope zu verkaufen, sobald dieser das Geld brachte.

Allein saß Jonathan unten in der Galerie, die Augen auf jene Stelle an der Wand gerichtet, wo er den Pissarro hatte hinhängen wollen. Neben ihm auf dem Schreibtisch stand eine unberührte Tasse Milchkaffee. Und daneben lag eine Nachricht von Jemima:

Jonathan,

~~ich habe gestern abend versucht, Dir klarzumachen, wie~~

~~wichtig dieser Auftrag~~

~~Darling, Ich gäbe alles in der Welt, um~~

~~Was gestern und heute nacht passiert ist, bedeutet mir~~

~~mehr, als ich Dir je sagen könnte, aber es gibt Dinge,~~

~~die~~ Ich mußte raten. Hoffentlich trinkst Du Deinen Kaffee mit Zucker.

Von ganzem Herzen (ehrlich)
Deine Jemima

Außer dem Geld hatte sie nichts mitgenommen. Die Kleider, die er ihr gekauft hatte, fand er sauber zusammengelegt auf dem Küchentisch. Selbst das Geschirr von gestern abend hatte sie gespült und fortgeräumt. Er saß da. Die Stunden vergingen. Über ihm, im leeren Längsschiff, schwankten Bündel farbigen Lichts und dicke Schatten unmerklich in stummen Angeln; aber er hatte keinen Blick dafür. Der Abend brach herein.

Der bitterste Teil seines Zorns richtete sich nach innen, gegen ihn selbst. Er schämte sich, daß er so leichtgläubig gewesen war. Ihre Wärme und ihr strahlendes Wesen hatten ihn blind gemacht; er war selbst daran schuld, daß er sich derart hatte blenden lassen.

Der Liste in seinem Kopf, mit den Namen der Menschen, die Freundschaft als Waffe gegen ihn benutzt hatten, fügte er den Namen Jemimas hinzu – unter den von Miles Mellough.

»Der stumme Finger schreibt«, dachte er bei sich, »und nachdem er geschrieben hat, stößt er zu.«

Er machte die Tür zur Galerie in der Krypta zu und schloß sie ab – zum letztenmal in diesem Sommer.

New York   14. *Juni*

»... die Anfechtungen des Fleisches, was, Hemlock?« Dragon verzerrte das Gesicht, setzte dann jedoch eine Miene auf, als sei er schwerelos unter den schwarzen Seidendecken. Sein Kopf mit den zarten Knochen drückte kaum in das ebenholzschwarze Kopfkissen, auf dem sich sein schafsvlies-ähnliches Haar feucht ringelte. Jonathan beobachtete, wie die schlanken, wachsweißen Hände kraftlos an den Säumen des zurückgeschlagenen Bettzeugs zupften. Ein gewisses Dämmerlicht zumindest war nötig für diejenigen, die ihn ärztlich betreuten, und gegen dieses schmerzende Licht waren seine Augen mit einer dicken, wattierten schwarzen Binde geschützt.

Mrs. Cerberus beugte sich über ihn, und ihr schuppiges Gesicht verzog sich besorgt, als sie eine große Nadel aus seiner Hüfte entfernte. Erneut verzerrte Dragon das Gesicht, setzte dann jedoch rasch wieder ein schwaches Lächeln auf.

Es war das erstemal, daß Jonathan in das hinter Dragons Büro gelegene Schlafzimmer hineingebeten worden war. Der Raum war klein, ganz in Schwarz ausgeschlagen, und der Krankenhausgeruch war überwältigend. Regungslos saß Jonathan auf einem Stuhl neben dem Bett.

»Ich werde nach jedem Blutaustausch ein paar Tage lang künstlich ernährt, mit einer Zucker- und Salzlösung. Nicht gerade ein Schlemmermahl, das werden Sie zugeben.« Dragon drehte auf dem Kissen seinen Kopf und wandte die schwarze Binde Jonathan zu. »Ihrem arktisch-eisigen Schweigen entnehme ich, daß Sie nicht gerade hingerissen sind von meiner stoischen Haltung und meiner zuversichtlichen guten Laune.«

Jonathan gab keine Antwort.

Mit einer Geste, die so schwach war, daß die Schwerkraft die Hand sogleich wieder aufs Laken herunterzog, entließ Dragon Mrs. Cerberus, die mit einem Rascheln ihrer gestärkten Schwesterntracht an ihm vorbeirauschte.

»Im allgemeinen genieße ich es, mich mit Ihnen zu unterhalten, Hemlock. Was Sie sagen, hat immer einen erheiternden Hauch von Abscheu an sich.« Wenn er sprach, holte er zwischendurch immer tief Luft, hielt mitten im Satz inne, wenn es nötig war, und gestattete seinem gequälten Ausatmen, willkürlich Wortgruppen zusammenzufügen. »Aber in diesem Zustand bin ich kein gleichwertiger intellektueller Partner für Sie. Verzeihen Sie mir daher, daß ich gleich zur Sache komme. Wo steckt Miß Brown?«

»Ach? Heißt sie wirklich so?«

»Zufälligerweise ja. Wo ist sie?«

»Wollen Sie mir weismachen, Sie wüßten es nicht?«

»Sie hat Mr. Pope gestern das Geld übergeben, und seither ist sie spurlos verschwunden. Sie werden mir verzeihen, wenn ich Sie in Verdacht habe.«

»Ich weiß nicht, wo sie ist. Aber ich bin interessiert. Falls Sie es herausbekommen, lassen Sie es mich bitte wissen.«

»Ich verstehe. Hemlock, sie ist eine von unseren Leuten. Und Sie sind, weiß Gott, in der Lage, zu wissen, was mit denen geschieht, die unseren Leuten etwas antun.«

»Reden wir über den Auftrag.«

»Miß Brown darf nichts passieren, Hemlock.«

»Reden wir über den Auftrag.«

»Nun gut.« Dragon seufzte, und die Anstrengung, die ihn das kostete, ließ ihn erschauern. »Aber ich bedaure, daß Sie Ihren Sportgeist verloren haben. Wie heißt es doch in Ihrer Sprache? Wer nicht wagt, der...«

»Haben Sie als Kind Fliegen die Flügel ausgerissen, Dragon?«

»Bestimmt nicht! Zumindest keinen Fliegen.«

Jonathan zog es vor, der Sache nicht weiter auf den Grund zu gehen. »Ich nehme an, diese Strafaktion hat mit dem zweiten Mann in Montreal zu tun. Der Mann, der im Kampf mit – wie heißt er doch noch? – verwundet wurde.«

»Mit Agent Wormwood. Jawohl. Damals, als wir Sie nach Montreal schickten, wußte ›Spürhund‹ so gut wie nichts über diesen zweiten Mann. Seither haben wir Bruchstücke von Informationen zusammengesetzt – Gerüchte, zweite Blätter von Notizblöcken, Aussagen von Denunzianten, Ausschnitte aus abgehörten Telefongesprächen – der übliche Kleinkram, aus dem man eine Schuld ableitet. Aber offen gestanden, wir haben diesmal sehr wenig in der Hand, und mit so wenig haben wir noch niemals gearbeitet. Trotzdem ist es absolut notwendig, daß diese Strafaktion an diesem Mann ausgeführt wird. Und zwar schnellstens.«

»Warum? Es wäre nicht das erstemal, daß Ihre Leute nicht weiterkommen. Warum ist dieser Mann so wichtig?«

Dragons phosphoreszierende Brauen schoben sich zusammen, als er das Problem einen Moment überdachte, doch dann sagte er: »Na schön, ich werde es Ihnen sagen. Vielleicht verstehen Sie dann, warum wir Sie so hart angefaßt haben. Und vielleicht teilen Sie unseren Wunsch, diesen Mann zu beseitigen.« Er hielt inne, suchte nach einem Anfang. »Sagen Sie, Hemlock, Sie haben doch Erfahrungen gesammelt in Ihrer Zeit beim Geheimdienst der Armee: Wie würden Sie die ideale biologische Waffe beschreiben?«

»Ist das *small talk?*«

»Im Gegenteil. Es ist mir höchst wichtig.«

Jonathans Stimme nahm den pendelhaft schwingenden Rhythmus dessen an, der auswendig etwas herunterleiert. »Die Krankheit sollte tödlich verlaufen, der Tod jedoch nicht sofort eintreten. Die Befallenen sollten stationär behandelt werden müssen, so daß jeder einzelne Fall ein oder zwei Leute des Krankenhauspersonals aktionsunfähig macht. Die Krankheit sollte sich durch Kontakt und Ansteckung von selbst auszubreiten, um über die Grenzen der Einsatzzone hinauszugelangen und eine Panik hervorzurufen. Und außerdem muß es etwas sein, wogegen unsere eigenen Streitkräfte geschützt werden können.«

»Exakt. Kurz gesagt, Hemlock, wäre eine Erkrankung der Lymphknoten, ähnlich der Beulenpest, ideal. Nun hat die Gegenseite seit Jahren daran gearbeitet, eine biologische Waffe zu entwickeln, die das System der Lymphdrüsen in Mitleidenschaft zieht. Sie haben auf diesem Gebiet große Fortschritte gemacht. Sie haben die Art des Einsatzes vervollkommnet, haben einen Virusstamm mit idealen Charakteristika isoliert – und besitzen einen Impfstoff, der ihre Streitkräfte gegen diese Viren immun macht.«

»Na, dann reizen wir sie nicht, bis sie Dünnschiß kriegen.«

Dragon wand sich bei diesem Ausdruck. »Ach ja, die Slums! Ganz verleugnen können Sie die wohl nie, was, Hemlock? Glücklicherweise sind unsere eigenen Leute auch nicht faul gewesen. Wir haben in der gleichen Richtung erhebliche Fortschritte gemacht.«

»Aus rein defensiven Gründen, versteht sich.«

»Es handelt sich um eine Vergeltungswaffe.»

»Aber gewiß doch. Schließlich haben wir eine weiße Weste.«

»Ich fürchte, ich verstehe nicht ganz.«

»Ach, nur eine Redensart.«

»Ach so. Nun ja, jetzt sind beide Seiten in einen Engpaß geraten. Unsere Leute haben nichts, was gegen diesen Virus immun macht. Und der anderen Seite ist es noch nicht gelungen, Kulturen zu züchten, die unter den extremen Temperatur- und Schockbedingungen am Leben bleiben, denen sie beim Transport mit Interkontinentalraketen ausgesetzt sind. Wir arbeiten mit Hochdruck daran, ihrer Immunisierung auf die Spur zu kommen, und sie wüßten gern die Zusammensetzung unseres Trägerstoffes.«

»Haben Sie schon daran gedacht, auf direktem Wege eins gegen das andere auszutauschen?«

»Bitte, fühlen Sie sich nicht aufgerufen, mir meine Krankheit durch kleine Späße erleichtern zu wollen, Hemlock.«

»Und was habe ich mit dieser faszinierenden Geschichte zu tun?«

»Das CII ist mit der Aufgabe betraut worden, den Fortschritt der Gegenseite aufzuhalten.«

»Dem CII ist die Aufgabe zugedacht worden? Ausgerechnet dem CII, dem wir die Kuba-Invasion und den Gaza-Zwischenfall zu verdanken haben? Dem CII, unter dessen Kommando die Spionageschiffe stehen? Mir will scheinen, unsere Regierung spielt russisches Roulett mit einer automatischen Pistole.«

Dragons Stimme klang plötzlich glasklar. »Dr. Hemlock, tatsächlich ist es so, daß wir auf dem besten Wege sind, ihr gesamtes Programm für die Entwicklung biologischer Waffen zunichte zu machen.«

»Und wie haben Sie dieses Wunder vollbracht?«

»Dadurch, daß wir ihnen erlaubt haben, die Formel für den Trägerstoff unserer Kulturen abzufangen.« Dragons Stimme verriet einen gewissen Stolz.

»Aber nicht die richtige«, unterstellte Jonathan.

»Nein, nicht die richtige.«

»Und sie sind selbstverständlich so blöde, daß sie nicht dahinterkommen.«

»Das ist keine Frage der Dummheit. Der Trägerstoff übersteht jeden Laboratoriumstest. Als unsere Leute darüber stolperten...«

»Das kann auch bloß unseren Leuten passieren – darüber zu stolpern.«

»»... als unsere Leute auf diesen Trägerstoff stießen, haben sie geglaubt, sie hätten jetzt die Lösung des Problems gefunden, wie man den Virus unter allen Bedingungen am Leben erhalten kann. Wir haben ihn erschöpfend getestet. Hätten wir ihn nicht in der Praxis unter Kampfbedingungen getestet, würden wir dem Fehler nie auf die Spur gekommen sein.«

»Unter Kampfbedingungen?«

»Das geht Sie nichts an.« Dragon ärgerte sich, daß ihm diese Bemerkung entschlüpft war.

»Das geht nur unsere weiße Weste was an.«

Dragon schien vor Erschöpfung in sich zusammenzusacken, obgleich er sich nicht rührte. Es hatte vielmehr den Anschein, als würde er von innen her in sich zusammenfallen, kleiner auf der Brust werden und dünner im Gesicht. Er holte mehrere Male flach Atem und stieß ihn durch schlaffe Lippen und aufgeblähte Backen wieder aus.

»Also, Hemlock«, fuhr er fort, nachdem er sich einigermaßen erholt hatte, »jetzt verstehen Sie vielleicht, warum es für uns so dringlich ist.«

»Offen gestanden – ich begreife es nicht. Wenn wir in diesem kriminellen Konkurrenzkampf so weit vorn liegen...« Er zuckte mit den Achseln.

»Vor kurzem sind wir stark zurückgeworfen worden. Drei unserer wichtigsten Wissenschaftler sind innerhalb des letzten Monats umgekommen.«

»Ermordet?«

»Nein – nein.« Dragon fühlte sich sichtlich nicht wohl in seiner Haut. »Ich sagte Ihnen doch schon, daß wir bis jetzt kein ausreichendes Immunisierungsmittel gefunden hätten... Da gibt es nichts zu lachen, Hemlock.«

»Es tut mir leid.« Jonathan wischte sich die Tränen aus den Augen und versuchte, sich wieder zu fassen. »Aber die ausgleichende Gerechtigkeit...« Abermals mußte er lachen.

»Sie lassen sich leicht zum Lachen reizen.« Dragons Stimme klang eisig. »Darf ich jetzt fortfahren?«

Jonathan gab ihm durch eine Geste zu verstehen, er solle nur weitersprechen, kicherte aber weiter in sich hinein.

»Die Methode, die wir benutzten, um die Formel für den Trägerstoff in die Hand der Gegenseite fallen zu lassen, ist nicht ganz ohne Brillanz. Wir ließen sie einem unserer Agenten in Montreal, diesem Wormwood, übergeben.«

»Und auf irgendeine Art und Weise ließen Sie diese Tatsache bis zur anderen Seite durchsickern.«

»Viel raffinierter noch, Hemlock. Wir taten alles, um sie daran zu hindern, die Formel abzufangen – bis auf eine Kleinigkeit. Wir benutzten keinen besonders guten Agenten.«

»Sie ließen das arme Schwein einfach aus dem Verkehr ziehen, ihm den Bauch aufschlitzen und ihn durchsuchen?«

»Wormwood war ein Mann von gefährlich begrenzten Fähigkeiten. Früher oder später...« Er vollführte eine Geste, die Unausweichlichkeit andeutete. »Jedenfalls ist das der Punkt, wo Sie ins Spiel kommen. Damit unsere kleine List auch wirklich Erfolg hatte, mußten wir die Ermordung von Wormwood so rächen, als ob wir ernstlich böse wären über seinen Verlust. Angesichts der Bedeutung der Information muß die Gegenseite sogar mit einer Strafaktion rechnen, die mit mehr Nachdruck durchgeführt wird als normalerweise. Darin dürfen wir sie nicht enttäuschen. Das CII betrachtet es als eine Angelegenheit von höchster Bedeutung für die nationale Sicherheit, daß *beide* an der Ermordung beteiligten Agenten der Gegenseite liquidiert werden. Und aus ganz bestimmten Gründen sind Sie der einzige, der die zweite Strafaktion übernehmen kann.« Dragon hielt inne, und sein mathematischer Geist ging noch einmal die ganze Unterhaltung durch, um herauszufinden, ob auch alles Nötige gesagt worden sei. Das schien der Fall zu sein. »Begreifen Sie jetzt, warum wir einen solchen Druck auf Sie ausüben mußten?«

»Und warum bin ich der einzige, der diesen Job übernehmen kann?«

»Darf ich zunächst einmal fragen, ob Sie den Auftrag annehmen?«

»Ja, ich nehme ihn an.«

Die Wattebauschbrauen hoben sich kaum merklich. »Einfach so? Ohne weitere Aggressionen?«

»Sie werden dafür bezahlen.«

»Damit rechne ich. Aber natürlich nicht zuviel.«

»Darüber werden wir uns schon noch einigen. Sagen Sie mir jetzt, um wen es sich handelt.«

Dragon legte eine Pause ein, um seine Kräfte zu sammeln. »Gestatten Sie mir, daß ich zunächst mit den Einzelheiten der Ermordung Wormwoods beginne. Daran waren zwei Männer beteiligt. Die aktive Rolle spielte Garcia Kruger, der ja nicht mehr unter den Lebenden weilt. Vermutlich war er es, der den ersten Schlag ausführte. Es ist so gut wie sicher, daß er es war, der Wormwood die Kehle durchschnitt und ihm mit dem Taschenmesser den Bauch aufschlitzte, um an den Kassiber heranzukommen, den er verschluckt hatte. Auf so etwas war der zweite Mann offenbar nicht gefaßt. Ihm wurde von dem Vorgehen seines Kollegen übel, denn er übergab sich auf den Fußboden. Das erzähle ich Ihnen, damit Sie Bescheid wissen, mit welcher Art von Mann Sie es zu tun haben. Aus dem, wie er sich in dem Hotelzimmer und auch hinterher benommen hat, schließt ›Spürhund‹, daß es sich nicht um einen Profi der anderen Seite handelt. Vermutlich ist er des Geldes wegen in die ganze Sache verwickelt – ein Motiv, für das Sie Verständnis haben sollten.«

»Und wie heißt der Mann, auf den ich angesetzt werden soll?«

»Das wissen wir nicht.«

»Und wo befindet er sich im Augenblick?«

»Das wissen wir auch nicht.«

Jonathans Skepsis wuchs, und so fragte er: »Aber Sie werden doch zumindest eine Art Beschreibung haben, oder?«

»Leider nur eine ganz vage. Fest steht, daß es sich um einen Mann handelt und nicht um eine Frau, daß er kein kanadischer Bürger ist, offensichtlich aber ein geübter Bergsteiger. Soviel konnten wir einem Brief entnehmen, der einige Tage nach seiner Abreise im Hotel für ihn abgegeben wurde.«

»Das ist ja wunderbar! Soll ich etwa jeden Bergsteiger umbringen, der nicht das Glück hat, Kanadier zu sein?«

»Nein, nicht ganz. Unser Mann wird an einer ganz bestimmten Bergbesteigung in den Alpen teilnehmen, die dieses Jahr stattfinden soll.«

»Damit beläuft sich die Auswahl immer noch auf drei- oder viertausend Mann.«

»Nein, weniger, Hemlock. Wir wissen, welchen Berg er besteigen wird.«

»Und zwar?«

»Den Eiger.« Dragon wartete, welche Wirkung das auf Jonathan haben würde.

Nach einer Weile, die angefüllt war mit den schlimmsten Bildern aus seiner bisherigen Karriere als Bergsteiger, fragte Jonathan mit fatalistischer Ergebenheit: »Die Nordwand natürlich?«

»Ja.« Dragon genoß die Sorge, die Jonathans Stimme unüberhörbar verriet. Er wußte von den beiden katastrophal endenden Versuchen, die Jonathan unternommen hatte, diese tückische Wand zu bezwingen – bei beiden Versuchen hatte sein Leben an einem seidenen Faden gehangen.

»Wenn dieser Mann sich die Eiger-Nordwand vornimmt, ist die Wahrscheinlichkeit groß, daß mir meine Arbeit abgenommen wird.«

Jonathan bewunderte den Mann, wer immer er sein mochte.

»Ich bin kein Pantheist, Hemlock. Gott ist zwar zugegebenermaßen auf unserer Seite, aber was die Natur betrifft, so sind wir weniger sicher. Schließlich haben Sie zweimal einen Versuch gemacht, und Sie leben auch noch.« Dragon genoß es, ihn daran zu erinnern. »Und selbstverständlich hatten Sie beide Male keinen Erfolg.«

»Ich bin beide Male lebend wieder heruntergekommen. Für die Eiger-Nordwand bedeutet das schon eine Art Erfolg.« Jonathan kam zurück auf das Sachliche. »Sagen Sie mir, wie viele Seilschaften bereiten sich im Moment auf eine Besteigung der Nordwand vor?«

»Zwei. Eine italienische...«

»Die können Sie streichen. Nach der Katastrophe von 1957 würde kein Mann mit gesundem Menschenverstand sich einer italienischen Seilschaft anschließen.«

»Das sagen mir meine Gewährsleute auch. Die andere Besteigung soll in sechs Wochen stattfinden. Der Internationale Alpenverein hat die Schirmherrschaft über eine Freundschaftsbesteigung übernommen, an der qualifizierte Bergsteiger aus Deutschland, Österreich, Frankreich und den Vereinigten Staaten teilnehmen sollen.«

»Davon habe ich gelesen.«

»Der Amerikaner, der teilnehmen sollte, ist Mr. Lawrence Scott.«

Jonathan lachte. »Scotty kenne ich gut, wir sind schon zusammen geklettert. Es wäre hirnverbrannt, anzunehmen, daß er etwas mit der Sache in Montreal zu tun haben könnte.«

»Ich bin nicht hirnverbrannt. Ich leide an *Acroma*, nicht an *Acromanie*. Was Mr. Scotts Unschuld betrifft, so teilen wir Ihre Ansicht. Bedenken Sie, daß ich sagte, er *sollte* teilnehmen. Unglücklicherweise hat er gestern einen Autounfall gehabt und wird auf Jahre hinaus nicht mehr bergsteigen können, falls überhaupt je wieder.«

Jonathan erinnerte sich an Scottys lockeren Stil, der etwas von der Grazie eines Ballettanzes und der Präzision einer mathematischen Beweisführung hatte. »Ich muß schon sagen, Sie sind wirklich der letzte Dreck.«

»Wie dem auch sei, der Amerikanische Alpenverein wird bald an Sie herantreten und Sie bitten, an Mr. Scotts Stelle zu treten. Vom Internationalen Alpenverein wird es keine Einwände geben. Ihr Ruf als Bergsteiger eilt Ihnen voraus.«

»Der Amerikanische Alpenverein wird bestimmt nicht an mich herantreten. Ich bin seit etlichen Jahren nicht mehr in den Bergen gewesen. Das wissen die genau. Sie wissen, daß ich nicht in Form bin, um mir am Eiger die Zähne auszubeißen.«

»Man wird trotzdem an Sie herantreten. Das State Department übt einen gewissen behutsamen Druck auf sie aus. Also, Hemlock«, sagte Dragon, als wolle er das Ganze zusammenfassen, »der Mann, auf den Sie angesetzt sind, ist entweder der Franzose, der Österreicher oder der Deutsche. Wir werden mit Sicherheit vor Beginn der Besteigung herausfinden, wer es genau ist. Um jedoch dem Deckmantel, unter dem Sie arbeiten, das Ansehen von Wahrscheinlichkeit zu verleihen, werden Sie trainieren, als ob Sie die Besteigung wirklich mitmachen wollten. Außerdem besteht ja auch die Möglichkeit, daß die Liquidierung in der Wand selbst stattfindet. Übrigens, ein alter Freund von Ihnen wird in der Schweiz dabeisein: Mr. Benjamin Bowman.«

»Big Ben?« Den Umständen zum Trotz machte Jonathan die Vorstellung Spaß, zusammen mit Big Ben Bier zu trinken und Witze zu reißen. »Aber Ben kann diesen Aufstieg doch gar nicht mitmachen. Für den Eiger ist er nun wirklich zu alt. Wie ich selbst übrigens auch.«

»Der Alpenverein hat ihn auch nicht als Bergsteiger ins Auge gefaßt. Er wird für die Ausrüstung und den Transport der gesamten Seilschaft sorgen und alles Drum und Dran organisieren. Es gibt einen Fachausdruck dafür.«

»Bodenmann.«

»Als Bodenmann also. Wir haben eigentlich gehofft, daß Mr. Bowman über Ihre Beziehung zu uns Bescheid weiß. Ist es so?«

»Aber bestimmt nicht.«

»Schade. Es könnte sich als nützlich erweisen, einen Mann dabei zu haben, den Sie kennen und auf den Sie sich verlassen können, falls wir vor Beginn des Aufstiegs nicht herausfinden sollten, wer nun eigentlich unser Mann ist. Vielleicht ist es ratsam, ihn ins Vertrauen zu ziehen.«

Jonathan verwarf diesen Gedanken augenblicklich. Big Ben mit seinen simplen und soliden Moralvorstellungen würde nie Verständnis dafür haben, daß jemand für Geld andere Leute umbrachte. Aus Sportgeist heraus sein Leben zu riskieren, das war etwas ganz anderes. Dafür hatte Ben jedes Verständnis.

Da Dragon erwähnt hatte, er werde einen früheren Bekannten bei dieser Gelegenheit wiedersehen, mußte Jonathan flüchtig an Miles Mellough denken. Ihm fiel ein, daß Dragon ihn bei ihrer letzten Unterhaltung erwähnt hatte. »Und was für eine Rolle spielt Mellough bei der Sache?«

»Diese Frage habe ich erwartet. Offen gestanden, wir wissen das selbst nicht genau. Er traf zwei Tage vor Wormwoods Tod in Montreal ein und verließ die Stadt einen Tag darauf. Wir beide kennen Mr. Mellough gut genug, so daß wir einen Zufall eigentlich auschließen können. Ich nehme an, daß er als Überbringer der Formel für den Virus-Träger fungieren sollte. Selbstverständlich unternahmen wir gegen ihn nichts, ehe er nicht die Formel abgeliefert hatte. Jetzt, wo das passiert ist, habe ich nichts dagegen, daß er ihrer geradezu ausschweifenden Vorstellung von Treue und Ehre zum Opfer fällt – wie damals dieser Grieche. Wenn Sie so wollen, bieten wir Ihnen Mr. Mellough als eine Art von Nebenverdienst bei dieser Sache.«

»Sechs Wochen«, überlegte Jonathan. »Da muß ich hart trainieren, um wieder in Form zu kommen.«

»Das ist Ihre Sache.«

»Big Ben leitet unten in Arizona eine Bergsteigerschule. Dort möchte ich für einen Monat hin.«

»Wenn Sie wollen.«

»Auf Ihre Kosten.«

Dragons Stimme troff vor Sarkasmus, wie er ihn für die Instinkte der Habgier bei seinen Agenten aufsparte. »Selbstverständlich, Hemlock!« Er tastete nach der Klingel, um Mrs. Cerberus hereinzurufen. Jonathan sah, wie er sich vergeblich abmühte, sie zu finden, erbot sich jedoch nicht, ihm behilflich zu sein. »Jetzt, da Sie das Drumherum kennen, Hemlock, werden Sie auch verstehen, warum wir gerade Sie brauchen – und zwar nur Sie –, warum wir auf Sie – und zwar nur auf Sie – angewiesen sind. Sie sind Bergsteiger gewesen, und dann scheint auch noch eine Reihe von Leuten aus Ihrem Bekanntenkreis in diese Sache verwickelt zu sein. Es ist, als hätte das Schicksal hier seine Hand im Spiel.«

Mrs. Cerberus trat mit dem geschäftigen Rascheln ihrer frisch gestärkten Schwesterntracht ein, rauschte an Jonathan vorüber und stieß mit ihrer gewaltigen Hüfte gegen seinen Stuhl. Er überlegte flüchtig, ob dieses gespenstische Paar wohl miteinander ins Bett ging. Wer sonst wollte Dragon schon diesen Gefallen tun? Er sah sie sich beide an und kam zu dem Schluß, falls sie Kinder hätten, würden diese Hieronymus Bosch Modell stehen können.

Als sei damit das Gespräch beendet, sagte Dragon: »Ich werde Sie über alles, was wichtig für Sie sein dürfte, auf dem laufenden halten.«

»Fällt Ihnen nicht auf, daß wir noch nicht über das Honorar gesprochen haben?«

»Aber selbstverständlich. Wir haben die Absicht, angesichts der Gefährlichkeit dieses Auftrags und der emotioanlen Schwierigkeiten, denen Sie unserer kleinen Willenskonfrontation wegen ausgesetzt waren, besonders großzügig zu sein. Sie werden nach erfolgreich abgeschlossener Strafaktion dreißigtausend Dollar erhalten. Die gestohlenen zwanzigtausend sind selbstverständlich bereits wieder auf dem Weg zu Ihnen. Und was den Pissarro betrifft, so hat Miß Brown uns neulich nicht im Zweifel darüber gelassen, daß sie ihre Aufgabe nicht zu Ende führen würde, falls wir nicht versprächen, Ihnen das Bild zum Geschenk zu machen. Und das werden wir. Ich bin überzeugt, das ist mehr, als Sie erwartet haben.«

»Offen gestanden ist das mehr, als ich von Ihnen erwartet hatte – aber weit weniger, als ich tatsächlich bekommen werde.«

»Wie bitte?« Mrs. Cerberus legte Dragon beruhigend eine Hand auf dem Arm, damit sein Blutdruck nicht unversehens stieg.

»Sie haben ganz richtig gehört«, fuhr Jonathan ungerührt fort. »Ich werde den Pissarro sofort bekommen und einhunderttausend Dollar nach Erledigung des Auftrags. Plus Spesen selbstverständlich.«

»Sie sind sich doch darüber im klaren, daß das ungeheuerlich ist.«

»Jawohl. Aber ich sehe darin eine Art Abschiedshonorar, das es mir erlaubt, mich zur Ruhe zu setzen. Das ist die letzte Aufgabe, die ich für Sie übernehmen werde.«

»Das liegt selbstverständlich bei Ihnen. Im Unterschied zur gegnerischen Seite haben wir nicht die Absicht, Sie zu zwingen, bei uns zu bleiben, wenn Ihre Liebe zu uns erkaltet ist. Aber wir haben nicht die Absicht, bis ans Ende Ihrer Tage für Ihren Lebensunterhalt zu sorgen.«

»Hunderttausend reichen nur für vier Jahre.«

»Und danach?«

»Bis dahin wird mir schon was einfallen.«

»Daran zweifle ich nicht. Aber hunderttausend Dollar – das kommt überhaupt nicht in Frage!«

»Oh, da irren Sie sich. Ich habe geduldig zugehört, wie Sie mir die Dringlichkeit dieser Strafaktion auseinandergesetzt haben – ganz abgesehen von der Tatsache, daß Sie dabei auf mich – und auf niemand sonst – angewiesen sind. Es bleibt Ihnen gar nichts anderes übrig, als mir zu zahlen, was ich verlange.«

Dragon versank in Nachdenken. »Sie wollen uns wegen Miß Brown bestrafen – ist es das?«

In Jonathans Augen blitzte es zornig auf. »Mir geht es um nichts weiter, als daß Sie bezahlen.«

»Ich habe schon seit geraumer Zeit erwartet, daß Sie sich von unserer Organisation zurückziehen werden, Hemlock. Noch heute vormittag haben Mr. Pope und ich diese Möglichkeit erörtert.«

»Das hat damit gar nichts zu tun. Und wenn Ihnen an einem heilen und gesunden Pope etwas liegt, dann halten Sie ihn mir vom Leibe.«

»Sie laufen Amok, nicht wahr?« Dragon überlegte einen Augenblick. »Dahinter steckt wohl etwas. Sie wissen doch genau, daß ich Ihnen das Geld jetzt versprechen könnte, dann entweder nicht bezahlen oder es mir hinterher irgendwie wieder beschaffen könnte.«

»Das passiert mir nicht ein zweites Mal«, erklärte Jonathan kalt, »Sie werden mir das Geld sofort anweisen – und zwar werden Sie einen Verrechnungsscheck an meine Bank schicken mit der Weisung, mir den Betrag auf Verlangen persönlich auszuzahlen oder auf weitere Instruktionen von Ihnen zu warten – und zwar nicht vor sieben Wochen, von heute an gerechnet. Wenn es mir nicht gelingt, die Aktion erfolgreich durchzuführen, werde ich wahrscheinlich tot sein und der Scheck wird niemals eingelöst. Schaffe ich es, bekomme ich das Geld und ziehe mich zurück. Schaffe ich es nicht, können Sie die Bank dahingehend instruieren, daß das Geld bei Vorlage eines Totenscheins an Sie zurückzuzahlen ist.«

Dragon drückte die schwarze Binde gegen die Augen und suchte in der Dunkelheit nach einem Pferdefuß in Jonathans Vorschlag. Dann fielen seine Hände auf die schwarze Bettdecke zurück. Er lachte seine drei Ha.

»Wissen Sie was, Hemlock? Ich glaube, Sie haben uns in der Zange. Wir sitzen in einer Zwickmühle.« Bewunderung schwang in seiner Stimme mit, aber auch Verwunderung. »Der Scheck wird Ihren Angaben entsprechend an Ihre Bank geschickt werden, und das Gemälde werden Sie bei Ihrer Rückkehr zu Hause vorfinden.«

»Gut.«

»Ich nehme an, das ist das letzte Mal, daß ich das Vergnügen habe, Ihre Gesellschaft zu genießen. Sie werden mir fehlen, Hemlock.«

»Sie haben ja immer noch Mrs. Cerberus.«

Unverhohlene Traurigkeit sprach aus dem einen Wort, das Dragon darauflin sagte: »Richtig.«

Jonathan erhob sich, um zu gehen, doch eine letzte Frage Dragons hielt ihn zurück. »Sind Sie auch ganz sicher, daß Sie mit dem Verschwinden von Miß Brown nichts zu tun haben?«

»Ganz sicher. Aber ich vermute, sie wird früher oder später wieder auftauchen.«

Long Island *Abend desselben Tages*

Der Himmel bei Sonnenuntergang war malven- und zinnfarben; die bleierne Haut des Ozeans wogte flach; richtig lebendig war sie nur am schmalen Gischtstreifen, den die Tide träge bis nahe an seine Füße heraufgeschoben hatte.

Seit Stunden, schon seit er aus der Stadt zurückgekommen war, saß er nun bereits auf dem festen Sand am unteren Strand. Da er müde und abgespannt war, erhob er sich grunzend und klopfte sich den Sand von der Hose. Im Haus war er noch nicht gewesen; er hatte es – nach einem Augenblick der Unschlüssigkeit an der Tür – vorgezogen, durch sein Anwesen zu streifen.

Im Vorraum entdeckte er jetzt ein großes rechteckiges, in braunes Papier gehülltes und verschnürtes Paket. Der Pissarro vermutlich. Doch er machte sich nicht die Mühe nachzusehen, ja er rührte es überhaupt nicht an. Aus Prinzip hatte er darauf bestanden, daß es ihm von Dragon zugestellt werde, aber der ursprüngliche Appetit darauf war vergangen.

Das Längsschiff war kühl und von dichten Schatten erfüllt. Er durchmaß es und stieg die Stufen zu seiner Bar empor, wo er sich ein großes Whiskyglas mit Laphroaig halb einschenkte, es austrank, noch einmal einschenkte, sich dem Schiff zuwandte und die Ellbogen auf die Bar stützte.

Aus den Augenwinkeln heraus sah er, wie ein schwacher Glutpunkt einen Bogen beschrieb – das Ende einer Zigarette.

»Gem?«

Rasch eilte Jonathan auf die verschwommene Frauengestalt zu, die im Wintergarten saß.

»Was machst du denn hier?«

»Mich zur Verfügung stellen, wie immer«, erklärte Cherry. »Soll das für mich sein?« Sie deutete auf das Glas Whisky.

»Nein! Geh nach Haus!« Jonathan setzte sich auf den Korbstuhl ihr gegenüber; er hatte zwar nicht ganz soviel gegen ihre Gesellschaft, wie er sich den Anschein gab, spürte jedoch schmerzlich das Aufhören des Adrenalinstoßes, das diese Enttäuschung zur Folge hatte.

»Ich weiß wirklich nicht, was ich mit Ihnen machen soll, Dr. Hemlock.« Cherry stand auf, um sich den Whisky zu holen, den er ihr verweigert hatte. »Sie versuchen dauernd, mich hochzukriegen«, sagte sie über die Schulter hinweg, während sie zur Bar hinüberging. »Ich weiß genau, was dieses ganze Gerede von ›Nein! Geh nach Haus!‹ soll. Sie wollen mich bloß schwach machen. Vielleicht besteht die einzige Möglichkeit, Sie loszuwerden, darin, daß ich endlich nachgebe.« Sie hielt inne, wollte ihm

Gelegenheit geben, darauf einzugehen, doch er blieb stumm. »Tz, tz, tz«, fuhr sie fort, ihn unter einem Schwall balsamischer Worte weiter zu reizen. »Ich nehme an, das ist die einzige Möglichkeit, Ruhe vor Ihnen zu haben. He, übrigens: Gibt es so etwas wie eine Freudsche Fehlleistung in Wortspielen?« Auch daß sie wieder schwieg, entlockte ihm keinerlei Kommentar. Inzwischen war sie mit ihrem Drink zurückgekommen und ließ sich mutwillig in den Korbstuhl fallen. »Na schön. Was hältst du von den Filmen von Marcel Carné? Glaubst du, die Vorteile des Kochens mit teflonbeschichteten Töpfen rechtfertigen die gewaltigen Ausgaben für das Raumfahrtprogramm? Oder was hältst du von dem taktischen Problem des Massenrückzugs, sollte es jemals zwischen den Italienern und den Arabern zum Krieg kommen?« Abermals hielt sie inne, und dann fragte sie: »Wer ist Gem?«

»Geh nach Haus!«

»Woraus ich schließe, daß es sich um eine Frau handelt. Eigentlich müßte sie schon was anderes sein, nach der Schnelligkeit zu urteilen, mit der du grade eben von der Bar 'rübergekommen bist.«

Jonathans Stimme klang väterlich. »Hör zu, Kleines, ich hab heute abend keine Lust dazu.«

»Das sprüht ja heute abend nur so von Doppeldeutigkeiten. Soll ich dir noch einen Drink holen?«

»Bitte.«

»Du willst doch nicht wirklich, daß ich nach Hause gehe, oder?« fragte sie, als sie wieder zur Bar hinüberging. »Du fühlst dich mies, und du möchtest dich darüber aussprechen.«

»Wenn du wüßtest, wie weit du danebengeraten hast!«

»Als ich sagte, daß es dir mies geht?«

»Als du sagtest, daß ich mich darüber aussprechen möchte.«

»Diese Gem muß dir ja verdammt schwer im Magen liegen. Ich hasse sie schon, ohne daß ich sie kenne. Hier.« Sie reichte ihm sein Glas. »Ich werd dich heute besoffen machen und den Suff ausnützen, um dich zu verführen.« Sie tat ihr Bestes, so zu kichern wie eine Hexe.

Jonathan war wütend und deshalb verlegen. »Verdammt noch mal, mich kriegt man auch im Suff nicht herum!«

»Jetzt hab ich dich, jetzt hab ich dich, du bist ja pfefferscharf auf mich. Ich wette, du bist's wirklich!«

»Ach, geh nach Haus!«

»War sie denn jedenfalls einigermaßen gut im Bett?«

Jonathans Stimme wurde augenblicklich eisig. »Jetzt gehst du aber wirklich!«

Cherry machte ein betretenes Gesicht. »Es tut mir leid, Jonathan. Blöd,

99

so was zu sagen. Aber Menschenskind, wie, glaubst du denn, wirkt das auf ein Mädchen, wenn es immer und immer wieder versucht, einen Mann 'rumzukriegen, und dann kommt eine andere Frau mit einem unwahrscheinlichen Namen und schafft das – im Handumdrehen, so.« Sie versuchte mehrere Male, mit den Fingern zu schnippen, doch es wollte kein Laut hervorkommen. »Ich hab das noch nie gekonnt.«

Trotz allem mußte Jonathan lachen. »Hör zu, Kleines! Morgen früh fahre ich weg.«

»Für wie lange?«

»Fast den ganzen Sommer über.«

»Wegen dieser Frau?«

»Nein. Ich will nur mal wieder ein bißchen klettern.«

»Und darauf kommst du ganz zufällig, nachdem du diese Frau kennengelernt hast, stimmt's?«

»Die hat nichts damit zu tun.«

»Das möchte ich aber stark bezweifeln. Na schön. Wann fährst du?«

»In aller Herrgottsfrühe.«

»Na großartig! Dann haben wir ja noch die ganze Nacht. Was sagen Sie dazu, Mister? Na? Na? Wie finden Sie das. Werden Sie mich von der Last meiner Jungfernschaft befreien, ehe Sie wegfahren? Bedenken Sie, das wird ein langer Sommer für uns jungfräuliche Pastorentöchter.«

»Kümmerst du dich um das Haus, während ich fort bin?«

»Mit Vergnügen. Und jetzt reden wir mal von dem Gefallen, den du *mir* dafür tust.«

»Trink aus und geh nach Haus. Ich muß jedenfalls ein bißchen schlafen.«

Resigniert nickte Cherry. »Okay! Diese Frau muß dir wirklich ganz schön an die Nieren gegangen sein. Ich hasse sie.«

»Ich auch«, sagte er ruhig.

»Ach, scheiß doch drauf, Jonathan!«

»Welch neue Bereicherung deines Wortschatzes höre ich da!«

Er brachte sie an die Tür und gab ihr einen Kuß auf die Stirn. »Wir sehen uns, wenn ich wieder hier bin.«

»He, was sagt man eigentlich zu einem Bergsteiger? Einem Schauspieler wünscht man Hals- und Beinbruch, einem Segler Mast- und Schotbruch, aber für einen Bergsteiger hört sich das ein bißchen makaber an.«

»Man sagt: Berg heil!«

»Alsdann: Berg heil!«

»Dank dir. Und gute Nacht.«

»Das wirft mich um. Vielen Dank für dieses ›Gute Nacht!‹ Daran werd ich mich die ganze Nacht klammern.«

Arizona   15. Juni

Jonathan stand am grasbewachsenen Rand eines bescheidenen Flugplatzes zwischen seinen Koffern und sah zu, wie der Mini-Jet des CII, dem er gerade entstiegen war, wendete und mit einer majestätischen Verwandlung von Kraft in Luftverschmutzung auf das im Windschutz gelegene Ende der Startbahn zurollte. Die Hitzewelle, die den Düsen entwich, ließ die Landschaft dahinter erzittern; das Heulen der Düsen tat den Ohren weh.

Von der gegenüberliegenden Seite der Rollbahn schoß zwischen zwei Wellblechhangars ein neuer, aber bereits ziemlich mitgenommener Landrover hervor, schlidderte in eine scharfe Kurve, so daß die schimpfenden Mechaniker von einer Staubwolke eingehüllt wurden, sprang mit allen vier Rädern über einen Steinhaufen, hätte ums Haar eine Piper gestreift, die dort warmlief, und löste dadurch ein heftiges Wortgefecht zwischen Fahrer und Piloten aus, sauste dann mit Höchstgeschwindigkeit auf Jonathan zu, bis in letzter Sekunde die Allradbremse betätigt wurde und der Wagen quietschend und rutschend zum Stehen kam, so daß die Stoßstange am Ende nur Zentimeter von Jonathans Schienbein entfernt war.

Big Ben Bowman stand bereits neben dem Landrover, noch ehe dieser zu rucken aufgehört hatte. »Jon! Gottverdammmich, wie geht's dir?« Er entriß Jonathans Hand einen Koffer und feuerte ihn in den Fond des Wagens, ohne sich im geringsten darum zu kümmern, was wohl darin sein könnte. »Eins will ich dir gleich sagen, altes Haus: Wir werden etliche Dosen Bier knacken, ehe du wieder abhaust. Hej!« Seine breiten behaarten Pranken schlossen sich um Jonathans Oberarme, und nach einer linkischen, bärenhaften Umarmung hielt er seinen Freund auf Armeslänge von sich und betrachtete ihn eingehend. »Gut siehst du aus, altes Haus, 'n bißchen weich vielleicht, aber ich will verdammt sein, wenn es mir nicht in der Seele wohltut, dich wiederzusehen. Wart nur, bis du meine Klitsche siehst. Dort hat sich allerhand...« Das Aufheulen des CII-Jets, der zum Start ansetzte, erstickte jeden anderen Laut, doch Big Ben redete unbekümmert weiter, während er Jonathans zweiten Koffer auflud und seinen Besitzer in dem Landrover verfrachtete. Dann sprang er herum, klemmte sich hinters Steuer, legte den Gang ein, und ab ging's – mit einem Satz waren sie über den Regenwassergraben am Rande des Flugplatzes hinweg, beschrieben einen weiten Bogen und drohten ständig seitwärts wegzurutschen. Jonathan hielt sich an seinem Sitz fest und schrie etwas, als er sah, wie der CII-Jet von links auf sie zugerast kam. Big Ben lachte nur, riß das Steuer nach rechts herum, und kurze Zeit rasten sie

101

unter dem Schatten der Tragfläche neben dem Jet dahin. »Aussichtslos!«
Ben versuchte, den verdoppelten Lärm von Jet und Auto zu überschreien,
dann steuerte er nach links und überquerte die Startbahn so dicht hinter
der Maschine, daß Jonathan der Gluthauch der Düsen und der aufgewirbelte Sand ins Gesicht schlugen.
»Um Gottes willen, Ben!«
»Nichts zu machen! Einen Jet kannst du nicht überholen!« Dann brüllte
er vor Lachen und setzte den Fuß unnachgiebig aufs Gaspedal. Ohne sich
an den vorgezeichneten Weg zu halten, kurvten sie um die zerstreut lie-
genden Flugplatzgebäude herum, setzten über den Bordstein hinweg,
landeten auf der mehrspurigen Autobahn, wendeten schnittig, um auf die
Gegenfahrbahn zu gelangen, ohne sich im geringsten um das Kreischen
der Bremsen und das wütende Gehupe um sie herum zu kümmern. Ben
zeigte den beleidigten Fahrern der anderen Wagen die klassische Geste
– ihr könnt mich mal...
Etwa eine Meile hinter der Stadt verließen sie mit schliddernden Reifen
die Autobahn und fuhren in einen staubigen Feldweg hinein, der praktisch nur an den Radspuren zu erkennen war. »Nur noch 'n Stück hier
'runter, altes Haus!« rief Ben. »Weißt du noch?«
»Ungefähr zwanzig Meilen, stimmt's?«
»Hm, in etwa. Achtzehn Minuten, wenn ich's nicht grade eilig hab.«
Jonathan packte den »Hühnerstange« genannten Griff vor ihm und sagte
so beiläufig, wie es ihm nur irgend möglich war: »Ich sehe keinen besonderen Grund, daß wir uns beeilen, Ben.«
»Du wirst die Klitsche nicht wiedererkennen.«
»Hoffentlich krieg ich sie überhaupt noch zu sehen.«
»Was?«
»Nichts.«
Während sie dahinrasten und über tiefe Schlaglöcher hinwegflitzten, be-
schrieb ihm Ben einige Verbesserungen, die er in den letzten Jahren vorgenommen hatte. Offenbar war aus seiner spartanischen Bergsteigerschule eine Art Ferienranch geworden. Er sah Jonathan an, während er
erzählte, und blickte auf die Straße nur, um den Wagen wieder in die rich-
tige Richtung zu lenken, wenn er das Gefühl hatte, daß die Räder in den
weichen Sand der Seitenstreifen gerieten. Jonathan hatte Bens verrückten
Fahrstil völlig vergessen. An einer steilen Felswand, nichts weiter als har-
tes Gestein vor sich, an das er sich klammern konnte, hatte er keinen
Menschen lieber neben sich als Ben, aber auf dem Beifahrersitz eines Autos...
»Hoho! Halt dich fest!«
Plötzlich waren sie in einer Haarnadelkurve und hatten zuviel drauf, um

sie zu schaffen. Der Rover sprang über die Böschung, und die Räder auf Jonathans Seite mahlten sich in den weichen Sand. Einen schier endlosen Augenblick hindurch balancierten sie auf diesen beiden Rädern, dann scherte Ben nach rechts aus, die Räder wühlten sich wieder in den Sand hinein und rutschten hin und her. Noch während sie schleuderten, drückte Ben schon wieder aufs Gaspedal, und aus dem unkontrollierten Schleudern wurde ein gerade aufs Ziel zusteuernder Powerslide, der sie wieder auf die Fahrbahn zurückbrachte. »Gottverdammich, ich vergeß doch diese Kurve jedesmal!«

»Ben, ich glaube, ich gehe lieber zu Fuß.«

»Okay, okay!« Er lachte und ging für eine Weile mit dem Tempo etwas herunter, doch dann beschleunigte er unversehens wieder, und es dauerte nicht lange, da waren die Knöchel an Jonathans Hand, welche die »Hühnerstange« gepackt hielt, wieder weiß. Er fand, daß nichts gewonnen sei, wenn er sich aufregte und den Landrover durch positive Konzentration lenken wollte; also ergab er sich in sein Schicksal und versuchte, überhaupt nichts zu denken.

Big Ben kicherte in sich hinein.

»Was hast du denn?« fragte Jonathan.

»Ich mußte grad an den Aconcagua denken. Weißt du noch, wie ich dem Scheißkerl zugesetzt hab?«

»Ich weiß.«

Kennengelernt hatten sie sich in den Alpen. Vom Temperament her waren sie so grundverschieden, daß kein Mensch gedacht hätte, sie würden jemals eine gute Seilschaft abgeben. Weder Ben noch Jonathan war besonders erfreut gewesen, als sie aufeinander angewiesen waren, da ihre Partner diese Besteigung, die sie sich nun einmal vorgenommen hatten, aus irgendwelchen Gründen nicht mitmachen konnten. Mit den schlimmsten Befürchtungen kamen sie überein, die Besteigung zusammen zu machen, und behandelten einander mit jener Höflichkeit und Zuvorkommenheit, die äußerlich so aussieht wie Freundschaft. Allmählich und voller Widerstreben kamen sie dahinter, daß gerade ihre diametral entgegengesetzten Fähigkeiten als Alpinisten einander wunderbar ergänzten und sie zu einer außerordentlich tüchtigen Seilschaft zusammenschmiedeten. Jonathan ging einen Berg an wie ein mathematisches Problem, entschied sich nach längeren Überlegungen für eine der verschiedenen Aufstiegsrouten und wog Ausrüstung gegen Energie und Zeit ab; Ben hingegen unterwarf sich eine Wand mit seiner ungewöhnlichen Kraft und seinem unbezwingbaren Willen. In Alpinistenkreisen nannte man sie bald »Keule« und »Degen« – Spitznamen, die bald die Phantasie

103

der Schriftsteller beflügelten, welche in den Bergsteigerblättern über ihre Leistungen schrieben. Jonathan brillierte besonders an der nackten Felswand, wo die ausgeklügelte Taktik von Hebelkraft und Beinarbeit seinem besonderen intellektuellen Stil voll und ganz entsprach. Big Ben übernahm die Führung, sobald es Eis und Schnee zu bezwingen galt. Dort arbeitete er sich keuchend wie ein Stier durch die Verwehungen und ging eine Steigung an wie eine Maschine.

Beim Biwakieren wirkten sich ihre unterschiedlichen Persönlichkeitsstrukturen als segensreich angesichts der menschlichen Reibungen aus, die bisweilen in diesen gefährlichen Situationen auftauchen. Ben war zehn Jahre älter als Jonathan, redete gern und hatte sehr viel Sinn für Humor. Ihr Herkommen und ihre Wertvorstellungen waren so grundverschieden, daß sie gesellschaftlich niemals in Konkurrenz miteinander gerieten. Selbst in der Hütte, nach der Besteigung, feierten sie ihren Sieg ganz verschieden und mit verschiedenen Leuten – und in der Nacht gönnten sie sich zur Belohnung ganz verschiedene Frauen.

Sechs Jahre hindurch verbrachten sie die Bergsteigersaison gemeinsam und nahmen sich einen Gipfel nach dem andern vor: den Walker, den Dru, die kanadischen Rocky Mountains. Und selbstverständlich tat es ihrem internationalen Ruhm keinen Abbruch, daß Jonathan Beiträge für Bergsteigerzeitschriften schrieb, in denen ihre Besteigungen mit jenem wohlberechneten, geradezu phlegmatischen Understatement geschildert wurden, das schließlich typisch wurde für den Stil dieser Blätter.

Es war daher eine Selbstverständlichkeit, als eine Gruppe von jungen Deutschen sich zu einer Besteigung des Aconcagua, dem höchsten Gipfel der westlichen Hemisphäre, entschloß, daß sie Jonathan und Ben aufforderten, mitzumachen. Ben war von dieser Idee besonders begeistert – das war ein Aufstieg nach seinem Herzen, ein kräfteverschleißendes, mörderisches Unternehmen, bei dem es nicht so sehr auf bergsteigerische Taktik ankam, als vielmehr auf Zähigkeit und auf kluges Haushalten mit den Kraftreserven.

Jonathan reagierte wesentlich kühler auf diese Aufforderung. In Anbetracht der Tatsache, daß die Deutschen ja überhaupt erst den Plan gefaßt hatten, sollten sie auch die ersten sein, die den Gipfel angingen; Jonathan und Ben waren zur Unterstützung da und sollten den Gipfel selbst nur dann besteigen, falls den Deutschen etwas Unvorhergesehenes zustieß. Diese Abmachung war nur fair, aber keineswegs nach Jonathans Geschmack. Im Gegensatz zu Ben, für den jeder einzelne Schritt bei einer Besteigung wichtig war, kletterte Jonathan einzig um des Sieges willen. Auch setzten die beträchtlichen Ausgaben, die mit diesem Unternehmen verbunden waren, seinem Enthusiasmus einen Dämpfer auf – ganz abgesehen davon, daß bei einer Besteigung wie dieser seine besonderen Fähigkeiten nur von zweitrangiger Bedeutung waren.

Ben jedoch konnte man das nicht abschlagen. Die finanziellen Probleme löste er dadurch, daß er die kleine Ranch verkaufte, von der er bisher gelebt hatte – und dann versuchte er Jonathan in einem langen Telefongespräch davon zu überzeugen, daß dies in Anbetracht seines Alters vermutlich die letzte große Besteigung sein würde, die er noch machen könne.

Wie sich herausstellte, hatte er recht.

Vom Meer aus gesehen scheint sich der Aconcagua unmittelbar hinter Valparaiso zu erheben, ein regelmäßiger und – aus dieser Entfernung betrachtet – ziemlich sanft ansteigender Bergkegel. Aber allein erst einmal dorthin zu gelangen, ist die Hölle. Das Grundmassiv ist zwischen einem Gewirr von niedrigen Bergen verankert, und die Bergsteigergruppe brauchte eine ganze Woche, um überhaupt erst einmal hinzukommen, wobei sie sich abwechselnd durch den feuchten und verseuchten Dschungel und über die staubigen Paßpfade quälen mußte, als sie der alten Fitzgerald-Route folgte, die bis zum Fuße des Aconcagua führt.

Auf der ganzen Welt gibt es keinen zermürbenderen Aufstieg als den über diesen Riesenhaufen von Geröll, Fels und Eis. Er zermalmt die Menschen – nicht durch erhabene Schläge, wie die Eiger-Nordwand oder der Nanga Parbat sie austeilt, sondern dadurch, daß er einem Menschen die Nerven zerrüttet und ihn körperlich zermürbt, bis er nur noch ein vor sich hin wankender, wimmernder Irrer ist. Nicht, daß ein Teilabschnitt der Besteigung dieses Berges besondere Schwierigkeiten aufwiese oder auch nur alpinistisch gesehen interessant wäre! Es ist wohl nicht übertrieben, wenn man sagt, daß jeder sportlich durchtrainierte Laie, sofern er entsprechend ausgerüstet und an die dünne Höhenluft gewöhnt ist, jede beliebige Dreihundertmeterstrecke dieses Berges schaffen kann. Allerdings ragt der Aconcagua viele, viele hundert Meter empor, und man muß sich stundenlang durch Schiefergestein und zerklüfteten Fels, durch Moränen und über zerrissene Gletscherspalten emporarbeiten, muß sich tagelang abrackern, ohne auch nur im geringsten das Gefühl zu haben, etwas geschafft zu haben oder dem Gipfel nähergerückt zu sein. Dabei halten die Blitztürme, die den Gipfel umtoben, die Bergsteiger immer wieder, wer weiß wie lange, an einer Stelle fest – möglicherweise für alle Zeiten. Und immer noch nimmt dieser Abfallhaufen der Schöpfung kein Ende und reckt sich in den Himmel.

Neunhundert Meter unterhalb des Gipfels gab einer der Deutschen auf. Er war zermürbt von der Bergkrankheit und der Eiseskälte, die sich in ihn hineingefressen hatte. »Was hat es denn für einen Sinn?« fragte er. »Es

105

lohnt sich doch nicht.« Alle wußten, was er damit meinte. Technisch gesehen stellt der Aconcagua keine besondere Schwierigkeit dar, und so reizt
er denn weniger als Meilenstein in der Laufbahn eines Alpinisten, sondern eher als ein Zugeständnis an die latente Todessehnsucht im Menschen, die so viele von ihnen hinauftreibt.
Aber kein solcher Teufelsberg brachte Big Ben dazu, klein beizugeben!
Und es war für Jonathan unvorstellbar, ihn sich allein die Zähne daran
ausbeißen zu lassen. Man beschloß, daß die Deutschen in dem Lager zurückbleiben sollten, in dem sie waren, es ausbauten und herrichteten, um
die neuen Gipfelstürmer in Empfang zu nehmen, wenn sie zurückge-
wankt kämen.
Fünfhundert Meter kosteten Ben und Jonathan einen ganzen Tag, und als
sie einmal um Haaresbreite einem Absturz entgingen, verloren sie die
Hälfte ihrer Ausrüstung.
Den folgenden Tag tobte ein Blitzsturm über ihnen. Elmsfeuer tanzten
auf den Spitzen ihrer Eispickel. Mit erstarrten Fingern krallten sie sich
in die Ränder der Persenning, ihrem einzigen Schutz vor dem heulenden
Wind. Die Persenning flatterte und knatterte wie Maschinengewehrfeuer
und zerrte und riß an ihren gefühllosen Händen wie ein verwundetes,
vom Wahnsinn getriebenes Tier, das sich rächen will.
Bei Einbruch der Dunkelheit legte sich der Sturm, und sie mußten die
Persenning von ihren Händen abschütteln, die nicht mehr die Kraft hatten, sich zu entspannen. Jonathan reichte es. Er erklärte Ben, daß sie am
nächsten Morgen zurück müßten.
Ben konnte die Zähne kaum auseinanderbringen, und Tränen der Verzweiflung rannen ihm aus den Augenwinkeln und gefroren in seinen
Bartstoppeln. »Verdammt!« schluchzte er. »Dieser verdammte, beschis-
sene Berg!« Dann ging es mit ihm durch, und er bearbeitete den Fels mit
seinem Eispickel; er ließ seine Wut an ihm aus und zerfetzte ihn, bis die
dünne Luft und die Erschöpfung dafür sorgten, daß er nach Atem ringend
auf dem Schnee lag. Jonathan riß ihn hoch und holte ihn zurück in ihren
spärlichen Unterschlupf. Als es stockfinster war, hatten sie sich so behaglich wie möglich eingegraben. Der Wind stöhnte, aber der Sturm selbst
lauerte nur im Hintergrund, so daß sie jedenfalls ein bißchen Ruhe fanden.
»Weißt du, woran das liegt, altes Haus?« fragte Ben in der undurchdring-
lichen Dunkelheit. Er hatte sich zwar wieder beruhigt, aber seine Zähne
klapperten vor Kälte, und das verlieh seiner Stimme etwas erschreckend
Unsicheres. »Ich werde alt, Jon. Das hier muß mein letzter Berg sein. Und
ich will verdammt sein, wenn dieser Scheißberg mich zugrunde richtet.
Du verstehst, was ich meine?«

Jonathan griff in der Dunkelheit zu ihm hinüber und drückte ihm die Hand.

Eine Viertelstunde darauf war Bens Stimme wieder ruhig und klang völlig normal, als er sagte: »Morgen früh versuchen wir's noch mal, einverstanden?«

»Einverstanden«, sagte Jonathan, doch er glaubte nicht daran.

Die Morgendämmerung brachte schlechtes Wetter, und Jonathan ließ das letzte bißchen Hoffnung fahren, daß sie den Gipfel vielleicht doch noch schaffen würden. Jetzt interessierte ihn nur noch, wie sie lebendig wieder hinunterkämen.

Gegen Mittag klarte das Wetter auf, und sie gruben sich aus. Noch ehe Jonathan dazu kam, seinem Gefährten die Gründe auseinanderzusetzen, die ihm den Abstieg ratsam erscheinen ließen, hatte Ben sich bereits entschlossen an den Aufstieg gemacht. Es blieb Jonathan nichts anderes übrig, als ihm zu folgen.

Sechs Stunden später standen sie auf dem Gipfel. Jonathans Erinnerung an diese letzte Etappe ist ziemlich verschwommen. Schritt um Schritt arbeiteten sie gegen die Windwand an, versanken sie bis zu den Hüften im lockeren Schnee, arbeiteten sie sich blindlings voran, stolperten, rutschten aus, und ihr ganzer Verstand, all ihre Vernunft konzentrierte sich auf nichts anderes als auf den nächsten, auf noch einen Schritt voran.

Aber sie standen auf dem Gipfel. Sehen konnten sie nicht weiter als eine Seillänge, so dicht wirbelten die Wolkenfetzen um sie herum.

»Noch nicht mal 'n anständiger Ausblick!« beklagte Ben sich. Dann nestelte er an der Verschnürung seiner Plastikhose, die er über allem anderen trug, und warf sie ab. Nach einem verbissenen Kampf mit seinen wollenen Schiunterhosen richtete er sich zu voller Größe auf und verlieh seiner Verachtung für den Aconcagua auf uralte, beredte Weise Ausdruck.

Als sie sich an den Abstieg machten, rutschten und hinunterdrängten, ganz darauf bedacht, keine Zeit zu verlieren, und doch ständig von der Furcht bedroht, eine Lawine auszulösen, merkte Jonathan, daß Bens Elastizität nachgelassen hatte, daß seine Bewegungen ein bißchen steif und längst nicht mehr so sicher waren wie zuvor.

»Was ist los mit dir?«

»Fühl meine Füße nicht mehr, altes Haus.«

»Seit wann schon nicht mehr?«

»Seit 'n paar Stunden schon, nehm ich an.«

Jonathan scharrte eine flache Mulde in den Schnee und zerrte Ben die Stiefel von den Füßen. Die Zehen waren weiß und hart wie Elfenbein. Eine Viertelstunde lang hielt Jonathan die steifen, abgestorbenen Füße in

seinem Parka gegen die bloße Brust gedrückt. Ben überschüttete ihn mit
Verwünschungen und heulte nur so, als aus einem Fuß die Gefühllosigkeit wich und jetzt Wellen von Schmerz einsetzten. Der andere Fuß jedoch blieb steif und weiß, und Jonathan wußte, daß mit dieser Art von
Erster Hilfe nichts weiter gewonnen werden konnte. Die größere Gefahr
bestand jetzt darin, daß sie womöglich von einem neuen Sturm überrascht
wurden. Also machten sie sich wieder an den Abstieg.
Die Deutschen waren großartig. Als die beiden ins Lager gewankt kamen,
nahmen sie Jonathan Ben ab und trugen ihn mehr oder weniger zu Tal.
Jonathan blieb nichts anderes übrig, als hinter ihnen dreinzustolpern,
vom Wind gebrochen und vom Schnee halb blind.
Ben machte ein höchst unbehagliches Gesicht und kam sich sichtlich fehl
am Platz vor, wie er da im Krankenhaus in Valparaiso mit einem Haufen
Kissen im Rücken im Bett saß. Im freundschaftlichen Wortgeplänkel be-
schuldigte Jonathan ihn, er bliebe nur deshalb so lange dort, weil er jede
Nacht mit den Schwestern schlafe.
»Die würd ich nicht mit 'ner Kneifzange anfassen, altes Haus! Wer einem
Mann die Zehen abbricht, wenn er mal grade nicht aufpaßt, bringt es auch
fertig, ihm was anderes abzubrechen.«
Das war das letztemal, daß die amputierten Zehen zwischen ihnen er-
wähnt wurden. Beide wußten, daß Ben niemals wieder eine größere Be-
steigung machen konnte.
Sie fühlten weder Erleichterung noch Stolz, als sie zusahen, wie der Berg
hinter dem Heck ihres Dampfers im Meer versank. Sie empfanden keine
Genugtuung darüber, es geschafft zu haben – genausowenig, wie die
Deutschen sich schämten, aufgegeben zu haben. So ist das nun mal mit
diesem Haufen versteinerter Scheiße aus der Urzeit.
Als sie wieder in den Staaten waren, machte Ben sich daran, in einer Ecke
von Arizona, wo es eine Fülle von natürlichen Übungsfelsen mit allen
möglichen Problemen gab, eine Bergsteigerschule aufzuziehen. Aber es
gab nur wenige Leute, die für jene fortgeschrittene Schulung, wie Ben sie
geben konnte, in Frage kamen, so daß Jonathan sich oft wunderte, wie
er sich überhaupt über Wasser halten konnte. Selbstverständlich machten
er und zwei Dutzend anderer Alpinisten es sich zur Gewohnheit, Bens
Schule zu beehren, aber auf weiter als das lief es auch nicht hinaus – eine
Art Unterstützung. Daß es jedesmal einen Kampf kostete, Ben zu bewegen, sich für Unterkunft und Training bezahlen zu lassen, brachte Jonathan so in Verlegenheit, daß er schließlich ganz aufhörte, zu ihm zu fahren. Bald danach gab er die Bergsteigerei überhaupt auf, und sein neues
Heim sowie seine Bildersammlung nahmen sein Interesse voll in Anspruch.

»Tja!« rief Ben, als sie nach einem schlimmen Stoß wieder einmal auf ihren Sitzen landeten, »dem Teufelskerl von einem Berg hab ich's gezeigt, was?«

»Hast du jemals darüber nachgedacht, was passiert wäre, wenn du noch an anderen Stellen Erfrierungen abbekommen hättest?«

Ben lachte. »Ach, du liebes bißchen! Hätte das ein Heulen und Zähneklappern gegeben hier im Reservat – so manches schöne Indianermädchen hätte bittere Tränen vergossen, altes Haus!«

Sie schossen über eine kleine Erhebung und fuhren dann die gewundene Straße hinunter, die zu Bens Tal führte, wobei sie eine riesige Staubwolke hinter sich aufwirbelten. Jonathan war überrascht, als er auf Bens Anwesen hinunterblickte. Dort hatte sich weiß Gott eine Menge verändert. Die paar bescheidenen Blockhütten, die um die Küche herum gestanden hatten, waren verschwunden. Smaragden blitzte ein riesiger Swimmingpool, der auf drei Seiten vom Hauptgebäude und den Flügeln eines Bungalows im pseudoindianischen Stil eingefaßt wurde; auf einer Fläche, die offenbar eine Art Mittelding zwischen Terrasse und Atrium war, leuchteten die hellen Tupfer der Badehosen und Bikinis von Leuten auf, die alles andere als Bergsteiger zu sein schienen. Das hier hielt keinen Vergleich mit der spartanischen Bergsteigerschule aus, die Jonathan gekannt hatte.

»Wie lange ist denn das hier schon so?« fragte er, als sie die steile Straße hinunterschlidderten.

»Na ja, so zwei Jahre. Gefällt's dir?«

»Eindrucksvoll.«

Sie preschten über den kiesbestreuten Parkplatz und prallten gegen einen erstaunlich widerstandsfähigen Rundpfahl, ehe der Wagen ausschaukelte und zum Stillstand kam. Langsam kletterte Jonathan hinaus und reckte das Rückgrat, um seine Knochen wieder zusammenzufinden. Es war eine reine Freude, wieder festen Boden unter den Füßen zu spüren.

Erst als sie in der schattigen Kühle der Bar beieinander saßen und sich auf ein heißersehntes Glas Bier konzentrierten, hatte Jonathan Muße, sich seinen Gastgeber genauer anzusehen. Jede Einzelheit von Bens Gesicht strahlte eine robuste Männlichkeit aus: das volle, kurz geschorene Silberhaar genauso wie das breite, ledrige Gesicht, das so aussah, als hätte Hormel es entworfen und als wäre es von einem schartigen Schwert zurechtgehauen worden. Zwei tiefe Falten gruben sich in seine außerordentlich stark gebräunten Wangen, und von seinen Augenwinkeln verzweigte sich ein Netz von Krähenfüßen, das aussah wie eine Luftaufnahme vom Nildelta.

Nachdem die ersten beiden Gläser Bier leer waren, winkte Ben dem indianischen Barmann, zwei neue zu bringen. Jonathan fiel Bens geradezu grenzenlose Vorliebe für Bier wieder ein, die unter Bergsteigern Gegenstand des Klatsches und der Bewunderung gewesen war.

»Todschick«, lautete Jonathans Kommentar, nachdem er seine Umgebung in Augenschein genommen hatte.

»Tja, sieht ganz so aus, als ob ich über den Winter käme.«

Die Bar war von der Halle durch eine niedrige Mauer aus einheimischem Stein getrennt, und durch die ganze Halle hindurch schlängelte sich ein künstlicher Bach um die Tische herum, die jeweils auf einer kleinen Insel standen, welche mittels einer leicht gewölbten Brücke mit den Gängen verbunden war. Etliche sportlich gekleidete Paare plauderten ruhig über herzhaften Eisgetränken, genossen die Klimaanlage und ignorierten die fade Musik, die aus offensichtlich allgegenwärtigen, aber gut versteckten Lautsprechern quoll. Die eine Wand der Halle bestand ganz aus Glas, so daß man das Bassin und die Badenden beobachten konnte. Überall sah man wohlhabend aussehende Männer mit Sonnenbräune, die offensichtlich im Liegestuhl erworben worden war. Gläser vor sich, saßen sie an kleinen weißen Eisentischen oder auf dem Rand von farbenfroh gepolsterten Sonnenstühlen und vertieften sich in Börsenzeitungen, während ihre Bäuche zwischen den Oberschenkeln hingen. Ein paar schlenderten ziellos um den Swimming-pool herum.

Junge Damen räkelten sich hoffnungsvoll auf Strandstühlen. Die meisten von ihnen hatten ein Bein hochgezogen und enthüllten das schinkenrote Innere ihrer Schenkel. Sonnenbrillen waren auf Bücher und Zeitschriften gerichtet, doch über sie hinweg verfolgten die Augen, was um sie herum vorging.

Ben betrachtete Jonathan einen Moment, und um seine nach unten gerichteten Augen herum vertieften sich die Krähenfüße. Er nickte. »Tja, tut richtig wohl, dich zu sehen, altes Haus. Meine Talmi-Gäste kotzen mich an. Was hast du denn so gemacht die letzte Zeit? Dir die Welt vom Leib gehalten, nehm ich an, oder?«

»Man lebt so.«

»Und was ist mit deiner verrückten Kirche?«

»Die hält mir den Regen vom Leib.«

»Gut.« Einen Augenblick lang war er in Nachdenken versunken. »Sag mal, was hat das eigentlich alles zu bedeuten, Jon? Ich krieg da dieses Telegramm, in dem es heißt, ich soll mich deiner annehmen und Konditionstraining mit dir treiben, daß du eine richtige Besteigung machen kannst. Sie kabeln, daß sie für sämtliche Ausgaben aufkommen werden. Was bedeutet das, altes Haus? ›Sämtliche Ausgaben‹ – darunter kann man viel verstehen. Sind das Freunde von dir? Soll ich ihnen nur die Selbstkosten berechnen?«

»Bloß nicht! Nein, Freunde sind das nicht. Schröpf sie, soviel du kannst. Gib mir deine besten Zimmer, und setz alles, was ich eß und trink, auf die Rechnung.«

»Sieh mal einer an! Wie schön! Dann freß ich 'n Besen, wenn wir es uns nicht auf ihre Kosten wohl sein lassen werden. Hej! Da wir grade vom Bergsteigen reden: Man hat mich aufgefordert, Bodenmann für eine Gruppe zu spielen, die sich den Eiger vornimmt. Was sagst du dazu?«

»Na, das ist doch großartig.« Jonathan wußte, daß seine nächste Feststellung nicht ohne Kommentar bleiben würde. Deshalb versuchte er, sie so beiläufig wie möglich vorzubringen. »Das ist übrigens die Tour, auf die ich mich hier vorbereiten soll.« Er wartete auf die Reaktion.

Bens Lächeln erstarb auf seinem Gesicht, und eine Sekunde lang starrte er Jonathan an. »Du willst mich wohl auf 'n Arm nehmen.«

»Nein, das will ich nicht.«

»Was ist denn mit Scotty passiert?«

»Der hat einen Autounfall gehabt.«

»Armer Kerl! Dabei hatte er sich so darauf gefreut.« Für eine Weile kommunizierte Ben mit seinem Bier. »Wieso sind sie denn grade auf dich gekommen?«

»Weiß ich nicht. Vermutlich wollen sie einer unbedeutenden Seilschaft etwas Glanz verleihen.«

»Nun hör mal! Veräpple mich nicht, altes Haus.«

»Ich hab, ehrlich gesagt, keine Ahnung, wieso sie ausgerechnet auf mich verfallen sind.«

»Aber du machst mit?«

»Ja, das werde ich.«

Ein Mädchen in der Miniaturausgabe eines Bikinis trat an die Bar und hievte ihr noch feuchtes Gesäß auf den übernächsten Hocker neben Jonathan, der auf ihr automatisches Begrüßungslächeln nicht einging.

»Zieh Leine, Buns«, sagte Ben und knallte ihr die Hand auf den Hintern, daß es feucht klatschte. Sie kicherte und kehrte zurück an den Swimming-pool.

»Bist du denn in der letzten Zeit viel geklettert?« fragte Jonathan.

»Och, ich wetz ab und zu 'n paar kleine Berge hoch, nur so zum Vergnügen. Aber, ehrlich gesagt, mit dem Teil meines Jobs hier ist es längst vorbei. Wie du siehst, kommen meine Gönner heutzutage her, um Jagd auf gewisses Wild zu machen, nicht um auf Berge zu steigen.« Er griff über die Theke hinweg und angelte sich eine neue Flasche Bier. »Komm, Jon. Gehen wir 'n bißchen 'rum und unterhalten uns.«

Sie durchschritten den Mittelgang der Halle und traten dann über die Brücke auf die abgeschlossenste der Sitzinseln.

Nachdem er dem Kellner bedeutet hatte, sie wollten in Ruhe gelassen werden, trank Ben langsam sein Bier und versuchte, seine Gedanken zu sammeln. Dann wischte er sorgsam den Staub von der Tischplatte vor sich. »Du bist jetzt – äh – wie alt genau? Fünfunddreißig?«

»Siebenunddreißig.«

»Hm.« Ben blickte über die Halle hinaus auf den Swimming-pool. Er hatte offensichtlich das Gefühl, deutlich genug ausgedrückt zu haben, was er meinte.

»Ich weiß, was du denkst, Ben. Aber ich muß.«

»Du bist doch schon mal auf dem Eiger gewesen? Zweimal sogar, wenn ich mich nicht irre.«

»Stimmt.«

»Dann brauch ich dir ja nichts weiter zu sagen.«

»Nein, das brauchst du nicht.«

Ben seufzte resigniert, dann nahm seine Stimme eine andere Färbung an, wie es sich für einen Freund geziemte. »Na schön, schließlich ist das deine Sache. Die Besteigung soll in sechs Wochen losgehen. Vorher wirst du noch in die Schweiz wollen, um ein paar praktische Übungen zu machen, und wenn ich dich aus meinen Händen entlasse, brauchst du auch ein paar Tage Ruhe. Wie lange, meinst du, willst du hier Konditionstraining treiben?«

»Drei, vier Wochen.«

Ben nickte. »Na schön. Zumindest bist du nicht fett geworden. Aber schwitzen wirst du trotzdem müssen, altes Haus. Wie steht's mit den Beinen?«

»Sie reichen immer noch von den Eiern bis zum Boden. Mehr gibt's über sie eigentlich nicht zu sagen.«

»Hahaha! Genieß dein Bier, Jon. Es wird für die nächste Woche dein letztes sein.«

Jonathan trank es langsam aus.

Arizona   16. bis 27. Juni

Das hartnäckige Schnarren des Summers an seiner Tür zwängte sich in
die Handlung von Jonathans Traum, dann sprengte es seinen tiefen Schlaf
auf, und die Wirklichkeit drang durch die Risse. Er wankte auf die Tür
zu, brachte sie mühsam auf, ohne es zu schaffen, beide Augen gleichzeitig
zu öffnen. Als er im Türrahmen lehnte und den Kopf hängen ließ,
wünschte der indianische Zimmerkellner ihm fröhlich einen guten Morgen und erklärte ihm, Mr. Browman habe ihm aufgetragen, dafür zu sorgen, daß Dr. Hemlock auch wirklich wach würde.
»Wiespädiss'n?«
»Wie bitte, Sir?«
»Wie spät... ist... es?«
»Halb vier, Sir.«
Jonathan drehte sich um und ließ sich der Länge nach aufs Bett fallen.
»Das kann doch nicht wahr sein!« brummelte er dann vor sich hin.
Kaum war er wieder im Strudel des Schlafs untergegangen, da klingelte
das Telefon. »Leck mich!« murmelte er, ohne den Hörer aufzunehmen,
doch gnadenlos schrillte es weiter. Er riß den Apparat herüber aufs Bett,
tapste mit geschlossenen Augen herum, bis er den Hörer gefunden hatte.
»Morgenstund' hat Gold im Mund, altes Haus.«
»Ben... oah...« Er hustete. »Warum tust du mir das an?«
»In zehn Minuten gibt's Frühstück.«
»Nein!«
»Willst du, daß ich jemand mit einem Eimer kaltem Wasser rauf-
schicke?«
»Dann sorg dafür, daß es jemand ist, den du sowieso loswerden willst.«
Ben lachte und legte auf. Jonathan rollte sich aus dem Bett und tastete
sich herum, als er durch Zufall auf das Badezimmer stieß, wo er von einer
kalten Dusche Bewußtsein in sich hineintrommeln ließ, bis er das Gefühl
hatte, daß die Gefahr, hinzufallen, abgewendet war.

Ben schob Jonathan noch zwei Eier auf den Teller. »Stopf sie rein, altes
Haus. Und iß das Steak da auf.«
Sie saßen allein in der Küche des Bungalows, und um sie herum war nichts
als blitzendes, unpersönliches rostfreies Stahlgeschirr. Ihre Stimmen
hallten wider wie in einem Gefängnis.
Voller Widerwillen blickte Jonathan auf die Eier. Es schnürte ihm die
Kehle zu. »Ben, ich hab dich doch noch nie angelogen, oder? Ehrlich, ich
glaube, ich sterbe. Und ich hab immer im Bett sterben wollen.«

»Mach den Rücken grade und iß jetzt den Teller leer!«
Sich die Eier und das Steak in den Mund zu schieben war etwas ganz anderes, als beides dann auch noch hinunterzuschlucken.
Ungerührt von Jonathans haßerfüllten Blicken plauderte Ben vor sich hin.
»Ich bin die halbe Nacht aufgeblieben und hab mir Gedanken über die Einzelheiten der Eigerbesteigung gemacht. Die Grundausrüstung für die Seilschaft werd ich hier kaufen und mit rüberbringen. Deinen Rucksack werd ich zusammen mit den anderen bestellen. Hier kannst du die ersten Tage von mir aus in Jeans und mit weichen Stiefeln rumlaufen. Wir werden's langsam angehen lassen. Komm! Trink das Glas Milch aus!« Ben trank sein Bier und machte eine weitere Büchse auf. Bier zum Frühstück – das war mehr, als Jonathan vertragen konnte. Ihm wurde schon vom Zusehen schlecht davon. »Beziehst du deine Kletterschuhe immer noch aus Spanien?«
Jonathan nickte nachdrücklich und fand die untere Region dieser Bewegung derart angenehm, daß er den Kopf dort hängen ließ und versuchte, wieder einzuschlafen.
»Okay! Schreib mir den Namen der Firma sowie dein Konto auf, von dem sie's abbuchen können, und ich schick ihnen heute noch ein Telegramm. Komm! Wir verschwenden nur Zeit! Iß!«

Die Fahrt von einer Meile, die sie im tintigen Dunkel vor der Dämmerung innerhalb von zwei Minuten über das offene Grasland zurücklegten, machte Jonathan endgültig wach.
Drei Stunden lang kletterten sie dann ohne Pause einen rauhen, immer wieder im Zickzack sich windenden Weg an einer der Felswände hinauf, welche um die flache, talähnliche Senke herum aufragten, in der Ben seinen Bungalow gebaut hatte. Der Morgen dämmerte herauf, als sie sich mühselig emporarbeiteten, doch Jonathan empfand beim Anblick des rotübergossenen Horizonts keinerlei Freude. Wo der Weg breit genug war, ging Ben neben ihm her und redete in einem fort. Daß er wegen der amputierten Zehen leicht hinkte, fiel kaum auf – höchstens, daß er sich mit dem einen Fuß eben doch ein bißchen kräftiger abstieß als mit dem anderen. Jonathan war ziemlich einsilbig. Er trottete neben Ben dahin und konzentrierte sich auf die einsetzenden Schmerzen in Oberschenkeln und Fersen. Er trug einen fünfunddreißig Pfund schweren Übungsrucksack, weil Ben es für richtig hielt, daß er sich gar nicht erst daran gewöhnte, ohne Gepäck zu arbeiten. Damit würde man am Eiger bestimmt nicht weit kommen.
Gegen acht blickte Ben den Pfad hinan und winkte. Im tiefen Schatten des Felsens hockte eine Gestalt und wartete offensichtlich auf sie.

»So, jetzt werd ich umkehren, altes Haus.«

»Gott sei Dank!«

»Nein, du nicht. Du hast zu arbeiten. George Hotfort da drüben wird dich jetzt in die Mangel nehmen.«

Die Gestalt kam ihnen entgegen.

Jonathan protestierte: »Hej, das ist ja eine Frau!«

»Ja, das haben schon eine Menge Leute festgestellt. Also, George«, wandte er sich dann an die junge Indianerin, die auf sie zugetreten war, »das hier ist Jonathan Hemlock, mein alter Bergkamerad. Jon, ich möchte dich mit George Hotfort bekanntmachen. Nun hör mal zu, George, du scheuchst ihn jetzt noch ein paar Stunden durchs Gelände, und zum Mittagessen seid ihr wieder unten.« Die junge Frau nickte und bedachte dann Jonathan mit einem verächtlichen und überheblichen Blick.

»Bis später, altes Haus.« Damit machte Ben auf dem Pfad kehrt. Als Jonathan ihm nachsah, haßte er ihn von ganzem Herzen. Dann wandte er sich George zu. »Sie brauchen nicht alles zu tun, was er Ihnen aufträgt, verstanden? Nehmen Sie Ihre Chance wahr, sich einmal an dem weißen Mann zu rächen.«

Das Mädchen sah ihn an, und ihr indianisches Gesicht mit den breiten Backenknochen zeigte keinerlei Ausdruck.

»Georgette?« riet er aufs Geratewohl.

Sie machte eine knappe Bewegung mit dem Kopf und schritt den Berg hinan, wobei ihre langen kräftigen Beine den Pfad mühelos unter ihrem schwingenden Hinterteil hinweggleiten ließen.

»Wie wär's mit Georgianna?« Beleidigt strampelte er sich hinter ihr ab.

Jedesmal, wenn sie ihm ein Stück voraus war, blieb sie stehen, lehnte den Rücken gegen einen Felsen und nahm gelassen zur Kenntnis, wie er hinter ihr herkeuchte. Doch sobald er nahe genug herangekommen war, um ihr wohlgefülltes dünnes baumwollenes Hemd genauer in Augenschein nehmen zu können, pflegte sie sich vom Felsen abzustoßen und weiterzugehen, wobei sie ihre Hüften regelmäßig im Rhythmus ihrer weit ausholenden Beine hin- und herschwenkte. Selbst wenn es sehr steil bergan ging, waren ihre Fußgelenke so beweglich, daß ihre Fersen immer noch den Boden berührten, genau wie bei sehr geübten Bergführern. Jonathans Fußgelenke waren steif und unelastisch; er ging hauptsächlich auf den Zehenspitzen und spürte jeden einzelnen Schritt.

Der Pfad wurde steiler, und seine Beine begannen zu zittern, was zur Folge hatte, daß sein Fuß ab und zu den Halt verlor. Jedesmal, wenn ihm das passierte, blickte er auf, und unweigerlich fand er dann ihre Augen verächtlich auf sich gerichtet.

Der Schweiß rann ihm aus dem Haar in die Augen, und er spürte, wie sein Blut in den Schläfen klopfte. Die Rucksackriemen schnitten ihm ins Fleisch. Er atmete jetzt mühsam durch den Mund, und seine Lippen waren geschwollen und staubbedeckt.

Er wischte sich den Schweiß aus den Augen und blickte ihr nach. Unmittelbar vor ihnen erhob sich beinahe senkrecht eine etwa zehn Meter hohe Felswand, und nur wenige Vertiefungen in dem ausgebrannten Gestein versprachen Halt für Hände und Füße. Sie stand oben und blickte auf ihn herab. Er schüttelte entschieden den Kopf und ließ sich auf dem Pfad nieder. »Ach nein. Nein, nein, nein!«

Aber nach einigen Minuten – die Stille war nur durch das ferne Tirilieren einer Lerche unterbrochen worden – drehte er sich um und entdeckte, daß sie sich nicht geregt hatte und immer noch gelassen auf ihn wartete. Ihr Gesicht war glatt und staubbedeckt, ohne die geringste Spur von Schweiß. Er haßte sie deshalb.

»Na schön, George! Dein Wille geschehe!«

Unter ungezählten Schmerzen krallte er sich an die Bergwand und schob sich Zoll für Zoll nach oben. Als er oben ankam, grinste er sie an und erwartete irgendeine Art von Lob. Statt dessen schlug sie einen Bogen um ihn herum, kam ihm dabei bestenfalls auf Armeslänge näher und machte sich an den Abstieg. Er sah ihr zu, wie sie behend die Wand hinunterglitt und den Pfad zurück zum Bungalow einschlug.

»Sie sind eine Barbarin, George Hotfort. Ich bin froh, daß wir euch das Land weggenommen haben!«

Als er wieder unten in der steinernen Halle des Bungalows saß, verzehrte er ein enormes Mittagessen mit der Konzentration eines frischgebackenen Zen-Adepten. Er hatte geduscht und sich umgezogen und kam sich schon ein bißchen mehr wie ein Mensch vor, obgleich Beine und Schultern ihm so sehr schmerzten, daß er nicht so recht daran glauben konnte. Ben saß ihm gegenüber, aß mit seinem üblichen Appetit und spülte das Essen mit großen Schlucken Bier hinunter. George hatte ihn ein paar hundert Meter vom Bungalow entfernt verlassen und war wortlos denselben Pfad zurückgegangen.

»Na, wie findest du George?« fragte Ben und tupfte sich das Gesicht mit einer Serviette ab.

»Eine bezaubernde Person. So warmherzig und so menschlich. Und noch dazu eine Plauderin von beachtlichen Graden.«

»Tja, und klettern kann sie, was?« Ben sprach mit geradezu väterlichem Stolz in der Stimme.

Jonathan gestand, daß sie das könne.

»Sie hilft mir, die Handvoll Bergsteiger wieder in Form zu bringen, die ab und zu noch herkommen, um bei mir zu trainieren.«

»Kein Wunder, daß dein Geschäft so schlecht geht. Wie heißt sie denn nun richtig?«

»Sie heißt wirklich George.«

»Wieso denn das?«

»Nach ihrer Mutter.«

»Ach so.«

Ben versuchte einen Augenblick lang, in Jonathans Gesicht zu lesen, und hoffte auf ein Zeichen der Entmutigung, daß er den Plan, die Eiger-Nordwand zu besteigen, aufgeben würde. »Na, 'n bißchen abgeschlafft?«

»Ein bißchen. Diese Schinderei werde ich mein Lebtag nicht vergessen. Aber morgen werde ich schon wieder fit sein, um weitermachen zu können.«

»Quatsch, morgen! Das war doch nur ein Appetitanreger. In einer Stunde geht's noch mal rauf.«

Jonathan machte Anstalten zu protestieren.

»Halt den Mund und hör zu, was dir dein alter Freund zu sagen hat.« In Bens breitem Geischt bildeten sich um die Augen herum dicke Wülste, als er für einen Augenblick ernst wurde. »Jon, du bist kein Jüngling mehr. Und der Eiger ist ein Teufelsbraten von einem Berg. Also – wenn ich bei dieser Sache was zu sagen hätte, würd ich dich schon dazu bringen, dir diese ganze Schnapsidee aus dem Kopf zu schlagen.«

»Das kann ich nicht.«

»Warum nicht?«

»Glaub mir einfach. Mein Wort muß dir genügen.«

»Na schön! Ich glaub zwar, du hast 'ne Meise, aber wenn du dich schon mal drauf versteifst, es zu tun, dann will ich verdammt sein, wenn ich nicht dafür sorge, daß du zumindest in Hochform bist. Denn wenn du das nicht bist, ist die Wahrscheinlichkeit groß, daß du als Fettfleck auf dieser Teufelswand dein Ende findest. Und dabei geht es nicht nur um dich allein. Ich spiele den Bodenmann bei dieser Besteigung. Also bin ich für *alle* verantwortlich, und ich werde nicht zulassen, daß sie durch irgendeinen störrischen alten Esel, nämlich dich, aufgehalten werden, bloß weil der sich nicht richtig vorbereitet hat.« Ben unterstrich diese ungewöhnlich lange Tirade dadurch, daß er einen tiefen Schluck aus dem Glas nahm. »So, und jetzt schwimmst du ein bißchen im Swimming-pool, haust dich hin und läßt dich von der Sonne bescheinen. Ich werd dich rufen lassen, wenn es soweit ist.«

Jonathan tat, wie ihm geheißen. Er hatte angefangen, Freude daran zu finden, die ballistischen Fähigkeiten der verschiedenen jungen Damen rund um den Swimming-pool herum abzuschätzen, da kam der Kellner und sagte ihm, die Ruhepause sei vorbei.

Abermals brachte Ben ihn einen Teil des Pfades hinauf, dann wurde er George übergeben, die weiter und rascher vor ihm ausschritt als am Morgen. Mehrmals versuchte Jonathan, sie anzusprechen, doch es gelang ihm nicht, einen Eindruck in dieser ausdruckslosen Fassade hervorzurufen, geschweige denn, sie zu einem Wort zu bewegen. Der Abend dämmerte bereits, als sie ihn stehenließ wie zuvor und er in sein Zimmer humpelte. Er duschte, ließ sich aufs Bett fallen und hatte nichts weiter im Sinn, als zu schlafen. Doch Ben machte ihm einen Strich durch die Rechnung.

»Nein, soweit ist es noch nicht. Erst mußt du noch einmal tüchtig essen, altes Haus.«

Obgleich er verschiedene Male über seinem Teller einzunicken drohte, brachte Jonathan doch ein riesiges Steak und eine Schüssel Salat hinunter. An diesem Abend schlief er ohne die einlullende Wirkung seines Lautrec-Artikels ein.

Am nächsten Morgen (sofern man halb vier das Recht zugestehen will, sich Morgen zu nennen) waren seine Gelenke steif und schmerzten. Aber um halb fünf waren Ben und er bereits wieder auf dem Weg – einem anderen Pfad diesmal, der merklich steiler bergan ging; und wieder wurde er nach der Hälfte des Weges George übergeben. Abermals zogen die mühelos schwingenden Hüften ihn hinan, wenn er auch über seine Schmerzen, die Hitze, seine zitternden Beine und alle Indianer fluchte. Wieder sah George mit belustigten, verachtungsvollen Augen kommentarlos zu, wie er sich abrackerte.

Mittagessen – Schwimmen – dann am Nachmittag abermals los.

Und das gleiche am folgenden Tag, dem nächsten und dem übernächsten.

Seine Kondition kehrte rascher zurück, als er zu hoffen gewagt hatte – und schneller als Ben zugeben mochte. Am sechsten Tag genoß er das Training bereits und blieb die ganze Strecke über nicht hinter George zurück. Tag für Tag bewegten sie sich schneller, schlugen sie steilere Pfade ein, legten in der gleichen Zeit längere Strecken zurück, und manchmal war es sogar so, daß Jonathan führte und George ihm folgte. Am siebten Tag kletterte er eine nicht allzu steile Böschung hoch, und als er sich umdrehte, erblickte er (ach, welch eine Belohnung!) Schweißperlen auf Georges Stirn. Als sie ihn erreichte, setzte sie sich und atmete schwer.

»Ach, nun kommen Sie doch schon, George!« redete Jonathan auf sie ein. »Wir können doch nicht stundenlang hier herumsitzen. Höher, höher! Bringen Sie ihre schwingenden Hüften in Gang!« Da sie nie sprach, hatte er es sich angewöhnt, auf sie einzureden, als ob sie ihn nicht verstünde. George warf einen abschätzenden Blick auf den Überhang von zerklüftetem Fels über ihnen und schüttelte den Kopf. Ihr Baumwollhemd war unter den Achseln und an jeder Tasche, wo ihre Brust gegen den Stoff preßte, dunkel verschwitzt. Zum erstenmal lächelte sie ihn an und trat den Rückweg an.

Kein einziges Mal hatte sie ihn zuvor ganz bis zum Bungalow zurückbegleitet, doch diesmal, während Jonathan duschte, führten Ben und sie ein langes Gespräch miteinander. An diesem Abend erschien neben dem Abendessen ein Eiskühler mit einer Flasche Sekt und einem halben Dutzend Flaschen Bier, und Ben erklärte Jonathan, der erste Teil seines Konditionstrainings sei jetzt abgeschlossen. Jetzt sei es vorbei mit der Arbeit in weichen Schuhen. Seine Ausrüstung sei vollständig, und am nächsten Morgen würden sie sich einen Steilhang vornehmen.

Sie tranken in Bens Wohnung eine zweite Sechserpackung leer, und Ben ließ sich über seine Pläne für die nächsten paar Tage aus. Anfangen würden sie mit leichten Hängen, nicht höher als dreißig bis fünfzig Meter über dem Geröll, damit Jonathan das Gefühl für richtigen Fels zurückgewann. Sobald Ben mit seinen Fortschritten zufrieden wäre, würden sie dann höher klettern, damit sie ein bißchen Leere unter sich spürten.

Nachdem sie ihre Pläne gemacht hatten, plauderten die beiden Männer noch eine Stunde und tranken Bier. Ben konnte das Behagen durchaus nachempfinden, das sein Kamerad an diesem Gebräu fand, denn Jonathan trank mit, was ihm die gesamte erste Phase des Trainings hindurch verboten gewesen war; obgleich Ben zugab, er würde jedem Mann mißtrauen, der es fertigbrachte, so lange ohne Bier zu leben.

Jonathan war sich schon seit geraumer Zeit bewußt gewesen, daß es seinen gestählten Körper mehr und mehr nach Liebe verlangte, nicht als Ausdruck eines Gefühls, sondern als biologischen Ausbruch. Das war der Grund, warum er Ben mehr oder weniger aufs Geratewohl fragte: »Wie steht's eigentlich, ist etwas zwischen dir und George?«

»Was? Aber nein!« Er errötete sogar. »Um Himmels willen, ich bin schließlich fünfundzwanzig Jahre älter als sie. Warum willst du das wissen?«

»Ach, kein besonderer Grund. Ich hab bloß das Gefühl, ich bin jetzt in Hochform und voll von Samen. Sie ist nun mal da, und sie macht den Eindruck, als ob sie in der Beziehung ganz tüchtig wäre.«

»Nun, sie ist ein erwachsenes Mädchen. Ich nehme an, sie kann ins Bett gehen, mit wem sie will.«

»Da könnte es Schwierigkeiten geben. Man kann nicht gerade behaupten, daß sie mich mit Aufmerksamkeiten überschüttet hätte.«

»Ach was, sie mag dich, bestimmt. Das merke ich an der Art, wie sie von dir spricht.«

119

»Spricht sie eigentlich jemals mit jemand anderem außer mit dir, Ben?«

»Nicht daß ich wüßte.« Ben trank sein Bier mit einem langen Zug aus und machte ein anderes auf. »Komisch«, sagte er dann.

»Was?«

»Daß du scharf bist auf George. Wenn man bedenkt, wie sie dich in die Mangel genommen hat, da sollte man eher annehmen, daß du sie haßt.«

»Wer kennt sich schon aus in den verschlungenen Pfaden des Id? Vielleicht hege ich im Unterbewußtsein den Wunsch, sie zu pfählen – sie zu erdolchen oder was weiß ich?«

Als zucke er innerlich zusammen, warf Ben Jonathan rasch einen Blick zu. »Weißt du was, altes Haus? Ganz tief in dir hast du das Zeug, ein wirklich schlimmer Bösewicht zu sein. Ich weiß nicht, ob es mir großen Spaß machen würde, ganz allein mit dir auf einer verlassenen Insel zu sein und dabei zu wissen, daß der Nahrungsmittelvorrat nicht mehr lange reicht.«

»Keine Angst. Du bist ja mein Freund.«

»Hast du je Feinde gehabt?«

»Ein paar schon.«

»Noch einer so quicklebendig, daß er die Beine vor Freude in die Luft wirft?«

»Einer«, sagte Jonathan, überlegte dann aber und sagte: »Nein, zwei.«

Sie hatten ziemlich viel Bier getrunken, und Jonathan war rasch eingeschlafen. Der Jemima-Traum setzte – wie jede Nacht zuvor – verführerisch sanft ein; es war eine Wiederholung sämtlicher Stadien ihrer Beziehung, vom ersten Zusammentreffen im Flugzeug an. Das plötzliche Auftauchen von Dragons höhnischem Gesicht war wie eine Einblendung in einem Film, dauerte aber niemals so lange, daß Jonathan davon aufgewacht wäre. Die flackernden Sturmlaternen verschwammen und verwandelten sich in Goldflitter. Das glühende Ende ihrer Zigarette beschrieb einen Bogen in der Dunkelheit. Er griff nach ihr, und sie war so wirklich, daß er ihre Haut geradezu körperlich zu spüren vermeinte, als er mit der Handfläche über ihren straffen und doch so weichen Bauch hinwegfuhr. Er spürte, wie er sich gegen sie drängte – und dann war er hellwach! Ehe er sich aufsetzen konnte, zog George ihn fest an sich, packte ihn mit ihren kräftigen Armen und schlang ihre geschmeidigen Beine um ihn. Auch ihre Augen hatten diesen mandelförmigen Schnitt, und so fiel es nicht schwer, die eine für die andere zu nehmen.

Erst nach fünf wachte er auf. Da er in den letzten Tagen immer sehr früh aufgewesen war, so daß es ihm schon zur Gewohnheit geworden war, wollte er sich wegen dieser Verspätung bereits Vorwürfe machen, doch da fiel ihm ein, daß er heute mit der Arbeit an der Steilwand beginnen würde, und an Steilwänden konnte man nicht vor Morgengrauen arbeiten. George war fort. Sie war so lautlos gegangen, wie sie gekommen war. Eine gewisse Steifheit im Kreuz, das behagliche Gefühl des Leerseins in den Lenden und ein leicht alkalischer Geruch unter dem Laken erinnerte ihn an die Nacht. Zwar war er wach gewesen, als sie gegangen war, doch er hatte so getan, als schliefe er, denn er hatte Angst, er müsse noch einmal ran.

Als er duschte, nahm er sich vor, sich des Mädchens nur von Zeit zu Zeit zu bedienen. Wenn er da keinen Riegel vorschob, konnte sie einen Mann innerhalb von vierzehn Tagen so schaffen, daß er reif war für ein Sanatorium. Sie erlangte rasch den Höhepunkt und hatte einen Orgasmus nach dem anderen. Das Liebesspiel war für sie nicht eine sanfte Folge von Zielsetzungen und dem Erreichen dieser Ziele, sondern eine nicht enden wollende Jagd von einer explodierenden Spannungslösung zur anderen – eine flache Hochebene von Erregungszuständen, die man nicht verlassen durfte, nicht eine Folge von Graten, die es immer aufs neue zu erklimmen galt. Sobald ihr Partner in seinem Bemühen nachzulassen schien, ersann sie rasch eine neue Variation, die ganz darauf abzielte, sein Interesse und seine Energie wieder zu wecken.

Beim Bergsteigen ist es wie beim Schwimmen: Wenn man eine Technik erst einmal beherrscht, verlernt man sie nie wieder. Freilich war Jonathan sich bewußt, daß er herausfinden mußte, welche neuen Grenzen ihm jetzt durch die Jahre der Entwöhnung und sein fortgeschrittenes Alter gesetzt wurden.

Ein erfahrener Bergsteiger kommt auch eine Steilwand hinauf, an der er nirgendwo einen natürlichen Halt findet. Eine regelmäßige, im voraus feststehende Abfolge von Bewegungen, die von einem Punkt außerhalb der Balance zu seinem Gegenpol führt, hält ihn an der Wand, solange er in Bewegung bleibt – so, wie ja auch ein Radfahrer kaum Schwierigkeiten mit dem Gleichgewicht hat, es sei denn, er fährt zu langsam. Dabei ist es nötig, den Schwierigkeitsgrad einer Strecke genauestens abzuschätzen, sich die Bewegungen vorher genau zu überlegen und im Geist nach kinesodischen Gesichtspunkten durchzuspielen, sie sodann von einem Halt zum anderen auszuführen und genau dort zu landen, wo man hingelangen will und ein fester Halt gewährleistet ist. Genau dieses Zusammenspiel von Fähigkeiten war in der Vergangenheit Jonathans Stärke gewesen, doch jetzt unterliefen ihm am ersten Tag, da er wirklich in der Wand hing, eine Reihe von Fehleinschätzungen, was dazu führte, daß er drei bis vier Meter hinunterschlidderte, bis er wieder auf dem Geröll angelangt war; dabei schürfte er sich an Knien und Ellbogen ein bißchen Haut ab, doch was am meisten darunter litt, war sein Selbstbewußtsein. Es dauerte eine Weile, bis er sein Problem erkannt hatte. Seine analytischen Fähigkeiten hatten in den Jahren seit seiner letzten Bergtour nicht gelitten; was jedoch in dieser Zeit in Mitleidenschaft gezogen worden war, das war seine physische Geschicklichkeit, die bislang außerordentlich verfeinert gewesen war. Diese Vergröberung, um es einmal so zu nennen, war einfach nicht wieder zu beheben, und so erkannte er, daß er sich darin üben mußte, innerhalb der Grenzen seiner neuen, nicht mehr ganz so hochgezüchteten physischen Fähigkeiten zu denken.

Zuerst bestand Ben aus Gründen der Sicherheit darauf, daß sie viele Felshaken benutzten; der Fels sah hinterher aus, als ob Damen oder Deutsche auf ihm herumgeklettert wären. Doch es dauerte nicht lange, und sie bewältigten kurze Strecken der Schwierigkeitsgrade fünf oder sechs mit einer mehr angelsächsischen Sparsamkeit im Verbrauch von Eisenwaren. Ein Problem jedoch plagte Jonathan weiterhin und machte ihn ganz wütend auf sich selbst. Es kam immer wieder vor, daß er mitten in einer Folge von geschickten und kalt überlegten Bewegungen plötzlich mit dem Felsen kämpfte, dem natürlichen, gleichwohl tödlichen Wunsch nachgab, sich mit dem ganzen Körper an ihn zu drücken. Das beraubte ihn nicht nur der Möglichkeit, die Hebelwirkung seines Körpers auszunutzen und festen Halt für seine Füße zu gewinnen, sondern machte es ihm auch noch schwer, die Wand über sich nach Spalten im Fels abzusuchen. Sobald ein Bergsteiger sich an den Fels selbst schmiegt, setzt ein gefährlicher Kreislauf ein. Was ihn anfänglich dazu bringt, sich an den Fels zu klammern, ist ein unmerkliches Aufwallen animalischer Angst; klammert er sich an, schwächt er dadurch den Halt seines Fußes, und dann ist er einfach blind für Ansatzpunkte, die durchaus in greifbarer Nähe sein können – was wiederum, und das ist das Gefährlichste dabei, seine ursprüngliche Angst nur noch verstärkt.

Einmal – Jonathan dachte gerade, er hätte diesen amateurhaften Impuls überwunden – war er unversehens mitten drin in diesem Kreislauf. Seine eisenbeschlagenen Stiefel konnten keinen Halt finden, und plötzlich stürzte er.

Er fiel nur drei von den vierzig Metern zwischen ihm und dem Fels unter ihm, da straffte sich das Seil, und er hing im Leeren und drehte sich um sich selbst. Der Felshaken hielt ihn.

»Hej!« rief Ben von oben. »Verdammt noch mal, was machst du denn?«

»Ich hänge am Haken, du Schlaumeier! Und was machst du?«

»Ich halte nur dein Gewicht in meinen kräftigen und erfahrenen Händen

und seh zu, wie du am Haken baumelst. Wirklich, ein hinreißender An-
blick! 'n bißchen blöde, aber sonst hinreißend!«
Wütend stieß Jonathan sich vom Fels ab, segelte ins Freie und pendelte
dann zurück, fand jedoch nirgends Halt.
»Um Gottes willen, altes Haus! Wart einen Augenblick! Tu jetzt gar
nichts! Bleib fürs erste hübsch ruhig hängen!«
Jonathan schwebte am Seil und kam sich ziemlich idiotisch vor.
»Jetzt denk mal nach!« Ben ließ ihm Zeit. »Weißt du, woran es liegt?«
»Ja.« Jonathan war wütend, sowohl auf sich selbst als auch auf die herab-
lassende Art, mit der Ben ihn behandelte.
»Dann sag's mir!«
Wie auswendig gelernt leierte Jonathan herunter: »Ich dräng mich an den
Fels.«
»Richtig. Jetzt komm zurück an die Wand, und dann klettern wir runter.«
Jonathan holte tief Luft, um seinen Kopf klarzubekommen, stieß sich ab
und segelte im Schwung zurück an die Wand. Während des gesamten Abstiegs bewegte er sich mit größter Behendigkeit und Präzision, vergaß,
daß es steil unter ihm nach unten ging und reagierte ganz natürlich auf
die diagonale Verteilung der Schwerkraft auf Gewicht und Seil, die es ihm
ermöglichte, sich die Felswand vom Hals zu halten.
Unten im Tal setzten sie sich auf einen Haufen Geröll. Jonathan schoß
das Seil auf, während Ben eine Flasche Bier trank, die er im Schatten des
Felsens verstaut hatte. Wie Zwerge wirkten sie neben den neun »Nadeln«,
die senkrecht um sie herum aufragten. An einer von diesen »Nadeln«
hatten sie geübt, einer Säule aus gekritztem rötlichem Felsgestein, die
gleich dem Stamm eines seiner Krone beraubten, gigantischen, vorsint-
flutlichen Baumes aus der Erde ragte.
»Was würdest du davon halten, wenn wir uns morgen Big Ben vornäh-
men?« fragte Ben nach einem längeren Schweigen. Wovon er sprach, das
war die größte der Säulen, ein hundertdreißig Meter in die Höhe ragender
Pfeiler, an dem ganze Äonen von Wind genagt hatten und der oben breiter
war als an der Basis. Die Nachbarschaft solcher besonderen Felsbildungen
war es gewesen, die Ben einst bewogen hatte, hier seine Bergsteigerschule
aufzuschlagen – und prompt hatte er auch den größten dieser Pfeiler nach
sich selbst benannt.
Jonathan ließ die Augen die »Nadel« hinaufwandern und entdeckte ein
halbes Dutzend außerordentlich prekärer Partien, ehe sie auch nur bis zur
Hälfte gekommen waren. »Glaubst du, ich bin schon so weit?«
»Längst, altes Haus. Übrigens glaub ich, daß darin überhaupt dein Problem liegt. Du bist übertrainiert oder zu schnell wieder in Kondition ge-

bracht worden. Du wirst allmählich ein bißchen übermütig.« Ben fuhr fort, ihm zu erklären, er habe beobachtet, daß Jonathan sich zu heftig abstemme, wenn er bis zum äußersten angespannt dastehe, und kleine, unüberlegte Schritte mache, ohne sich über das, was er erreichen wolle, völlig im klaren zu sein, und sich nicht auf den Felsen konzentriere, sondern in Gedanken woanders scheine, wenn es nicht gerade sehr schwierig sei. Während einer dieser Augenblicke nachlassender Aufmerksamkeit sei es denn auch geschehen, daß er sich plötzlich an den Fels habe klammern wollen. Das beste Mittel gegen all das sei vielleicht ein Aufstieg, bei dem es vornehmlich auf Ausdauer ankomme – etwas, was geeignet sein könne, ihm die überstrapazierten Beine zu brechen und das übermütige, gefährlich zuversichtliche Tier in Jonathan zu demütigen.

Jonathans Augen suchten sich einen Weg von einem möglichen Haltepunkt zum anderen; geschlagene zwanzig Minuten spielte er den Aufstieg auf diese Weise durch, bis er mit den Augen ganz oben angelangt war. »Sieht hundsgemein schwer aus, Ben. Besonders der vorkragende Wulst oben.«

»Na ja, 'n Bettpfosten ist das nicht gerade.« Ben stand auf. »Aber ich will 'n Besen fressen, wenn ich da nicht richtig mitmache, morgen.«

Jonathan warf einen Blick auf Bens Fuß. Er konnte einfach nicht anders. »Du willst wirklich mitkommen?«

»Bloß keine Bange. Da bin ich schon mal raufgekraxelt. Was sagst du jetzt?«

»Dann sag ich: Machen wir also den Spaziergang morgen gemeinsam.«

»Wunderbar. Ja, und damit könntest du dir eigentlich den Rest des Tages um die Ohren schlagen, wie du willst, altes Haus.«

Als sie zum Bungalow zurückgingen, spürte Jonathan eine geistige Schwerelosigkeit ohnegleichen und war mit einer solchen Vorfreude auf den morgigen Tag erfüllt – Empfindungen, wie sie früher seine Liebe zum Bergsteigen zutiefst bestimmt hatten. Sein ganzes Sein konzentrierte sich auf Probleme des Felsens, auf seine Kraft sowie auf Fragen des taktischen Vorgehens und hatte die ganze Außenwelt mit all ihren Dragons und Jemimas völlig verdrängt.

Er hatte gut gegessen, wunderbar geschlafen, hart trainiert, viel Bier getrunken und maßvoll mit George geschlafen. Diese Art von elementarem Leben würde ihm in ein paar Wochen zwar unerträglich langweilig sein, aber im Augenblick war es einfach herrlich.

Er lehnte sich gegen den größten Tisch des Bungalows und las eine schillernde Postkarte von Cherry, auf der viele Wörter unterstrichen waren, mit Ausrufungszeichen versehen, Stellen mit drei Punkten, die ihn den Gedanken selbst zu Ende führen lassen sollten, manches in Parenthese und ein paar Hahahas. Immerhin, offensichtlich hatte niemand sein Haus angezündet, und Mr. Monk spuckte Gift und Galle wie eh und je. Außerdem wollte Cherry wissen, ob er ihr ein paar Bücher empfehlen könne, aus denen hervorgehe, wie man ein Aphrodisiakum zusammenbraue, das sie für eine Freundin brauche (jemand, den er nie kennengelernt habe) und die wiederum für einen Mann (den er gleichfalls nie kennengelernt habe und vermutlich nicht ausstehen könne), alldieweil dieses namenlose Subjekt ein so herzloses *Arschloch* sei und einfach mitansehen könne, daß lebenslustige Mädchen *nicht* defloriert würden.

Jonathan spürte, daß irgend etwas seinen Fuß berührte, und als er nach unten blickte, sah er einen kleinen nervösen Spitz mit einem mit Bergkristallen besetzten Halsband daran herumschnüffeln. Er gab nicht weiter darauf acht und wandte sich wieder seiner Postkarte zu, doch im nächsten Augenblick sah er sein Bein von dem kleinen Hund wie liebestoll attakkiert. Er stieß ihn beiseite, eine Bewegung, die das Hündchen jedoch als mädchenhaft verschämte Ziererei auffaßte, woraufhin es sich neuerlich darauf stürzte.

»Laß Dr. Hemlock in Ruhe, Bündelchen. Es tut mir leid, Jonathan, aber Bündelchen hat es noch nicht gelernt, normale Männer von Tunten zu unterscheiden, und bringt einfach nicht die Geduld auf, in Ruhe abzuwarten, bis man ihm eine Einladung schickt.«

Ohne aufzublicken erkannte Jonathan an diesem schokoladenen Bariton – Miles Mellough.

Arizona   27. *Juni*

Jonathan verfolgte, wie die aus Spitzenmanschetten hervorschauenden
makellos manikürten Hände sich auf den Spitz hinabsenkten und ihn auf-
hoben. Seine Augen folgten dem Hund bis zu Miles' wie immer tief ge-
bräuntem und hübschem Gesicht, aus dem unter langen, schwarzen Lidern große blaue Augen schmachtend hervorblickten; er sah die breite,
glatte Stirn, die eine Fülle wohlgepflegter, weich gewellter Haare trug,
welche ihm in scheinbarer Unordnung um die Schläfen hingen, jedoch der
ganze Stolz von Miles' Friseur waren. Der Hund gab Miles eine Menge
Küßchen auf die Wange, eine Liebesbezeigung, die dieser hinnahm, ohne
freilich dabei die Augen von Jonathan zu lassen.
»Wie geht es dir, Jonathan?« Seine Augen lächelten ein wenig spöttisch,
bewegten sich jedoch mit größter Flinkheit, bereit, jede drohende Attacke
zu erkennen und ihr auszuweichen.
»Miles.« Das war keine Begrüßung, sondern eine Feststellung. Jonathan
steckte die Postkarte in die Tasche und wartete ab, was Miles jetzt tun
würde.
»Wie lange es doch schon her ist!« Miles senkte die Augen und schüttelte
den Kopf. »Sehr lange. Denk nur, wir haben uns zuletzt in Arles gesehen.
Wir hatten gerade diese spanische Sache hinter uns gebracht – du und ich
und Henri.«
In Jonathans Augen flackerte es kurz auf, als der Name von Henri Baq
fiel.
»Nein, Jonathan.« Miles legte ihm beschwichtigend eine Hand auf den
Arm. »Denk nicht, das wäre mir nur so rausgerutscht. Gerade über Henri
möchte ich mit dir reden. Hast du ein bißchen Zeit?« Als er spürte, daß
Jonathans Armmuskeln sich strafften, klopfte er ihm beschwichtigend auf
den Arm und zog die Hand zurück.
»Da gibt es nur eins, Miles: Du leidest an einer unheilbaren Krankheit
und hast nicht den Mumm, dich selbst umzubringen.«
Miles lächelte. »Sehr gut gesagt, Jonathan. Aber du irrst. Wie wär's mit
einem Drink?«
»Gut.«
»Wie in alten Zeiten!«
»Alles andere als in alten Zeiten!«
Die Augen sämtlicher in der Halle anwesenden jungen Damen folgten
Miles, als er Jonathan auf dem Hauptgang voranging und über eine ge-
wölbte Steinbrücke auf einen alleinstehenden Tisch zusteuerte. Sein un-
gewöhnlich gutes Aussehen, die Anmut und die Kraft seines Tänzer-

schritts sowie seine überstilisierte Kleidung hätten einen Mann von
weniger Format einfach lächerlich gemacht; doch Miles bewegte sich ge-
messenen Schrittes unter den Mädchen, schenkte ihnen die Huld seines
Lächelns und bedauerte sie aufrichtig; denn letzten Endes war er für sie
unerreichbar.

Nachdem sie Platz genommen hatten, ließ Miles den Hund frei, der vor
angespannter Energie förmlich vibrierte, bis seine Krallen auf dem Stein-
boden klickten, der Spitz wie wild geworden im Kreis herumwirbelte und
dann auf einen der näherstehenden Tische zuschoß, wo er winselte, als
drei junge Damen im Bikini ihn hochhoben, die offensichtlich überglück-
lich waren, sich auf diese Weise Zugang zu dem schönsten Mann ver-
schaffen zu können, den sie je gesehen hatten. Eine von ihnen näherte
sich mit dem zitternden, strampelnden Tier auf dem Arm ihrem Tisch.
Miles ließ seinen Blick schmachtend auf ihrem Busen ruhen, und sie
brachte ein nervöses Lächeln zustande. »Wie heißt er denn?« fragte sie.
»Bündelchen, meine Liebe.«
»Ach, wie süß. Warum denn ausgerechnet Bündelchen?«
»Weil er ein Nervenbündel ist.«
Der Groschen fiel bei ihr offensichtlich nicht, und so sagte sie nur: »Ja,
ist der süß!«
Miles winkte dem Mädchen, näherzutreten, und legte ihr leicht die Hand
aufs Gesäß. »Würden Sie mir einen großen Gefallen tun, meine Liebe?«
Sie kicherte bei dem unerwarteten Kontakt, wehrte sich aber nicht dage-
gen. »Klar. Mit Vergnügen.«
»Dann nehmen Sie Bündelchen und spielen Sie eine Weile mit ihm!«
»Gern«, sagte sie. Und dann: »Vielen Dank.«
»Das ist lieb von Ihnen.« Mit einem leichten Klaps auf das Hinterteil
entließ er sie, und das Mädchen verließ die Halle. Ihre Gefährtinnen um-
ringten sie und schienen fast umzukommen vor Neugierde zu erfahren,
was geschehen war.
»Niedliche kleine Tricks, nicht war, Jonathan? Und ab und zu recht nütz-
lich. Bienen zieht es nun mal zum Honig.«
»Drohnen aber auch«, fügte Jonathan hinzu.
Ein junger indianischer Kellner stand neben dem Tisch.
»Einen doppelten Laphroaig für meinen Freund, und einen Cocktail Alex-
ander für mich«, bestellte Miles und schaute dem Kellner dabei tief in die
Augen.
Mit dem Blick folgte er dem Kellner, wie dieser durch den Hauptgang und
über die künstlichen Bäche leise plätschernden Wassers zur Bar hinüberging. »Ein gut aussehender Bursche«, meinte er. Doch dann wandte er
seine Aufmerksamkeit wieder Jonathan zu, legte die Handflächen zusam-

men und hielt die Zeigefinger vor die Lippen, wobei die Daumen das Kinn stützten. Über die Fingerspitzen hinweg lächelten seine Augen Jonathan kühl, wenn nicht gar frostig an, und Jonathan kam es wieder zum Bewußtsein, wie gefährlich dieser skrupellose Mann seiner ganzen Erscheinung zum Trotz sein konnte. Eine volle Minute hindurch sprach keiner von ihnen ein Wort. Dann brach Miles das Schweigen mit einem volltönenden Lachen. »Ach, Jonathan, es gibt niemand, der dir in dem Spiel, ungerührt zu schweigen, überlegen wäre. Ich hätte das wissen müssen. Hat meine Erinnerung mich getrogen mit dem Laphroaig?«

»Nein.«

»Eine ganze, vollständige Silbe! Nein, diese Liebenswürdigkeit!«

Jonathan nahm an, daß Miles von selbst auf Henri zu sprechen kommen würde, und er hatte nicht die Absicht, ihm auf die Sprünge zu helfen. Bis die Drinks kamen, ließ Miles den Blick über die jungen Männer und Mädchen um den Swimming-pool herum schweifen. Gelassen saß er in seinem schwarzen Samtanzug mit dem hohen, an den Ecken leicht gewellten Leinenkragen über der schlaff herabhängenden Samtkrawatte sowie seinen schmalen, teuren italienischen Schuhen da. Allem Anschein nach ging es ihm gut. Gerüchteweise hieß es, nach dem Weggang vom CII habe er sich in San Francisco selbständig gemacht und handele mit allem möglichen, vornehmlich jedoch mit Rauschgift.

Im Grunde genommen hatte Miles sich nicht verändert. Großgewachsen und körperlich durchtrainiert, machte er kein Hehl aus seiner überwältigenden Homosexualität, tat es jedoch mit so viel Stil, daß einfache Gemüter es nicht merkten und Männer von Welt nichts dagegen hatten. Wie stets wurden Mädchen scharenweise von ihm angelockt, und er behandelte sie mit der belustigten Herablassung einer eleganten, überkandidelten Tante aus Paris, die Verwandte in Nebraska besucht. Jonathan hatte Miles während ihrer gemeinsamen Zeit beim CII in mancher Klemme und in vielen gefährlichen Situationen erlebt – niemals jedoch hatte er bemerkt, daß etwa eine Haarsträhne verrutscht oder eine Manschette nicht makellos gewesen wäre. Henri hatte oft genug gesagt, er kenne keinen Menschen, der Miles gleichkomme, was schieren physischen Mut betreffe.

Weder Jonathan noch Henri hatten etwas gegen die sexuelle Veranlagung ihres Freundes einzuwenden gehabt; ja, sie hatten bei Gelegenheit sogar von den vielen Frauen profitiert, die ihn umschwärmten, jedoch bei ihm nicht auf ihre Kosten kommen konnten. Miles' Abartigkeit war für das CII einer ihrer wertvollsten Aktivposten gewesen. Sie hatte ihn mit Leuten und Quellen in Verbindung gebracht, die normalen Männern nicht offenstanden, und außerdem hatte sie ihm die Möglichkeit gegeben, einige hochstehende Persönlichkeiten des amerikanischen politischen Lebens jederzeit erpressen zu können.

Als der Kellner die Gläser auf den Tisch setzte, sprach Miles ihn an: »Sie sind außerordentlich attraktiv, junger Mann. Das ist eine Gabe, die Gott Ihnen gegeben hat, und Sie sollten dankbar für sie sein. Ich hoffe, daß Sie sich dessen bewußt sind. Aber jetzt trollen Sie sich, und tun Sie Ihre Pflicht.«

Der Kellner lächelte und ging. Als er außer Hörweite war, seufzte Miles und sagte: »Ich würde sagen, das ist geritzt. Meinst du nicht auch?«

»Wenn dir Zeit genug bleibt.«

Miles lachte und hob sein Glas. »Prost!« Nachdenklich nippte er an dem schaumigen Cocktail. »Weißt du, Jonathan, wir haben der Liebe oder – wenn dir das lieber ist – dem Bumsen gegenüber eine ähnliche Einstellung. Wir sind beide dahintergekommen, daß sich durch selbstsicheres, abgebrühtes Herangehen an die Sache mehr Leute aufs Kreuz legen lassen als mit dem ganzen romantischen Getue, mit dem die sexuell unter uns Stehenden ihre kleinen Eroberungen ködern wollen. Schließlich möchten die, auf die wir es abgesehen haben, ja selbst, daß man sie aufs Kreuz legt. Sie wollen ja nichts weiter, als das man sie vor Schuldgefühlen bewahrt, indem man ihnen das Gefühl gibt, sie hätten nicht anders gekonnt und wären einfach umgefallen. Dabei ist es für sie erfrischend, wenn man ihnen den Weg des Bösen mit Weltläufigkeit pflastert. Meinst du nicht auch?«

»Ich nehme an, du wirst beschattet?«

»Selbstverständlich.«

»Wer ist es?«

»Er steht hinter dir. An der Bar.«

Jonathan wandte den Kopf und blickte zur Bar hinüber, bis er, ganz am Ende, einen blonden Primaten sichtete, der gut und gern seine zweihundertzwanzig Pfund wog. Jonathan schätzte, daß er Mitte Vierzig sein müsse, obgleich seine Haut den leicht violetten Ton allzu intensiver Höhensonnenbestrahlung aufwies und er das lange gebleichte Haar über dem Kragen trug: ein typisches Beispiel für die abgetakelten Ringkämpfer und Strandhechte, mit denen Miles herumzog und die halb Leibwächter, halb Liebhaber bei ihm spielten, wenn ihm einmal nichts Besseres über den Weg lief.

»Und das ist deine ganze Leibwache?« fragte Jonathan und wandte sich wieder seinem Whisky zu.

»Dewayne ist bärenstark, Jonathan. Er war mal Weltmeister.«

»Waren sie das nicht allemal?«

»Ich werde Dewayne wegschicken, wenn er dich nervös macht.«

»Er sieht mir nicht sehr danach aus, als ob er gefährlich werden könnte.«

»Darauf würde ich mich lieber nicht verlassen. Er wird sehr gut bezahlt und ist mir voll und ganz ergeben.« Miles' Filmstarlächeln ließ seine vollkommenen Zähne erkennen, als er den Eisrand an seinem Glas mit einem Cocktailquirl auseinanderschob. Dann begann er höchst vorsichtig: »Es muß dir seltsam vorkommen, daß ich dich aufsuche, statt darauf zu warten, daß du eines Tages auf mich zutrittst und mich von der Last dieses Daseins befreist.«

»Wie schön du es ausdrückst! Damit sind sämtliche Fragen beantwortet, die ich vielleicht noch hätte haben können.«

»Ja, ich hab es satt, daß mir jedesmal das Blut in den Adern gefriert, wenn ich einen Mann sehe, der dir ähnlich sieht.« Er lächelte. »Du hast keine Ahnung, wie schändlich sich solch ein Erlebnis auf meine Gemütsruhe auswirkt.«

»Das wird bald vorüber sein.«

»So oder so. Und ich glaube, ich bin in einer guten Position, mit dir zu verhandeln.«

»Vergiß es.«

»Kein bißchen neugierig?«

»Nur auf eines. Woher wußtest du, daß ich hier bin?«

»Ach, du erinnerst dich doch gewiß noch daran, wie wir immer sagten: Geheimnisse des CII und allgemein Bekanntes unterscheiden sich nur darin, daß allgemein Bekanntes...«

»... schwerer in Erfahrung zu bringen ist. Doch, ich erinnere mich.« Miles ließ seine großen, sanften Augen auf Jonathan ruhen.

»Ich habe Henri nicht umgebracht, und ich möchte, daß du das weißt.«

»Du hast ihn ans Messer geliefert. Du warst sein Freund und hast ihn ans Messer geliefert.«

»Aber umgelegt hab ich ihn nicht.«

Auch ich werde dich wahrscheinlich nicht mit eigener Hand umlegen.«

»Ich wäre aber viel lieber tot, als daß es mir so erginge wie dem Griechen, dem du Stechapfel zu trinken gegeben hast.«

Jonathan lächelte und zeigte sein leeres, freundliches Gesicht, wie er es immer vor dem Kampf aufzusetzen pflegte. »Ich habe den Stechapfel nicht selbst in den Arrak getan. Ich hab jemand dafür bezahlt, es für mich zu tun.«

Miles seufzte und blickte zu Boden, so daß seine langen schwarzen Wimpern die Augen verdeckten. »Ich verstehe, was du meinst.«

Dann sah er auf und versuchte es auf eine andere Weise. »Hast du eigentlich gewußt, daß Henri ein Doppelagent war?«

In der Tat war Jonathan etliche Monate nach Henris Tod hinter dieses Geheimnis gekommen, doch das spielte keine Rolle. »Er war dein Freund. Und meiner.«

»Verdammt noch mal, Jonathan, es war doch nur eine Frage der Zeit! Beide Seiten wollten seinen Tod.«

»Du warst sein Freund.«

Miles Stimme bekam etwas Schrilles. »Du verstehst hoffentlich, was ich meine, wenn ich sage, daß ich dieses ewige Pochen auf ethische Grundsätze bei einem bezahlten Killer etwas anmaßend finde.«

»Ich habe ihn in meinen Armen gehalten, als er starb.«

Miles' Stimme wurde augenblicklich etwas sanfter. »Ich weiß. Und das tut mir ehrlich leid.«

»Weißt du noch, wie er immer seine Witze gemacht hat? Darüber, daß er mit einer geistreichen Bemerkung hinübergehen wolle? In diesen letzten Augenblicken wollte und wollte ihm nichts einfallen, und so kam er sich recht dämlich vor, als er starb.« Allmählich bröckelte etwas von Jonathans Selbstbeherrschung ab.

»Es tut mir leid, Jonathan.«

»Ach, wie lieb und schön! Es tut dir also von Herzen leid! Damit wäre dann ja alles in Ordnung.«

»Ich hab getan, was ich konnte. Ich hab dafür gesorgt, daß Marie und die Kinder eine kleine Rente bekommen. Und was hast du getan? Du hast gleich die erste Nacht deinen Schwanz in sie reingesteckt.«

Wie der Blitz fuhr Jonathans Hand über den Tisch, und Miles wurde von einem Rückhandschlag auf seinem Stuhl zur Seite gefegt. Sofort rutschte der blonde Ringer von seinem Barhocker herunter und schickte sich an, auf den Tisch zuzugehen. Haßerfüllt starrte Miles Jonathan an, Tränen stiegen ihm in die Augen, doch dann, nachdem er kurz mit seiner Selbstbeherrschung gekämpft hatte, hob er die Hand, und der Ringer blieb stehen, wo er stand. Traurig blickte Miles Jonathan an und gab seinem Leibwächter mit einem Schnippen seiner Finger zu verstehen, er solle sich verziehen. Wütend, um seine Beute gebracht worden zu sein, funkelte der Blonde einen Augenblick zu ihnen herüber, ehe er sich wieder an die Bar verzog.

In diesem Moment erkannte Jonathan, daß er vor allem erst einmal dem Leibwächter den Wind aus den Segeln nehmen müsse.

»Wahrscheinlich meine Schuld, Jonathan. Ich hätte dich nicht reizen sollen. Meine Wange ist vermutlich rot und unansehnlich?«

Jonathan war selbst wütend auf sich, daß er Miles erlaubt hatte, ihn vorzeitig zum Handeln zu provozieren. Er trank seinen Laphroaig aus und winkte dem Kellner.

Bis dieser den Tisch wieder verlassen hatte, sprachen weder Miles noch

Jonathan ein Wort; auch blickten sie einander nicht an, ehe der Adrenalinstoß, der ihre Erregungszentren im Gehirn mobilisiert hatte, nicht abgeklungen war. Miles hatte sich abgewandt; er wollte nicht, daß der indianische Kellner seine brennende Wange sah.

Dann lächelte er Jonathan nachsichtig an. Die Tränen hatte er nicht abgewischt, weil er hoffte, sie würden ihm nützen. »Ich möchte dir eine gewisse Information verraten, als Versöhnungsgabe sozusagen.«

Jonathan erwiderte nichts.

»Der Mann, der die finanziellen Bedingungen für Henris Tod mit mir aushandelte, war Clement Pope – Dragons Mann.«

»Gut zu wissen.«

»Jonathan – sag mir: Was wäre geschehen, wenn Henri *mich* ans Messer geliefert hätte?«

»Das hätte er einem Freund nie angetan.«

»Wenn er es nun aber getan hätte – wärest du hinter ihm hergewesen, wie du jetzt hinter mir her bist?«

»Ja.«

Miles nickte. »Das hatte ich mir gedacht.« Er setzte ein mattes Lächeln auf. »Und damit ist mein Anliegen wohl ziemlich hinfällig. Aber ich mag nun einmal immer noch nicht zulassen, daß ich als Opfer deiner besonderen Achtung vor den heroischen Traditionen der Freundschaft ins Gras beiße. Weder die Aussicht auf den Himmel noch auf die Wiedergeburt finde ich besonders verlockend. Der eine scheint mir langweilig, die andere kaum wünschenswert. Und so kann ich nicht umhin, dieses mein so geruhsam dahinfließendes Leben mit aller Kraft zu schützen. Selbst wenn das bedeutet, daß ich dich umbringen muß, lieber Jonathan.«

»Was bleibt dir schon anderes übrig?«

»Ich wäre wohl kaum auf den Marktplatz gekommen, wenn ich nicht in der Lage wäre, etwas anzubieten.«

Big Ben betrat die Halle. Mit seinem gewohnheitsmäßigen breiten Lächeln schickte er sich an, auf Jonathan zuzueilen, da erblickte er Miles und setzte sich statt dessen an die Bar, wo er den blonden Ringkämpfer mit offensichtlichem Abscheu in Augenschein nahm.

»Du könntest mir zumindest deine Aufmerksamkeit schenken, Jonathan.«

»Gerade ist ein Freund von mir hereingekommen.«

»Ist der sich denn darüber im klaren, was das Vorrecht, dein Freund zu sein, ihn unter Umständen kosten kann?«

»Du vergeudest deine Zeit, Miles.«

»Vielleicht rette ich dir das Leben.«

Jonathan zog sich hinter sein sanftes Kampfeslächeln zurück.

»Als ich mich vom CII trennte, Jonathan, hab ich in San Francisco ein Geschäft aufgezogen. Ich bin im Speditionswesen. Ich transportiere Dinge von einem Ort zum anderen und verteile sie. Alle möglichen Dinge. Und das ist erstaunlich lukrativ. Allerdings ist das Leben für mich nicht allzu behaglich gewesen, wo doch dein Gespenst in jedem Schatten lauern konnte.«

»Wie betrüblich!«

»Dann, Anfang des Monats, erhielt ich den Auftrag, eine gewisse Information von Montreal nach... egal, wohin, zu bringen. Um in den Besitz dieser Information zu kommen, war es nötig, einen Agenten zu beseitigen. An der Liquidierung selbst war ich nicht beteiligt, denn im Gegensatz zu dir bin ich nicht blutrünstig.« Er blickte scharf hin, um die Reaktion in Jonathans Gesicht abzulesen. Es hatte keine gegeben. »Aber ich weiß, wer es getan hat. Einen von ihnen hast du kurz darauf erledigt. Und jetzt bist du hinter dem anderen her. Dragon hat mir gesagt, daß er bis zum Termin der Strafaktion genau festgestellt haben wird, um wen es sich handelt. Vielleicht gelingt es ihm. Vielleicht aber auch nicht. Ich weiß, wer es war, Jonathan. Und bis du die Information hast, schwebst du in großer Gefahr.«

»Wieso?«

»Wenn ich es dem Betreffenden stecke, wer und was du bist, wird aus dem Jäger der Gejagte werden.«

»Aber du bist bereit, mir den Namen dieses Mannes zu verkaufen?«

»Wobei ich als Gegenleistung erwarte, daß du mir versprichst, mir nicht mehr nachzustellen. Laß dir dieses Geschäft nicht entgehen.«

Jonathan blickte durch das Fenster hinaus zu einer Schar von Mädchen, die am Swimming-pool lachend und kreischend mit dem neurotischen Spitz spielten, der wie wahnsinnig immer auf derselben Stelle herumhüpfte. Seine Krallen machten klick-klick auf den Steinplatten, Urin tröpfelte unter ihm hervor. Jonathan wandte den Kopf und sah zum Ringkämpfer hinüber, der an der Bar saß und ihn nicht aus den Augen ließ.

»Ich werd's mir überlegen, Miles.«

Miles lächelte geduldig und ergeben. »Bitte, tu nicht so, als ob ich ein Amateur wäre. Ich kann nicht tatenlos und unbeschützt zusehen, während du dir's überlegst. Ich glaube, du bist es gewesen, der mir zuerst den Rat gegeben hat, niemals zu versuchen, einen Schwindler reinlegen zu wollen.«

»Du wirst meine Entscheidung innerhalb von fünf Minuten erfahren. Einverstanden?« Dann wurde Jonathans Stimme sehr sanft. »Wie es auch ausgehen mag, Miles: Wir sind einmal Freunde gewesen... und deshalb...« Er reichte ihm die Hand. Miles war überrascht, aber auch erfreut.

Und so schüttelten sie einander kräftig die Hand, ehe Jonathan zur Bar hinüberging, an der nur Ben und der Leibwächter saßen. Der letztere hatte seinen Barhocker nach hinten gekippt, so daß er nur auf zwei Beinen stand, hatte die Bar im Rücken und stützte sich mit beiden Ellenbogen auf die Theke. Mit verschlagenem Ausdruck betrachtete er Jonathan, der sich ihm schüchtern und wie um Nachsicht bittend näherte. »Nun, wie Sie gesehen haben: Miles und ich haben uns geeinigt«, sagte Jonathan mit dem Anflug eines unsicheren Lächelns. »Darf ich Sie zu einem Glas einladen?«

Der Ringkämpfer kratzte sich hinter dem Ohr, hüllte sich in verächtliches Schweigen und lehnte sich auf seinem Hocker noch weiter zurück, um mehr Abstand zwischen sich und diesen katzbuckelnden Niemand zu bringen, der es gewagt hatte, Mr. Mellough zu ohrfeigen.

Jonathan ging über diese Abfuhr hinweg. »Mann, bin ich froh, daß alles in Ordnung gekommen ist. Kein Mann von meiner Statur freut sich darauf, es mit einem Kerl zu tun zu kriegen, der so gebaut ist wie Sie.«

Der Ringer nickte verständnisvoll und drückte die Schultern nach unten, um seine Brustmuskeln zu zeigen.

»Nun ja, nur, damit Sie es wissen«, sagte Jonathan. Er tat, als ob er sich zum Gehen anschicke, aber unversehens wurde aus dieser harmlosen Bewegung ein heftiger Fußtritt, der den nach hinten gekippten Barhocker unter dem Ringer hinwegfegte. Erst krachte die Bar selbst, dann die Messingstange, die um sie herumlief, als der Blondkopf daraufschlug. Benommen und angeschlagen, wie er war, fuhr dem Ringkämpfer das lange Haar ins Gesicht, und ehe er sich's versah, hatte Jonathan ihm den Stiefel ins Gesicht gesetzt und seinen Absatz darin herumgedreht. Die Nase krachte und wurde unter dem Absatz plattgedrückt. Das mahlende Geräusch, das dabei entstand, trieb Jonathan die Galle hoch, und er zog die Backen ein, so übel wurde ihm. Aber er wußte, daß es in einer solchen Situation nicht anders ging: Man mußte dafür sorgen, daß Burschen wie dieser den Schmerz nicht so leicht vergaßen.

Jonathan kniete über dem Ringer und zog ihn an den Haaren hoch, bis sein Gesicht nur wenige Zentimeter von dem des anderen entfernt war.

»Hör mir gut zu! Ich hab keine Lust, dich mir nichts dir nichts umzubringen. Das kotzt mich an, und das hab ich gar nicht gern. Also merk dir: Komm mir niemals zu nahe, sonst bist du ein toter Mann. Hej! Hör doch zu! Werd nicht gleich ohnmächtig, während ich mit dir rede!«

Die Augen des Ringers waren glasig vor Schmerz und vor Verwirrung, und er entgegnete nichts.

Jonathan schüttelte ihn an den Haaren, bis etliche Strähnen in seinen Fingern zurückblieben. »Hast du kapiert, was ich dir gesagt habe?«

»Ja.« Die Antwort kam ganz schwach.

»Braver Junge!« Jonathan ließ den Kopf sanft auf den Boden gleiten. Dann stand er auf und blickte Ben ins Gesicht, der das Ganze mitangesehen hatte, ohne sich zu rühren. »Würdest du dich jetzt bitte um ihn kümmern, Ben?«

»Okay, altes Haus! Aber ich will 'n Besen fressen, wenn ich begreife, was hier vorgeht.«

»Darüber reden wir später.«

Zwei indianische Pikkolos stöhnten unter der Aufgabe, den immer wieder torkelnden Giganten auf sein Zimmer zu bringen, während Jonathan auf den Ausgang der Halle zuging. Dort hielt er inne und blickte zu Miles hinüber, der als einziger von allen Gästen mitbekommen hatte, was vorgefallen war. Ihre Augen, die das gleiche kalte Blau aufwiesen, kreuzten sich für einen Moment. Dann nickte Miles bedächtig und wandte sich ab, wobei er ein unsichtbares Stäubchen vom Ärmel seines Samtjacketts schnippte. Er hatte seine Antwort.

Arizona   *Am Abend desselben Tages*

Den Rücken gegen ein hochgestelltes Kissen gelehnt, die Beine gerade vor sich ausgestreckt, saß Jonathan auf seinem Bett. Er rollte sich seine zweite Zigarette, leckte das Papier an, vergaß sie dann jedoch anzuzünden und starrte, ohne irgend etwas direkt anzublicken, in das immer dunkler werdende Dämmern hinein.

Er legte sich in groben Zügen zurecht, wie er Miles beseitigen wollte. Er hatte keine Chance, an ihn heranzukommen, bevor er dem Mann, an dem die Strafaktion vollzogen werden sollte, hinsichtlich seiner Person ein Licht aufstecken und ihn warnen könnte. Alles in der Schweiz hing davon ab, daß »Spürhund« so schnell wie möglich feststellte, um wen es sich nun eigentlich handelte.

Jonathan kehrte augenblicklich wieder in die Gegenwart zurück, als er draußen vor seiner Tür ein schwaches metallisches Klicken hörte. Langsam erhob er sich von seinem Bett und drückte dabei nachhaltig auf die Matratze nieder, damit die Sprungfedern nicht quietschten. Es pochte leise an der Tür, offensichtlich in der Absicht, ihn nicht zu wecken, falls er schliefe. Er hatte nicht damit gerechnet, daß Miles so rasch in Aktion treten würde und bedauerte, keine Schußwaffe bei sich zu haben. Das Pochen wiederholte sich, und abermals vernahm er das schwache metallische Klicken. Lautlos huschte er auf die Seite der Tür, wo diese in den Angeln hing. Ein Schlüssel drehte sich im Schloß, die Tür ging einen Spalt weit auf, und ein Lichtstreifen teilte das Zimmer in der Mitte. Jonathan spannte alle Muskeln an und wartete. Die Tür wurde absichtlich weit aufgestoßen, und jemand flüsterte draußen. Zwei Schatten erschienen auf dem Teppich, der eines Mannes und der einer monströsen Gestalt mit einer riesigen Scheibe auf dem Kopf. Als die Schatten näherkamen, versetzte Jonathan der Tür einen Fußtritt, daß sie zuflog, und dann stemmte er sich mit aller Kraft dagegen. Draußen vernahm man ein Krachen, das Scheppern von Metall und das Klirren und Splittern von Glas, und er erkannte sofort, worum es sich dabei handelte.

Betreten machte er die Tür auf und blickte hinaus. Big Ben lehnte an der Korridorwand gegenüber, und ein indianischer Kellner saß benommen auf dem Boden inmitten eines Durcheinanders von zerbrochenen Tellern und Silbergeschirr; seine weiße Kellnerjacke war eine illustrierte Speisekarte.

»Du wirst es vielleicht nicht glauben, altes Haus, aber es gibt Leute, die machen einfach den Mund auf und sagen, wenn sie keinen Hunger haben.«

»Ich dachte, da wäre jemand anders.«

»Na, das will ich aber auch hoffen.«

»Komm schon rein.«

»Was führst du denn diesmal im Schilde? Willst du mich etwa mit einer alten Kommode zusammenkloppen?« Ben gab Anweisungen, das Durcheinander zu beseitigen und ein anderes Essen herüberzubringen, dann trat er in Jonathans Zimmer und machte viel Wesens, vorsichtig über die Schwelle zu springen und das Licht anzuknipsen, ehe jemand über ihn herfiel.

Jonathan gab sich möglichst sachlich, teils, weil er seinem Plan gemäß vorgehen wollte, den er sich in der Dunkelheit zurechtgelegt hatte, und teils, weil er nicht wollte, daß sie sich länger über den Fauxpas aufhielten, den er soeben begangen hatte.

»Ben, was weißt du eigentlich über die drei Männer, mit denen zusammen ich den Eiger besteigen soll?«

»Nicht viel. Wir haben nur ein paar Briefe getauscht, und in denen ging es ausschließlich um den Aufstieg.«

»Dürfte ich die wohl mal lesen?«

»Klar.«

»Danke. Und jetzt etwas anderes. Besitzt du eine detaillierte Karte von der Gegend hier?«

»Klar.«

»Kann ich die mal haben?«

»Klar.«

»Was liegt eigentlich westlich von hier?«

»Nichts.«

»Danach schien es mir von größerer Höhe aus auch auszusehen. Um was für eine Art Nichts handelt es sich denn?«

»Um ödes, beschissenes Land, das zu nichts zu gebrauchen ist. Nur Fels und Sand und sonst nichts. Endlos. Dagegen kommt einem Death Valley wie eine Oase vor. Setz dir bloß nicht in den Kopf, da mal rauszufahren, altes Haus. Zwei Tage da draußen, und man ist ein toter Mann. Um diese Jahreszeit mißt man dort Temperaturen bis zu fünfzig Grad im Schatten, und du mußt schon verdammt lange suchen, ehe du so etwas wie Schatten findest.«

Ben griff nach dem Telefonhörer, bat um die Geländekarte sowie um einen bestimmten Ordner mit Briefen aus seinem Büro; außerdem solle man eine Sechserpackung Bier gleich mitbringen. Dann rief er Jonathan, der ins Badezimmer gegangen war, um einen Aschenbecher zu leeren.

»Ich will 'n Besen fressen, wenn ich weiß, was hier eigentlich los ist! Du brauchst es mir natürlich nicht zu erzählen, wenn du nicht willst.«

Jonathan erklärte, daran werde er sich halten.

»Nein, du brauchst es mir wirklich nicht zu erzählen. Wozu auch! Haust irgendwelchen Kerlen in meiner Halle eine runter. Zertrümmerst Nasen an meiner Bar! Haust mein Geschirr zu Klump! Und all das geht mich nichts an.«

Jonathan kam ins Zimmer zurück. »Du hast doch Gewehre, Ben?«

»Ach, auch das noch!«

»Hast du ein Gewehr?«

»Nun mal langsam, altes Haus...«

Jonathan setzte sich in den Sessel Ben gegenüber. »Ich sitze in der Klemme. Ich brauche Hilfe.« Der Ton seiner Stimme ließ erkennen, daß er sie von einem Freund erwartete.

»Du weißt doch, daß du von mir jede Hilfe bekommst, die ich dir geben kann, Jon. Aber wenn hier auf meinem Grund und Boden Leute umgelegt werden sollen, wäre es vielleicht doch besser, ich wüßte, worum es sich handelt.«

Es klopfte. Ben machte auf, und draußen stand ein Kellner mit dem Bier, dem Ordner und der Karte. Er trat ein, jedoch nicht ohne sich vorher vergewissert zu haben, was hinter der Tür war; dann verzog er sich, so rasch er konnte.

»Auch ein Bier?« fragte Ben und riß den Ringverschluß von einer Dose ab.

»Nein, danke.«

»Auch besser so. Sind sowieso nur sechs da.«

»Was weißt du eigentlich über diesen Miles Mellough, Ben?«

»Ist das der Bursche, mit dem du geredet hast? Nicht viel. Sieht aus, als ob er einem 'nen Neun-Dollar-Schein wechseln könnte, und zwar in Drei-Dollar-Scheine. Das ist so ziemlich alles, was ich von ihm weiß. Er ist heute morgen hier eingetrudelt. Möchtest du, daß ich ihn an die Luft setze?«

»Aber nein, im Gegenteil. Mir ist es gerade recht, daß er hier ist.«

Ben kicherte stillvergnügt in sich hinein. »Mann, bringt der es fertig, den Mädchen schlaflose Nächte zu bereiten! Die kommen ja in ganzen Scharen, als ob er 'n Patent auf 'n Penis hätte. Ich habe gesehen, wie sogar George große Augen machte.«

»Bei dem würde sie aber nicht auf ihre Kosten kommen.«

»Tja, hab ich mir fast gedacht.«

»Und was ist mit dem anderen? Dem großen Blonden?«

»Der ist gleichzeitig mit ihm gekommen. Ihre Zimmer liegen nebeneinander. Ich hab den Arzt aus der Stadt kommen lassen, und der hat ihm zwar erst mal seine Nase wieder zurechtgebastelt, aber ich kann mir nicht vorstellen, daß er jemals 'n Feund von dir werden wird.« Ben zerdrückte die leere Bierdose mit den Händen und riß nachdenklich eine neue auf. »Weißt du was, Jon? Diese Rauferei ist mir wirklich an die Nieren gegangen. Für 'n alten College-Professor hast du den Burschen ganz schön überrumpelt und fertiggemacht.«

»Du hast mich ja schließlich auch topfit gemacht.«

»Hm, hm. Nee, das allein ist es nicht. Du hast ihn fertiggemacht, als wärst du es gewohnt, Leute fertigzumachen. Außerdem hast du ihn derart überrumpelt – der arme Kerl hatte ja überhaupt keine Chance. Erinnerst du dich, daß ich dir neulich sagte, mir wär's im höchsten Maße unangenehm, ohne Lebensmittel allein mit dir auf einer einsamen Insel zu sitzen? Nun ja, so ungefähr mein ich das. Wie du diesem Schrank von einem Kerl die Nase zermalmt hast! Dabei hattest du's ihm doch schon gezeigt! Man könnte fast das Gefühl kriegen, irgendwo in dir steckt ein ganz gemeiner Schuft.«

Es war klar, daß er Ben zumindest in Grenzen eine Erklärung schuldig war. »Ben, diese Leute haben einen Freund von mir umgebracht.«

»So?« Ben sann darüber nach. »Weiß die Polizei davon?«

»Die Polizei kann nichts tun.«

»Wieso?«

Jonathan schüttelte den Kopf. Er hatte nicht die Absicht, sich länger über diese Angelegenheit auszulassen.

»Hej! Nun mal langsam! Du hast mir eben wirklich Angst eingejagt. Ich hatte plötzlich das Gefühl, all das hätte irgendwie was mit der Eiger-Besteigung zu tun. Woher sollten sie sonst wissen, daß du hier bist?«

»Halt dich da raus, Ben.«

»Nun hör mir mal gut zu! Dieser Aufstieg ist schwer genug, du brauchst dir nicht noch mehr Schwierigkeiten aufzuhalsen. Gesagt hab ich's dir ja noch nicht, aber vielleicht ist es besser, ich sag's doch. Du trainierst verdammt gut, und du bist immer noch ein As im Bergsteigen. Aber ich hab dich sehr genau beobachtet, Jon. Und ehrlich – für den Eiger hast du bestenfalls eine Chance fünfzig zu fünfzig. Davon, daß du dich hier mausig machst und versuchst, Leute umzulegen, die versuchen, dich umzulegen, mal ganz zu schweigen. Ich hab nicht die Absicht, dein Selbstvertrauen und deine Zuversicht zu erschüttern, altes Haus, aber wissen solltest du das immerhin.«

»Ich dank dir, Ben.«

Ein Kellner klopfte und brachte ein Tablett mit einer Trainingsmahlzeit für zwei, die sie schweigend verzehrten, während Jonathan über der Geländekarte brütete und Ben die restlichen Dosen Bier austrank.

Als von der Mahlzeit nichts weiter übrig war als ein Durcheinander von abgegessenen Tellern und leeren Schüsseln, hatte Jonathan die Karte zusammengelegt und in die Tasche gesteckt. Er begann, Ben nach seinen Partnern bei der bevorstehenden Eiger-Besteigung auszufragen. »Wie eingehend hast du mit ihnen korrespondiert?«

»Ach, nur ganz allgemein. Halt das übliche: Hotel, Verpflegung, Seile, Felshaken, wie wir's mit den Journalisten halten – solche Sachen eben. Am meisten schreibt dieser Deutsche. Er ist derjenige, der überhaupt auf die Idee gekommen ist, und führt sich dementsprechend auf, als wäre er der Anführer. Ach, übrigens, dabei fällt mir ein: Fliegen wir beide eigentlich zusammen rüber?«

»Das glaube ich nicht. Wir treffen uns dort. Hör mal zu, Ben, ist einer von ihnen... Ich meine, sind sie körperlich alle tadellos in Ordnung?«

»Zumindest so wie du.«

»Ist irgendeiner von ihnen in letzter Zeit verwundet worden? Oder verletzt?«

» *Verwundet?* Nicht, daß ich wüßte. Einer von ihnen – der Deutsche – schrieb, er wäre Anfang des Monats ein bißchen gestürzt. Aber nichts Ernsthaftes.«

»Was für eine Art Sturz?«

»Weiß ich nicht. Mit Hautabschürfungen am Bein.«

»So schlimm, daß er vielleicht hinkt?«

»Na, ich weiß nicht, aber wer kann das auch schon aus der Handschrift eines Menschen rauslesen? Sag mal, warum fragst du mich all diesen Quatsch?«

»Laß nur! Ach, läßt du mir diesen Ordner mit der Korrespondenz für eine Weile? Ich möchte sie gern durchlesen. Mir kommt es darauf an, die Männer ein bißchen kennenzulernen.«

»Wüßte nicht, daß mir das weh täte.« Ben streckte sich und grunzte wie ein satter Bär, der sich den Bauch vollgeschlagen hat. »Hast du immer noch vor, morgen früh diese Nadel zu ersteigen?«

»Selbstverständlich. Warum sollte ich nicht?«

»Nun ja, könnte mir vorstellen, daß es etwas mühselig ist, mit einem Schießgewehr überm Arm raufzuklettern.«

Jonathan lachte. »Da mach dir mal bloß keine Sorgen.«

»Schön, dann gehen wir beide wohl besser noch ein bißchen in die Falle. Diese Nadel ist schließlich kein Zeltpfosten.«

»Bettpfosten, meinst du.«

»Weder das eine noch das andere.«

Kurz nachdem Ben gegangen war, saß Jonathan im Bett und studierte die Briefe seiner künftigen Bergkameraden. Bei allen klang der erste Brief ziemlich steif und höflich. Offenbar waren Bens Antworten jedoch geradezu und einigermaßen saftig ausgefallen, denn in allen folgenden Briefen ging es ausschließlich um rein technische Dinge der Bergsteigerei: um Wetterberichte, Beobachtungen über die Verhältnisse an der Nordwand, Beschreibungen von kürzlich unternommenen Trainingsbesteigungen, Vorschläge für die Ausrüstung. In einem dieser Briefe erwähnte der Deutsche einen kurzen Absturz, bei dem er sich eine Beinwunde gerissen habe, die aber, wie er Ben versicherte, bis zur Besteigung wieder völlig ausgeheilt sein werde.

Jonathan war ganz in die Korrespondenz vertieft und versuchte, zwischen den trockenen, nüchternen Zeilen herauszulesen, was für eine Persönlichkeit sich wohl hinter den einzelnen Schreibern verbarg, da vernahm er das schabende Klopfen von George Hotfort, die hereingelassen werden wollte.

Die Begegnung mit Mellough am Nachmittag machte ihn vorsichtig. Erst knipste er die Leselampe aus, ehe er zur Tür hinüberging, um aufzuschließen. Unsicher trat George in die Dunkelheit, doch Jonathan verriegelte die Tür hinter ihr wieder und führte sie zum Bett. Es verlangte ihn danach, sie als sexuelles Beruhigungsmittel zu benutzen, um die Anspannung vom Nachmittag loszuwerden, doch dabei wußte er genau, daß es bei ihm zu nichts weiter kommen würde als zu einer Entladung und Erleichterung ohne jene lokalisierbare Empfindung, wie man sie gemeinhin mit einem Orgasmus gleichsetzt.

Während sie bei ihm war, ließ George ihre Augen nicht von ihm, diese ausdruckslosen indianischen Augen, die überhaupt nichts mit ihrem aggressiven und fordernden Körper zu tun zu haben schienen. Etwas später, als er bereits schlief, schlich sie ohne ein Wort hinaus.

Arizona   28. Juni

Er spürte, daß er großartig sein würde.

Gleich nach dem Erwachen konnte er es kaum erwarten, die Big-Ben-Nadel zu erklettern. Nur ein- oder zweimal in seiner gesamten Laufbahn als Bergsteiger hatte er diese Siegesgewißheit erlebt – hatte er dieses ganz bestimmte leise Ziehen in seinen Eingeweiden verspürt; einmal, unmittelbar bevor er den Aufstieg zur Spitze des Grand Teton in Weltrekordzeit schaffte, und dann noch einmal, als er eine neue Route für die Besteigung des Dru ausprobierte, die dann in die Handbücher der Alpinisten eingehen sollte. Er hatte das Gefühl, so viel Kraft in den Händen zu haben, daß er Haltepunkte in den Fels hämmern könnte, falls es nötig sein sollte, und seine Beine trugen ihn mit mehr als bloßer Kraft und Leichtigkeit – ihm war, als bewegten sie sich schwerelos wie auf dem Mond. Er war so unglaublich gut auf diesen Aufstieg eingestimmt, daß seine Hände, wenn er sie rieb, sich anfühlten, als trüge er feinste Ziegenlederhandschuhe, mit denen er sich selbst an glattem Fels festklammern könnte.

Nachdem er geduscht hatte, machte er sich nicht einmal die Mühe, sich zu rasieren oder sich die Haare zu kämmen: Er wollte rauh und stachlig sein, wenn er den Fels attackierte.

Als Ben an seine Tür klopfte, war er bereits dabei, sich die Stiefel zuzuschnüren. Sie fühlten sich wunderbar an: bereits eingelaufen bei den Übungstouren der letzten Tage, aber die Schuhnägel in ausgezeichnetem Zustand.

»Du scheinst ja schon ganz geil zu sein.« Ben war gerade eben erst aufgestanden und trug noch Pyjama und Morgenmantel. Er war grau im Gesicht und hielt die erste Dose Bier in der Hand.

»Ich fühl mich phantastisch, Ben. Diese Nadel ist schon so gut wie bezwungen.«

»Oho, ich würd mich aber gar nicht wundern, wenn sie dich erst mal ganz schön mürbe macht. Sie ist beinahe hundertdreißig Meter hoch und weist fast durchgängig Schwierigkeitsgrad sechs auf.«

»Sag deinen Köchen, daß wir zum Mittagessen wieder zurück sind.«

»Das bezweifle ich. Besonders wenn ich bedenke, daß du einen schlappen alten Mann hinter dir herzerren mußt. Komm rüber zu mir, ich muß mich noch fertigmachen.«

Er folgte Ben in dessen Wohnung, lehnte dort ein Bier ab, setzte sich hin und sah zu, wie die Morgendämmerung immer rascher heraufzog. Ben suchte währenddessen seine Ausrüstung für diese Besteigung zusammen und zog sich an. Die Sucherei fiel ihm offenbar schwer, denn Ben brummelte und fluchte in einem fort vor sich hin, als er seine Sachen aus den Schränken herausriß und auf den Boden feuerte und Kartons mit allem möglichen Kram auf dem zerwühlten Bett auskippte.

»Hast du gesagt, daß ich dich hinter mir herzerren werde, Ben? Ich hatte gedacht, die Führung übernimmst du. Schließlich kennst du die Route. Für dich ist es ja auch nicht das erstemal.«

»Stimmt. Aber warum soll ich den ganzen Spaß für mich allein haben? Verdammt noch mal, wo steckt bloß meine zweite Socke! Ich kann's nun mal nicht ausstehen, Socken zu tragen, die nicht zusammenpassen. Das bringt mich glatt aus dem Gleichgewicht. Hej! Wenn ich's genau ausprobiere, könnte ich die fehlenden Zehen an diesem Fuß vielleicht dadurch ausgleichen, daß ich an dem gesunden Fuß 'ne dünnere Socke trage. 'türlich könnte es mir dann passieren, daß ich mir dadurch das Gegenteil von Hinken einhandle. Wer weiß, dann schweb ich vielleicht 'n paar Zentimeter überm Boden, und wie sollte ich mich dann 'nen Berg hochhebeln?! Hej, tummle dich mal und such in diesem Kram, ob du nicht meinen alten Kletterpullover findest. Du weißt schon, den alten grünen.«

»Den hast du doch schon an.«

»Ach, was du nicht sagst. Ja, stimmt. Aber guck mal her: Da hab ich doch wahrhaftig kein Hemd drunter an.«

»Das ist nicht meine Schuld.«

»Na, 'ne große Hilfe bist du gerade nicht.«

»Ich habe Angst, wenn ich mich bis in die Mitte des Zimmers vorwage, finden sie mich nie wieder.«

»Ach was, George würd schon auf dich stoßen, wenn sie dieses ganze Durcheinander wieder weggeräumt.«

»Was, George hält dir deine Wohnung in Ordnung?«

»Sie steht auf meiner Gehaltsliste, und da muß sie schon ein bißchen mehr tun als nur Spucknapf für dein Sperma spielen.«

»Du hast wirklich Sinn für passende Vergleiche, Ben.«

»Willst du mich auf den Arm nehmen? Na schön, ich geb's auf. Ich will verdammt sein, wenn ich nicht endlich meine Stiefel finde. Warum leihst du mir nicht deine?«

»Und ich steige barfuß rauf?«

»Ich dachte, da du doch so jibberig und super in Form bist, merkst du den Unterschied vielleicht gar nicht.«

Jonathan lehnte sich im Sessel zurück, entspannte sich und genoß dabei die Morgendämmerung. »Ich fühl mich wirklich groß in Form, Ben. So hab ich mich schon lange nicht mehr gefühlt.«

Seine charakteristische Bullerigkeit verließ Ben für einen kurzen Augenblick.

»Das ist schön. Freut mich. Ich weiß noch sehr gut, wie ich dieses Gefühl immer genossen hab.«

»Geht dir die Kletterei eigentlich sehr ab, Ben?«

Ben ließ sich auf der Bettkante nieder. »Würde dir was abgehen, wenn jemand plötzlich mit deinem Pimmel auf und davon ginge? Na klar fehlt mir das. Seit meinem neunzehnten Lebensjahr bin ich auf Berge geklettert. Zuerst wußt ich nicht so recht, was ich mit mir anfangen sollte. Aber dann...« Er klatschte sich auf die Knie und erhob sich. »Ja, dann kaufte ich mir diese Klitsche hier, und seither leb ich auf Teufel komm raus. Aber trotzdem...« Ben trat auf den Einbauschrank zu. »Da sind ja meine Stiefel! Gott verdamm mich!«

»Wo waren sie denn?«

»Im Schuhregal. George muß sie dort hingestellt haben. Gott verdamm sie!«

Beim Frühstück in der blitzenden leeren Küche des Restaurants erkundigte Jonathan sich, ob Miles Mellough nach dem Kampf irgend etwas von Interesse getan habe.

»Beunruhigt er dich, Jon?«

»Im Augenblick mache ich mir einzig und allein wegen des Aufstiegs Sorgen. Aber wenn ich wieder zurück bin, werde ich mich mit ihm befassen müssen.«

»Falls er sich nicht vorher mit dir befaßt.«

»Sag's schon, wenn du was weißt.«

»Tja, einer von meinen Angestellten hörte, wie dieser Mellough und sein Freund in ihren Zimmern eine kleine Auseinandersetzung hatten.«

»Ist das so gang und gäbe, daß deine Angestellten an den Türen deiner Gäste lauschen?«

»Normalerweise nicht. Ich dachte nur, du wärst vielleicht ganz froh, wenn ich diese Kerle ein bißchen im Auge behielte. Aber wie dem auch sei, der Überkandidelte war jedenfalls verdammt sauer auf den anderen, daß der sich von dir so hat zurichten lassen. Und der blonde Riese erklärte, nächstesmal würd's anders ausgehen. 'n bißchen später bestellten sie einen Leihwagen aus der Stadt. Der steht jetzt draußen vorm Haus.«

»Vielleicht wollen sie einen kleinen Ausflug ins Grüne machen.«

»Was hast du denn gegen die Wagen unserer Gäste? Nein, ich glaub, die wollen ganz schnell irgendwohin. Vielleicht, nachdem sie irgend was ausgefressen haben, dessen sie sich schämen müßten. Wie zum Beispiel jemand umlegen.«

»Wie kommst du auf den Gedanken, daß sie jemand umlegen wollen?«

Ben machte eine Pause, denn er hoffte, was er als nächstes zu sagen hätte, würde Jonathan beeindrucken. »Der Kellner erzählte, daß der Blonde 'ne Knarre mit sich rumschleppt.« Jonathan schlürfte hingegeben an seinem Kaffee und brachte Ben um die erwartete Reaktion.

Ben riß eine Bierdose auf. »Scheint dich nicht weiter aufzuregen, daß der Kerl bewaffnet ist.«

»Ich wußte, daß er das ist. Ich sah sie unter seiner Jacke. Deshalb bin ich ihm ja so auf die Nase gestiegen – damit er nicht mehr klar sehen konnte. Ich brauchte ja zumindest Zeit, mich verziehen zu können.«

»Da bilde ich mir die ganze Zeit über ein, du hättest irgendwo 'ne ganz gemeine Ader, und dabei hast du nur getan, was du tun mußtest.«

»Du solltest dich schämen!«

»Ich könnte dem Kerl die Zunge abschneiden, die da so schlecht von dir gesprochen hat, altes Haus.«

»Ich hab nichts anderes versucht, als am Leben zu bleiben.«

»Und deshalb möchtest du wohl auch ein Gewehr haben?«

»Nein, nicht um mich zu beschützen. Das brauche ich zum Angriff. Komm schon! Sonst fällt die Nadel noch der Erosion zum Opfer. Viel wird sowieso nicht mehr davon übrig sein, bis du mal fertig bist.«

Jonathans Stiefel knirschten über das Steingeröll am Fuß der Nadel, die sich über ihm pilzförmig verdickte und an der Westseite zu dieser frühen Morgenstunde noch schwarz war. Ein Gesteinsbohrer, ein Hammer sowie fünfzehn Pfund Felshaken, Karabiner- und Bohrhaken hingen klirrend an seinem breiten Gurt, den er sich um den Rumpf gebunden hatte.

»Ziemlich genau hier«, meinte er und schätzte die Lage eines langen, vertikal nach oben sich hinziehenden Spalts, den er am Tag zuvor entdeckt hatte. Der im Durchschnitt etwa zwölf Zentimeter breite Riß, der sich vom Fuß an bis etwa dreißig Meter in die Höhe erstreckte, wollte ihm als ideale Route für das erste Viertel der Felswand erscheinen. Dort, wo er endete, fing das Pilzdach gerade an auszukragen, was bedeutete, daß es von da an wirklich schwierig werden würde.

»Bist du ihn auch so angegangen, Ben?«

»Es ist *eine* Route, will ich mal sagen«, erklärte Ben, ohne sich festzulegen.

Sie seilten sich an. »Du hast offensichtlich nicht die Absicht, mir besonders zu helfen, nicht wahr?« fragte Jonathan, als er seinem Partner das locker aufgeschossene Seil reichte.

»Verdammt noch mal, ich bin es doch schließlich nicht, der die Praxis braucht. Ich bin doch bloß der Beifahrer.«

Jonathan zurrte die Riemen des leichten Rucksacks fest, den Ben für das Training vorgeschrieben hatte. Unmittelbar, bevor sie sich an den Felsen selbst heranmachten, schlugen sie ihr Wasser auf dem ausgedörrten Ge-

145

lände ab und versuchten, auch noch den letzten Tropfen herauszupressen. Unzählige Anfänger haben in ihrem Übereifer, nun endlich loszuklettern, dieses passende Trankopfer an die Götter der Schwerkraft übersehen und das bitter bereut, wenn sie später an der Wand mit diesem natürlichen Problem fertigwerden mußten und ihre Hände mit Dingen beschäftigt waren, die für das Überleben noch wichtiger waren. Die unter solchen Umständen einzig mögliche Lösung des Problems trägt nicht gerade dazu bei, den erfolgreichen Alpinisten nach dem Abstieg bei der Entgegennahme der Glückwünsche seitens der Presse gesellschaftlich zu einem Erfolg zu verhelfen.

»Okay, dann wollen wir mal!«

Der Aufstieg den Spalt entlang ging rasch vonstatten und verlief ohne Zwischenfall. Höchstens dort, wo der Spalt zu breit war, um einem Fuß sicheren Halt zu gewähren, wurde es etwas schwieriger. Jonathan trieb für das Steigen selbst keine Haken in den Fels, höchstens alle zehn Meter einen, um die Fallhöhe zu verkürzen, sollte es zu einem Absturz kommen.

Er genoß den innigen Kontakt mit dem Fels, der Charakter hatte, harte Zähne besaß und sich auf zupackende Hände auswirkte wie Schmirgelpapier. Kleine Spalte, in die sich die Felshaken gut hineintreiben ließen, waren kaum vorhanden. Die meisten erwiesen sich als zu breit, so daß er noch ein oder zwei Haken dazu einschlagen mußte, um sie zu verkeilen; auch drangen sie nicht mit dem harten, hellen Klang ein, der einem verrät, daß sie gut sitzen. Doch darauf zu achten wurde erst wichtig, als sie den achtzig Meter langen Aufstieg über den vorkragenden oberen Teil des Felsens begannen. Jonathan dämmerte es, daß er Bohrer und Borhaken häufiger würde benutzen müssen, als ihm lieb war. Zwischen dem Gebrauch von Felshaken und Bohrhaken hatte es für ihn stets einen feinen, aber bedeutsamen Unterschied gegeben. Eine Felswand mittels Haken zu bezwingen, das hatte etwas von einer Verführung an sich; Bohrer und Bohrhaken zu gebrauchen – das war schon fast eine Vergewaltigung.

Sie kamen glatt voran und waren wunderbar aufeinander eingespielt. Ben nahm das Seil aus den Karabinern und sicherte von unten, während Jonathan sich so weit vorschob, wie sein Seil es erlaubte, ehe er einen annehmbaren Halt fand, von dem aus er das Seil belegen und seinerseits Ben beim Aufstieg sichern konnte. Ben schaffte die Strecke jedesmal schneller als Jonathan. Immerhin hatte er ja auch den psychologischen Vorteil, daß sein Aufstieg vorgeschrieben war – denn er mußte ja die Tritte und Griffe benutzen, die Jonathan herausgehauen hatte.

Selbst nachdem der Spalt auslief und sie nun langsamer vorankamen, tat das Jonathans Gefühl der Unbesiegbarkeit keinen Abbruch. Jeder Quadratmeter Felswand stellte für ihn ein Spielbrett für taktisches Vorgehen dar, war ein Kampf gegen den starren, geistlosen Widerstand der Schwerkraft; denn darin war der Fels wahrhaftig ein windiger Verbündeter, jederzeit bereit, sich auf die gegnerische Seite zu schlagen, sobald es ein bißchen prekär wurde.

Einen halben Meter nach dem anderen schoben sie sich nach oben. Bens erfahrene und einfühlsame Hand am Seil machte die Zusammenarbeit zu einem wahren Erlebnis. Sobald Jonathan sich bewegte, gab er Seil, und straff hielt er es gepackt, wenn das Seil Jonathans einziger Halt an der Felswand war. Schon seit geraumer Zeit hatten sie keinen Vorsprung mehr gefunden, auf dem einer von ihnen ohne die Hilfe von Felshaken und Seil sicher hätte stehen können.

Jonathan begann zu ermüden. Die Last seines Rucksacks sowie die Verkrampfungen in Schenkeln und Waden ließen ihn die Gefährlichkeit des Unternehmens keinen Augenblick vergessen. Aber seine Hände besaßen immer noch Kraft, und er fühlte sich sehr gut. Besonders die Berührung mit dem Felsen genoß er, denn der war warm, wo er der Sonnenbestrahlung ausgesetzt war, und kühl im Schatten. Die Luft war so rein, daß sie förmlich einen grünen Beigeschmack hatte; ja, selbst der salzige Geschmack seines Schweißes tat ihm wohl. Trotzdem hatte er nichts dagegen, als Ben, nachdem sie zwei Drittel des Berges in drei Stunden geschafft hatten, eine Rast einlegen wollte.

Freilich dauerte es noch eine weitere Viertelstunde, bis sie einen Felsvorsprung gefunden hatten, auf dem ihre Füße sicher ruhen konnten. Jonathan trieb zur Sicherheit noch ein paar Haken in den Fels, und so hingen sie Seite an Seite in den Seilen, blickten nach außen und hockten sich auf das Hinterteil, um ihre Beine auszuruhen. Ihre Körper stemmten sich etwa um zwanzig Grad von der Felswand ab, die ihrerseits um zehn Grad über die Senkrechte hinausging. Ben kämpfte mit seinem Rucksack und holte einen Laib Brot mit röscher Kruste sowie eine dicke Scheibe Käse hervor, die er nach alter Alpinistentradition mit heraufgeschleppt hatte. Hochbefriedigt kauten sie langsam vor sich hin, lehnten sich gegen die Seile und blickten hinunter auf die kleine Ansammlung von sensationslüsternen Gaffern, die sich am Fuß der Nadel eingefunden hatten, kaum daß jemand vom Bungalow aus entdeckt hatte, daß Menschen diesen offenbar unmöglichen Pfeiler bezwingen wollten.

»Wie fühlst du dich, altes Haus?«

»Ganz einfach... wirklich großartig, Ben.«

»Du kletterst ausgezeichnet. So gut hab ich dich noch nie erlebt.«

»Ja, ich weiß.« Jonathan machte aus seiner Bewunderung kein Hehl; es war, als spräche er über jemand anderen und nicht von sich selbst. »Vielleicht ist es ja bloß Zufall – ein glückliches Zusammentreffen von Training und Temperament –, aber wenn ich in diesem Augenblick an der Eigerwand...« Seine Stimme verhallte, als im Geist die berüchtigten Schwierigkeiten des Eiger vor ihm aufstiegen.

Ben konnte es einfach nicht lassen, und so sagte er: »Warum willst du dich eigentlich unbedingt an diesem Aufstieg beteiligen, Jon? Wem willst du denn was beweisen? Das hier ist doch eine großartige Kletterleistung. Laß es doch dabei bewenden!«

Jonathan lachte. »Auf den Eiger hast du wohl wirklich einen Rochus, was?«

»Es ist bloß dieses unangenehme Gefühl, das ich hab. Der Eiger ist nicht dein Berg, altes Haus. Zweimal hat er dich schon abgeworfen! Ist dir das nicht Warnung genug? Die ganze Sache stinkt mir. Die Tunte da unten, die nur darauf wartet, dich abzuknallen. Oder du, der nur darauf wartet, ihn abzuknallen. Wer weiß, wer's auf wen abgesehen hat! Und dann dies Herumschnüffeln an den Leuten, mit denen du aufsteigen willst. Ich hab keine Ahnung, worum es hier eigentlich geht, und ich hab auch gar keine Lust, es zu erfahren. Aber ich hab so das Gefühl, wenn du versuchst, den Eiger zu bezwingen, und in Gedanken bist du die ganze Zeit über all bei diesen anderen Dingen, dann schnippt dieser Berg dich runter wie ein Staubkorn, und du bleibst irgendwo zerschmettert in den Felsen liegen. Und du weißt sehr wohl, daß du da nicht mit 'n paar Hautabschürfungen davonkommst.«

Jonathan lehnte sich hinaus. Er hatte keine Lust, über diese Dinge zu reden. »Guck sie dir an, da unten, Ben! Zwergmenschen! Zur Miniaturausgabe zusammengeschrumpft durch die japanische Technik, langsam, aber sicher das Auftanken von Mut und Pesönlichkeit zu drosseln, bis sie zu nichts weiter fähig sind, als in Ausschüssen rumzusitzen und über Umweltverschmutzung zu quasseln.«

»Tja, viel los ist nicht mehr mit ihnen, das stimmt. Wär das 'n Gaumenkitzel für sie, wenn einer von uns hier abstürzte! Da hätten sie was drüber zu reden für den Nachmittag.« Ben winkte hinunter. »Hallo, ihr Arschlöcher!«

Die unten konnten ihn ja nicht hören, winkten aber lebhaft zurück und grinsten.

»Wie wär's mit 'm Bier, altes Haus?«

»Herrlich wäre das. Warum rufst du nicht den Zimmerkellner rauf? Allerdings, der Bursche hätte sich ein reichliches Trinkgeld verdient.«

»Bier haben wir.«

»Du willst mich wohl auf die Schippe nehmen?«

»Um Gottes willen! Ich mach mich lustig über die Liebe, das Leben, die

Überbevölkerung, über Atombomben und allen möglichen Scheißkram
– aber über ein Bier nie!«

Ungläubig starrte Jonathan ihn an. »Du willst doch nicht etwa behaupten, du hättest eine Sechserpackung Bier hier heraufgeschleppt? Du hast
doch wirklich eine Meise!«

»Vielleicht hab ich 'ne Meise – aber bekloppt bin ich nicht. Ich hab sie
nicht raufgeschleppt. Das hast du getan. Ich hab sie dir in den Tornister
gesteckt.«

Jonathan krümmte und wand sich und holte tatsächlich eine Sechserpak-
kung Bier aus seinem Tornister. »Ich glaub, ich seh nicht recht! Ich sollte
dich diesen Aasgeiern da unten zum Fraß vorwerfen.«

»Damit warte bitte, bis ich mein Bier ausgetrunken hab.«

Jonathan riß den Ringverschluß einer Dose auf und saugte am Schaum.
»Das ist ja warm!«

»Tut mir leid. Aber ich dachte, ich könnte es dir nicht zumuten, auch noch
das Eis raufzuschleppen.«

Schweigend aßen und tranken sie. Jonathan verspürte bisweilen ein leichtes Unbehagen in der Magengrube, wenn er in die Leere unter sich hinab-
blickte, kaum merklich und sanft wie das Flattern eines Schmetterlings.
Solange er Berge bestieg – dieses Flattern im Magen und das Kribbeln in
den Lenden hatte er nie ganz überwunden, wenn er sich nicht auf die Probleme des Felsens konzentrierte. Dabei war dieses Gefühl nicht einmal
richtig unangenehm – es gehörte nun einmal für ihn unabdingbar zum
Bergsteigen dazu.

»Wie weit, meinst du, haben wir es wohl geschafft, Ben?«

»Was die Strecke betrifft, ungefähr zwei Drittel. Und die Zeit – na, sagen
wir die Hälfte.«

Jonathan nickte zustimmend. Sie hatten sich ja schon am Vortag darüber
verständigt, daß das letzte Viertel der Strecke, also jener Teil, wo das Pilzdach anfing, wirklich weit vorzukragen, am schwersten zu bewältigen
sein würde. Jonathan brannte darauf, diesen Teil des Aufstiegs in Angriff
zu nehmen. »Komm, laß uns weitermachen.«

»Ich hab aber mein Bier noch nicht ausgetrunken.« Ben war ehrlich beleidigt.

»Du hast doch schon zwei Dosen intus.«

»Ich sprach aber von der dritten.« Damit riß er am Ring der Dose und
hielt sie in die Höhe, bis sie leer war, wobei er mit großen Schlucken trank
und ein wenig Bier ihm an den Mundwinkeln herunterrann.

Die nächsten drei Stunden bildeten eine einzige Folge von taktischen Problemen, eins nach dem anderen; kaum war das eine vergessen, stellte sich
auch schon das nächste. Für Jonathan gab es auf der ganzen Welt nichts

weiter als ihn selbst und den Fels – der nächste Schritt, wie ein Haken saß, der Schweiß in seinem Haar. Totale Freiheit – erkauft mit dem Risiko eines Absturzes. Die einzige Möglichkeit zu fliegen, wenn man nun mal ein flügelloses Tier war.

Die letzten anderthalb Meter hatten es verdammt in sich.

Die Unbilden der Witterung hatten unablässig an dem zerbrechlichen Kranz rings um das flache Plateau oben auf der Nadel genagt. Er stieß in einem Winkel von dreißig Grad vor, und der Fels war verwittert und flößte nicht gerade Vertrauen ein. Jonathan bewegte sich seitlich voran, soweit es ging, aber der Fels wurde nicht solider, und er konnte auch keinen festen Ankergrund für seinen Haken finden, dem er sich hätte anvertrauen mögen. Er schob sich wieder zurück, bis er direkt über Ben hing.

»Was ist los?« rief Ben herauf.

»Wie soll ich da raufkommen? Wie hast du es geschafft?«

»Ach, dazu brauchst du doch bloß Mumm, Können, Entschlossenheit. Was'n sonst?«

»Leck mich!«

»Hej, hör mal zu, altes Haus. Nur jetzt nichts überstürzen. Dieser Felshaken da ist doch schon reine Angabe.«

»Wenn ich abstürze, ist auch das Bier futsch.«

»Du lieber Himmel!«

Es gab einfach keinen sicheren Weg, um über den aufgeworfenen Kranz hinwegzukommen. Jonathan fluchte halblaut vor sich hin, als er keuchend dahing und das Problem überdachte. Eine unwahrscheinliche Lösung bot sich.

»Gib etwas Seil!« rief er nach unten.

»Werd jetzt bloß nicht leichtsinnig, Jon! Es ist eine wirklich schöne Tour gewesen. Laß es gut sein.«

»Neunundneunzig Prozent geschafft zu haben, bedeutet immer noch ein Mißlingen. Verdammt noch mal, nun gib mir schon Seil.«

Mit angezogenen Knien unter dem Kranz hängend, den Blick ins Leere gerichtet, legte Jonathan seine Handflächen flach gegen die Felsplatte über ihm. Indem er sich zwischen Beinen und Handballen verspreizte und einen ständigen Druck aufrechterhielt, vermochte er sich langsam, Hand über Hand, weiter nach oben zu schieben. Als der Winkel, den sein Körper bildete, immer stumpfer wurde, mußte er immer mehr Kraft aufwenden, um sich dergestalt verspreizt zu halten, bis er schließlich keine Handfläche mehr vom Fels lösen konnte, ohne abzustürzen. Zentimeter um Zentimeter mußte er die Hände vorwärtsschieben, schürfte sich dabei die Haut von den Handflächen und tränkte das Gestein mit Blut. Endlich – seine Beine zitterten bereits von der übermäßigen Anstrengung – er-

150

reichten die Finger den Rand des Kranzes und krümmten sich über ihm. Wie haltbar diese Lippe war, vermochte er nicht abzuschätzen, und er wußte, wenn er jetzt die Knie heraufzog, schwang sein Körper womöglich so weit hinaus, daß die Finger den Halt verloren. Aber um eine Entscheidung ging es schon gar nicht mehr. Er konnte diese Lage nicht mehr lange ertragen, und ein Zurück gab es auch nicht mehr. Seine Kraft war nahezu erschöpft.

Er drückte zu, bis seine Fingerknochen durch das Fleisch auf den Fingerkuppen hindurch in direktem Kontakt mit dem Fels waren. Dann ließ er den Fußhalt fahren und schwang sich durch eine Kombination von Klimmzug und Überschlag mit angezogenen Knien hinauf.

Für einen Augenblick waren nur seine Beine von den Hüften abwärts über den Kranz hinweg; der schwerere Teil seines Körpers und sein Rucksack begannen, ihn kopfüber in die Tiefe hinabzuziehen. Er fuchtelte mit den Beinen, kämpfte dagegen an, rutschte auf seinem Bauch ohne jedes Raffinement und ohne jede Technik, kämpfte einen verzweifelten tierischen Kampf gegen die Schwerkraft.

Das Gesicht auf dem Boden, keuchend und mit offenem Mund lag er da, und der Speichel tropfte auf das flache heiße Gestein des Plateaus. Schmerzlich empfand er in seinen Ohren, wie sein Herz klopfte, und seine Handflächen brannten von den Gesteinspartikelchen, die sich ihm ins rohe Fleisch gedrückt hatten. Eine leichte Brise fuhr ihm durchs Haar, das dick und verschwitzt am Kopf klebte. Als er dazu imstande war, setzte er sich auf und blickte sich auf der öden Felsplatte um, die das Ziel all dieser Anstrengungen gewesen war. Trotzdem – er fühlte sich einfach großartig. Mit der Erleichterung, die der Sieg mit sich bringt, grinste er vor sich hin.

»Hej, Jon?« Bens Stimme kam von unten, unter dem Kranz hervor. »Wenn du fertig bist mit deiner Selbstbeweihräucherung, könntest du mich nach oben bringen.«

Jonathan belegte das Seil an einem kleinen Felshöcker und gab Ben sitzend Sicherung, als dieser über den Rand heraufgeklettert kam.

Geschlagene zehn Minuten hindurch sprachen sie kein Wort. Sie waren überwältigt – von der Anstrengung ebensosehr wie von der Aussicht, die sich ihnen bot. Sie saßen auf dem höchsten Punkt über der gesamten Talsenke. Nach Westen erstreckte sich endlos die Wüste, schimmernd und formlos. Von einem Ende des Plateaus konnten sie auf Bens Bungalow hinuntersehen, der durch die Entfernung ganz klein wirkte; der Swimming-pool sah nur noch wie eine Spiegelscherbe aus, die in der Sonne glitzerte. Ab und zu fegte eine Böe die lastende Hitze vom Felsen hinunter und kühlte ihnen die schweißfeuchten Hemden.

Dann machten sie die letzten beiden Dosen Bier auf.

»Herzlichen Glückwunsch, altes Haus. Damit hättest du wieder 'ne Erstbesteigung in der Tasche.«

»Was soll das heißen?« Dankbar schlürfte Jonathan den lauwarmen Schaum.

»Ich hab nie geglaubt, daß jemand diese Nadel noch mal schaffen würde.«

»Aber du hast sie doch selbst schon bestiegen.«

»Wer hat dir denn das gesagt?«

»Du.«

»Du wirst es niemals weit im Leben bringen, wenn du stadtbekannten Lügnern Glauben schenkst.«

Eine Weile sagte Jonathan kein Wort.

»Na schön. Dann erklär's mir, Ben.«

»Ach, ich hab dich doch nur reinlegen wollen – und nun ist der Schuß nach hinten rausgegangen. Ein paar ganz gute Bergsteiger haben sich an dieser Nadel die Zähne ausgebissen, aber sie ist jungfräulich geblieben. Genau diese letzten paar Zentimeter sind es gewesen, vor denen sie kapituliert haben. Du mußt ja selber zugeben, daß es eine ziemlich knifflige Sache war. Tatsächlich hätte ja auch kein vernünftiger Mensch es gewagt. Ganz besonders dann nicht, wenn er auch noch einen Freund hinter sich hergeschleppt hätte.«

»Tut mir leid, Ben. Daran hatte ich gar nicht gedacht.«

»Du bist eben nicht der Typ, der an so was denkt. Ist ja auch egal. Ich hatte mir jedenfalls gedacht, wenn du eine Besteigung nicht schaffst, von der du annahmst, daß ich sie geschafft hätte, und das noch dazu mit meinem verkrüppelten Fuß, würdest du es dir mit dem Eiger doch noch mal überlegen.«

»Du bist also ganz und gar dagegen, daß ich mitmache?«

»Richtig. Und daran gibt's auch gar nichts zu rütteln. Ich hab irgendwo einen Heidenschiß davor, altes Haus.« Ben seufzte und zerquetschte die Bierdose. »Aber, wie ich schon gesagt hab, mein schöner Plan ist nun mal in die Hose gegangen. Jetzt, wo du diese Nadel geschafft hast, nehme ich an, kann nichts auf der Welt dich vom Eiger abhalten.«

»Mir bleibt gar keine Wahl, Ben. Alles hängt von dieser Besteigung ab. Mein Haus. Meine Bilder.«

»Soviel ich gehört hab, haben Tote nicht sonderlich viel von Häusern und Bildern.«

»Hör zu! Vielleicht fühlst du dich wohler, wenn ich dir sage, daß, wenn alles gutgeht, ich die Besteigung unter Umständen überhaupt nicht zu machen brauche. Es besteht immer noch eine Chance, daß ich mein Geschäft noch vor Beginn der Besteigung unter Dach und Fach bringe.«

Ben schüttelte den Kopf, als hätte er das Gefühl, irgend etwas in seinem Inneren wäre locker. »Ich kapier das alles nicht. Das ist mir alles viel zu kompliziert!«

Jonathan preßte die Handflächen zusammen, um festzustellen, wie sehr es schmerzte. Sie waren rauh von der dicken Kruste des geronnenen Blutes, aber weh taten sie ihm nicht besonders. »Komm, laß uns runterklettern.«

Indem sie die Felshaken für andere Bergsteiger zurückließen und sich in großen Schwüngen abseilten, erreichten sie innerhalb von vierzig Minuten das flache Land, und das schien irgendwie unfair nach den strapaziösen sechs Stunden des Aufstiegs.

Augenblicklich waren sie umringt von einer Schar von Zuschauern, die ihnen auf den Rücken klopften und gratulierten, sie zu einem Drink einluden und kluge Reden darüber führten, wie sie anstelle der beiden den Aufstieg angegangen wären. Ben hatte die Arme links und rechts um zwei hübsche junge Dinger gelegt und führte die Menge zurück zum Bungalow, während sich Jonathan jetzt, wo seine Nervenkraft ihn nicht mehr aufrecht halten mußte, plötzlich ganz ausgelaugt und zerschlagen vorkam und hinter dem lebenslustigen Dreiergespann hertrottete. Es war ihm in die Glieder gefahren, als er sah, daß Miles Mellough sich ein wenig abseits von der Gruppe der sie Begrüßenden hielt. Kühl und reserviert in seinem himmelblauen rohseidenen Anzug stand er da, den wohlgebürsteten Spitz winselnd auf dem Arm. Miles gesellte sich zu ihm und ging neben ihm her.

»Eine eindrucksvolle Darbietung. Weißt du eigentlich, Jonathan, daß ich dich in der ganzen Zeit, wo wir befreundet waren, nicht ein einziges Mal habe klettern sehen? Auf seine Weise ist das sehr anmutig.«

Jonathan ging weiter und würdigte ihn keines Wortes.

»Die letze kleine Phase war besonders aufregend. Mir ist richtig ein Schauer nach dem anderen über den Rücken gelaufen. Aber du hast es ja geschafft. Was ist denn los? Du machst ja einen ziemlich mitgenommenen Eindruck.«

»Da laß dich nur nicht täuschen.«

»Oh, ich unterschätze dich keineswegs.« Er nahm den zitternden und hechelnden Hund von einem Arm auf den anderen, und Jonathan bemerkte, daß der Spitz diesmal ein Halsband trug, das aus der gleichen himmelblauen Rohseide gearbeitet war wie Miles' Anzug. »Du bist es, der mich einfach unterschätzen will.«

»Wo ist denn dein Knabe?«

»Der hockt in seinem Zimmer und schmollt, wie ich annehme. Und freut sich auf die nächste Begegnung mit dir.«

»Es wäre besser, es käme zu keiner. Wenn ich ihm noch mal auf meiner Seite der Straße begegne, mache ich Hundekuchen aus ihm.«

Miles kuschelte seine Nase in Bündelchens Fell und gurrte: »Du mußt nicht immer gleich beleidigt sein, Kleiner. Dr. Hemlock hat doch nicht dich gemeint, sondern nur einen kleinen Vulgärausdruck seines Berufsstandes gebraucht.«

Der Hund winselte und leckte lebhaft an Miles' Nasenlöchern.

»Ich hoffe, du hast es dir noch einmal überlegt, Jonathan.« Die professionelle Sachlichkeit von Miles' Ton stand in scharfem Gegensatz zu dem Gegurre und Geschnurre, das er dem Hund gegenüber anschlug. Jonathan mußte unwillkürlich daran denken, wie viele Männer sich wohl durch Miles' feminine Fassade einlullen und in Sicherheit wiegen lassen.

Er blieb stehen und drehte sich zu Miles um. »Ich glaube, zwischen uns gibt es nichts mehr zu bereden.«

Miles nahm eine andere Stellung ein, verlegte sein ganzes Gewicht auf einen Fuß und wies mit dem Zeh des anderen nach außen: eine lässige Variante der vierten Position beim Ballett, die den Schnitt seines Anzugs nur um so vorteilhafter zur Geltung brachte. »Als Bergsteiger ist dein Sinn für den Tanz über dem Abgrund fabelhaft entwickelt. Du willst mir also sagen, daß du es vorziehst, einem unbekannten Gegner gegenüberzutreten, als deinen Frieden mit mir zu schließen. Na schön. Bitte erlaube mir, den Einsatz noch ein bißchen zu erhöhen. Nimm an, ich nehme Verbindung mit dem Ziel der Strafaktion auf und erzähle ihm, was du vorhast. Damit stünde er im Schatten und du im Licht. Wie gefällt dir die Vorstellung? Eine interessante Umkehrung der normalen Ausgangsposition, nicht wahr?«

Jonathan hatte diese unbequeme Möglichkeit bereits in Erwägung gezogen. »So aufregend, wie du meinst, ist dein Einsatz nun auch wieder nicht, Miles. ›Spürhund‹ ist diesem Mann dicht auf den Fersen.«

Miles ließ ein unbekümmertes Lachen ertönen, das Bündelchen erschreckte. »Das ist wirklich großartig, Jonathan! Du bist bereit, dein Leben aufs Spiel zu setzen und dich dabei auf die Tüchtigkeit des CII zu verlassen? Läßt du dich etwa von deinem Friseur operieren?«

»Woher soll ich wissen, daß du nicht längst Verbindung mit diesem Mann aufgenommen hast?«

»Meine letzte Karte aus der Hand geben? Aber ich bitte dich, Jonathan!« Er barg die Nase in Bündelchens Fell und zerrte mit den Zähnen spielerisch an seinen Nackenhaaren.

Jonathan ging auf den Bungalos zu.

Miles rief hinter ihm her: »Du läßt mir keine große Wahl, Jonathan!« Dann brachte er den Mund an Bündelchens Ohr und sagte: »Deinem

Daddy bleibt wirklich keine andere Wahl, nicht wahr? Er muß eben Dr. Hemlock verpfeifen.« Er blickte der entschwindenden Gestalt nach. »Oder ihn umlegen.«

Ben war das ganze Abendessen über mürrisch und wortkarg, stopfte aber mannhaft gewaltige Mengen Essen und Bier in sich hinein. Jonathan machte keinen Versuch, eine Unterhaltung in Gang zu bringen, und oft ließ seine Aufmerksamkeit vom Essen ab und richtete sich auf einen unbestimmten Punkt irgendwo im Leeren. Zuletzt sprach er und schaute dabei weiter ins Leere. »Irgendwas Neues von deiner Telefonistin?«
Ben schüttelte den Kopf. »Keiner von ihnen hat versucht, nach auswärts zu telefonieren, falls es das ist, was du meinst. Keine Telegramme. Nichts.«
Jonathan nickte. »Gut. Mach, was du willst, Ben, aber laß auf keinen Fall zu, daß sie Kontakt mit der Außenwelt aufnehmen.«
»Ich würd meinen Logenplatz in der Hölle dafür hergeben, um zu erfahren, was hier vorgeht.«
Lange blickte Jonathan ihn an, und dann fragte er ihn: »Kann ich mir morgen mal deinen Landrover ausleihen?«
»Klar. Wohin willst du denn?«
Jonathan überhörte die Frage. »Tu mir einen Gefallen, ja? Laß ihn von einem deiner Leute auftanken und sag dem, er soll zwei Reservekanister Benzin und einen mit Wasser hinten reinstellen.«
»Hat das irgendwas mit Mellough zu tun?«
»Ja.«
Mißmutig schwieg Ben eine Weile. »Na schön, Jon. Du sollst haben, was du brauchst.«
»Danke.«
»Du brauchst mir nicht dafür zu danken, daß ich dir helfe, eine Schlinge um deinen Arsch zu legen.«
»Erinnerst du dich noch an das Gewehr, von dem wir gestern sprachen? Würdest du das bitte laden und gleichfalls hinten im Rover verstauen?«
»Was immer der Herr befehlen.« Bens Stimme klang grimmig.
Da er keinen Schlaf fand, saß Jonathan noch spät im Bett und arbeitete lustlos an seinem Lautrec-Artikel, mit dem er seit fast einem Monat seine Freizeit verbrachte. Georges schabendes Klopfen bot ihm einen guten Vorwand, diese trockene Arbeit zu unterbrechen. Wie üblich trug sie Jeans und ein Baumwollhemd, dessen Kragen sie unter ihrem langen schwarzen Haar hochgestellt hatte und dessen oberste drei Knöpfe offenstanden. Ihre nicht in einen Büstenhalter gezwängten Brüste spannten das von den Jeans festgehaltene Hemd. »Wie geht's, George?«

Sie setzte sich auf den Bettrand und betrachtete ihn sanft mit ihren großen dunklen Augen.

»Hast du Ben und mir bei unserer Besteigung heute zugesehen? Na, war das nichts?« Er hielt inne, und dann antwortete er für sie: »Doch, das war was.«

Sie streifte die Schuhe ab und stand dann auf, um ihre Jeans aufzuknöpfen und den Reißverschluß mit den zielbewußten Bewegungen eines Menschen aufzuziehen, der etwas zu erledigen hat.

»Es sieht so aus, als ob ich morgen oder übermorgen abfahre. Irgendwie werde ich dich vermissen, George.«

Unter schlenkernden Bewegungen ihres Gesäßes zwängte sie die Jenas über ihre Hüften.

»Kein Mensch könnte behaupten, du hättest unsere Beziehung durch klebrige Gefühlsduselei oder unnötiges Gerede belastet, und das weiß ich zu schätzen.«

Eine Sekunde lang stand sie da, die Hemdschöße umspielten ihre olivfarbenen Schenkel, dann begann sie sich auch das Hemd aufzuknöpfen, wobei ihre ruhigen Augen sich nie von den seinen lösten.

»Ich weiß was, George. Warum lassen wir nicht dieses banale Geplauder und schlafen miteinander?« Er fand kaum Zeit, seine Notizen vom Bett zu räumen und das Licht auszuknipsen, da waren ihre Glieder auch schon mit den seinen verschlungen.

Er lag auf dem Bauch, hatte die Arme schlaff vor sich über das Bett gebreitet, und jeder einzelne seiner Muskeln war weich und entspannt, als George ihre Finger von den Hüften bis zu seinem Hinterkopf wandern ließ und ihn sanft massierte. Solange er konnte, verweilte er vor der Schwelle des Schlafs und bemühte sich, das erregende Kribbeln nicht vorwegzunehmen, das ihre Fingernägel auf seiner Haut hervorriefen, als sie federleicht und kaum wahrnehmbar um seine Hüften kurvten, an den Seiten hinaufeilten und sich oben auf seinen Oberarmen entlangtasteten. Als eine Art von Dank brummte er ein paarmal vor Behagen, obwohl es ihm lieber gewesen wäre, er brauchte auch diese Anstrengung nicht zu machen.

Sie hörte auf, ihn zu streicheln, und er begann, über den Rand des Bewußtseins hinwegzurutschen.

»Au!«

Er verspürte so etwas wie einen Wespenstich in seiner Schulter. George sprang aus dem Bett und verkroch sich in der dunkelsten Ecke des Zimmers. Unsicher tastete er nach dem Lichtschalter und blickte sich blinzelnd in der plötzlichen Helligkeit um. Splitternackt drückte George sich in die Ecke, die Spritze noch in der Hand, beide Daumen gegen den Kolben gedrückt und die Spitze der Nadel auf ihn gerichtet wie den Lauf einer Pistole, mit der sie sich schützen könnte.

»Du kleines Luder!« Jonathan, gleichfalls splitternackt, ging auf sie los. Angst und Haß glommen in ihren Augen, sie sprang mit der Nadel auf ihn zu, aber mit einem weit ausholenden Rückhandschlag ließ er sie die Wand entlang in die andere Ecke segeln, wo sie sich wie ein auf den Baum getriebener Puma duckte. Blut rann ihr aus den Mundwinkeln und dem einen Nasenloch, die Lippen hatte sie wie in einem erstarrten Fauchen hochgezogen, so daß ihre unteren Zähne sichtbar wurden. Er bewegte sich auf sie zu, um die Bestrafung noch etwas auszudehnen, da verlagerte sich das Gesumm in seinen Ohren und wurde zu einem Ziehen in seinem Magen, das ihn wankend machte. Er drehte sich um, wandte sich der Tür zu, die jetzt ein wogendes trapezartiges Gebilde war, erkannte jedoch, daß er sie niemals erreichen würde. Er wankte auf das Telefon zu. Seine Beine gaben unter ihm nach, und er ging in die Knie, stieß dabei das Nachttischchen um und tauchte das Zimmer wieder in Dunkelheit, als die Birne der Nachttischlampe mit einem lauten Knall zersprang. Das Summen wurde zugleich mit dem Aufsprühen heller Flecke hinter seinen Augen lauter und ging immer rascher auf und ab.

»Empfang«, antwortete eine dünne, gelangweilte Stimme nahe bei ihm irgendwo in dem Durcheinander von zersprungenem Glas auf dem Fußboden. Blind tastete er um sich und versuchte, den Hörer zu packen. »Empfang.« Er spürte eine ganze Breitseite von Schmerzen in seinem Hinterkopf, und er wußte, daß die kleine Hexe ihn mit der erbarmungslosen Raserei traktierte, wie sie Angst mit Zorn gepaart entspringt. »Empfang.« Die Stimme klang ungeduldig. Er konnte die Fußtritte nicht abwehren; das einzige, was ihm blieb, war, sich um den Hörer herum zusammenzurollen und ihn festzuhalten. Die Schmerzen wurden dumpfer und dumpfer, bis sie nur mehr ein bleiernes Druckgefühl waren. »Empfang.« Jonathans Zunge lag ihm dick und wie etwas Fremdes im Mund. Die ungehorsamen Lippen an die Sprechmuschel pressend, kämpfte er damit, ein Wort hervorzubringen.

»Ben!« blubberte er schließlich mit einem dreifachen Wimmerton hervor, und das Wort jagte ihn hinunter in warmes, schwarzes Wasser.

Arizona   29. Juni

Ein Lichtfleck tanzte auf dem schwarzen Wasser, und körperlos flog Jonathan durch unendliche Räume darauf zu. Er näherte sich dem hellen Punkt, der immer größer wurde und sich schließlich als ein Fenster entpuppte, dessen Jalousie Streifen grellen Sonnenlichts hindurchließ. Er war in seinem Zimmer. Ein großer fleischfarbener Kürbis hing über ihm.
»Wie geht's, altes Haus?«
Er versuchte, sich aufzusetzen, doch der heftige Schmerz, der ihn durchschoß, nagelte ihn aufs Kissen.
»Nur entspannen! Der Doktor sagt, es ist weiter nichts. Er meint, 'n paar Tage wird's vielleicht beim Pinkeln noch weh tun. George hat deine Nieren weiß Gott malträtiert.«
»Gib mir was zu trinken.«
»Bier?«
»Irgendwas.« Mühselig raffte Jonathan sich zum Sitzen auf. Er mußte ganze Schichten von Kopfschmerzen dabei durchstoßen.
Ben machte einen linkischen Versuch, ihm das Bier einzuflößen, doch ersparte Jonathan ihm diese fürsorgliche Geste, indem er ihm die Dose aus der Hand riß, nachdem ein Drittel des Bieres ihm auf die Brust gekleckert war. »Wo ist sie?« fragte er, nachdem sein erster Durst gestillt war.
»Ich hab sie einsperren lassen, und ein paar von meinen Leuten bewachen sie. Möchtest du, daß ich den Sheriff hole?«
»Nein, noch nicht. Sag mal, Ben…«
»Nein, das ist er nicht. Ich hatte mir schon gedacht, daß es dich interessieren würde, ob dieser Mellough abgehauen ist. Der Empfang ruft mich, sobald er seine Rechnung bezahlen will.«
»Dann war es also Miles?«
»Das sagt jedenfalls George.«
»Na schön. Hat er sich eben verrechnet. Jetzt laß mich mal duschen.«
»Aber der Doktor hat gesagt…«
Jonathans Empfehlung bezüglich dessen, was der Arzt gesagt hatte, ging weit über den Routinebereich der Heilkunde hinaus und überstieg darüber hinaus jedes Maß ballistischer Wahrscheinlichkeit.
Ben mußte ihn fast zum Badezimmer tragen, wo Jonathan das Wasser andrehte und den kalten Strahl der Dusche auf sich niederprasseln ließ, so daß der ganze Filz aus seinem Denken weggeschwemmt wurde. »Warum nur, Ben? So schlimm bin ich doch gar nicht.«
»Das älteste Motiv der Welt, altes Haus«, überschrie Ben das Rauschen der Dusche.

»Liebe?«

»Geld!«

Das Wasser verrichtete sein Werk, doch als das Gefühl in seinen Körper zurückkehrte, stellten sich auch klopfendes Kopfweh und Nierenschmerzen ein. »Wirf mir mal das Röhrchen Aspirin rüber. Was hat sie mir denn gespritzt?«

»Da, nimm!« Bens mächtige Pranke reichte ihm das Röhrchen durch den Vorhang. »Der Doktor sagt, es wäre Morphiumderivat. Er hat auch gesagt, wie's heißt. Aber es war keine tödliche Dosis.«

»Wie man sieht.« Das Aspirin in seiner Hand löste sich im herumspritzenden Wasser sofort auf, und so setzte er das Röhrchen an die Lippen und spülte die Tabletten mit dem Wasser hinunter, das aus der Dusche kam. Er mußte würgen, als Aspirinkrumen sich in seiner Kehle festsetzten. »Morphium paßt. Miles ist nämlich im Rauschgiftgeschäft.«

»So? Aber wie kommt es denn, daß er, wo er schon mal so weit war, dir nicht gleich 'ne tödliche Dosis verpaßt hat? George sagt, er hätte ihr versprochen, daß dir nichts Ernsthaftes passieren würde. Er wolle dir nur einen Denkzettel verpassen.«

»Soviel Rücksichtnahme rührt mich.«

»Vielleicht wollte sie bloß nicht als Mörderin auf dem elektrischen Stuhl landen.«

»Das klingt schon wahrscheinlicher.« Jonathan stellte das Wasser ab und rubbelte sich trocken, allerdings nicht allzu heftig, denn bei jeder ruckartigen Bewegung schwappte der Schmerz gegen seine Schädeldecke. »Ich würde denken, daß Miles die Absicht hatte, reinzukommen, nachdem George mich kampfunfähig gemacht hatte – und mich dann mit dem Zeugs vollpumpen wollte. Dann wäre eine Überdosis als Todesursache festgestellt worden. Typisch für Mellough. Immer auf Nummer sicher und immer auf die krumme Tour.«

»Er ist schon ein Galgenvogel. Und was hast du nun mit ihm vor?«

»Etwas höchst Massives.«

Nachdem Jonathan sich angezogen hatte, gingen sie den Korridor hinunter zu dem Raum, in dem George festgehalten wurde. Bedauern durchzuckte ihn, als er das geschwollene Auge und die aufgesprungene Lippe sah, die von seinem Schlag herrührten, doch dieses Mitleid schwand rasch, als die Quetschungen sein Rückgrat entlang ihn daran erinnerten, wie sie versucht hatte, ihm das Morphium hineinzujagen.

Die Wolldecke um die Schultern gezogen, hockte sie da und sah indianischer aus denn je. Darunter war sie noch genauso nackt, wie sie es gewesen war, als Ben die Tür aufgebrochen hatte, um ihn zu retten.

»Wieviel hat er dir bezahlt, George?« fragte er.

Sie spuckte ihm fast ihre Antwort ins Gesicht.

»Deine verdammten Augen, du Hund!«

Das waren die einzigen Worte, die er jemals aus ihrem Mund vernommen hatte.

Ben mußte kichern, als sie in Jonathans Zimmer zurückkehrten. »Ich glaub, sie hat zuviel von mir angenommen.«

»Nein, das ist es nicht, Ben. Die Frauen fangen hinterher immer an, von meinen Augen zu reden. Hör mal zu, ich werde jetzt ein paar Stunden schlafen. Würdest du dafür sorgen, daß die Leute am Empfang die Rechnung für mich fertig machen?«

»Du willst also gleich abreisen?«

»Bald. Ist der Landrover bereit?«

»Mhm.«

»Und das Gewehr?«

»Das findest du unten auf dem Boden. Ich nehme an, du legst keinen besonderen Wert darauf, daß Mellough erfährt, daß du abfährst?«

»Im Gegenteil. Aber da brauchst du dir keine besondere Mühe zu machen. Er findet es bestimmt heraus. Miles ist ein Spezialist im Aufspüren von Informationen.«

Drei Stunden später wachte er erfrischt wieder auf. Die Wirkung des Morphiums hatte nachgelassen, und die Kopfschmerzen waren verflogen, nur seine Nieren fühlten sich noch etwas zermatscht an. Mit besonderer Sorgfalt zog er einen seiner besseren Anzüge an, packte seine Koffer und rief beim Empfang an, man möge sie im Landrover verstauen.

Als er die Halle betrat, sah er den blonden Ringkämpfer mit einem breiten Streifen Leukoplast über seiner geschwollenen Nase an der Bar sitzen.

»Guten Tag, Dewayne.« Ohne auf das Haßgefunkel in den Augen des Leibwächters zu achten, durchmaß er die Halle, folgte einem der Pfade und trat über eine Brücke an den Tisch heran, an dem – in einem makellosen Anzug aus metallisch schimmerndem Gold – Miles posierte.

»Willst du dich zu mir setzen, Jonathan?«

»Ich bin dir noch einen Drink schuldig.«

»Richtig. Und wir alle wissen, wie penibel du bist, wenn es um das Begleichen alter Schulden geht. Du siehst übrigens fabelhaft aus. Dein Schneider arbeitet akkurat, wenn auch ein wenig phantasielos.«

»Es geht mir nicht allzu gut. Hab eine schlechte Nacht hinter mir.«

»Ach? Tut mir leid, das zu hören.«

Der junge indianische Kellner, der sie am ersten Tag bedient hatte, näherte sich ihrem Tisch, und die Blicke, mit denen er Miles bedachte, waren voll warmer Erinnerungen. Jonathan bestellte, und dann beobachteten die beiden die Badenden draußen am Swimming-pool, bis die Drinks kamen und der Kellner wieder gegangen war.

»Prost, Jonathan.«

Jonathan trank den Laphroaig in einem Zug aus und setzte das Glas auf den Tisch. »Ich habe beschlossen, die Sache mit dir vorerst zu vergessen, Miles.«

»Ach nein! Einfach so?«

»Ich will noch ein paar Wochen hierbleiben und trainieren, und da kann ich mich nicht konzentrieren, wenn ich immer an dich denken muß. Ich habe eine große Besteigung vor mir.« Jonathan war überzeugt, daß Miles wußte, daß er abreisen wollte. Die offensichtliche Lüge sollte ihn dazu verleiten anzunehmen, er sei auf der Flucht, und Miles gehörte nun einmal zu den Typen, die einen Vorteil nicht ungenutzt lassen.

»Ich habe vollstes Verständnis für deine Probleme, Jonathan. Ehrlich. Aber sofern das nicht bedeutet, daß du mich für immer von deiner Liste streichst...« Er zuckte in einer Geste hilflosen Bedauerns die Achseln.

»Warum eigentlich nicht? Laß uns heute abend zusammen essen. Dann unterhalten wir uns darüber.«

»Eine reizende Idee.«

Jonathan konnte nicht umhin, Miles' seidenglatte Selbstbeherrschung zu bewundern.

Er erhob sich. »Bis heute abend dann.«

»Ich freue mich darauf.« Prostend hob Miles sein Glas.

Der Landrover war in der Ladezone vor dem Bungalow geparkt. Als Jonathan hineinkletterte, bemerkte er auf dem Boden neben dem Gewehr ein aufmerksames Geschenk von Ben: eine Sechserpackung Bier. Er machte eine Dose auf und nippte daran, während er die Geländekarte auf seinem Schoß studierte. Er hatte schon früher einen langen staubigen Feldweg entdeckt, der in einer unterbrochenen Linie tief in die Wüste hineinführte. Ben hatte ihm gesagt, es handele sich um eine kaum befahrene Route, die praktisch nur aus Fahrspuren bestand und die eigentlich nur die Polizei benutzte. Sie stieß rund zweihundertfünfzig Kilometer mitten hinein in die westliche Wüste, wo sie dann unvermittelt endete.

Als er die Linie mit dem Finger zurückverfolgte, fand er die Stelle, wo diese Piste westwärts von einer in nordsüdlicher Richtung verlaufenden beschotterten Zufahrtsstraße abging, die wiederum anderthalb Kilometer westlich von der Zufahrt zu Bens Bungalow auf die Autobahn führte. In Anbetracht der unterschiedlichen Geschwindigkeit zwischen dem Rover und dem Leihwagen, der Miles zur Verfügung stand, versprachen diese anderthalb Kilometer die gefährlichste Strecke zu werden.

Jonathan prägte sich die Route ein, faltete dann die Karte zusammen, steckte sie fort und fuhr los, wobei er sich langsam aus der Talsohle in die Höhe schob. Von einem der Abkürzungswege warf er einen Blick hinunter und entdeckte, daß Miles' Wagen ihn bereits verfolgte. Er drückte aufs Gas.

Auf dem Beifahrersitz neben Dewayne, Bündelchen auf dem Arm, entging Miles Jonathans plötzliche Beschleunigung nicht. »Er weiß, daß wir ihm folgen. Jetzt hol ihn dir, Dewayne. Hier hast du deine Chance, meine Huld wieder zurückzugewinnen.« Zärtlich kraulte er Bündelchen hinter den Ohren.

Die überlegene Zugkraft und Federung des Landrovers machten den Nachteil des geringeren Tempos wieder wett, und so blieb der Abstand zwischen den beiden Wagen das ganze Wettrennen hindurch bis auf die letzten paar hundert Meter vor der Autobahn ziemlich gleich. Auf dieser Strecke holte Miles beträchtlich auf, und Dewayne riß die automatische Pistole aus dem Schulterhalfter.

»Noch nicht!« befahl Miles. »Wir werden auf der Autobahn längsseits von ihm gehen, dann kannst du besser ziehen.« Miles wußte, daß der Rover keine Chance hatte, ihm auf den acht Kilometern der guten Straße bis zur Stadt davonzujagen. Jonathan fuhr mit Höchstgeschwindigkeit auf die Autobahn, wendete dort jedoch und lenkte nach Westen – von der Stadt fort.

Für einen Augenblick war Miles verwirrt von diesem unerwarteten Schachzug, kam dann jedoch zu dem Schluß, Jonathan müsse erkannt haben, wie aussichtslos ein offenes Rennen für ihn sein werde, und suche daher nach einem unausgebauten Weg, auf dem die Qualitäten des Rovers ihm vielleicht doch noch eine Chance böten.

»Ich glaube, der Augenblick ist günstig, ihn zu erwischen, Dewayne.« Der Wagen drückte die Stoßdämpfer ganz durch, als er auf die Autobahn hinausschoß und kreischend in die Kurve ging, um hinter dem Rover herzujagen.

Jonathan trat das Gaspedal voll durch, aber mehr als einhundertzehn schaffte der Rover nicht, und sein Verfolger holte rasch auf. Die beschotterte Zubringerstraße mußte einen knappen Kilometer weiter abbiegen, aber der Wagen hinter ihm war jetzt schon so nahe, daß er Miles durch den Rückspiegel erkennen konnte. Gleich würden sie ausscheren und mit ihm gleichziehen. Er sah, wie Miles das Fenster herunterkurbelte und sich zurücklehnte, um Dewayne freies Schußfeld zu geben.

Als sie fast seine Stoßstange berührten, griff Jonathan nach unten und schaltete die Scheinwerfer ein.

Dewayne sah die Schlußlichter aufleuchten und dachte, Jonathan sei auf die Bremse getreten; mit voller Wucht trat er auf sein Bremspedal, so daß die Räder kreischten und rauchten, während der Rover in Höchstgeschwindigkeit davonsauste.

Bis Dewayne den Fuß wieder auf das Gaspedal setzte, hatte Jonathan genügend Abstand zwischen sie gelegt, um mit fünfzig Meter Vorsprung die Schotterstraße zu erreichen. Miles fluchte vor sich hin. Henri war es gewesen, der ihnen den Trick mit den Scheinwerfern verraten hatte.

Auf dem Schotterweg riß Jonathan das Lenkrad verschiedene Male hin und her, wenn sein Vorsprung bedroht war, und fuhr im Zickzack, so daß blendender Staub aufwirbelte, der Miles' Wagen zwang, wieder etwas zurückzufallen. Auf diese Weise gelang es ihm, seinen Vorsprung einzuhalten, bis er auf die Piste der Polizeifahrzeuge kam, die in die Wüste hinausführte. Sobald er erst einmal auf dieser mäanderförmig sich dahinschlängelnden Route voller Schlaglöcher, ohne jeden festen Seitenstreifen in den Kurven und mit zum Teil tief ausgewaschenen Fahrrinnen war, so daß der Leihwagen stellenweise gewissermaßen auf dem Bauch kroch, hatte er keine Schwierigkeit, weiter in Führung zu bleiben. Er konnte es sich sogar leisten, noch eine Dose Bier aufzureißen, obgleich er viel davon verschüttete, wenn der Rover unversehens in ein Schlagloch geriet.

»Verlier ihn bloß nicht aus den Augen, Dewayne.« Bei der Abzweigung zur Piste hatte Miles ein altes verwittertes Schild gesehen, durch das Autofahrer gewarnt wurden, daß es hier keine Ausweichstellen gäbe. Die Piste, die sich oft zwischen gigantischen monolithischen Sandsteinerhebungen hindurchwand, war nicht breit genug, zwei Fahrzeuge aneinander vorbeizulassen. Er hatte Jonathan in der Tasche.

Fast eine Stunde lang preschten die beiden Autos über das flache, graue Land, auf dessen staubiger, versengter Erde nichts gedieh. Dewayne hatte die Pistole zurückgeschoben in das Schulterhalfter, das ihn stark schwitzen ließ. Bündelchen winselte und kratzte mit seinen scharfen Krallen auf Miles' Schoß. Da er bei jeder schärferen Kurve von einer Seite auf die andere geschleudert wurde, zwängte Miles sich mittels Druck zwischen Füßen und Rücken auf seinem Sitz fest. Er hatte die Lippen aufeinandergepreßt vor Ärger darüber, daß er nicht seine übliche lässige Haltung einnehmen konnte. Selbst Bündelchens hektische und feuchte Liebesbezeigungen irritierten ihn.

Die Wagen jagten und holperten durch die Wüste und zogen zwei hohe Staubwolken hinter sich her.

Trotz des Luftstroms, der durch die offenen Seiten des Rovers hereinkam, klebte Jonathans schweißnasser Rücken an der Plastiklehne. Als er über eine alte Radspur hinwegsetzte, klapperten die Benzinkanister hinter ihm und erinnerten ihn daran, daß es nicht gut wäre, wenn seinen Verfolgern der Treibstoff ausginge, und er begann, nach einer für sein Vorhaben geeigneten Stelle Ausschau zu halten.

Dewayne hing über dem Lenkrad und versuchte blinzelnd, den Staub vor ihm zu durchdringen. Seine Kinnmuskeln zuckten vor Vorfreude auf seine Rache.

Nach etwa drei Kilometern erspähte Jonathan einen ragenden Felsen, einen einzelnen verwitterten Sandsteinblock, um den die Piste in einer S-förmigen Kurve herumführte. Das schien ihm ideal. Langsam nahm er das Gas weg und erlaubte seinen Verfolgern, bis auf hundert Meter an ihn heranzukommen. Kaum hatte er die erste Kurve hinter sich, bremste er scharf, kam schliddernd zum Stehen und wirbelte dicke Wolken von erstickendem Staub auf. Er nahm das Gewehr vom Nebensitz und sprang auf den Felsen zu. Er wußte, daß er nur wenige Sekunden hatte, um den Fels herumzuhasten und seinen Verfolgern in den Rücken zu fallen.

Als Dewayne in die erste Kurve ging, blendete ihn der aufgewirbelte Staub. Der Landrover ragte vor ihm auf, und er trat mit aller Kraft auf die Bremse. Noch ehe der Wagen zum Stehen kam, hatte Miles die Tür aufgerissen und sich hinausrollen lassen. Dewayne kurbelte das Fenster herunter und fummelte verzweifelt nach seiner Automatik. Hemlock! Die Läufe des Gewehrs wurden ihm schmerzhaft in die linke Seite gerammt. Den Schuß hörte er nicht mehr.

Jonathan spannte die Hähne des Gewehrs, während er verzweifelt um den Felsen herumhechtete. Er hörte das Aufkreischen der Bremsen und spurtete durch den dichten Staub. Dewaynes Gesicht tauchte nun in der aufwirbelnden weißen Staubwolke auf. Er versuchte, sein Fenster herunterzukurbeln. Jonathan steckte das Gewehr durch das halboffene Fenster und drückte beide Abzüge gleichzeitig ab. Der Schuß dröhnte ohrenbetäubend.

Dewayne grunzte wie ein Stier, dem man eins mit dem Hammer vor den Schädel gegeben hatte, als die Wucht der Einschläge ihn über die Vordersitze und halb zur offenen Tür hinausschliddern ließ, wo er hing und zuckte, bis seine Nerven tot waren.

Jonathan ging um den Kühler herum und griff unter Dewaynes herabhängenden Arm, um die automatische Pistole herauszuziehen. Die klebrigen Finger wischte er an einem Fetzen von Dewaynes Jacke ab, den er etliche Schritte vom Wagen entfernt fand.

Miles stand inmitten des zu Boden sinkenden Staubs, zog sich die Ärmel glatt und klopfte sich den Schmutz von seinem goldfarbenen Anzug. Der Spitz sprang ihm wie in einem epileptischen Anfall um die Beine.

»Wirklich, Jonathan, dieser Anzug kostet mich dreihundert Dollar, und, was noch viel schlimmer ist, fünf Anproben.«

»Steig in meinen Wagen!«

Miles nahm den sich windenden Hund auf den Arm und ging vor Jonathan her auf den Rover zu; seine gelassenen Tänzerschritte verrieten durch nichts, daß das, was soeben geschehen war, ihn in irgendeiner Weise beunruhigte.

Sie fuhren weiter nach Westen, tiefer in die Wüste hinein. Ihre Lippen sprangen von dem Salz auf, das die äußerst spärliche Vegetation daran hinderte, sich zu entwickeln. Jonathan hielt die Automatik hoch in der linken Hand, um jeden Versuch von Miles abzuwehren, sich der Waffe zu bemächtigen.

Eine ganze Stunde lang rasten sie durch den zitternden Glast der Wüste. Jonathan wußte, daß Miles versuchen würde, an die Waffe heranzukommen. Ein leichtes Zusammenziehen seiner Hand, die er im Schoß liegen hatte, sowie ein kaum wahrnehmbares Straffen seiner Schultern verrieten Miles' Absicht. Genau in dem Augenblick, da er sich abschnellte, trat Jonathan mit aller Macht auf die Bremse, und Miles sauste mit dem Gesicht voran gegen die Scheibe. Jonathan riß die Handbremse hoch, sprang hinaus und zerrte Miles am Kragen hinter sich her. Dann stieß er ihn auf den rissigen Boden und war mit einem Satz wieder hinterm Steuer. Als Miles sich hochrappelte – mit Schmutz verschmiertes Blut rann ihm aus der Nase –, hatte Jonathan in einer scharfen Kurve zurückgesetzt. Miles stand auf der Straße und blockierte mit seinem Körper die Durchfahrt.

»Du wirst mich doch nicht hier draußen zurücklassen!« Ihm dämmerte, was Jonathan mit ihm vorhatte, und dieser Plan erfüllte ihn mit größerem Entsetzen, als eine Kugel in seinem Kopf es vermocht hätte.

Jonathan versuchte, um ihn herumzusteuern, doch ehe er genug beschleunigen konnte, war Miles auf die Kühlerhaube gesprungen. Er lag darauf und preßte das Gesicht gegen die Windschutzscheibe.

»Um Gottes willen, Jonathan!« kreischte er. »Erschieß mich doch!«

Jonathan raste vorwärts, dann trat er heftig auf die Bremse, und Miles rutschte mit einem Schwung von der Kühlerhaube. Im Rückwärtsgang fuhr Jonathan von dem zusammengekrümmten Körper fort, dann fuhr er mit hoher Geschwindigkeit vorwärts und schlug einen weiten Bogen um ihn herum.

Als Jonathan seine auf und ab tanzende Gestalt im Rückspiegel sehen konnte, hatte Miles die für ihn charakteristische gelassene Pose bereits zurückgewonnen: Den Hund auf dem Arm, stand er da und blickte dem entschwindenden Landrover nach.

Jonathan vergaß dieses letzte Bild von Miles nie – sein goldfarbener Anzug schimmerte im Sonnenlicht. Miles hatte den Hund niedergesetzt und seinen Kamm aus der Tasche gezogen. Damit fuhr er sich durchs Haar und kämmte es an den Schläfen zurück.

Kleine Scheidegg   5. Juli

Jonathan saß auf der Terrasse des Hotels auf der Kleinen Scheidegg an einem runden Tisch, nippte an einem Glas grasfarbenem Vaudois und genoß den leichten Ansatz von Moussieren, der in diesem Wein steckte. Er blickte über die Matte hinweg, die sich vor der Eiger-Nordwand hochzog. Die unbeständige Wärme des gewichtlosen Bergsonnenlichts wurde von Zeit zu Zeit von kurzen Stößen des kühlen Hochlandwindes hinweggefegt.

Die dunkle konkave Wand bekam nur einmal am Tag Sonne ab, und auch dann nur für kurze Zeit – bedrohlich ragte sie über ihm auf. Es sah aus, als wäre sie von einer olympischen Schaufel aus dem Bergmassiv herausgekratzt worden. Der spröde, grauschwarze, leicht gekrümmte Grat schnitt hinein in das Blau des Himmels.

Eine Brise kam auf, und unwillkürlich erschauerte er. Er mußte an seine beiden früheren Versuche an der Wand denken; beide Male war er von jenen brutalen Gewittern zurückgeworfen worden, die von Norden heranrollen, sich im natürlichen Halbrund der Eigerwand fangen und dort nur um so heftiger wüten. Diese Einfälle von Schnee und Wind sind dort oben so sehr an der Tagesordnung, daß die wortkargen Bergführer des Berner Oberlandes sie einfach »Eiger-Wetter« nennen. Nach dem letzten, neun Stunden dauernden und höchst gefährlichen Rückzug von dem hochgelegenen, »Spinne« genannten Eisfeld – diesem Inbegriff der Tücke des Berges – hatte er sich geschworen, es nie wieder zu versuchen. Und dennoch... Es mußte herrlich sein, diesen Berg zu besteigen.

Er schob die Sonnenbrille zurück und blickte, widerstrebend angezogen, zu der furchteinflößenden Erhabenheit des Eiger hinüber. Was er sah, bekam man nicht alle Tage zu sehen: Normalerweise wallen dichte Nebelschleier um den Grat herum, verbergen den Blick in die Stürme, welche ihn umtosen, und dämpfen das Getöse und das Grollen der Lawinen, der mächtigsten Verteidigungswaffe des Berges. Seine Augen verweilten bei jedem einzelnen Hindernis, das verknüpft war mit der Niederlage oder gar dem Tod eines Bergsteigers.

Er hatte Angst vor dem Berg; ein leises Kribbeln lief durch seine Lenden. Gleichzeitig jedoch juckte es ihn in den Fingern, mit dem kalten Felsgestein in Berührung zu kommen, und der Gedanke, sich nochmals an diesem schönen zerklüfteten Berg zu versuchen, beschwingte ihn. Dieses widernatürliche Zwiegespräch zwischen dem zurückschreckenden Geist und dem ungestümen Körper hat jeder Bergsteiger irgendwann einmal kennengelernt. Ein Jammer, wenn ihm das Opfer der Strafaktion benannt werden sollte, ehe der Aufstieg begann. Vielleicht aber doch erst hinterher...

Eine langbeinige Blondine mit Bergbräune zwängte sich zwischen den dicht beieinander stehenden Tischen hindurch und streifte Jonathan mit ihrer Hüfte, so daß ein wenig Wein aus seinem Glas schwappte; dabei war sonst kein Mensch auf der Terrasse.

»Ach, das tut mir wirklich leid«, sagte sie, offensichtlich darauf aus, auf diese Weise eine Unterhaltung anzuknüpfen.

Jonathan nickte nur und nahm ihre Entschuldigung schweigend entgegen, und sie arbeitete sich weiter voran zum Münzfernrohr, das in direkter Linie zwischen ihm und dem Berg stand; dabei waren noch sechs andere Fernrohre vorhanden. Sie neigte sich über das Instrument, richtete ihr prachtvolles Hinterteil auf ihn, und er konnte nicht umhin zu bemerken, daß sie ihre Sonnenbräune in eben diesen Shorts erworben haben mußte. Ihrer Aussprache nach mußte sie Engländerin sein, und sie sah so aus wie eine Reiterin: Ihre langen Beine schien sie dadurch bekommen zu haben, daß sie ständig Pferde zwischen den Schenkeln bearbeitete. Ihren Schuhen nach konnte sie jedoch eigentlich keine Engländerin sein. Doch seit dem Aufkommen der Minimode waren die englischen Frauen von jenen bemerkenswerten Tretern abgekommen, aufgrund derer sie sich früher auf Anhieb als solche zu erkennen gegeben hatten. Damals sagte man ja, die Schuhe der Engländerinnen wären von ausgezeichneten Handwerkern gearbeitet worden, denen man eingehend erklärt hätte, was Schuhe seien, die jedoch niemals ein echtes Paar Schuhe mit eigenen Augen gesehen hätten. Allerdings waren sie bequem und paßten ausgezeichnet, und das wiederum waren auch die vornehmsten Tugenden ihrer Trägerinnen.

Er folgte der Richtung ihres Fernrohres und ließ seine Augen abermals auf dem Eiger ruhen.

Der Eiger – welch passender Name! Als die ersten Christen in diese Almgebiete kamen, bedachten sie die höheren Berge des Massivs mit sehr freundlichen Namen: Jungfrau und Mönch. Dieser bösartige Gipfel jedoch erhielt seinen Namen nach einem heidnischen Geist: Eiger – oder Oger, ein menschenfressendes Ungeheuer.

Vor der Jahrhundertwende waren sämtliche Wände des Eiger von Bergsteigern bezwungen worden – mit einer Ausnahme: der Eiger-Nordwand, der Wand des Oger. Erfahrene Alpinisten hatten sie unter die »unmöglichen« Wände eingereiht – und unmöglich zu besteigen war sie in den Tagen des reinen Bergsteigens auch gewesen, ehe die Sportler sich mit Felshaken und Karabinerhaken bewaffneten.

Später, unter den hellen Schlägen des Felshammers, fielen die »unmöglichen« Wände eine nach der anderen und gingen in die Annalen des Alpinismus ein – nur die Eiger-Nordwand bewahrte ihre Jungfräulichkeit. Doch dann, Mitte der dreißiger Jahre, kam unter dem Nazikult von Bergen und Wolken eine Welle junger Deutscher nach der anderen, die nichts sehnlicher wünschten, als Ruhm für ihr entehrtes Vaterland zu ernten, und Sturm liefen gegen den widerborstigen Eiger. Hitler stiftete eine Goldmedaille für denjenigen, der diese Wand als erster bezwänge, und so fanden die flachshaarigen Romantiker in wohlgeordneter Folge einer nach dem anderen den Tod. Der Berg jedoch blieb jungfräulich.

Mitte August des Jahres 1935 kamen Max Sedlmayer und Karl Mehringer, zwei junge Burschen mit beträchtlicher Erfahrung von schwierigen Aufstiegen her und beseelt von dem heißen Wunsch, die Eiger-Nordwand an die Fahne des großdeutschen Alpinismus zu heften. Touristen verfolgten ihren Aufstieg durch die Fernrohre von genau dieser Terrasse aus. Diese Voyeure des Todes waren die Ahnen der modernen »Eiger-Vögel«, diesen Aasgeiern des Jet-Set, die in Scharen im Hotel auf der Kleinen Scheidegg einfallen um des Prickelns willen, gewissermaßen teilzuhaben an der Aufregung, welche die Bergsteiger durchmachen, die hier dem Tod ins Angesicht sehen; erfrischt und voller Tatendrang kehren diese Geier dann zu ihrem gewohnten Leben des »Bettchen-wechsle-dich« zurück.

Sedlmayer und Mehringer schafften die ersten zweihundertfünfzig Meter, die zwar nicht besonders schwierig sind, auf denen man allerdings schutzlos dem Steinschlag ausgesetzt ist. Beobachtern auf der Terrasse wollte es scheinen, als gehe es mit dem Aufstieg glatt voran. Eine Seillänge nach der anderen sicherten sie einander gegenseitig beim Aufstieg. Am Ende des ersten Tages biwakierten sie in einer Höhe von dreitausend Metern über den Fenstern des Eiger-Wandtunnels der Jungfrau-Bahn, einem bemerkenswerten Werk der Ingenieurskunst, welche das gesamte Massiv durchstößt und ganze Eisenbahnzüge voller Touristen ins Berner Oberland bringt. Diese Fenster hatten ursprünglich dazu gedient, das beim Tunnelbau abfallende Gestein loszuwerden und den Tunnel zu lüften; später jedoch spielten sie eine wichtige Rolle bei den Versuchen, Bergsteiger zu retten.

Den ganzen folgenden Tag erfreuten Sedlmayer und Mehringer sich ganz ungewöhnlich günstigen Wetters und erreichten den oberen Rand des Ersten Eisfeldes, kamen jedoch nur sehr langsam voran. Die Aasgeier an den Fernrohren konnten sehen, daß die Bergsteiger sich die Rucksäcke über den Kopf halten mußten, um sich vor dem herunterfallenden Gestein und Eis zu schützen, mit dem der Oger sie begrüßte. Immer wieder waren sie gezwungen, haltzumachen und unter einem schmalen Überhang Schutz zu suchen, um dem dichteren Geprassel von oben zu entgehen. Gerade als sie den Rand des Zweiten Eisfeldes erreichten, senkte sich eine Dunstwand hernieder, und einen ganzen und einen halben Tag hindurch waren die Deutschen den Blicken der murrenden Touristen entzogen. In der Nacht tobte ein Sturm um den Gipfel des Eiger und ließ derartig große Brocken die Wand hinunter, daß verschiedene Gäste sich beklagten, sie wären von dem Getöse immer wieder aufgeweckt worden. Man kann sich vorstellen, daß auch Sedlmayer und Mehringer schlecht schliefen. Die Temperatur im Tal sank auf −22 Grad. Wer will wissen, wie kalt es da oben an der Wand war? Das gute Wetter, mit dem die Spinne die jungen Männer ins Netz gelockt hatte, war vorüber. Eiger-Wetter setzte ein.

Als die Wolken sich am Sonntag verzogen, wurden die Bergsteiger gesichtet: Sie waren immer noch beim Anstieg. Die Hotelgäste frohlockten, tranken einander zu, und es wurden Wetten darüber abgeschlossen, in welcher Zeit die jungen Deutschen den Gipfel schaffen würden. Erfahrene Bergsteiger und Bergführer jedoch sahen sich betreten an und sonderten sich ab. Sie wußten, daß die Burschen keine Chance mehr hatten und nur deshalb weiterkletterten, weil Lawinen ihnen den Rückweg abgeschnitten hatten; alles war besser, als tatenlos Felshaken an Felshaken zu hängen und auf den Tod zu warten.

Langsam schoben sie sich zum »Bügeleisen« hinauf (dem höchsten Punkt, den Jonathans Seilschaft beim ersten Versuch, den Oger zu besteigen, erreicht hatte). Wieder senkten sich Wolken herab, und die Touristen wurden um das prickelnde Schauspiel gebracht, zuzusehen, wie sie starben. In dieser Nacht peitschte ein Sturm die Nordwand.

Man machte einen halbherzigen Versuch, eine Rettungsmannschaft auf die Beine zu stellen, wobei man allerdings mehr dem Wunsch nachgab, überhaupt etwas zu tun, als daß man ernstlich Hoffnungen hegte, sie noch lebend zu erreichen. Ein unerschrockener deutscher Flieger, Ernst Udet, wagte es, sich den trügerischen Luftströmungen anzuvertrauen und dicht an die Wand heranzufliegen und nach den Bergsteigern zu suchen. Er entdeckte die Burschen, wie sie erfroren in ihren Seilen hingen.

Das war der Beginn einer ganzen Serie menschlicher Tragödien am Eiger. Heute noch wird jene Stelle oben auf dem Bügeleisen oberhalb des Dritten Eisfeldes Todesbiwak genannt. Das Spiel zwischen Eiger und Mensch hat begonnen.

Es stand zwei zu null für den Oger.

Anfang 1936 kamen zwei Deutsche, um die Leichen ihrer beiden Landsleute zu bergen, die ein halbes Jahr hindurch erfroren an der Wand gehangen hatten – an klaren Tagen das Ziel, auf das die Fernrohre gerichtet waren. Sofern es möglich war, wollten sie gleichzeitig versuchen, den

Gipfel zu erreichen. Sie beschlossen, zuerst eine Übungsbesteigung zu machen. Dabei wurde einer von ihnen von einer Lawine erfaßt und gegen einen Felsen geschleudert – er brach sich das Genick.

Oger : Mensch – 3:0

Im Juli desselben Jahres forderte die Jugend Deutschlands den Oger abermals heraus. Diesmal handelte es sich um eine Viererseilschaft: Rainer, Angerer, Kurz und Hinterstoisser. Wieder verfolgten die Touristen den Aufstieg mit dem Fernrohr und schlossen Wetten ab. Die jungen Männer, die ganz durchdrungen waren von dem Zeitgeist der frühen Tage Hitlers, gaben der Presse gegenüber melodramatische Erklärungen wie die folgende ab: »Entweder wir bezwingen die Wand, oder aber die Wand bezwingt uns.«

Sie bezwang sie.

Das erfahrenste Mitglied der Seilschaft, Andreas Hinterstoisser, entdeckte einen kniffligen Quergang über die Wand, der sich später als Schlüssel aller folgenden Aufstiege erwies. Sie waren jedoch derart siegesgewiß, daß sie das Seil einholten, nachdem der letzte der Gruppe den Quergang geschafft hatte. Diese übermütige Geste kostete sie das Leben.

Die Seilschaft kletterte ausgezeichnet, obgleich Angerer verletzt schien, vermutlich durch einen fallenden Stein, und die anderen ihr Tempo verlangsamen mußten, um ihm weiterzuhelfen. Ihr erstes Biwak schlugen sie unmittelbar oberhalb der Roten Fluh auf, jener Klippe aus rotem Fels, die eine der auffälligsten Charakteristika der Wand ist. Innerhalb eines Tages hatten sie mehr als die Hälfte des Weges bis zum Gipfel geschafft.

Am nächsten Tag erreichten sie mit dem Verletzten, der allmählich immer schwächer wurde, das Dritte Eisfeld und seilten sich ab, um direkt unter dem Todesbiwak zu kampieren. Als die Morgendämmerung es den Schaulustigen an den Münzfernrohren erlaubte, das Drama weiter zu verfolgen, hatte die Seilschaft bereits den Abstieg begonnen. Offensichtlich hinderte der Zustand des Verletzten sie daran, weiter hinaufzuklettern.

Glatt und in einer in Anbetracht des kletterunfähigen Verletzten bemerkenswert kurzen Zeit stiegen sie die ersten beiden Eisfelder hinunter. Doch die Nacht überraschte sie, und sie waren gezwungen, noch ein drittes Mal zu übernachten. Diese Nacht, in der das Eiger Wetter ihnen die feuchte Kleidung zu einem klirrenden Eispanzer gefrieren ließ, muß brutal gewesen sein.

Ihre Kraftreserven wurden von der Kälte verbraucht, und den folgenden Tag über schafften sie nur ganze dreihundert Meter.

Zum viertenmal waren sie gezwungen zu übernachten, und diesmal die

Nacht auch noch ohne Verpflegung an der ungastlichen Wand zu verbringen.

Einige Neulinge im Hotel vertraten die Meinung, die Seilschaft habe noch eine gute Chance. Schließlich hatten sie ja nur noch den Hinterstoisser–Quergang sowie den »Schweren Riß« vor sich.

Die Seilschaft hatte jedoch in übertriebener Zuversicht das Seil über den Quergang abgenommen.

Und am nächsten Morgen war dieser vollständig vereist. Immer wieder und mit ständig wachsender Verzweiflung, die ihn freilich niemals in seiner Tüchtigkeit beeinträchtigte, versuchte der begabte Hinterstoisser, den vereisten Quergang zu schaffen, doch jedesmal wurde ihm von dem hungrigen Oger Einhalt geboten.

Die Nebel senkten sich herab, und die Touristen konnten das Grollen der Lawinen die ganze Nacht hindurch hören. Wieder bekam ein Teil der Nordwand einen neuen Namen: Hinterstoisser-Quergang.

Oger : Mensch – 7:0

Das ganze Jahr 1937 hindurch machte eine Seilschaft nach der anderen sich daran, die Wand zu bezwingen, doch alle mußten sie wieder umkehren. Ums Haar hätte der Berg während des bemerkenswerten Rückzugs von Vörg und Rebitsch aus dem Todesbiwak noch mehr Opfer gefordert. Es ging noch einmal gut.

Im Juni 1938 stürzten zwei Italiener (auch Italien hatte damals ja seine nationalen Bewegungen) in der Nähe des Schweren Risses ab und kamen ums Leben.

Doch Seil- und Hakentechnik wurden ständig vervollkommnet, wohingegen die natürlichen Verteidigungswaffen des Berges die gleichen blieben, wie sie es seit Menschengedenken gewesen waren, und so gelang es im Juli dieses Jahres einer deutschen Seilschaft schließlich, die Eiger-Nordwand aus der Liste der »unmöglichen Aufstiege« zu streichen.

Oger : Mensch – 9:1

Den ganzen Krieg hindurch war der Eiger davor sicher, in seiner Gipfeleinsamkeit gestört zu werden. Die Regierungen gaben jungen Männern auf andere Weise Gelegenheit, ihre Namen in die Ruhmestafeln einzugraben – wobei aus Selbstmord Mord wurde und alles mit dem Mantel der Vaterlandsliebe zugedeckt wurde.

Doch kaum waren auch diese Wege zur Gefahr durch das Kriegsende verschlossen, bleckte die Steilwand des Eiger wieder verlockend die Zähne. In den letzten Jahren sind über dreißig Männer den letzten Schneehang hinauf gekeucht, haben geweint und geschworen, den Fels des Oger nie wieder zu berühren. Die meisten Versuche wurden jedoch durch Wetter und Lawinen zurückgeschlagen, und die Zahl der Todesopfer, die dieser Berg heischt, steigt ständig. Das kritische Eisfeld, die »Spinne«, hat den Gegenspieler in den meisten der letzten Tragödien gespielt – wie zum Beispiel auch jener im Jahre 1957, in deren Verlauf drei Männer den Tod fanden und ein vierter erst gerettet wurde, nachdem Hunger und Durst ihn dazu getrieben hatten, sich seine Zähne in dem Versuch, irgend etwas in den Magen zu bekommen, am Gletschereis auszubeißen.

Jonathan starrte vor sich hin. Die Todesliste des Eiger ging ihm im Kopf herum.
»Stimmt irgendwas nicht?« fragte das Mädchen am Fernrohr.
Er hatte sie ganz vergessen.
»Warum starren Sie mich so an?« Sie lächelte, denn sie glaubte den Grund im voraus zu kennen.
»Ich starre Sie nicht an, meine Liebe – ich habe durch Sie hindurchgesehen.«
»Wie enttäuschend! Darf ich mich zu Ihnen setzen?« Sie nahm sein Schweigen als Einladung. »Sie haben so gesammelt zum Berg hinaufgesehen, daß ich nicht umhinkonnte, Sie zu betrachten. Ich hoffe, Sie haben nicht vor, dort hinaufzuklettern.«
»O nein! Nie wieder!«
»Dann sind Sie also schon mal hochgeklettert?«
»Ich hab's versucht.«
»Ist er wirklich so schwer?«
»Wahnsinnig.«
»Ich habe eine Theorie über Bergsteiger. Übrigens, ich heiße Randie – Randie Nickers.«
»Jonathan Hemlock. Und was ist das für eine Theorie, Randie?«
»Nun ja... Ach, dürfte ich einen Schluck Wein haben? Danke. Ich trinke aus Ihrem Glas, wenn Sie nichts dagegen haben. Nun ja, nach meiner Theorie klettern Bergsteiger aus einer Art Frustration auf Berge. Ich halte das für eine Sublimierung ihrer anderen Begierden.«
»Womit Sie natürlich sexuelle Begierden meinen.«
Randie nickte ernsthaft, während sie einen Schluck von dem Wein nahm.
»Ja, wahrscheinlich. Der Wein moussiert ein bißchen, nicht wahr?«
Er legte einen Fuß auf einen leeren Stuhl und lehnte sich zurück, um etwas von der Sonne mitzubekommen. »Der Wein hat was von dem Gekicher Schweizer Mädchen, die zwar erröten, sich aber trotzdem die Artigkeiten ihrer Verehrer vom Lande gefallen lassen; doch diese gehobene Stimmung ist nichts gegen die untergründige Herbheit des Bauern aus

173

dem Berner Oberland, die im Prozeß der Milchsäuregärung dieses Weins so wunderbar herauskommt.«

Randie war für einen Augenblick wie vor den Mund geschlagen. »Ich hoffe, Sie scherzen«, meinte sie dann.

»Selbstverständlich tue ich das, Randie. Scherzen die Leute im allgemeinen nicht mit Ihnen?«

»Männer im allgemeinen nicht. Es ist eher typisch, daß sie versuchen, mit mir ins Bett zu gehen.«

»Und wie stellen sie das an – eher typisch, meine ich?«

»Na ja, in letzter Zeit haben sie sich eigentlich wirklich recht gut dabei angestellt. Ich verbringe hier in der Schweiz so eine Art Ferien, ehe ich zurückkehre, um zu heiraten und ein höchst ehrbares Eheleben zu führen.«

»Und so teilen Sie die Beglückungen ihres Körpers mit vollen Händen aus, solange dazu noch Zeit ist?«

»So ungefähr. Nicht, daß ich Rodney nicht liebte. Er ist wirklich ein Schatz. Aber er ist nun einmal Rodney.«

»Und reich.«

»Ach, das nehme ich an.« Ihre Stirn schien für einen Augenblick umwölkt. »Zumindest hoffe ich, daß er es ist. Ja, selbstverständlich ist er das. Sie haben mir da richtig Angst gemacht. Aber das Schönste an ihm ist doch sein Name.«

»Und wie lautet der, wenn ich fragen darf?«

»Smith. Rodney Smith.«

»Und das soll das Schönste an ihm sein?«

»Nicht, daß Smith an und für sich so überwältigend wäre. Ich glaub sogar, es ist ein ziemlich häufiger Name. Aber er bedeutet, daß ich endlich den meinen los bin, und der hat mir mein Leben lang Kummer gemacht.«

»Für mich klingt Randie Nickers durchaus annehmbar.«

»Das tut er nur, weil Sie Amerikaner sind, wie ich an Ihrer Aussprache höre. Aber ›knicker‹ ist nun mal das englische Slangwort für Höschen. Und wie die Mädchen in meiner Schulzeit mich damit aufgezogen haben, können Sie sich ja vorstellen.«

»Ich verstehe.« Er nahm sein Glas wieder in Empfang, schenkte sich selbst ein wenig Wein ein und überlegte dabei, was ihn für nuttige Frauen eigentlich so anziehend machte.

»Verstehen Sie, was ich meine?« fragte Randie und vergaß, daß sie eigentlich mehr laut dachte, als daß sie gesprochen hätte.

»Nicht so ganz.«

»Nun, ich hab da so meine eigene Theorie. Meiner Meinung nach stürzen Fremde sich sofort auf Themen, die sie am meisten gemeinsam interessieren. Und siehe da: Wir beide zum Beispiel reden über Höschen. Verrät eine ganze Menge über uns, finden Sie nicht auch?«

»Sie sind Reiterin, nicht wahr?« sagte er und unterlag damit dem Gesetz des *small talk*, wie Randies Geist es verlangte.

»Ja, stimmt. Ich bin Vorreiterin bei meinem Onkel. Aber woher, um alles in der Welt, wissen Sie das?«

»Ehrlich gesagt, ich wußte es gar nicht wirklich. Ich habe es eigentlich mehr gehofft. Haben Sie da nicht auch eine eigene Theorie, derzufolge es das Entzücken der Frauen bildet, kräftige Tiere zwischen den Schenkeln zu haben?«

Sie runzelte die Stirn. »Darüber hab ich noch gar nicht nachgedacht. Aber wahrscheinlich haben Sie recht. So ähnlich wie mit Ihrer Bergsteigerei, nicht wahr? Ich finde es herrlich, wenn man irgendwelche Gemeinsamkeiten entdeckt.« Sie blickte ihn forschend an. »Kenne ich Sie nicht von irgendwo her? Der Name kommt mir so bekannt vor.« Sie überlegte. »Jonathan Hemlock... Ach ja, sind Sie nicht ein Dichter?«

»Nur ein Schriftsteller.«

»Ja. Ich hab's. Sie schreiben Bücher über Kunst und so. Am Slade-College gibt man ganz große Stücke auf Sie.«

»Ja, Slade ist eben ein gutes College. Was möchten Sie lieber, Randie? Erst einen Spaziergang durchs Dorf? Oder sollen wir gleich ins Bett gehen?«

»Ein Spaziergang durchs Dorf wäre phantastisch. Romantisch sogar. Ich bin froh, daß wir miteinander schlafen werden. Ich habe nämlich meine eigene Theorie über das Miteinander-Schlafen. Man schläft mit einem Mann, und ehe man sich's versieht, geht man händchenhaltend miteinander rum und nennt sich beim Vornamen. Ich mag Vornamen lieber. Wahrscheinlich wegen meines Familiennamens. Hab ich Ihnen schon gesagt, was ›knickers‹ bedeutet?«

»Ja.«

»Nun, dann verstehen Sie vielleicht meine Haltung Nachnamen gegenüber. Ich hab nämlich meine eigene Theorie über Haltungen...«

Man kann nicht behaupten, daß Jonathan untröstlich gewesen wäre, als er erfuhr, daß Randie am nächsten Morgen nach London zurückfahren sollte.

Kleine Scheidegg   6. bis 7. Juli

An diesem Morgen hatten sie sich zweimal anziehen müssen, und ums Haar hätten sie sogar den Zug verpaßt. Das letzte, was Jonathan von Miß Nickers sah, als der Zug aus dem Bahnhof hinausfuhr, war, daß sie ihr Abteilfenster herunterzog und rief: »Du hast wirklich hinreißende Augen, Jonathan!« Dann ließ sie sich neben einem Paar Skiern auf ihrem Platz nieder und fing an, mit ihrem Abteilnachbarn zu plaudern.

Jonathan mußte lächeln, als er an ihre Taktik der Selbsterregung dachte, die darin bestand, Körperteile, erogene Zonen und Stellungen mit höchst saftigen Ausdrücken zu belegen.

Er machte kehrt und schlug die steile Kopfsteinpflasterstraße ein, die das Dorf mit dem Hotel verband. Er hatte sich mit einem der Bergführer zu einer Übungstour an der Westflanke des Eiger verabredet. Wenn auch bei weitem nicht so gefährlich wie die Nordwand, hatte diese Westroute oft genug Blut gesehen, um Respekt zu heischen.

Abgesehen von dem Training und der Gewöhnung an das Klima, hatte er noch einen Grund, sich dem Hotel so oft und so lange wie möglich fernzuhalten. Irgendwie, und wie immer trotz strengster Vorsichtsmaßnahmen, hatte die Hotelleitung Wind davon bekommen, daß der Versuch einer Eigerbesteigung gemacht werden sollte. Diskret hatte man Telegramme ausgeschickt, und die besten Zimmer wurden für die reichen »Eiger-Vögel« reserviert, die zweifellos bald in dem Hotel einfallen würden. Wie alle Bergsteiger verabscheute Jonathan die sensationslüsternen Angehörigen des Jet-Set, die versuchten, ihre verhärteten Nervenenden durch optische Spannungserlebnisse zum Vibrieren zu bringen. Er war froh, daß Ben und die anderen Mitglieder der Seilschaft noch nicht angekommen waren, denn dann würden die Aasgeier in ganzen Schwärmen herbeieilen.

Als er die Kopfsteinpflasterstraße halb zurückgelegt hatte, schaute Jonathan in ein Gartencafé hinein, um ein Glas Vaudois zu trinken. Die Strahlen der spröden Bergsonne lagen ihm angenehm auf der Wange.

»Wie ist es: Lädst du ein Mädchen, das du in einer Bar triffst, zu einem Glas Wein ein?«

Sie hatte sich ihm von hinten genähert, war aus dem dunklen Inneren des Cafés herausgekommen. Der Klang ihrer Stimme traf ihn wie etwas Körperliches. Ohne sich umzudrehen und ganz Selbstbeherrschung, langte er hinüber und schob einen Stuhl für sie zurück. Sie setzte sich und sah ihn eine Weile an. Trauer und Freude hielten sich in ihren Augen die Waage.

Der Kellner kam, nahm die Bestellung entgegen, kehrte mit dem Wein zurück und ging wieder. Sie ließ ihr Glas in einer kleinen Wasserlache auf dem Tisch kreisen und konzentrierte sich mehr darauf als auf seine kühlen, nicht gerade einladend blickenden Augen. »Ach, weißt du, ich hatte mir bis ins kleinste zurechtgelegt, was ich sagen wollte. Ich hatte es so gut ausgearbeitet und konnte es ganz schnell runtersagen, ehe du mich unterbrechen oder fortgehen würdest.«

»Und wie ging es?«

Sie blickte zu ihm auf, dann wandte sie die Augen ab. »Ich hab's vergessen.«

»Na, nun hör mal. Leiere deinen Spruch schon herunter. Du weißt ja, wie leicht man mich reinlegen kann.«

Sie schüttelte den Kopf und setzte ein schwaches Lächeln auf. »Ich geb's auf. Auf diesem Niveau kann ich's nicht mit dir aufnehmen. Ich kann nicht hiersitzen und kühl und überlegen mit dir plaudern. Es…« Sie blickte auf, schien verzweifelt über die Dürftigkeit der Sprache, menschliche Gefühle auszudrücken. »Es tut mir leid. Wirklich.«

»Warum hast du es getan?« Er würde nicht einfach dahinschmelzen.

»Versuch doch, ein bißchen gerecht zu sein, Jonathan. Ich hab's getan, weil ich glaubte – weil ich immer noch glaube –, daß du diesen Auftrag übernehmen mußt.«

»Ich habe den Auftrag ja übernommen, Jemima. Es hat sich doch alles so ergeben, wie du wolltest.«

»Hör auf! Begreifst du denn nicht, was es bedeuten würde, wenn die andere Seite vor uns im Besitz dieser biologischen Vernichtungswaffe wäre?«

»Aber selbstverständlich begreife ich das. Wir müssen verhindern, daß sie sie in die Hand bekommen, koste es, was es wolle. Schließlich sind sie skrupellose Kerle, die dieses Zeug auf irgendeine ahnungslose japanische Stadt abwerfen könnten.«

Sie schlug die Augen nieder. »Ich weiß, deiner Meinung nach ist es ganz egal, wer anfängt. Wir haben ja neulich abends ausgiebig darüber gesprochen. Erinnerst du dich noch?«

»Ob ich mich erinnere? Du bist im Nahkampf gar nicht so schlecht.«

Sie nippte an ihrem Wein, und das Schweigen fiel ihr alles andere als leicht. »Zumindest haben sie mir versprochen, daß du dein Bild nicht verlieren würdest.«

»Sie haben Wort gehalten. Dein Gewissen ist rein.«

»Ja.« Sie seufzte. »Aber ich habe noch ein Problem.«

»Und zwar?«

Ganz sachlich sagte sie: »Ich liebe dich.«

Nach einer Weile lächelte er still vor sich hin und schüttelte den Kopf.
»Ich habe dich doch unterschätzt. Du bist sogar phantastisch im Nahkampf.«
Das Schweigen verdichtete sich, und sie erkannte, daß sie von diesem ernsten Thema ablassen müsse, sonst würde er einfach gehen und sie sitzen lassen. »Sag mal, ich hab dich gestern mit diesem ganz unjemimahaften Typ rumziehen sehen – blond und angelsächsisch und so. War sie gut?«
»Einigermaßen.«
»Genausogut wie...«
»Nein.«
»Herrgott, bin ich froh darüber!«
Jonathan konnte nicht umhin, über ihre Offenheit zu lächeln. »Woher wußtest du überhaupt, daß ich hier bin?«
»Weißt du nicht mehr, daß ich in Mr. Dragons Büro deine Akte studiert habe? Dieser Auftrag war in allen Einzelheiten darin aufgeführt.«
»So, so.« Ergo war Dragon seiner so sicher gewesen, daß er sogar diese Strafaktion schon darin aufgeführt hatte. Jonathan haßte die Vorstellung, daß man im voraus sagen könnte, wie er handeln würde.
»Sehen wir uns heute abend, Jonathan?« Man merkte ihrer Stimme an, daß sie allen Mut zusammennahm. Sie war bereit, auch eine Abfuhr hinzunehmen, und wenn es noch so weh tat.
»Ich hab eine Verabredung zu einem Trainingsklettern. Wir werden über Nacht am Berg bleiben.«
»Und wie steht's mit morgen?«
»Bitte, geh fort. Ich habe keine Lust, dich zu bestrafen. Ich möchte dich auch nicht hassen oder lieben oder sonst was. Ich möchte nichts anderes, als daß du fortgehst.«
Sie legte ihre Handschuhe auf dem Schoß zusammen. Ihr Entschluß stand fest. »Ich werde hier sein, wenn du vom Berg zurückkommst.«
Jonathan stand auf und warf einen Geldschein auf den Tisch. »Bitte tu's nicht.«
Plötzlich füllten sich ihre Augen mit Tränen. »Warum tust du das, Jonathan? Ich weiß ganz genau, daß es diesmal nicht einseitig ist. Ich weiß, du liebst mich genauso wie ich dich.«
»Ich werde drüber wegkommen.« Er verließ das Café und eilte mit kräftigen Schritten zurück zum Hotel.

Der Schweizer Bergführer brummelte unzufrieden vor sich hin und klagte, sie hätten schon bei Morgengrauen aufbrechen sollen. So wie die Dinge lagen, würden sie die Nacht draußen am Berg zubringen müssen. Jonathan erklärte, daß er ohnehin die Absicht gehabt habe, die Nacht dort zu verbringen, um sich daran zu gewöhnen. Der Führer klassifizierte sich selber: Zuerst verstand er nicht (Genus: teutonisch), dann weigerte er sich, sich von der Stelle zu rühren (Spezies: helvetisch). Doch als Jonathan sich erbot, das Honorar zu verdoppeln, begriff er plötzlich sehr rasch und versicherte, es sei eine glänzende Idee, die Nacht draußen am Berg zu verbringen.

Die Tour hatte es zwar durchaus in sich, aber sie verlief eigentlich ohne besondere Ereignisse. Das endlose Gejammer des Führers, der sich über die Kälte des Biwaks am Berg bitter beklagte, wäre Jonathan ziemlich auf die Nerven gegangen, hätte es ihn nicht davon abgehalten, ständig über Jemima nachzudenken.

Als er am nächsten Tag wieder im Hotel war, erhielt er seine Rechnung präsentiert. Wie es schien, waren trotz des doppelten Honorars viele kleine Einzelposten aufgeführt, die noch beglichen werden mußten. Unter anderem waren aufgeführt: Medikamente (die sie nicht benutzt hatten), Essen (Abendessen und Frühstück an der Wand, obgleich Jonathan seine eigene Verpflegung mitgebracht hatte, um gefriergetrocknetes Essen auszuprobieren) sowie ein Sonderposten für »1/4 Paar Schuhe«. Letzteres ging ihm nun doch über die Hutschnur. Er ließ den Führer auf sein Zimmer kommen und fragte nach. Der Bergführer schien bereitwilligst Auskunft geben zu wollen, tat jedoch so, als müsse er sich wirklich in Geduld fassen, als er erklärte, was da so klar auf der Hand liege: »Schuhe tragen sich ab, das würden Sie doch nicht leugnen. Schließlich kann man doch nicht barfuß auf einen Berg klettern. Hab ich recht? Für eine Besteigung des Matterhorns verlange ich für gewöhnlich ein halbes Paar Schuhe. Der Eiger ist mehr als halb so hoch wie das Matterhorn, und trotzdem hab ich Ihnen nur ein viertel Paar berechnet. Das hab ich bloß deshalb getan, weil Sie ein so angenehmer Klettergefährte waren.«
»Es überrascht mich, daß Sie mir nicht auch noch den Seilverschluß in Rechnung gestellt haben.«
Der Bergführer schob die Augenbrauen in die Höhe. »Wie?« Er nahm die Rechnung zur Hand und sah sie eingehend durch. »Sie haben völlig recht, mein Herr.« Er zog einen Bleistift aus der Tasche, leckte die Spitze an, schrieb den vergessenen Posten mühselig hin und berechnete dann die Endsumme. »Kann ich Ihnen noch irgendwie zu Diensten sein?« fragte er.
Jonathan wies auf die Tür, und mit einer knappen Verbeugung verließ der Bergführer ihn.

Während Jonathan ziellos um das Hotel herumspazierte, traf er auf eine Gruppe von Eiger-Vögeln der Unterklasse, die das Fondue-Kirsch-Kuß-Spiel spielten und blöde herumkicherten. Voller Abscheu kehrte er in sein Zimmer zurück.

Immer wieder durchmaß er es. Vor morgen würde Ben nicht eintreffen, und Jonathan wollte einen Besen fressen, wenn er auch nur einen Tag länger als nötig in diesem Hotel zubrachte, unter diesen Leuten, als Gegenstand der Neugier für die früh gelandeten Eiger-Vögel.

Sein Telefon klingelte.

»Was ist?« schnarrte er in den Hörer.

»Woher weißt du denn, daß ich es bin?« fragte Jemima.

»Was hast du heute abend vor?«

»Mit dir zu schlafen«, antwortete sie, ohne zu zögern.

»Vorher Abendessen bei dir im Café?«

»Wunderbar. Bedeutet das, daß zwischen uns alles wieder in Ordnung ist?«

»Nein.« Daß sie das hatte annehmen können, wunderte ihn.

»Oh.« In der Leitung war es für einen Augenblick still. »Dann sehe ich dich also in zwanzig Minuten?«

»Wie wär's mit fünfzehn?«

Es war rasch dunkel geworden auf der Terrasse des Cafés, wie es in den Bergen oft geschieht, und schweigend tranken sie ihren Cognac. Jemima hütete sich, irgendwelche Anspielungen auf die Zeit zu machen, die sie gemeinsam auf Long Island verbracht hatten. Er war im Geiste weit weg und bemerkte nicht einmal, wie die kühlere Luft von den Hängen des Eiger herunterwehte.

»Jonathan?«

»Hm-m?«

»Hast du mir verziehen?«

Langsam schüttelte er den Kopf. »Darum geht es nicht. Es ist einfach so, daß ich dir nie mehr vertrauen könnte.«

»Aber du möchtest es?«

»Klar.«

»Dann heißt das doch, daß wir wirklich etwas draus hätten machen können, oder?«

»Ich bin ziemlich sicher, daß wir das hätten tun können.«

»Und jetzt besteht keine Chance mehr dazu? Niemals?«

Er blieb ihr die Antwort schuldig.

»Du bist wirklich ein komischer Kauz. Und noch was. Weißt du, daß du mich überhaupt noch nicht geküßt hast?«

Diese Unterlassungsgründe holte er nach. Als sich ihre Gesichter langsam voneinander lösten, seufzte Jemima. »Getreide aus Ägyptenland, Mann! Ich hab gar nicht gewußt, daß Lippen ein eigenes Erinnerungsvermögen besitzen.«

Sie sahen zu, wie das letzte gelbliche Licht um die zerklüfteten Grate, die sie umgaben, schwand.

»Jonathan? Noch einmal zu dieser Geschichte bei dir zu Hause...«

»Ich möchte nicht darüber reden.«

»Es war nicht das Geld, was dich so sehr getroffen hat, nicht wahr? Ich meine – wir waren so gut miteinander. Den ganzen Tag über, meine ich. Nicht bloß im Bett. Hej, weißt du was?«

»Nein, sag's mir.«

Sie mußte über sich selbst lachen. »Selbst nachdem ich dein Geld bereits eingesteckt hatte, mußte ich mich verdammt zusammennehmen, um nicht noch einmal zu dir zurückzukommen und mit dir zu schlafen, ehe ich endgültig ging. Aber das hätte dich wirklich erbost, wenn du dahintergekommen wärst, stimmt's?«

»Verdammt noch mal, ja.«

»Sag mal, wie geht's denn eigentlich dem Verrückten? Wie heißt er doch gleich noch?«

»Mr. Monk? Weiß nicht. Bin lange nicht mehr da gewesen.«

»Ach.« Sie wußte, das verhieß nichts Gutes für sie.

»Nein.« Jonathan erhob sich. »Ich nehme an, in deinem Zimmer gibt es ein Bett.«

»Das aber ziemlich schmal.«

»Wir werden schon damit fertig werden.«

Sie hütete sich, in dieser Nacht noch einmal auf die Vergangenheit zurückzukommen.

Kleine Scheidegg   8. Juli

An einem etwas abseits von den anderen stehenden Tisch im Speisesaal
aß er noch spät zu Abend – kaum gestört von dem gedämpften Geplauder
der übrigen Gäste.
Er war alles andere als zufrieden mit sich. Er spürte deutlich, daß er die
Sache mit Jemima schlecht angepackt hatte. Sie waren früh wieder aufgestanden, hatten einen Spaziergang durch die steil ansteigenden Almwie-
sen gemacht, hatten zugesehen, wie der Tau ihre Schuhspitzen zum
Glänzen brachte, auf der Terrrasse ihres Cafés Kaffee getrunken, Unsinn
geredet und sich auf Kosten der Vorübergehenden lustig gemacht.
Dann hatten sie sich die Hand gegeben, und er war in sein Hotel zurückgekehrt. Die ganze Angelegenheit hatte etwas Unsauberes. Ein Wust von
Gefühlen haftete an ihrer Beziehung. Er war sich ihrer Gegenwart dort
unten im Dorf bewußt, spürte, daß sie wartete, und war gleichzeitig unzufrieden mit sich selbst, daß er es nicht fertiggebracht hatte, endgültig
mit ihr zu brechen. Er wußte jetzt, daß er sie ihres perfiden Verrats wegen
nicht mehr bestrafen konnte, aber er wußte auch, daß er ihr niemals verzeihen konnte. Er konnte sich nicht erinnern, jemals jemand verziehen
zu haben.
Etliche Gäste hatten sich zum Abendessen umgezogen – Eiger-Vögel, die
frühzeitig eingefallen waren. Jonathan bemerkte, daß man die Hälfte der
Fernrohre auf der Terrasse zum privaten Gebrauch von besonderen Gästen abmontiert hatte.
Lustlos stocherte er in seinem Essen herum. Zu viele unerledigte Dinge
rumorten in seinem Unterbewußtsein: Jemima, die Strafaktion, die man
ihm mehr oder weniger aufgezwungen hatte, das Wissen, daß Mellough
sein Opfer immerhin informiert haben könnte, und die verachteten Eiger-Vögel. Zweimal schon hatte er bemerkt, daß man auf ihn gezeigt
hatte – Männer im Smoking hatten ihre jungen und hübschen und hirn-
losen Gefährtinnen auf ihn aufmerksam gemacht. Eine Bewunderin in
mittleren Jahren hatte ihm versuchsweise mit der Serviette ein ganzes
Blinkfeuer von Grüßen herübergeschickt.
Er war daher erleichtert, als er von der Hotelhalle her eine vertraute
Stimme durch den Speisesaal dröhnen hörte.
»Na, ich freß 'n Besen! Was soll das – keine Zimmer für mich?«
Jonathan ließ Kaffee und Cognac stehen und eilte durch den Speisesaal
hinüber zum Empfang. Der Manager des Hotels, ein verkrampfter kleiner
Schweizer mit der ganzen unsicheren Gediegenheit seines Standes, ver-
suchte, Big Ben zu beschwichtigen.

»Mein lieber Herr Bowman…«

»Sie können mich mal mit Ihrem ›lieben Herrn Bowman‹! Stecken Sie doch bloß noch mal Ihre Nase in das dicke Buch da und suchen Sie meine Reservierung raus. Hej, altes Haus! Gut siehst du aus.«

Jonathan ergriff Bens Pranke. »Wo brennt's denn?«

»Ach, dieser Blödmann hat meine Reservierung verschusselt und behauptet, er kann mein Telegramm nicht finden. So, wie der aussieht, findet der sein Hauptbuch nicht mal mit sechs Fährtenlesern.«

Jonathan begriff, was hier vor sich ging. »Die Eiger-Vögel fangen an, einzufallen«, erklärte er.

»Ah so, da wird mir einiges klar.«

»Und unser Freund hier tut alles, soviel Zimmer wie möglich freizukriegen, um sie dann zum x-fachen Preis zu vermieten.« Jonathan wandte sich an den Manager, der neugierig zuhörte. »Stimmt's?«

»Ich hatte ja keine Ahnung, daß dieser Herr hier ein Freund von Ihnen ist, Dr. Hemlock.«

»Er ist für den Aufstieg verantwortlich.«

»Ach?« fragte der Manager, als könnte er kein Wässerchen trüben. »Will denn irgend jemand den Berg besteigen?«

»Nun hören Sie doch schon auf.«

»Vielleicht gelingt es Herrn Bowman, unten im Dorf ein Zimmer zu finden. Es gibt dort Cafés…«

»Er wird hier bleiben.«

»Es tut mir leid, aber ich fürchte, das ist unmöglich, Herr Doktor.« Der Manager kräuselte leicht die Lippen.

»Na schön.« Jonathan zog die Brieftasche. »Wenn ich dann um meine Rechnung bitten darf.«

»Aber wenn Sie abreisen…«

»… wird es keinen Aufstieg geben. Sie haben schon richtig verstanden. Und Ihre Gäste, die jetzt eintrudeln, werden sehr erbost darüber sein.« Der Manager war die leibhaftige Angst und zögernde Unentschlossenheit.

»Wissen Sie, was ich glaube?« sagte Jonathan. »Ich glaube, ich habe vorhin gesehen, wie einer Ihrer Leute einen Stapel Telegramme durchsah, hinten, in Ihrem Büro. Vielleicht war das von Mr. Bowman dabei. Warum gehen Sie nicht hin und sehen sie noch einmal durch?«

Der Manager ergriff die ihm gebotene Möglichkeit, das Gesicht zu wahren, und verließ sie mit einer flüchtigen Verbeugung.

»Hast du die anderen schon gesehen?« fragte Ben und blickte sich in der Halle mit der unverhohlenen Verachtung des Konkurrenten um.

»Sie sind noch nicht da.«

»Ehrlich? Na, dann werden sie ja morgen kommen. Mir persönlich kann's nur recht sein, ich kann ein bißchen Ruhe noch gut gebrauchen. Mein Treter hat sich in den letzten paar Tagen ziemlich mausig gemacht. Wahrscheinlich hab ich ihm zuviel zugemutet, als du bei mir warst.«

»Wie geht's denn George Hotfort?«

»Sagen wir mal: Sie ist still.«

»Ist sie nicht dankbar, daß ich sie nicht den Behörden übergeben habe?«

»Ich schätze schon. Sie ist nun mal nicht der Typ, der vor Freude an die Decke springt.«

Der Manager kehrte zurück und spielte ganz den Überraschten und Entzückten. Er habe Bens Telegramm doch noch gefunden, und alles sei in Ordnung.

»Willst du gleich auf dein Zimmer?« fragte Jonathan, als livrierte Pagen sich Bens Gepäck bemächtigten.

»Nein. Bring mich an die Bar und spendier mir ein Bier.«

Sie redeten bis tief in die Nacht hinein, vornehmlich über technische Probleme der Eigerwand. Zweimal kam Ben auf den Zwischenfall mit Mellough zu sprechen, doch beide Male lenkte Jonathan ab und erklärte, darüber könnten sie später einmal sprechen, vielleicht nach der Besteigung. Seit er in der Schweiz war, war Jonathan mehr und mehr zu der Überzeugung gelangt, daß er diesen Aufstieg doch mitmachen würde. Lange Zeit hindurch vergaß er überhaupt, was seine Hauptaufgabe hier war. Aber diese Faszination war ein Luxus, den er sich eigentlich nicht erlauben konnte, und deshalb bat er Ben, kurz bevor sie zu Bett gingen, ihm nochmals die Korrespondenz zwischen ihm und den anderen Bergsteigern zu borgen, die morgen früh eintreffen sollten.

Jonathan saß im Bett und hatte die Briefe in drei Stapeln vor sich aufgeschichtet – für jeden Mann einen. Seine Aufmerksamkeit ging nicht über den kleinen Lichtkreis hinaus, den die Nachttischlampe warf. Er trank einen Laphroaig und versuchte, aus den spärlichen Hinweisen, welche die Korrespondenz ihm gab, sich ein Bild von den Personen zu machen, die diese Briefe geschrieben hatten.

Jean-Paul Bidet. Zweiundvierzig Jahre alt. Ein wohlhabender Unternehmer, der kraft schonungslosen persönlichen Einsatzes aus dem bescheidenen Betrieb seines Vaters Frankreichs bedeutendste Herstellerfirma von Aerosol-Kanistern gemacht hatte. Er hatte ziemlich spät geheiratet und die Bergsteigerei als Sport während seiner Flitterwochen in den Alpen entdeckt. Außerhalb Europas hatte er keinerlei Bergerfahrungen, doch die Liste seiner Eroberungen in den Alpen war achtunggebietend. Die mei-

sten Besteigungen hatte er mit berühmten und teuren Bergführern unternommen, und in gewisser Weise konnte man ihm schon vorhalten,
sich seine Gipfel »gekauft« zu haben.
Dem Ton seiner in Handelsenglisch abgefaßten Briefe nach zu urteilen,
mußte Bidet ein sympathischer, energischer und realistischer Mann sein.
Eines freilich überraschte Jonathan: Er hatte die Absicht, seine Frau mit-
zubringen, damit sie Zeuge sei, wie er den gemeinsten aller Berge bezwang.

Karl Freytag. Sechsundzwanzig Jahre alt. Alleinerbe der Freytag-Werke,
einer Firma der chemischen Industrie, die sich auf die Herstellung von
Industriechemikalien spezialisiert hatte, insbesondere auf Insekten- und
Unkrautvernichtungsmittel. Mit der Bergsteigerei hatte er bereits während seiner Schulferien angefangen, und noch ehe er zwanzig war, hatte
er eine Organisation deutscher Bergsteiger gegründet, deren Vorsitzen-
der er war und die eine sehr angesehene Vierteljahreszeitschrift heraus-
gab, deren Chefredakteur er auch noch war. Ein Stoß von Sonderdrucken
war beigefügt, in denen er (in der dritten Person) seine Besteigungen
schilderte und seine Fähigkeiten als Führer und Entdecker neuer Routen
herausstrich.
Seine Briefe waren in sprödem, gleichwohl fehlerfreiem Englisch abgefaßt, wie man es knapper nicht schreiben konnte. Dem Ton des Ganzen
konnte man entnehmen, daß Freytag bereit sei, mit Herrn Bowman und
dem Internationalen Komitee zusammenzuarbeiten, welches die Schirmherrschaft über diese Besteigung übernommen hatte, doch wurde der Le-
ser immer wieder daran erinnert, daß er, Freytag, als erster den Plan zu
dieser Besteigung gefaßt habe und es daher auch seine Absicht sei, die
Seilschaft auf den Gipfel zu führen.

Anderl Meyer. Fünfundzwanzig Jahre alt. Da ihm die Mittel ausgegangen
waren, hatte er sein Medizinstudium in Wien abbrechen müssen, und
jetzt verdiente er sich seinen Lebensunterhalt als Zimmermann im Geschäft seines Vaters. Während der Saison arbeitete er als Bergführer in
seiner Heimat Tirol. Damit war er praktisch der einzige Profi der Seilschaft. Gleich nachdem er das Studium hatte an den Nagel hängen müssen, hatte ihn die Leidenschaft für das Bergsteigen gepackt. Mit allen Mitteln, von größter Sparsamkeit bis zu ausgemachter Bettelei, hatte er es
fertiggebracht, bei fast sämtlichen bedeutenderen Aufstiegen der letzten
drei Jahre mitgenommen zu werden. Jonathan wußte aus den einschlägi-
gen Publikationen von seiner Teilnahme an Besteigungen in den Alpen,
Neuseeland, im Himalaja, in Südamerika und – erst vor kurzem – im At-

las. In jedem Artikel waren rückhaltlos sein Können und seine Kraft gelobt worden (man nannte ihn sogar einen »jungen Hermann Buhl«), doch einige der Artikelschreiber hatten auf seine Neigung zum Einzelgängertum hingewiesen und nicht verhehlt, daß er ein schlechter Teampartner sei, der die weniger begabten Mitglieder einer Mannschaft behandelte, als wären sie ein Klotz am Bein, der ihn bei seinem stürmischen Aufsteigen nur behinderte. Er war, was man in der Welt des Glücksspiels einen Hasardeur nennt. Aufzugeben war für ihn das Schändlichste, was er sich vorstellen konnte; und an der Wand wagte er Schritte, die für Männer mit weniger guten physischen und psychischen Voraussetzungen reiner Selbstmord wären. Ähnliche Anwürfe hatte sich übrigens auch Jonathan während seiner aktiven Zeit als Bergsteiger oft gefallen lassen müssen.

Aus den Briefen konnte Jonathan sich nur ein höchst ungefähres Bild von Meyers Persönlichkeit machen. Der Mensch Anderl Meyer kam in der Übersetzung nicht klar zum Ausdruck; sein Englisch war gestelzt und voller Fehler, ja oft sogar von komischer Unverständlichkeit, da er, das Wörterbuch offensichtlich neben sich, die deutsche Syntax direkt ins Englische übertrug, so daß es gelegentlich zu einem Potpourrie zusammengesetzter Substantive kam, die sinnlos nebeneinander zu stehen schienen, bis am Schluß irgendein Verb doch noch eine Ahnung von dem vermittelte, was sie besagen sollten. Eine Eigenschaft kam allerdings trotz der schwerfälligen Übersetzung zum Vorschein: ein gewisses zurückhaltendes Selbstvertrauen.

Jonathan saß im Bett, blickte auf die Stapel von Briefen und nippte an seinem Whisky. Bidet, Freytag und Meyer. Wer auch immer – es war durchaus möglich, daß Mellough einem von ihnen die Augen über Jonathan geöffnet hatte.

Kleine Scheidegg   9. Juli

Er schlief lange. Bis er sich rasiert und angezogen hatte, stand die Sonne schon hoch am Himmel, und die Matte, die ziemlich steil gegen die Nordwand hinführt, war bereits frei von Tau. In der Halle ging er an einer Gruppe von durcheinanderredenden jungen Leuten mit leuchtenden Augen und von der frischen dünnen Luft zusammengezogenen Gesichtern vorüber. Sie hatten offensichtlich draußen in den Bergen herumgetobt, und ihre Pullover strahlten noch die Kälte aus.

Der Hotelmanager kam um die Empfangstheke herum und sagte vertraulich: »Sie sind da, Herr Doktor. Sie erwarten Sie.«

Jonathan nickte und ging weiter auf den Eingang des Speisesaals zu. Als er sich suchend umblickte, entdeckte er die Gruppe sofort. Sie saßen bei dem Panoramafenster, das auf den Berg hinausging. Ihren Tisch überflutete strahlendes Sonnenlicht, und ihre leuchtenden Pullover in dem ansonsten dämmerigen und kaum besetzten Raum waren geradezu eine Wohltat. Es sah ganz danach aus, als ob Ben, wohl aufgrund seiner Erfahrung und seines Alters, gesellschaftlich den Mittelpunkt der Gruppe bildete.

Als Jonathan sich näherte, erhoben sich die Männer, und Ben übernahm die Vorstellung.

»Jonathan Hemlock – und das hier ist Dschien-Paul Bidette.« Offensichtlich wollte Ben mit dieser angeberischen ausländischen Aussprache der Namen nichts zu tun haben.

Jonathan streckte die Hand aus. »Monsieur Bidet.«

»Ich habe mich schon so darauf gefreut, Sie kennenzulernen, Monsieur Hemlock.« Bidets schmale Bauernaugen machten kein Hehl daraus, daß sie ihr Gegenüber abschätzend betrachteten.

»Und das hier ist Karl Freytag.«

Belustigt setzte Jonathan Freytags unnötig forschem Händedruck die gleiche Kraft entgegen. »Herr Freytag?«

»Herr Doktor?« Er nickte kurz und setzte sich dann.

»Und das hier ist Änderil Mayor.«

Jonathan schenkte Meyers etwas querstehenden, klaren blauen Augen ein kurzes Lächeln, das professionelle Anerkennung ausdrückte.

»Ich habe von Ihnen gelesen, Anderl«, sagte er auf deutsch.

»Und ich von Ihnen«, erwiderte Anderl mit seiner weichen österreichischen Aussprache.

»Nun«, sagte Jonathan, »dann haben wir ja einer über den anderen gelesen.«

Anderl grinste.

»Und diese Dame hier ist Missus Bidette.« Kaum, daß er sich dieser unangenehmen gesellschaftlichen Pflicht entledigt hatte, setzte sich Ben. Jonathan drückte die ihm dargebotenen Finger und sah sein Spiegelbild in den Gläsern ihrer dunklen Sonnenbrille. »Madame Bidet?«

Sie neigte den Kopf ganz leicht, eine Geste, die gleichermaßen eine Begrüßung, ein Achselzucken über die Tatsache, Madame Bidet zu sein, und der Ausdruck davon war, daß sie Jonathan sympathisch fand – also eine ganz und gar pariserische Geste.

»Wir haben nur geplaudert und uns den Berg angeguckt«, erklärte Ben, nachdem Jonathan den Kellner gebeten hatte, eine neue Kanne Kaffee zu holen.

»Ich hatte ja keine Ahnung, daß dieser Berg, von dem Jean-Paul seit über einem Jahr redet, so wunderschön ist«, sagte Madame Bidet, nahm zum erstenmal an diesem Morgen die Sonnenbrille ab und ließ ihre stillen Augen auf Jonathan ruhen.

Er warf einen Blick auf die kalte, im Schatten liegende Eigerwand sowie auf die langen Wolkenstreifen, die sich um den Gipfel herum verfangen hatten.

»Nun, wunderschön würde ich ihn nicht gerade nennen«, ließ Bidet sich vernehmen. »Erhaben vielleicht, aber nicht schön.«

»Schön an ihm ist nur die Möglichkeit, sich mit ihm auseinanderzusetzen und ihn zu erobern«, stellte Freytag für alle Zeiten und für alle Menschen verbindlich fest.

Anderl warf einen kurzen Blick auf den Berg und zuckte mit den Schultern. Offensichtlich war es ihm nie in den Sinn gekommen, einen Berg schön oder häßlich zu nennen – für ihn gab es wohl nur schwierige und leichte Berge.

»Soll das Ihr ganzes Frühstück sein, Herr Doktor?« erkundigte Freytag sich, als der Kaffee kam.

»Ja.«

»Richtiges Essen gehört dazu, wenn man sich richtig in Form bringen will«, ermahnte Freytag ihn.

»Ich werde es mir merken.«

»Meyer hat die gleichen schlimmen Eßgewohnheiten wie Sie.«

»So? Ich hatte gar nicht gewußt, daß Sie sich kennen.«

»O doch«, sagte der Deutsche. »Ich nahm sogleich Verbindung mit ihm auf, nachdem ich diese Besteigung organisiert hatte, und wir haben verschiedene kleinere Aufstiege zusammen gemacht, damit er sich an meinen Rhythmus gewöhnt.«

»Und Sie sich an den seinen, nehme ich an.«

Bidet reagierte auf den kühlen Ton dieses Wortwechsels, indem er ein wenig überstürzt etwas von Wärme und Kameradschaftlichkeit in die Unterhaltung brachte. »Wir müssen uns alle beim Vornamen nennen. Findet ihr nicht auch?«

»Es tut mir leid, aber ich kenne den Vornamen Ihrer Frau nicht«, sagte Jonathan.

»Anna«, gab sie bereitwilligst Auskunft.

Jonathan sprach den ganzen Namen vor sich hin und mußte ein Lächeln unterdrücken, das nur ein geborener Engländer verstanden hätte.

»Wie sehen denn die Wetterberichte aus?« fragte Karl Ben förmlich.

»Nicht besonders gut. Heute wird's klar sein, vielleicht auch morgen noch. Aber es kommt ein ganzer Haufen von Schlechtwetterfronten auf uns zu, so daß es danach ziemlich mulmig aussieht.«

»Dann ist ja alles entschieden«, verkündete Karl.

»Was ist entschieden?« fragte Jonathan zwischen zwei kurzen Schlucken aus der Kaffeetasse.

»Daß wir gleich aufbrechen müssen.«

»Darf ich meinen Kaffee noch austrinken?«

»Ich meine, wir sollten so bald wie möglich aufbrechen.«

Ben blickte Karl fassungslos an. »Mit der Aussicht, daß wir in drei Tagen Sturm haben?«

»Den Eiger hat man schon in zwei Tagen geschafft.« Karl war kurz angebunden und offensichtlich in der Defensive.

»Und wenn man es nun nicht in drei Tagen schafft? Wenn schlechtes Wetter einen da oben festnagelt?«

»Benjamin hat da nicht so ganz unrecht«, warf Jean-Paul dazwischen. »Wir sollten keine kindischen Risiken auf uns nehmen.«

Das Wort »kindisch« wurmte Karl. »Ohne Risiko kann man nicht klettern. Vielleicht sind die Jungen eher dazu bereit, ein Risiko auf sich zu nehmen.«

Jonathan blickte vom Berg auf Ben, der die Mundwinkel herabzog, die Augen schloß und nachdrücklich den Kopf schüttelte.

Anderl hatte an dieser Unterhaltung nicht teilgenommen, sondern seine Aufmerksamkeit vielmehr einer Schar von attraktiven jungen Mädchen draußen auf der Terrasse zugewendet. Jonathan fragte ihn, ob es wohl ratsam sei, sich an den Aufstieg zu machen, obwohl das Wetter nur zwei Tage beständig zu bleiben versprach. Anderl schob die Unterlippe vor und zuckte die Achseln. Ihm schien es gleichgültig zu sein, ob sie bei gutem oder schlechtem Wetter kletterten. Beides habe seine Reize. Sofern sie sich jedoch nicht heute oder morgen an den Aufstieg machen würden, dürfe er seine Aufmerksamkeit wohl anderen Dingen zuwenden.

189

Jonathan mochte ihn.

»Also stecken wir in einer Zwickmühle«, sagte Karl. »Zwei sind dafür, sofort mit dem Aufstieg zu beginnen, und zwei dagegen. Da zeigt sich das Dilemma demokratischen Vorgehens. Habt ihr einen Kompromißvorschlag? Sollen wir vielleicht halb raufklettern?« Offensichtlich sollte das geistreich klingen.

»Nein, *drei* sind dagegen«, berichtigte Jonathan ihn. »Ben hat schließlich auch eine Stimme.«

»Aber er klettert doch nicht mit uns.«

»Er ist unser Bodenmann. Bis wir Felsberührung haben, hat er sogar mehr als eine Stimme: Es hat sich alles nach ihm zu richten.«

»So? Hat man sich dahingehend geeinigt?«

Anderl sprach, ohne die Augen von den Mädchen draußen auf der Terrasse zu wenden. »Das wird immer so gemacht«, erklärte er mit Nachdruck. »Das letzte Wort hat hier der Bodenmann – und der Führer, sobald wir an der Wand sind.«

»Sehr schön«, sagte Karl, um die Unterhaltung an einem Punkt abzubrechen, wo er verlor. »Das bringt uns zu einem weiteren Problem. Wer soll der Führer sein?« Karl blickte um den Tisch herum, bereit, sich gegen jede Opposition zur Wehr zu setzen.

Jonathan goß sich noch eine Tasse ein und schwenkte einladend die Kanne; sein Angebot wurde von Karl mit einem energischen kurzen Kopfschütteln abgelehnt, von Jean-Paul dadurch, daß er die Hand über die Tasse legte, von Anna durch ein leichtes Anheben der Fingerspitzen, von Anderl dadurch, daß er überhaupt nicht hinsah, und von Ben mit einer Grimasse – sein Bierseidel war noch viertel voll. »Ich dachte, es stünde so gut wie fest, daß Sie den Führer machen, Karl«, sagte Jonathan gelassen.

»Das war auch der Fall. Aber zu dieser Entscheidung waren wir gekommen, bevor das amerikanische Mitglied seinen unglücklichen Unfall hatte und durch einen Mann von – bis vor einigen Jahren zumindest – großem internationalen Ruf ersetzt wurde.«

Jonathan vermochte ein Lächeln nicht zu unterdrücken.

»Damit es hinterher keine Schwierigkeiten gibt«, fuhr Karl fort. »Ich möchte, daß alle sich darüber einig sind, wer die Führung übernimmt.«

»Das, was Sie da sagen, hat etwas für sich«, sagte Jean-Paul. »Es stimmt, Jonathan hat den Berg schon zweimal bestiegen.«

Gallischer Vernünftigkeit wurde mit teutonischer Genauigkeit gekontert. »Ich bitte, das richtigstellen zu dürfen. Dem Herrn Doktor ist es zweimal mißlungen, den Berg zu besteigen. Ich möchte Sie nicht beleidigen, Herr

Doktor, aber ich finde, es muß gesagt werden, daß zwei mißlungene Besteigungsversuche Ihnen nicht automatisch das Recht geben, eine Gruppe zu führen.«

»Ich bin nicht beleidigt. Ist es denn für Sie so wichtig, daß Sie den Anführer machen?«

»Es ist für unsere Seilschaft wichtig. Ich habe Monate darauf verwandt, eine neue Route ausfindig zu machen, die in bedeutsamer Weise vom klassischen Aufstieg abweicht. Ich bin sicher, wenn ich sie mit euch durchgegangen bin, dann seid ihr überzeugt, daß diese Route gut ausgedacht und durchaus zu bewältigen ist. Und wenn wir die Wand auf einer neuen Route bezwingen, finden wir damit Eingang in die Annalen.«

»Und das ist für Sie so wichtig?«

Verwundert blickte Karl ihn an. »Selbstverständlich.«

Anderl hatte seinen Stuhl vom Tisch zurückgeschoben und verfolgte diesen Machtkampf mit einem belustigten Ausdruck auf seinem schmalen, tief gebräunten Gesicht.

Anna versuchte die Langeweile abzuschütteln, indem sie ihren Blick von Jonathan auf Karl richtete – beide waren sie die geborenen Führer innerhalb dieser Gruppe, und Jonathan spürte instinktiv, daß sie eine Wahl traf.

»Warum belassen wir es nicht dabei?« sagte Jean-Paul begütigend. »Heute nachmittag sehen wir uns die Route an, die Sie ausgetüftelt haben, Karl. Wenn sie uns gut erscheint, sind Sie auf dem Berg der Anführer. Aber bis wir Bergberührung haben, führt Benjamin das Kommando.«

Karl war einverstanden. Er war sicher, daß seine Route sie überzeugen würde. Ben blickte Karl finster und schweigend an und gab dadurch sein Einverständnis zu verstehen. Jonathan war einverstanden, und Anderl war es völlig gleichgültig.

»Also.« Jean-Paul klatschte in die Hände, um das Ende dieses für ihn unangenehmen Zusammenpralls zu unterstreichen. »Jetzt wollen wir unseren Kaffee trinken und einander besser kennenlernen. Einverstanden?«

»Ach?« sagte Jonathan. »Ich dachte, Sie und Karl, Sie kennen einander bereits?«

»Wie kommen Sie denn darauf?« fragte Jean-Paul lächelnd.

»Auf geschäftlicher Basis gewissermaßen. Ihre Firma stellt Aerosol Kanister her, seine Schädlingsbekämpfungsmittel. Es wäre doch ganz natürlich, wenn...« Jonathan zuckte die Achseln.

Karl runzelte bei der Erwähnung der Schädlingsbekämpfungsmittel die Stirn.

»Ah, ich verstehe«, sagte Jean-Paul. »Ja, ein höchst begreiflicher Irrtum.

Trotzdem, wir treffen uns hier zum erstenmal. Es ist reiner Zufall, daß wir in zwei Branchen arbeiten, die etwas miteinander zu tun haben.«

Anna sah aus dem Fenster und sprach zu niemandem im besonderen: »Dabei war ich fest davon überzeugt, daß jeder Hersteller von irgendwelchen Flüssigkeiten in ganz Europa irgendwann einmal Gast in unserem Haus gewesen ist.«

Jean-Paul lachte und zwinkerte Jonathan zu. »Sie findet manche meiner Kollegen ein wenig langweilig.«

»So?« fragte Jonathan und machte große Augen.

Die Unterhaltung wandte sich gesellschaftlichen Belanglosigkeiten zu, und eine Viertelstunde später erhob sich Ben und entschuldigte sich damit, noch einmal die Ausrüstung überprüfen zu wollen. Anderl beschloß, ihm dabei zu helfen, und so gingen beide.

Jonathan sah Ben mit dem für ihn charakteristischen energiegeladenen wiegenden Gang davongehen, durch den er sein leichtes Hinken kompensierte. Ein Gedanke schoß ihm durch den Kopf.

»Wie ich hörte, haben Sie sich vorigen Monat eine Verletzung zugezogen«, sagte er gesprächsweise zu Karl.

»Ja. Ein kleiner Absturz. Nichts Ernsthaftes.«

»War es nicht am Bein?«

»Ja, ich habe es mir an einem Felsen aufgerissen. Aber Sie können unbesorgt sein, meine Kletterei wird dadurch nicht im geringsten beeinträchtigt.«

»Das ist gut.«

Karl und Jean-Paul gerieten ins Plaudern und unterhielten sich über Berge, die sie beide einmal bestiegen hatten, verglichen Routen und Erlebnisse. Für Jonathan war das eine gute Gelegenheit, sich – die Kaffeetasse in der Hand – zurückzulehnen und die drei in aller Ruhe in Augenschein zu nehmen. Nichts im Benehmen der gesamten Seilschaft hatte darauf schließen lassen, daß einer von ihnen wußte, wer Jonathan war und warum er hier war.

Anna Bidet hatte ihre Gedanken wieder nach innen gerichtet, verbarg sie hinter ihren langen Wimpern, die ihre flinken, intelligenten Augen verschleierten. Schon eine ganze Weile hatte sie sich so in sich zurückgezogen und schien sich in der Gesellschaft ihres eigenen Geistes durchaus wohl zu fühlen. Von Zeit zu Zeit wandte sich ihr Blick nach außen, richtete sie ihn auf die Männer um sie herum, hörte sie einen Moment zu, ehe sie dann wieder zu dem Schluß kam, daß nichts gesprochen wurde, was für sie von Interesse sei, und sich daraufhin wieder in sich zurückzog. Jonathan ließ die Augen auf ihr ruhen. Ihre Kleidung, ihre gelegentlichen Beiträge zum Gespräch, das Aufleuchten ihrer Augen, wenn etwas sie erheiterte oder sie gern nachgefragt hätte, was jedoch auf dem Höhepunkt abrupt wie ausgelöscht war, wenn sich ihre Lider darüber senkten – all das war gekonnt und wirksam. Sie war gleichzeitig ganz Würde und ganz Herausforderung, eine Kombination, wie sie Pariserinnen einer gewissen Klasse und einer bestimmten Altersstufe eigen ist.

Offensichtlich spürte sie Jonathans Blick auf sich ruhen, denn sie schien aus ihrer Träumerei zu erwachen und erwiderte diesen Blick offen und belustigt.

»Eine interessante Kombination«, stellte sie dann gelassen fest.

»Wie bitte?«

»Kunstkritiker, Gelehrter und Bergsteiger. Und ich bin überzeugt, es steckt noch einiges andere dahinter.«

»Und was halten Sie davon?«

»Nichts.«

Jonathan nickte und wandte seine Aufmerksamkeit Jean-Paul zu, der ganz offensichtlich nicht aus der gleichen Welt stammte wie sie. Der noch junge Reichtum paßte ihm wie sein Anzug, daß heißt, er saß nicht ganz vollkommen, einfach deshalb, weil es ihm an dem bißchen Angeberei mangelte, die dazu beiträgt, diese Dinge vollkommen zu beherrschen. Eigentlich war er über das Alter für die ganz großen Besteigungen bereits hinaus, aber es saß kein Gramm Fett an seinem robusten, etwas bäurischen Körper. Ein Auge nach unten gerichtet wie bei einem Clown, hatte sein Gesicht doch etwas sehr Waches und Lebenslustiges. Seine Nase beschrieb einen langen, schmalen Bogen, der etwas zu hoch oberhalb der Augen ansetzte und in der Mitte einen eigenwilligen Ruck zur Seite machte. Der Mund war schief und beweglich genug, ihm jene Lebhaftigkeit des Gesichtsausdrucks zu verleihen, die wesentlich zur Sprechweise des Franzosen vom Lande dazugehört. Alles in allem machte sein Gesicht den Eindruck, als hätte die Natur eine vollkommen nichtssagende Form gestaltet, dann, während der Ton noch weich war, die Handfläche auf den Mund gedrückt und ihm einen leichten Dreh nach links gegeben.

Jonathan schätzte seine Art. Sein Abscheu vor Streitereien und die Art und Weise, wie er mit Hilfe der Logik die Gemüter beschwichtigte, machten ihn zu einem idealen ausgleichenden Element bei den dynamischen und aggressiven Persönlichkeiten, die man oft unter Bergsteigern findet. Ein Jammer, daß er so offensichtlich ein Hahnrei war – zumindest geistig betrog seine Frau ihn. Jonathan stellte ihn sich unwillkürlich mit der Zipfelmütze auf dem Kopf, der Kerze in der einen Hand und dem Nachtgeschirr in der anderen vor.

Das war allerdings ein unfreundliches Bild, und so wandte er seine Aufmerksamkeit von ihm ab und Karl Freytag zu, der in diesem Augenblick ausführlich und bedeutsam klarzumachen versuchte, daß die Route, die Jean-Paul im vorigen Jahr bei der Besteigung des Dru gewählt habe, eine schlechte Wahl gewesen sei. Als Jean-Paul lachte und sagte: »Für mich ist entscheidend, daß ich auf dieser Route den Gipfel erreicht habe und auch wieder hinuntergekommen bin«, zuckte Karl die Achseln; es war offenkundig, daß er keine Lust hatte, sich weiter mit einem Mann auseinanderzusetzen, der so etwas einfach auf die leichte Schulter nahm.

Karl hatte ein breites und ebenmäßig geschnittenes Gesicht, doch war es zu unbeweglich, als daß es wirklich interessant hätte sein können; er war hübsch, ohne dabei attraktiv zu sein. Sein blondes – oder besser: farbloses Haar war dünn und glatt und streng von seiner breiten, aggressiv-intelligenten Stirn zurückgekämmt. Er war der Größte von ihnen allen, und seine ausgezeichnete körperliche Verfassung erlaubte es ihm, eine starre sitzende Haltung einzunehmen, ohne deshalb lächerlich zu wirken.

»Na schön«, sagte Jean-Paul, brach damit die Unterhaltung mit Karl ab und wandte sich Jonathan und Anna zu. »Ihr beiden scheint euch nicht viel zu sagen zu haben, oder?«

»Wir haben unser Schweigen miteinander verglichen«, sagte Jonathan, »und ihres erwies sich als interessanter als meines.«

»Sie ist eine bemerkenswerte Frau.« Jean-Paul sah seine Frau mit unverhohlenem Stolz an.

»Das glaube ich.«

»Vor ihrer unseligen Heirat war sie beim Ballett, wissen Sie.« Es war eine Art Selbstschutz von Jean-Paul, daß er andere glauben machen wollte, ihre Ehe sei gesellschaftlich wie gefühlsmäßig eine Mesalliance. Nicht nur, daß er ein Fabrikant war – seine Firma stellte auch noch einen allgemein gebräuchlichen, aber etwas lächerlichen Haushaltsartikel her.

Anna lachte leise. »Jean-Paul sonnt sich in der Vorstellung, er hätte mich auf dem Höhepunkt meiner Karriere von der Bühne weggeholt, und dabei haben Alter und schwindende Beliebtheit auf das gleiche Ziel hingearbeitet.«

»Unsinn!« erklärte Jean-Paul. »Kein Mensch errät, wie alt du bist. Für wie alt würden Sie sie denn schätzen, Jonathan?«

Diese Frage versetzte Jonathan in Verlegenheit – beiden gegenüber.

»Mein Mann bewundert rückhaltlose Offenheit, Dr. Hemlock. Takt ist für ihn gleichbedeutend mit Kneifen.«

»Aber nicht doch! Kommen Sie, Jonathan. Wie alt, würden Sie sagen, ist Anna?«

Jonathan hob beide Hände, die Handflächen nach vorn – eine Geste der Hilflosigkeit. »Ich – äh – ich würde meinen, ein Mann käme nur dann auf die Idee, herauszubekommen, wie alt sie wohl sein könnte, wenn er nicht recht weiß, ob er den Apfel nun der Natur oder der Dame selbst reichen soll.«

Sehr gut hatte er sich nicht aus der Affäre gezogen, doch Anna applaudierte spöttisch, indem sie lautlos mit den Spitzen dreier Finger in die Handfläche klopfte.

Da er spürte, daß hier nichts weiter von Wichtigkeit besprochen werden würde, erhob sich Karl und entschuldigte sich. Jean-Paul rückte einen Stuhl näher heran, damit sie nicht so weit auseinandersäßen.

»Kein Zweifel – er ist großartig«, sagte er und sah verträumt nach draußen zum Eiger hinüber. »Genau der richtige Berg für meine letzte Besteigung.«

»Ihre letzte?«

»Ich bin nicht mehr der Jüngste, Jonathan. Denken Sie doch nur: Mit zweiundvierzig werde ich der älteste Mann sein, der diesen Berg besteigt. Diese beiden jungen Burschen sind phantastische Kletterer. Wir werden uns verdammt anstrengen müssen – Sie und ich. Sie sind – verzeihen Sie, aber – wie alt, wenn ich fragen darf?«

»Siebenunddreißig.«

»Ah, genauso alt wie meine Frau.«

Sie schloß die Augen und machte sie resigniert wieder auf. Um von etwas anderem zu reden, fragte Jonathan. »Interessieren Sie sich für die Bergsteigerei, Anna?«

»Nicht sonderlich.«

»Aber sie wird stolz auf mich sein, wenn ich zurückkomme, nicht wahr, Chérie?«

»Sehr stolz.«

»Ich kann mich nicht erinnern, mich jemals so ausgezeichnet gefühlt zu haben«, sagte Jean-Paul, reckte seine athletischen Arme und ließ einen auf Annas Schulter fallen. »Ich spüre geradezu, daß ich ausgezeichnet trainiert habe und in der besten Kondition bin, die man in meinem Alter haben kann. In den letzten sechs Monaten habe ich Abend für Abend ein kompliziertes System von gymnastischen Übungen durchgemacht und mich fanatisch daran gehalten. Dabei arbeite ich immer so spät bis in die Nacht hinein, daß meine arme Frau für gewöhnlich schon schläft, wenn ich ins Bett gehe.« Er lachte und klopfte ihr auf die Schulter.

»Dann muß sie ja jetzt ganz versessen darauf sein«, erklärte Jonathan, »daß Sie diese Besteigung endlich hinter sich bringen.«

Anna blickte ihn an, wandte dann jedoch die Augen ab und sah nach draußen, wo Regentropfen leicht gegen die Scheiben zu fallen begannen.

Rein gewohnheitsmäßig verwünschte Jean-Paul diesen Wetterumschwung, dabei mußte seine Erfahrung mit dem Berner Oberland ihm sagen, daß der Sonnenschein heute morgen, nicht aber der Regen die Ausnahme war.

»Das bedeutet, daß in größerer Höhe Schnee liegen wird«, erklärte er. Es klang nicht anders als eine sachliche Feststellung.

»Ja, ein bißchen schon«, pflichtete Jonathan ihm bei. Er schenkte sich noch eine Tasse ein und entschuldigte sich, weil er hinaus wollte auf die Terrasse, wo er sich unter das überhängende Dach stellte und den Geruch des Regens genoß.

Der Himmel war zinkfarben. Das Grün der wenigen knorrigen Latschenkiefern, die hier im felsigen Boden der Kleinen Scheidegg Wurzel gefaßt hatten, war nun, da ihnen das Sonnenlicht entzogen war, ein langweiliges Olivbraun geworden. Es herrschte Windstille.

Sie waren schon eine eiskalte Bande. Zumindest einer von ihnen war verdammt eiskalt. Er hatte sein mögliches Opfer kennengelernt, doch nichts, keine Geste, keine Nervosität, kein Seitenblick, hatte ihm irgendeinen Hinweis gegeben. Jonathan würde sich auf höchst unsicherem Boden bewegen, solange »Spürhund« keinen Kontakt mit ihm aufnahm und ihm sagte, wer das Opfer sei.

Graue Nebelschwaden verhüllten das obere Drittel der Nordwand. Ihm fiel das makabre Wortspiel ein, das die deutschen Sportjournalisten jedesmal wieder aufgriffen, wenn eine Seilschaft die Nordwand hinauf wollte: Die Nordwand nannten sie dann Mord-Wand. Vergangen waren die Zeiten, da Deutsche und Österreicher mit rücksichtsloser, wagnerischer Todesliebe die Eigerwand attackierten. Große Namen hatten sie bezwungen: Hermann Buhl, Lionel Terray, Gaston Rébuffat; und Dutzende weniger bedeutender Männer waren sie hinaufgeklettert – jeder von ihnen beanspruchte durch seinen Erfolg ein Stück von dem Ruhm, der mit der Bezwingung dieser Aufgabe verbunden war. Nichtsdestoweniger spürte Jonathan, während er halb geschützt unter dem Dachvorsprung stand, seinen Kaffee schlürfte und über die Matte hinüberblickte, wie der Wunsch, sich noch einmal an dieser Wand zu versuchen, die ihn zweimal zurückgewiesen hatte, seine Brust immer mehr erfüllte.

Auf dem Weg nach oben zu Bens Zimmer begegnete er Anderl im Flur. Sie begrüßten einander mit einem Kopfnicken. Er hatte diesen untersetzten, sehnigen Burschen spontan gemocht – mit seinem Wust dunkler Haare, der offensichtlich den Kamm kaum kannte, und den langen kräftigen Fingern, welche die Natur eigens geschaffen zu haben schien, damit sie noch den kleinsten Vorsprung und die kleinste Spalte im Felsen fanden und sich an ihnen festklammerten. Zu schade, wenn sich herausstellen sollte, daß Anderl sein Opfer sein sollte.

Als er an Bens Tür klopfte, vernahm er ein dröhnendes »Verkrümeln Sie sich!«

Jonathan öffnete die Tür trotzdem und steckte den Kopf hinein.

»Ach, du bist's, altes Haus. Komm rein. Aber schließ die Tür hinter dir zu!«

Jonathan nahm ein aufgeschossenes Seil vom Extrabett und streckte sich auf diesem aus. »Warum denn diese liebenswürdige Begrüßung?«

Ben war dabei, die Provianttaschen zu packen und das Gewicht gleichmäßig zu verteilen, ohne freilich zu vergessen, wie wichtig es war, daß jeder Beutel alles Nötige für ein gutes Biwak enthielt, falls die Mannschaft auseinandergerissen und zwei Seilschaften bilden würde. »Ach, ich hab nur gedacht, da wär wieder einer von diesen Reportern.« Er brummelte irgend etwas in sich hinein, als er einen Riemen straff zog. Und dann: »Verdammt noch mal, die klopfen alle paar Minuten an meine Tür. Sogar Leute vom Fernsehen sind hier. Hast du das gewußt?«

»Nein, aber es überrascht mich nicht. Die Eiger-Vögel sind jetzt in ganzen Scharen hier eingefallen. Das Hotel ist bis obenhin voll von ihnen. Selbst in Alpiglen und Grindelwald sitzen sie.«

»Verdammte Geier!«

»Aber die fettesten Vögel hocken doch hier im Hotel.«

Mit einem Grunzlaut schnürte Ben einen der Proviantsäcke zu. »Wie zum Beispiel?«

Jonathan erwähnte die Namen eines griechischen Industriellen und seiner neuerworbenen Ehefrau, einer Dame der amerikanischen High-Society. Die Hotelleitung hatte vor dem Hotel ein großes, rechteckiges, orientalisches Zelt errichtet, das über eines der Fernrohre auf der Terrasse hinausging. Das Zelt war mit Seidenstoffen ausgekleidet sowie mit Heizröhren und einem kleinen Eisschrank ausgestattet, und das Fernrohr war für ihren persönlichen Gebrauch reserviert, nachdem es sorgfältig mit Desinfektionsmitteln geschrubbt worden war. Man hatte jede Vorsichtsmaßnahme getroffen, um sie vor dem Kontakt mit den weniger hochgestellten Eiger-Vögeln zu bewahren, doch die Vorliebe des Griechen für Verschwendung und plumpe Scherze hatte sofort die Aufmerksamkeit der Presse erregt.

Jonathan bemerkte ein mächtiges Teleskop aus Messing in einer Zimmerecke. »Hast du das mitgebracht?«

»Na klar. Denkst du etwa, ich stell mich mit einer Tasche voll Kleingeld an, um euch bei eurem Aufstieg an der Wand zu verfolgen?«

»Ich fürchte aber doch, daß du mit den Leuten von der Presse deinen Frieden schließen mußt.«

»Warum?«

»Das beste wäre, du würdest sie immer auf dem laufenden halten, sobald wir auf dem Berg sind. Du brauchst ja nur reine Fakten mitzuteilen: wie hoch wir sind, wie das Wetter ist, welche Route wir nehmen – solche Sachen.«

»Mein Motto ist: Sag ihnen nichts! Soll'n sie doch abhauen!«

»Nein, ich glaube, du solltest doch ein bißchen mit ihnen zusammenarbeiten. Sonst saugen sie sich die tollsten Dinge aus den Fingern.«

Ben verschnürte den letzten Proviantsack und machte eine Dose Bier aus seinem Vorrat auf dem Nachttisch auf. »Huuu! Ich hab mich mehr abgerackert als ein Einbeiniger beim Wettbewerb im Arschtreten. Aber von mir aus könnt ihr von einer Minute zur anderen aufbrechen. Hier ist der Bericht über einen Hochdruckkeil, der sich hierher vorschiebt, und daß dieser Teufelsbraten von einem Berg euch nicht mehr als zwei, höchstens drei Tage gleichbleibendes Wetter beschert, müßtest du eigentlich am besten wissen.« Er schob einen Ring mit Eishaken vom Bett und streckte sich darauf aus.

Jonathan fragte ihn, wie er seine Partner einschätze, und Ben schnitt eine Grimasse. »Ich weiß nicht. Zu unterschiedliche Charaktere für meinen Geschmack. Dieser Deutsche ist mir ein bißchen zu draufgängerisch.«

»Ich habe aber das Gefühl, er ist ein guter Bergsteiger.«

»Schon möglich. Aber in einem Biwak bringt der keinen zum Grinsen. Er hat ganz das Zeug dazu, rotzfrech zu werden. Der scheint sich wohl nicht darüber im klaren zu sein, daß wir schon sämtliche wichtigen Berge raufgeklettert sind, als er noch in die Windeln kackte. Allerdings, dieser österreichische Bursche...«

»Anderl?«

»Ja, Anderl. Das ist ein echter Bergsteiger. Richtig zünftig. Sieht übrigens so 'n bißchen aus wie du.« Ben stützte sich auf einen Ellbogen und fügte vielsagend hinzu: »Vor dreizehn Jahren.«

»Schon gut, schon gut.«

»Na, altes Haus! Dann wirf deinem armen verkrüppelten Freund noch ein Bier rüber, ja?«

Mit einem Grunzer richtete Jonathan sich auf und tat ihm den Gefallen, wobei er zum erstenmal bemerkte, daß Ben amerikanisches Bier trank. Wie die meisten amerikanischen Biertrinker konnte Ben dem vergleichsweise dickflüssigen Gebräu der Deutschen und der Schweizer keinen Geschmack abgewinnen. Jonathan stützte sich aufs Fensterbrett und sah in den Regen hinaus. Draußen war Anderl, einen Arm um ein Mädchen gelegt, das seine Jacke über dem Kopf trug. Sie kehrten ins Hotel zurück.

»Was hältst du von Jean-Paul, Ben?«

»Nicht besonders viel. Wie ich die Sache sehe, stehst du grade noch mit einem Bein in der Altersgruppe, die diese Begehung machen kann. Er steht aber schon mit beiden Beinen draußen.«

Jonathan konnte sich dieser Ansicht nicht anschließen. »Mir sieht er aber ganz danach aus, als ob er enormes Durchhaltevermögen hätte. Der hat die Zähigkeit von Generationen von Bauern in sich.«

»Wenn du meinst, altes Haus.« Ben nahm die Beine schwungvoll vom Bett herunter und setzte sich auf. Seine Stimme bekam unversehens einen ganz anderen Ton, wie von jemand, der plötzlich auf etwas zu sprechen kommt, worauf er schon lange gewartet hat. »Bei mir in Arizona hast du mir gesagt, vielleicht würdest du an dieser Besteigung doch nicht teilnehmen. Wie steht's damit?«

Jonathan saß auf der Fensterbank. »Ich weiß nicht. Ich hab hier was zu erledigen. Die Kletterei ist dabei nur eine Nebensache.«

»Ziemlich großkotzig für eine Nebensache, finde ich.«

»Stimmt.«

»Und was hast du zu erledigen?«

Jonathan blickte in Bens von Lachfältchen überzogenes Gesicht. Er konnte es ihm einfach nicht erzählen. Draußen, auf der anderen Seite der Fensterscheibe, gab es auf der vom Regen grauen und durchweichten Matte hier und da Flecken voller Schnee. »Die Skiläufer müssen diesen Regen ja verfluchen«, sagte er, um überhaupt etwas zu sagen.

»Was hast du zu erledigen?« Ben ließ nicht locker. »Hat das irgendwas mit diesem Mellough zu tun?«

»Nur indirekt. Vergiß es, Ben.«

»Das ist nicht so einfach, wie du dir das vorstellst. Nachdem du fort warst, ist bei mir die Hölle losgewesen. Der ganze Bungalow wimmelte nur so von Polizisten, die hochtrabend daherredeten und sich ansonsten ziemlich lächerlich benahmen. Sie fuhren Patrouillen in die Wüste und knatterten mit ihren Hubschraubern rum. Die ganze Gegend war in Aufruhr, bis die Sache endlich vorbei war.«

Jonathan mußte lächeln, als er sich die Geschäftigkeit ausmalte, wie das CII sie bei solchen Gelegenheiten entwickelte: diese hervorragende Zusammenarbeit – als ob Italiener und Araber gemeinsam eine Invasion geplant hätten. »Das nennen die Geheimhaltung, Ben.«

»So, nennen sie das so? Was is'n da draußen überhaupt passiert? Als du das Gewehr zurückbrachtest, war daraus geschossen worden. Und von diesem Mellough und seinem Freund hat niemand jemals wieder was gesehen.«

»Ich möchte nicht darüber reden. Ich muß tun, was ich tun muß, Ben. Täte ich es nicht, würde ich mein Haus und die Sachen verlieren, die ich in all den Jahren mühsam gesammelt habe.«

199

»So? Dein Haus würdest du verlieren? Aber du könntest doch immer noch unterrichten. Du unterrichtest doch gern, nicht wahr?«

Jonathan sah Ben an. Nie hatte er ernsthaft darüber nachgedacht, ob er nun seine Arbeit am College gern tat oder nicht. »Nein, ich glaube nicht. Ich bin gern mit klugen Köpfen zusammen, die meinen Geist und meinen Geschmack zu schätzen wissen, aber was das reine Unterrichten betrifft – nein. Das ist bloß ein Job.«

Ben schwieg eine Weile. Er trank sein Bier aus und zerdrückte die Dose in der Hand. »Laß uns doch diese ganze Besteigung abblasen«, sagte er mit fester Stimme. »Wir erklären ihnen, du wärst krank oder so. Meinetwegen, daß deine Hämorrhoiden dir zu schaffen machen.«

»Mit meinem Achilles-After? Nein, nichts zu machen, Ben. Vergiß es.«

Jonathan wischte mit dem Handrücken über die beschlagene Scheibe und sah angestrengt zu dem dunstverhangenen Berg hinüber. »Weißt du, was komisch ist, Ben?«

»Du.«

»Nein. Wirklich komisch ist, daß ich mir an diesem Berg tatsächlich nochmal die Zähne ausbeißen möchte. Ganz abgesehen von der Sache, derentwegen ich eigentlich hier bin, reizt es mich wirklich. Verstehst du dieses Gefühl?«

Ben spielte eine Weile mit einem aufgeschossenen Nylonseil. »Selbstverständlich verstehe ich das. Aber ich will dir mal was sagen, altes Haus: Was hier so süßlich duftet, das ist der Modergeruch der Verwesung.«

Jonathan nickte.

Beim Mittagessen drehte sich die Unterhaltung hauptsächlich ums Wetter; es hatte sich eingeregnet, der Regen fiel gleichmäßig, und hin und wieder fuhren Regenböen prasselnd gegen die Fensterscheiben. Sie wußten, daß das Neuschnee auf dem Dritten Eisfeld und, in noch größerer Höhe, auf der Spinne bedeutete. Viel hing von der Temperatur ab, die an der Wand herrschte. Wenn es kalt war und der Schnee pulverig und trocken, würde er zischend in die Tiefe gehen und das ewige Gletschereis und den festen Schnee auf dem Gletscher begehbar machen. Stieg jedoch die Temperatur, wurde der Schnee dabei feucht, und klebte er, dann würde er liegenbleiben, immer dickere Schichten bilden und sich zu Verwehungen auf den bis zu sechzig Grad ansteigenden Gletschern auftürmen, jederzeit bereit, bei der kleinsten Störung als Lawine zu Tal zu donnern.

Ben wußte, daß Jonathan die Oberfläche der Nordwand während seiner Trainingsbesteigung auf der Westflanke vor zwei Tagen genau in Augenschein genommen hatte.

»Haben Sie viel sehen können?«

»Ja, das Wetter war klar.«

»Na und?« fragte Karl.

»Es sah schön aus – für den Eiger. Der Schnee war alt und verharscht. Und die ganze Wand war so trocken, wie ich sie noch nie erlebt habe.« Worauf Jonathan anspielte, war das unerklärliche »Austrocknen« der Nordwand, das in den vergangenen dreißig Jahren immer weiter fortgeschritten war. Bestimmte Flächen waren in den späten dreißiger Jahren ausgedehnte Schneefelder gewesen – seit Ende der fünfziger Jahre gab es da nur noch feuchten und vereisten Fels. »Eines war wirklich gut. Der Hinterstoisser-Quergang war fast eisfrei.«

»Das betrifft uns nicht«, verkündete Karl. »Meine Route geht nicht über den Hinterstoisser-Quergang.«

Selbst der phlegmatische Anderl spürte das allgemeine Schweigen, welches diese Feststellung hervorrief. Jonathans Tasse mit heißer Schokolade verharrte für einen Moment in der Luft, als er sie gerade an die Lippen führen wollte, doch faßte er sich rasch und trank kommentarlos, womit er Karl die Genugtuung nahm, ihn schockiert zu haben. Dieser Quergang, dem der junge Deutsche mit seinem Tod den Namen gegeben hatte, war der Schlüssel für alle erfolgreichen Besteigungen des Eiger gewesen. Keine Seilschaft hatte jemals diese kritische Brücke umgangen und den Gipfel erreicht, und nur eine Gruppe, die das gewagt hatte, war mit heiler Haut wieder heruntergekommen.

»Nach dem Mittagessen werde ich meine Route im einzelnen mit euch durchgehen«, sagte Karl und brach damit das lastende Schweigen.

Mit einem sanften Lächeln, hinter dem er seine Gedanken verbarg, beobachtete Jonathan über seine Tasse hinweg einen Augenblick lang Karl, dann lenkte er sein Augenmerk auf die Matte und den Berg draußen.

Die Bergsteiger hatten sich einen Tisch am Panoramafenster reservieren lassen, das auf die Matte hinausging, und im allgemeinen saßen sie so, daß sie dem Restaurant den Rücken zuwandten, und versuchten, all die Eiger-Vögel zu ignorieren, die mittlerweile in hellen Scharen angeschwirrt gekommen waren.

Während des Essens waren verschiedentlich Kellner gekommen, die Einladungen der wohlhabenderen oder weniger zurückhaltenden Eiger-Vögel zum Essen oder zu irgendwelchen abendlichen Gesellgkeiten überbrachten, die, hätte man sie angenommen, den Gastgeber in den Augen von seinesgleichen beträchtlich erhöht hätten. Diese Briefchen wurden stets an Ben weitergegeben, der sich ein Vergnügen daraus machte, sie ungelesen vor den Augen der lächelnd winkenden Absender in kleine Stücke zu zerreißen.

Ein geübter Ornithologe hätte drei Arten von Eiger-Vögeln in dem aufgeregt flatternden Schwarm unterschieden, der in einem halben Dutzend Sprachen durcheinanderzwitscherte.

Die Crème der Eiger-Vögel bildeten die international berühmten Müßiggänger, die von ihren Mittsommer-Etappen auf ihren jährlichen Vergnügungszügen herangeflogen waren, um ihre sensationslüsternen Nerven durch das Sexualstimulans Tod kitzeln zu lassen. Sie flogen aus allen Ekken und Enden der Erde herbei, aber nicht einer kam aus den ehemals berühmten Zufluchtsorten, die von den Imitatoren aus der Mittelklasse verseucht worden waren: der Riviera, Acapulco, den Bahamas, den Azoren und der marokkanischen Küste, die erst seit kurzem an die gesellschaftlichen Parvenüs verlorengegangen war. Ihre Hackordnung wurde streng eingehalten, und jeder Neuankömmling nahm gehorsam den Rang ein, der ihm zustand und der mehr durch jene definiert wurde, welche unter ihm standen, als durch jene, die über ihm standen. Der griechische Industrielle und seine Frau nahmen es als selbstverständliches Recht ihres Reichtums an, die Spitze der Pyramide für sich zu beanspruchen; der dünnblütige und schmalgesichtige italienische Adel mit beschränkten Mitteln bildete die unterste Schicht.

Die unteren Ränge der Nekrophilen aus Müßiggang waren zahlenmäßig am stärksten vertreten. Man erkannte sie leicht an den schreienden Farben ihres Gefieders sowie an den verbissenen und kurzweiligen Liebesgewohnheiten. Da waren die ziemlich beleibten Männer mit violettbrauner Haut, den Zigarren und dem schütter werdenden Haar sowie den lauten und linkischen Gesten, die darauf abzielten, den Eindruck jugendlicher Energie zu vermitteln. Während der Fütterzeiten konnte man sie sehen, wie sie die Hände nach ihren vollbusigen Gespielinnen ausstreckten, die kicherten und einen leeren Ausdruck im Gesicht bekamen, wenn sie angerührt wurden.

Die Weibchen dieser Unterart waren Frauen unbestimmbaren Alters, mit harten Zügen, durchwegs gefärbten Haaren und einer Haut, die an den Schläfen durch Schönheitsoperationen gestrafft war. Ihre flinken und mißtrauischen Augen schossen hin und her und den jungen Griechen und Sizilianern nach, die sie vorsorglich mitbrachten und deren sie sich bedienten.

Und am Rande wachten virile Lesbierinnen über ihre aufgeregt zwitschernden, malvenfarbenen und spitzenbekleideten Besitztümer, wohingegen männliche Homosexuelle zänkisch schnatterten und sich voreinander aufplusterten.

Den untersten Rang der Eiger-Vögel nahmen die Zeitungs- und Fernsehleute ein, die von den Brosamen der anderen lebten. Sie erkannte man auf den ersten Blick, weil sie dauernd zusammengluckten und Konfektionsanzüge trugen, die oft arg zerknittert waren und gewissermaßen das Erkennungszeichen ihres ungebundenen Wanderlebens darstellten. Das war eine leichtfertige, redegewandte und viel zuviel trinkende Bande, die zynisch von den herabgesetzten Preisen Gebrauch machte, die das Hotel ihnen für die Reklame bot, welche sie für die Kleine Scheidegg der Nachsaison machten.

Eine als Verbindungsglied dienende Subkultur eigener Art bildeten die Filmschauspieler. Zwar besaßen sie nicht die Kreditwürdigkeit der Elite, aber dafür waren sie so unübersehbar und berichtenswert, daß sie für alle jene unentbehrlich waren, die es gern hatten, daß sie gesehen wurden und daß man über sie schrieb. Schauspieler behandelte man nicht als Persönlichkeiten, sondern als gesellschaftliche Besitztümer. In dieser Hinsicht wiesen sie Ähnlichkeit mit den Grand-Prix-Rennfahrern auf.

Eine Ausnahme innerhalb dieser allgemeinen Gattung von Filmstars bildete ein Schauspielerehepaar, das aufgrund seines in kurzer Zeit erworbenen Reichtums und wegen seines aufwendigen Lebensstils in sich wieder so etwas wie eine Crème de la Crème bildete. Seit ihrer Ankunft heute morgen, die von viel Flügelschlagen, lauten Begrüßungen von Zufallsbekannten und bühnenwirksamen, übertriebenen Trinkgeldern begleitet wurde, waren sie schon zweimal an die Bergsteiger herangetreten, hatten aber beide Male eine Abfuhr erlitten. Der Schauspieler hatte diese Zurückweisung mit stoischer Resignation hingenommen; seine Frau, die Schauspielerin, war zwar offensichtlich beleidigt gewesen, hatte sich jedoch sichtlich von dieser Schlappe erholt, als sie hörte, daß es der Frau des griechischen Industriellen auch nicht besser ergangen war.

Ganz anders als die Eiger-Vögel, und ohne im geringsten etwas mit ihnen zu tun zu haben, benahm sich eine kleine Schar junger Männer, die das Gerücht von einer bevorstehenden Eigerbesteigung herbeigelockt hatte. Sie waren die einzigen, mit denen die Bergsteiger verkehrten oder denen sie Sympathie entgegenbrachten. Schüchtern, zu zweit oder zu dritt, waren sie per Bahn und Motorrad aus Deutschland, Österreich und Chamonix herbeigeeilt, um ihre roten oder gelben Zelte auf der Matte aufzuschlagen oder sich in den billigeren Cafés von Alpiglen oder Grindelwald ein Zimmer zu nehmen. Da sie sich unter den reichen Hotelgästen nicht so recht wohl fühlten, machten sie sich still an Ben heran, um ihm viel Glück für die Besteigung zu wünschen oder ihm die Hand zu schütteln. Manche von ihnen drückten Ben dabei ein Stück Papier in die Hand, auf dem ihre Adresse oder die Lage ihres Zeltes angegeben war; dann gingen sie rasch wieder, ohne jemals die angebotenen Erfrischungen anzunehmen. Die Zettel mit den Adressen waren für Ben bestimmt, falls es einmal nötig sein sollte, eine Rettungsmannschaft zusammenzustellen. Die weniger Gehemmten unter diesen jungen Männern wagten es, Jonathan und Anderl die Hand zu drücken, den beiden Mitgliedern der Seilschaft, von denen sie in den Alpinistenblättern bereits gelesen hatten. Und das gefiel Karl gar nicht.

Das ganze Mittagessen über hatte Anderl sich damit vergnügt, mit den Augen kleine Duelle mit zwei Schnepfen auszufechten, die zusammen mit einem Kaufmannstyp mit lauter Stimme und einer Neigung zu höchst handfesten Aufmerksamkeiten angekommen waren. Der Kaufmann machte aus seiner Verstimmung über diesen Flirt kein Hehl, was Anderl nur noch mehr belustigte.

In Bens Augen leuchtete wohlwollender, väterlicher Spott auf, als er zu Anderl sagte: »Nun paß bloß auf, mein Junge, du wirst deine ganze Energie für diese Besteigung brauchen.«

Ohne die Augen von den Mädchen zu wenden, sagte Anderl: »Zum Klettern brauch ich nur meine Hände und Füße.«

Jonathan trank seinen Kaffee aus, stand auf und versprach, in einer halben Stunde in Bens Zimmer zu sein, um dort die von Karl vorgeschlagene Aufstiegsroute zu besprechen. Anna erhob sich gleichfalls. Sie hatte offensichtlich keine Lust, sich von der geplanten Vorbesprechung langweilen zu lassen. Gemeinsam gingen sie hinüber in die Halle, wo Jonathan am Empfang seine Post holte. Einer der Umschläge trug weder Briefmarke noch Stempel; deshalb riß er den zuerst auf und warf einen Blick auf eine Einladung zu einem intimen Abendessen mit dem griechischen Industriellen und seiner Frau. Außerdem wurde – in der runden, ungelenkten Handschrift der Frau – erwähnt, sie hätten durch Sotheby's vor kurzem einen Haufen Gemälde erworben, und es wäre ihr eine Freude, wenn Jonathan sie sich ansehen und begutachten würde. Sie unterließ es nicht, ihn daran zu erinnern, daß er ihrem ersten Mann einen ähnlichen Dienst erwiesen habe.

Jonathan trat an den Empfangstisch heran und warf hastig ein paar Zeilen hin: Ein Gutachten sei für ihn eine berufliche, nicht eine gesellschaftliche Angelegenheit. Außerdem, so fügte er hinzu, müsse er die Einladung zum Abendessen ablehnen, da er mit den Vorbereitungen für die Besteigung beschäftigt sei, und im übrigen mache ihm ein Niednagel zu schaffen.

Anna sah ihn seltsam von der anderen Seite des Aufzugs her an; der Ausdruck defensiver Belustigung umspielte ihre Augen.

»Das muß Ihnen ein reines Vergnügen gewesen sein.«

»Sie haben über meine Schulter hinweg gelesen?«

»Selbstverständlich. Sie sind übrigens ganz wie mein Mann, wissen Sie?«

»Hätte der auch eine Einladung von diesen Leuten abgeschlagen?«

»Niemals. Die Vorstellung, die er von seiner Person hat, hätte ihn dazu getrieben, anzunehmen.«

»Wo bleibt denn da die Ähnlichkeit?«

»Darin, daß Sie keinen Moment gezögert haben, was Sie tun sollten. Die Vorstellung, die Sie von sich haben, hat Sie veranlaßt, abzulehnen.« Vor der Tür zu ihrem Zimmer blieb sie einen Augenblick unschlüssig stehen.

»Hätten Sie Lust, einen Moment mit hereinzukommen?«

»Ich denke nicht, nein, vielen Dank.«

Sie zuckte mit den Achseln. »Wie Sie wollen. Es scheint Ihnen heute reichlich Gelegenheit gegeben zu werden, etwas abzulehnen.«

»Wenn ich die Zeichen richtig gelesen habe, bin ich sowieso nicht derjenige, für den Sie sich entschieden haben.«

Fragend schob sie die Augenbrauen in die Höhe, sagte jedoch nichts.

»Ich nehme an, das ist Karl«, fuhr er fort.

»Und ich nehme an, daß Sie das nichts angeht.«

»Ich muß mit beiden auf den Berg steigen. Also seien Sie vorsichtig.«

»Und ich dachte, für gewöhnlich würden Sie für Ihre Gutachten bezahlt.«

Sie trat in ihr Zimmer und schloß die Tür hinter sich.

Jonathan saß im Sessel neben dem Fenster. Er hatte gerade eine Zigarette zu Ende geraucht und war ganz entspannt. Auf seinem Schoß lag ein kleiner Stoß Briefe, welche – den übereinandergesetzten Stempel nach zu urteilen – schon seit geraumer Zeit mit der Post hinter ihm hergereist sein mußten. Der Regen, in den sich jetzt auch noch tanzende Hagelkörner mischten, fuhr mit hellem Geprassel gegen die Fensterscheiben, und das Licht, welches das Zimmer erfüllte, war graugrün und kalt.

Ohne besonders bei der Sache zu sein, ging er die Post durch.

Vom Dekan seiner Fakultät: »... freue ich mich, Ihnen mitteilen zu können, daß Sie für das nächste akademische Jahr eine größere Gehaltszulage bekommen. Selbstverständlich läßt sich Ihre Arbeit nicht in Dollars bewerten...«

So, so. Ritsch-ratsch in den Papierkorb.

Eine Rechnung fürs Haus. Ritsch-ratsch.

»Die Universitätsverwaltung hat die Mittel für ein Komitee zur Bekämpfung der Studentenunruhen bereitgestellt, dessen Hauptaufgabe es sein soll, die gesellschaftliche Energie dieser Kreise in produktive und...«

Ritsch-ratsch. Er verfehlte den Papierkorb. Er hatte es sich strikt zur Regel gemacht, niemals in irgendwelchen Komitees mitzuarbeiten.

Noch eine Rechnung fürs Haus. Ritsch-ratsch.

Die Kunstzeitschrift brauchte dringend den Artikel über Lautrec. Ritsch-ratsch.

Zuletzt kam ein briefmarkenfreier offizieller Umschlag von der amerikanischen Botschaft in Bern, der die Fotokopie einer verschlüsselten Nachricht von Dragon enthielt.

»Beginn der Nachricht... Hemlock... Stop... Spürhund hat Identität des Gesuchten noch nicht festgestellt... Stop... Alternativplan jetzt angelaufen... Stop... Haben Einzelheiten der Durchführung in die Hände von Clement Pope gelegt... Stop... Plan dürfte morgen für Sie greifbare Resultate aufweisen... Stop... Kann man etwas machen, um die Aufmerksamkeit von Funk, Presse und Fernsehen von der geplanten Besteigung abzulenken... Fragezeichen... Stop... Aufenthaltsort von Miß Brown bei uns weiterhin unbekannt... Stop... Viele Grüße... Stop, stop... Ende der Nachricht.«

Ritsch-ratsch.

Jonathan ließ sich entspannt in die Tiefen des Sessels sinken und beobachtete, wie die Hagelkörner von der Fensterbank draußen abprallten. Ein zweimaliges dumpfes Donnergrollen bewirkte, daß er aufmerksam und angespannt durch das Geprassel von Regen und Hagel hindurch lauschte. Er hätte viel darum gegeben, das Getöse einer Lawine an der Wand zu hören, denn wenn Lawinen die Wand nicht von Schneeansammlungen und Geröll reinfegten...

Mit Jemima mußte irgend etwas geschehen.

Es kam aber auch wirklich zuviel auf einmal!

Er rollte sich eine neue Zigarette.

Was führte Dragon im Schilde, daß er Pope darauf angesetzt hatte, das Opfer ausfindig zu machen? Trotz seines Gebarens als Kriminalfilmdetektiv hatte Pope bei »Spürhund« keinen besonderen Ruf genossen, ehe Dragon ihn zum zweiten Mann in der Abteilung SS gemacht hatte.

Daß Pope plötzlich auf den Plan trat, beunruhigte ihn, aber wer wollte schon das Spiel von Beschattung und Doppelbeschattung entwirren, diese Koppelung von Mißtrauen und Aufwand, die für das CII so etwas wie ein Sicherheitsfaktor darstellte? Folglich versuchte Jonathan, im Augenblick nicht weiter darüber nachzudenken.

Er ließ sich tiefer in seinen Sessel hineinsinken und schloß die Augen, während der Rauch ihn noch mehr entspannte. Zum erstenmal war er seit seiner Begegnung mit seinen Teamkameraden allein, und er nahm daher die Gelegenheit wahr, sich zu vergegenwärtigen, wie jeder einzelne reagiert hatte. Nichts hatte den geringsten Verdacht oder auch Furcht verraten. Gut. Er war sich ziemlich sicher, daß Miles Mellough vor dem Zwischenfall in der Wüste keine Gelegenheit mehr gehabt hatte, Kontakt mit dem Opfer aufzunehmen; trotzdem war er erleichtert, dafür auch noch den Beweis ihres Verhaltens zu haben.

Das Schrillen seines Telefons riß ihn aus seinen Gedanken.

»Rat mal, von wo aus ich anrufe.«

»Woher soll ich das wissen Gem?« Daß seine Stimme so müde klang, überraschte ihn selber.

»Aus Bern. Was sagst du dazu?«

»Was treibst du denn in Bern?« Er war erleichtert und doch auch wieder sonderbar beunruhigt.

»Ich bin ja gar nicht in Bern. Das ist es ja gerade. Ich sitze hier in meinem Café, einen Spaziergang von einer Viertelstunde vom Hotel entfernt. Was du als Einladung auffassen kannst, falls dir danach ist.«

Jonathan wartete. Er nahm an, daß sie den Widerspruch näher erklären würde.

»Sie haben meinen Anruf über Bern laufen lassen. Ist das nicht verrückt?«

»Eigentlich nicht.« Jonathan hatte Erfahrungen mit dem Schweizer Telefonsystem, dem, was die Leistungsfähigkeit betrifft, nur noch das französische gleichkommt. »Das Ganze beruht auf der Überlegung, daß der kürzeste Weg zwischen zwei Punkten ein Würfel ist.«

»Na, für meine Begriffe war es jedenfalls verrückt.«

Er hatte den Verdacht, daß sie nicht eigentlich einen Grund für ihren Anruf hätte, und spürte so etwas wie Hilflosigkeit und Verlegenheit im Klang ihrer Stimme mitschwingen.

»Ich werde zusehen, daß wir uns morgen sehen, Gem.«

»Okay. Falls du jedoch den unwiderstehlichen Drang verspüren solltest, mich heute abend zu überfallen, werde ich versuchen, mir meinen Zeitplan so einzurichten...« Sie gab es auf, diesen Ton weiter durchzuhalten. Und dann, nach einer Pause, sagte sie: »Ich liebe dich, Jonathan.« Das Schweigen, welches sie dem folgen ließ, war wie eine flehentliche Bitte um Antwort. Als keine kam, lachte sie grundlos auf. »Ich will mich dir ja nicht aufdrängen.«

»Ich weiß.«

Was dann von ihr kam, war wieder von aufgesetzter Fröhlichkeit.»Na schön! Dann also bis morgen?«

»Bis dann.« Er hielt den Hörer noch eine Weile ans Ohr in der Hoffnung, daß sie zuerst auflegen werde. Als sie das nicht tat, legte er den Hörer sanft auf die Gabel, als wolle er die Unterhaltung so schmerzlos wie möglich beenden.

Die Sonne blinzelte durch einen Riß in den Wolken, und Hagel und Regen fielen in silbrigen Diagonalen durch Bündel von Sonnenlicht.

Zwei Stunden später saßen die fünf Männer in Bens Zimmer um einen

Tisch herum, der in der Mitte des Zimmers stand. Sie beugten sich über eine riesige Vergrößerung der Eigerwand; die Ecken der Aufnahme wurden von ringförmig angeordneten Felshaken festgehalten. Mit dem Finger folgte Karl einer Linie, die er mit weißer Tinte auf die glänzende Oberfläche gezeichnet hatte.

Jonathan erkannte mit einem Blick, daß es sich bei der Route, die Karl ins Auge gefaßt hatte, um eine Verbindung des Sedlmayer/Mehringer-Aufstiegs mit der klassischen Besteigung handelte. Sie stellte einen direkten Angriff auf die Wand dar, einen linearen Aufstieg, der die Hindernisse nahm, wie sie sich ihm entgegenstellten, ohne viel zu vorsichtigen Quergängen Zuflucht zu nehmen. Fast folgte sie dem Weg, den ein Felsbrocken nehmen würde, wenn er vom Gipfel herunterfiel.

»Hier fangen wir mit der Direttissima an«, sagte Karl und wies auf einen Punkt dreihundert Meter links vom Ersten Pfeiler, »und steigen direkt zur Eigerwand-Station auf. Ein schwieriger Weg – Schwierigkeitsgrad fünf, manchmal sogar sechs –, aber er ist zu schaffen.«

»Die ersten zweihundertfünfzig Meter sind vollkommen ungeschützt«, hielt Ben ihm entgegen. Das stimmte: Die erste Teilstrecke bot keinerlei Schutz vor Steinschlag und Eis, die jeden Morgen die Wand herunterdonnerten, wenn die Sonnenstrahlen jenes Eis auftauten, welches das Geröll während der Nacht am Berg hatte festfrieren lassen.

»Darüber bin ich mir natürlich vollkommen im klaren«, erwiderte Karl. »Ich habe alle Gefahren wohl erwogen. Es ist daher unbedingt notwendig, daß wir diesen ersten Teil in den frühen Morgenstunden schaffen.«

»Weiter«, drängte Jean-Paul, der bereits der verführerischen Aussicht erlegen war, zu den wenigen zu gehören, die die Wand in der Direttissima bezwungen hatten.

»Wenn alles gutgeht, sollten wir unser erstes Biwak hier aufschlagen.« Karls Finger tippte auf einen dunklen Punkt auf der schneeverkrusteten Wand, der unmittelbar oberhalb der Eigerwand-Station lag. Beim Bau der Jungfrau-Bahn hatte man hier eine lange Galerie durch den Berg gebrochen, um die Luftzufuhr für den Haupttunnel sicherzustellen und den Schutt hinauszubefördern. Sie stellte einen beliebten Aussichtspunkt für Touristen dar, die sich bis an den wohlgeschützten Rand vorwagten und von dort aus in die atemberaubende Leere hinunterblickten. »Möglicherweise schaffen wir es an diesem ersten Tag sogar bis zum Todesbiwak.« Karls Finger fuhr weiter bis zu einem geriffelten Schatten, der aus Eis und Geröll gebildet wurde. »Und von hier an handelt es sich darum, dem klassischen Aufstieg zu folgen.« Freytag war sich bewußt, daß er den bisher unbestiegenen Teil der Wand mit Stillschweigen übergangen hatte, und blickte sich jetzt im Kreis um, bereit, Einwänden entgegenzutreten.

Anderl neigte sich über die Vergrößerung und heftete seine Augen für einige Minuten intensiv auf ein schmales, diagonal verlaufendes Band unterhalb des Fensters der Eigerwand-Station. Bedächtig nickte er. »Das könnte gehen. Aber wir müßten uns aus dem Eis raushalten – müssen nach Möglichkeit am nackten Fels bleiben. Das Ganze ist eine Rinne, Karl. Ich wette, daß den ganzen Tag über Wasser runterläuft. Und außerdem ist sie der natürlichste Weg für eine Lawine, und ich hätte keine Lust, drinzustehen und den Verkehr zu regeln, wenn eine solche Lawine runtergerauscht kommt.«

Das Gelächter, mit dem dieser Vergleich begrüßt wurde, verstummte. Jonathan kehrte dem Tisch den Rücken zu und blickte hinaus auf die Matte draußen vor dem Fenster.

Ben sprach sehr bedächtig. »Kein Mensch ist jemals auf diesem Teil der Wand gewesen. Wir haben keine Ahnung, in was für einem Zustand sie ist. Was macht ihr, wenn er unbegehbar ist? Was ist, wenn ihr gezwungen werdet, in diese Rinne runterzusteigen?«

»Ich habe kein Interesse daran, Selbstmord zu begehen, Herr Bowman. Wenn die Ränder nicht halten, gehen wir zurück und folgen der Sedlmayer/Mehringer-Route.«

»Der Route, die sie zum Todesbiwak führte«, sagte Ben zur Verdeutlichung.

»Was sie umgebracht hat, das war das Wetter, Herr Bowman! Nicht die Route!«

»Und haben Sie mit dem lieben Gott einen Pakt übers Wetter geschlossen? «

»Bitte, bitte!« mischte Jean-Paul sich ein. »Wenn Benjamin Ihre Route in Frage stellt, Karl, greift er Sie damit doch nicht persönlich an. Ich selbst finde Ihre Route sehr verlockend.« Er wandte sich an Jonathan, der am Fenster stand. »Sie haben noch gar nichts gesagt, Jonathan. Was denken Sie?«

Der Dunst vor der Wand hatte sich gelichtet, und so konnte Jonathan gewissermaßen das, was er zu sagen hatte, direkt an den Berg richten. »Lassen Sie mich ein paar Dinge klarstellen, Karl. Nehmen wir einmal an, wir schaffen es bis zum Dritten Eisfeld, wie Sie es vorhaben – dann folgt der Rest des Aufstiegs der klassischen Route, nicht wahr? Die Rampe rauf, den Götterquergang entlang, in die Spinne hinein und dann die Ausstiegsrisse rauf bis zum Gipfeleisfeld?«

»Genau.«

Jonathan nickte und hakte gleichsam mit den Augen die wichtigsten und hervorstechendsten Stationen auf der Wand ab.

Dann wanderte sein Blick zurück zu Karls diagonal verlaufender Rinne.

»Sie sind sich bestimmt darüber im klaren, daß wir uns auf dieser Route nicht an den Abstieg machen könnten, falls wir in größerer Höhe festsäßen.«

»Ich bin der Meinung, daß man eine Niederlage geradezu herausfordert, wenn man von vornherein einen Rückzug mit einkalkuliert.«

»Und ich halte es für dumm, wenn man das nicht tut.«

»Dumm!« Karl mußte sich beherrschen, um nicht in die Luft zu gehen. Doch dann zuckte er die Schultern und gab mit deutlichen Anzeichen von Widerwillen nach.

»Sehr schön. Den Rückzugsweg zu planen überlasse ich dann Dr. Hemlock. Schließlich hat er mehr Erfahrung in Rückzügen als ich.«

Ben warf einen Blick zu Jonathan hinüber und war überrascht, daß der mit einem Lächeln über diesen Stich hinwegging.

»Kann ich dann davon ausgehen, daß mein Plan akzeptiert ist?« fragte Karl.

Jonathan nickte. »Unter der Bedingung, daß das Wetter aufklart und der Neuschnee anfriert. Sonst wäre ein paar Tage lang keine Route begehbar.«

Jean-Paul war erfreut über die erzielte Einigkeit und ging die Route noch einmal Schritt für Schritt mit Karl durch, während Jonathan Anderl beiseite nahm und ihn fragte, was er von ihr halte.

»Es muß Spaß machen, diese diagonale Rinne zu versuchen«, war das einzige, was Anderl dazu zu sagen hatte.

Ben war offensichtlich unglücklich über diese Route, über die Mannschaft und überhaupt über den ganzen Plan der Besteigung. Jonathan gesellte sich zu ihm.

»Darf ich dich zu einem Bier einladen?«

»Nein, danke.«

»Was?«

»Mir ist nicht nach einem Bier zumute. Am liebsten möchte ich aus der ganzen Geschichte aussteigen.«

»Wir brauchen dich aber.«

»Trotzdem gefällt sie mir nicht.«

»Wie sieht denn der Wetterbericht aus?«

Ben mußte widerstrebend zugeben, daß die Vorhersage für die nächsten drei Tage wirklich gut aussah: ein kräftiges Hoch und Absinken der Temperatur. Jonathan übermittelte diese gute Neuigkeit den anderen, und so trennten sie sich allgemein gut gelaunt und zuversichtlich. Sie kamen überein, gemeinsam zu Abend zu essen.

Als es Zeit zum Abendessen war, hatte das Wetter im Tal aufgeklart, und die Temperatur war empfindlich gefallen. Mondlicht lag auf dem Schnee, und man konnte die Sterne zählen. Dieser erfreuliche Wetterumschwung sowie gewisse orthographische Fehler auf der Speisekarte stellten die Hauptthemen der allgemeinen Unterhaltung beim Beginn des Essens dar, doch schon bald splitterten sich die sechs in vier Inseln der Konzentration auf.

Jean-Paul und Karl unterhielten sich auf französisch, und zwar ausschließlich über die Besteigung und ihre Probleme. Karl genoß es sichtlich, immer wieder beweisen zu können, wie gründlich er jeden einzelnen Schritt und jedes Problem überlegt und durchdacht habe, und Jean-Paul machte es Freude, diese Überlegungen nachzuvollziehen.

Anna richtete ihre Aufmerksamkeit auf Anderl und bewirkte, daß aus seinem trockenen Humor sprühender Witz wurde; manche erfahrenen Frauen verstehen es, durch winzige Gesten der Zustimmung und durch aufmerksames Zuhören dieses Wunder zu vollbringen, und bald wirkte Anderl wie der geistreichste Plauderer. Jonathan entging es nicht, daß sie Anderl als außerehelichen Strohmann aufbaute, freute sich jedoch darüber, daß der sonst so wortkarge Österreicher sich aus was für einem Grund auch immer wohl fühlte.

Ben machte kein Hehl daraus, daß er großen Bammel hatte. Lustlos schob er das Essen auf seinem Teller hin und her. Im Grunde seines Herzens wollte er mit der Besteigung nichts mehr zu tun haben; er gehörte nicht mehr zur Seilschaft, obgleich er seinen Pflichten selbstverständlich in voller Verantwortung nachkommen würde.

Eine Zeitlang befand Jonathan sich gewissermaßen im Schnittpunkt beider Unterhaltungen und warf nur hier und da eine Bemerkung ein, wenn sie ins Stocken zu geraten schienen oder ein Blick ihn dazu aufforderte. Bald jedoch konnte er sich ganz in sich selbst zurückziehen, ohne daß es aufgefallen wäre und ohne daß man ihn vermißt hätte. Der Ton, in dem Dragons Nachricht abgefaßt gewesen war, beunruhigte ihn. Bis jetzt hatte Spürhund den Namen des Opfers noch nicht festgestellt. Was, wenn der ihm erst unmittelbar vor dem Aufstieg übermittelt wurde? Konnte er den Auftrag denn direkt in der Wand ausführen?

Und um wen handelte es sich nur? Am schwersten würde es ihm fallen, Anderl umzubringen, am leichtesten Karl. Aber auch das nicht wirklich leicht. Bislang war jedes Opfer einer Strafaktion für ihn ein Name, eine Liste von Gewohnheiten gewesen, die in der sterilen Behördensprache abgefaßt worden war. Stets hatte er das Gesicht seines Opfers erst unmittelbar vor der Tat gesehen.

»... interessiert Sie so wenig?« Belustigung in den Augen, hatte Anna sich an ihn gewandt.

»Wie bitte?« Jonathan tauchte aus seiner Träumerei auf.

»Sie haben den ganzen Abend über noch keine zwanzig Worte gesagt. Interessieren wir Sie denn so wenig?«

»Durchaus nicht. Ich hatte nur nichts Wichtiges oder Lustiges beizutragen.«

»Und das hat Sie davon abgehalten, etwas zu sagen?« Karl lachte aus vollem Herzen. »Wie unamerikanisch.«

Jonathan lächelte ihm zu und dachte, daß er es wirklich verdammt nötig hätte, einmal richtig übers Knie gelegt zu werden.

Ben erhob sich und brummelte eine Entschuldigung. Wenn das Wetter anhielt – und das würden sie mit Sicherheit erst morgen früh wissen –, würde der Aufstieg in neunundzwanzig Stunden beginnen, weshalb er vorschlage, daß jeder soviel wie möglich Schlaf bekäme und noch einmal seine persönlichen Dinge durchgehe. Abrupt verließ er den Tisch, und als er in der Halle von einem Reporter angesprochen wurde, war er besonders kurz angebunden und warf mit Flüchen aus der Fäkalsphäre nur so um sich.

Karl erhob sich gleichfalls. »Was Herr Bowman sagt, stimmt. Wenn das Wetter bleibt, müssen wir übermorgen früh um drei Uhr aufbrechen.«

»Dann ist heute also unser letzter Abend?« Gelassen sah Anna ihn an und ließ dann ihre Augen genauso lange auf jedem anderen in diesem Kreise ruhen.

»Nicht notwendigerweise unser letzter Abend«, sagte Jonathan. »Vielleicht kommen wir ja auch wieder runter.«

»Das war ein schlechter Scherz«, ließ Karl sich vernehmen.

Jonathan wünschte den Scheidenden eine gute Nacht und ließ sich hinterher wieder zu Kaffee und Cognac nieder. Abermals überließ er sich seinen düsteren Gedanken. Dragon blieben nur mehr vierundzwanzig Stunden, das Opfer zu benennen.

Der Berg, das Opfer, Jemima. Und hinter alledem: sein Haus und seine Bilder – um all das ging es.

Er ertappte sich dabei, wie er sich anspannte, und so schickte er kleine Beruhigungsmeldungen durch sein Nervensystem, um die Anspannung zu beschwichtigen und unter Kontrolle zu bekommen. Trotzdem waren seine Schultern noch steif, und es bedurfte gezielter Muskelkontraktionen, um das Stirnrunzeln zu glätten.

»Darf ich mich zu Ihnen setzen?« Das war eine Frage, aber ihr Ton duldete keinen Widerspruch, und Karl saß bereits, noch ehe Jonathan geantwortet hatte.

Es folgte ein kurzes Schweigen, während Jonathan seinen letzten Cognac austrank. Freytag war sichtlich unwohl in seiner Haut, und seine für gewöhnlich aufrechte Haltung war so verkrampft, daß er fast zu zittern schien. »Ich bin gekommen, weil ich etwas mit Ihnen besprechen möchte.«

»Das habe ich mir gedacht.«

»Ich wollte Ihnen danken für heute nachmittag.«

»Mir danken?«

»Ich hatte erwartet, daß Sie gegen meine Route sein würden – und dagegen, daß ich den Anführer mache. Wären Sie das gewesen, hätten die anderen sich auf Ihre Seite gestellt. Herr Bowman ist ja sowieso Ihr Mann, und Bidet hängt sein Mäntelchen nach dem Wind.« Ohne seine eckige Haltung abzulegen, schlug Karl die Augen nieder. »Es ist wichtig für mich, wissen Sie«, sagte er. »Der Führer dieser Seilschaft zu sein ist äußerst wichtig für mich.«

»Es sieht ganz danach aus.«

Freytag nahm einen Löffel und legte ihn sorgsam wieder dort nieder, wo er hingehörte. »Herr Doktor«, fragte er, ohne aufzublicken, »Sie mögen mich nicht besonders, nicht wahr?«

»Nein. Nicht besonders.«

Karl nickte. »Das hatte ich mir gedacht. Finden Sie mich – unangenehm?« Ein schwaches Lächeln mutig im Gesicht, blickte er Jonathan an.

»Unangenehm, ja. Außerdem gesellschaftlich unmöglich und persönlich schrecklich unsicher.«

Karl stieß ein heiseres Lächeln aus. »Ich und unsicher?«

»Mhm. Mit der üblichen Überkompensation für völlig gerechtfertigte Minderwertigkeitsgefühle, wie sie der typische Deutsche aufweist.«

»Finden Sie Leute immer für dieses oder jenes typisch?«

»Nur diejenigen, die eben typisch sind.«

»Wie einfach muß das Leben für Sie sein!«

»Nein, nicht das Leben an sich ist einfach. Nur die meisten Menschen, mit denen ich es zu tun habe.«

Geringfügig veränderte Freytag mit dem Zeigefinger die Lage des Löffels. »Sie haben die Freundlichkeit besessen, mir gegenüber offen zu sein, Herr Doktor. Jetzt will ich Ihnen gegenüber offen sein. Ich möchte, daß Sie verstehen, warum es für mich von so großer Wichtigkeit ist, daß ich diese Seilschaft anführe.«

»Das ist nicht nötig.«

»Mein Vater...«

»Wirklich. Karl. Es ist mir egal.«

»Mein Vater betrachtet mein Interesse für die Bergsteigerei mit Mißfallen. Ich bin der letzte der Familie, und er hat den Wunsch, daß ich im Geschäft seine Nachfolge antrete. Wissen Sie, was unsere Firma herstellt?«

Jonathan antwortete nicht; er war überrascht und empfand ein gewisses

213

Unbehagen angesichts des verletzlichen Tons in Karls Stimme, wollte aber auch nicht Abladeplatz für die Schwierigkeiten und Probleme dieses jungen Mannes werden.

»Wir, das heißt: meine Familie, stellen Insektenvernichtungsmittel her.« Karl blickte durchs Fenster hinaus auf die im Mondlicht schimmernden Schneeflecken. »Und das ist ziemlich komisch, wenn man bedenkt, daß wir während des Krieges... daß wir während des Krieges...« Karl preßte die Oberlippe gegen die Zähne und versuchte, das verräterische Glänzen in seinen Augen zu verscheuchen.

»Sie waren doch bei Kriegsende erst fünf Jahre alt, Karl.«

»Wollen Sie damit sagen, daß es nicht meine Schuld war?«

»Womit ich sagen möchte, daß Sie kein Recht auf diese künstlich aufgesetzte Tragödie haben, die Sie so gerne spielen.«

Voller Bitterkeit sah Karl ihn an, dann blickte er beiseite. »Mein Vater hält mich für unfähig... nicht ernst genug, meinen Mann zu stehen und Verantwortung zu übernehmen. Aber bald wird er mich bewundern müssen. Sie haben gesagt, daß Sie mich unangenehm finden – gesellschaftlich unmöglich. Nun, lassen Sie mich Ihnen eines sagen: Ich bin nicht auf gesellschaftlichen Firlefanz angewiesen, um zu erreichen... ja, was ich eben erreichen will. Ich bin ein großer Bergsteiger. Sowohl was meine natürlichen Anlagen betrifft als auch mein Training – ich bin ein großer Bergsteiger. Ein besserer als Sie. Ein besserer als Anderl. Wenn Sie hinter mir am Seil hängen, werden Sie das begreifen.« Seine Augen hatten einen intensiven Ausdruck. »Eines Tages wird jeder sagen, daß ich ein großer Bergsteiger bin. Ja.« Er nickte ruckhaft. »Ja, und mein Vater wird seinen Geschäftsfreunden gegenüber mit mir angeben.«

In diesem Augenblick war Jonathan richtig wütend auf diesen jungen Mann. Jetzt würde die Strafaktion schwierig sein – ganz gleich, wer das Opfer auch sein sollte. »Ist das alles, was Sie mir sagen wollten, Karl?«

»Ja.«

»Dann wäre es wohl besser, Sie gingen jetzt. Ich nehme an, Madame Bidet wartet schon auf Sie.«

»Sie hat Ihnen gesagt...«

»Nein.« Jonathan wandte sich ab und blickte zum Fenster hinaus, wo der Berg eine unförmige Masse war, welche die Sterne verdeckte. Nach einer Weile hörte er, wie Karl aufstand und den Speisesaal verließ.

Kleine Scheidegg 10. Juli

Als Jonathan erwachte, war es schon spät. Die Sonnenstrahlen drangen hell durch das Fenster und bildeten Flecken von warmem Licht auf seiner Bettdecke. Er hatte noch bis spät in die Nacht unten im Speisesaal gesessen und das schwarze Viereck des Fensters angestarrt, hinter dem sich unsichtbar der Eiger reckte. Seine Gedanken hatten immer wieder um den Aufstieg, die Strafaktion und Jemima gekreist. Als er sich schließlich gezwungen hatte, in sein Zimmer hinaufzugehen, um zu schlafen, hatte er draußen auf dem Gang Anna getroffen – sie war gerade im Begriff, die Tür von Karls Zimmer hinter sich zu schließen.

Kein Haar, das nicht dort gelegen hätte, wo es liegen sollte, und das Kleid ohne jede Falte – so stand sie da und blickte ihn ruhig, ja fast verächtlich an. Sie war seiner Diskretion absolut sicher.

»Wie wär's mit einem Schlummertrunk?« fragte er, indem er die Tür zu seinem Zimmer aufstieß.

»Das wäre schön.« An ihm vorbei trat sie wie selbstverständlich in sein Zimmer.

Schweigend nippten sie an ihrem Laphroaig. Das sonderbare Band von Kameradschaftlichkeit zwischen ihnen gründete sich auf die beiderseitige Erkenntnis, daß sie füreinander keine Bedrohung darstellten. Sie würden niemals miteinander schlafen – die gefühlsmäßigen Vorbehalte und die Ausnutzung anderer, Eigenschaften, die ihnen beiden gemeinsam waren, ließen sie nicht zueinander kommen.

»Selig sind die Sanftmütigen«, sagte Anna nachdenklich, »denn sie werden uns in den Schoß fallen.«

Jonathan lächelte zustimmend, doch plötzlich gefror das Lächeln auf seinen Lippen, und er lauschte angestrengt auf ein fernes Grollen.

»Donnert es?« fragte Anna.

Jonathan schüttelte den Kopf. »Eine Lawine.«

Das Grollen schwoll zweimal deutlich erkennbar an, dann erstarb es. Jonathan trank seinen Whisky aus.

»Das muß furchtbar sein, wenn man es auf dem Berg hört«, meinte Anna.

»Das ist es auch.«

»Ich begreife nicht, warum Jean-Paul sich so sehr darauf versteift hat, diese Tour in seinem Alter noch mitzumachen.«

»Wirklich nicht?«

Zweifelnd blickte sie ihn an. »Meinetwegen?«

»Das wissen Sie doch ganz genau.«

Sie senkte ihre langen Wimpern und blickte in ihr Whiskyglas. »Pauvre être«, sagte sie ruhig.

Als sie um den Frühstückstisch herum saßen, hatte sich die Stimmung eines jeden einzelnen seit dem letzten Beisammensein merklich geändert. Bens Angst hatte sich gelegt, und der für ihn charakteristische trockene Humor war zurückgekehrt. Das frische Wetter und ein kräftiger Hochdruckkeil, der sich von Norden her vorschob, hatten ihm wieder Hoffnung auf einen Erfolg dieser Besteigung gemacht. Der kürzlich gefallene Schnee oben auf den Gletschern hatte keine Zeit gehabt, zu Firn zu gefrieren und mit dem ewigen Eis zu verschmelzen, doch solange das Wetter sich hielt, war die Lawinengefahr nicht sehr groß.

»Es sei denn, wir bekommen Föhn«, wandte Karl mißmutig ein.

Die Möglichkeit, daß Föhn einsetzen könnte, hatte im Hinterkopf eines jeden von ihnen herumgespukt, aber es war nichts damit gewonnen, das auszusprechen. Diese launenhaften Wirbel warmer Luft, die sich ab und zu ins Berner Oberland verirren, ließen sich nicht vorhersehen, und vor allem konnte man sich nicht vor ihnen schützen. Wenn Föhn einsetzte, dann bedeutete das, daß wütende Stürme den Eiger umtosen würden; die wärmere Luft würde bewirken, daß man sich auf den Schnee nicht verlassen konnte, und vergrößerte die Lawinengefahr.

Auch Karls Stimmung hatte sich seit gestern abend merklich verändert. Eine Art selbstquälerische Gereiztheit war an die Stelle seiner üblichen nervösen Aggressivität getreten. Das mochte, wie Jonathan überlegte, zum Teil daher rühren, daß er es bedauerte, Jonathan seinen ganzen emotionalen Abfall vor die Füße geschüttet zu haben; zum Teil aber auch daher, daß er mit Anna geschlafen hatte – das war eine Belastung, der sein protestantisches Sündenbewußtsein am nächsten Morgen und noch dazu in der Gegenwart des Ehegatten der betreffenden Dame nicht so ohne weiteres gewachsen war.

Und in der Tat: Jean-Paul war an diesem Morgen weiß Gott sauertöpfisch. Er war innerlich angespannt, leicht irritierbar, und ihr Ober – der allerdings wirklich keine Leuchte seines Berufes war – bekam die Wucht seines Mißvergnügens deutlich zu spüren. Jonathan war fest davon überzeugt, daß Jean-Paul jetzt, da der Aufstieg unausweichlich näherrückte, innerlich mit seinen Zweifeln über sein Alter und seine Fähigkeiten zu kämpfen hatte.

Anderl hingegen mit seinem nichtssagenden Lächeln, das sein Gesicht mit zahllosen Fältchen überzog, strahlte eine fast jogihafte Gelassenheit aus. Er blickte unbestimmt vor sich hin, und seine ganze Aufmerksamkeit war nach innen gerichtet. Jonathan spürte, daß er sich innerlich auf die Besteigung einstimmte, von der sie jetzt nur noch achtzehn Stunden entfernt waren.

Da also die anderen die gesellschaftlichen Formen außer acht ließen und nur mit sich selbst beschäftigt waren, oblag es Jonathan und Anna, die Tischunterhaltung zu bestreiten. Anna hörte plötzlich mitten in einem Satz auf zu sprechen – ihre Augen hatten etwas wahrgenommen, was sich am Eingang des Speisesaals abspielte. »Großer Gott«, sagte sie leise und legte Jonathan die Hand auf den Unterarm.

Als er sich umblickte, sah er das international bekannte Schauspielerehepaar, das tags zuvor angekommen war, um sich den Eiger-Vögeln anzuschließen. Sie waren am Eingang stehengeblieben und hielten in aller Ruhe nach einem freien Tisch in dem halbleeren Raum Ausschau, bis sie voller Genugtuung feststellten, daß niemandem von Bedeutung ihre Anwesenheit entgangen war. Ein Ober, der sich vor Unterwürfigkeit fast umbrachte, geleitete sie an einen Tisch in der Nähe der Bergsteiger. Der Schauspieler war in ein weißes Nehru-Jackett gekleidet und trug eine Perlenkette um den Hals, die in ihrer Glätte im krassen Gegensatz zu seinem aufgedunsenen, pockennarbigen und längst nicht mehr jungen Gesicht stand. Sein Figaro hatte es verstanden, sein Haar dergestalt zu legen, daß es in natürlicher Unbekümmertheit zu fallen schien. Seine Frau war auffällig in bauschige, orientalisch bedruckte Hosen sowie in eine stramm sitzende, in schreiendem Farbgegensatz dazu stehende Bluse gekleidet, deren lockerer Fall viel dazu beitrug, ihre gewöhnliche Plumpheit etwas zu kaschieren; und die Linie ihres Halses war dazu angetan, das Auge auf wohlgefälligere Üppigkeiten zu geleiten. Zwischen ihren Brüsten baumelte ein Diamant von wahrhaftig vulgären Ausmaßen. Ihre Augen allerdings waren immer noch außergewöhnlich schön.

Nachdem die Frau geräuschvoll Platz genommen hatte, trat der Mann an Jonathans Tisch heran, legte die eine Hand auf Anderls Schulter, die andere auf Bens und neigte sich über den Tisch.

»Ich möchte euch nur einfach alles Glück auf der Welt wünschen«, sagte er schlicht und einfach, wobei er freilich achtgab, daß seine wohlmodulierten Vokale auch richtig zur Geltung kämen. »In mancher Hinsicht beneide ich euch.« Seine klaren braunen Augen bekamen vor lauter persönlichem Kummer etwas Verschleiertes. »Das ist etwas, was mir Spaß gemacht hätte – früher, meine ich.« Dann lächelte er tapfer, und das Lächeln drängte den Kummer zurück. »Nun ja.« Er drückte die Schultern, auf die er die Hände gelegt hatte. »Nochmals – viel Glück!« Damit kehrte er zu seiner Frau zurück, die ungeduldig mit einer unangezündeten Zigarette in ihrer Zigarettenspitze herumgefuchtelt hatte und sich jetzt, ohne Dankeschön zu sagen, von ihrem Mann Feuer geben ließ.

»Was war denn das?« fragte Ben leise.

»Er hat uns seinen Segen gegeben, glaube ich«, sagte Jonathan.

»Auf jeden Fall«, erklärte Karl, »halten sie uns wohl für einige Zeit die Reporter vom Hals.«

»Wo, zum Teufel, bleibt denn bloß dieser Ober?« knurrte Jean-Paul verdrossen. »Der Kaffee war ja schon kalt, als er ihn brachte.«

Karl bedachte die anderen mit einem unübersehbaren Zwinkern. »Anderl, halt dem Ober doch mal dein Messer unter die Nase. Was meinst du, wie der angehüpft kommt.«

Anderl errötete und wandte den Blick ab, und Jonathan erkannte, daß Freytag mit dem Versuch, einen Witz zu machen, ein heikles Thema berührt hatte. Verwirrt von der kühlen Reaktion, den sein Fauxpas am Tisch hervorgerufen hatte, folgte Karl dem typisch deutschen Instinkt, die Dinge wiedergutzumachen, indem er alles nur noch schlimmer machte. »Haben Sie das nicht gewußt, Herr Doktor? Meyer trägt immer ein Messer mit sich herum. Zeig's uns doch mal, Anderl!«

Anderl schüttelte den Kopf und sah weg. Jean-Paul versuchte, Freytags Taktlosigkeit auszubügeln, indem er Jonathan und Ben rasch erklärte: »Tatsache ist, daß Anderl überall auf der Welt auf Berge steigt. Normalerweise allein. Und die Einheimischen, die er als Träger anheuert, sind im allgemeinen nicht gerade die verläßlichsten Leute, die man sich vorstellen kann, besonders in Südamerika, wie Sie zweifellos aus eigener Erfahrung wissen. Nun, wie gesagt, vergangenes Jahr kletterte Anderl allein in den Anden herum, und da ist etwas mit einem der Träger passiert, der Vorräte gestohlen hatte und ... Na, wie dem auch sei – der Träger starb jedenfalls.«

»Notwehr ist kein Mord«, erklärte Ben, nur um überhaupt etwas zu sagen.

»Er hat mich aber gar nicht angegriffen«, gab Anderl zu. »Er hat mir nur meine Vorräte gestohlen.«

Wieder mischte Freytag sich in die Unterhaltung. »Und du meinst, Tod ist eine angemessene Strafe für Diebstahl?«

Mit argloser Verwirrung blickte Anderl ihn an. »Du verstehst das nicht. Wir waren seit einer Woche in den Bergen. Ohne die Vorräte hätte ich den Aufstieg abblasen müssen. Es war nicht angenehm. Im Gegenteil – krank gemacht hat es mich. Aber sonst hätte ich wohl die Chance, diesen Berg zu bezwingen, verpaßt.« Offensichtlich hielt er das für eine ausreichende Rechtfertigung.

Jonathan fragte sich unwillkürlich, wie Anderl, der ja arm war, es wohl fertiggebracht hatte, soviel Geld aufzubringen, daß er an der Eigerbesteigung teilnehmen konnte.

»Nun, Jonathan«, sagte Jean-Paul, offensichtlich bemüht, das Thema zu wechseln, »haben Sie letzte Nacht gut geschlafen?«

»Sehr gut, danke. Und Sie?«

»Alles andere als gut.«

»Das tut mir leid. Vielleicht ist es dann besser, Sie legen sich heute nachmittag noch etwas hin. Ich hab Schlaftabletten, falls Sie welche brauchen.«

»Ich nehme nie welche«, erklärte Bidet kurz angebunden.

Karl fragte: »Nehmen Sie Schlaftabletten im Biwak, Herr Doktor?«

»Im allgemeinen ja.«

»Warum? Wegen der Unbequemlichkeit? Oder aus Angst?«

»Beides.«

Karl lachte. »Eine interessante Taktik! Dadurch, daß Sie in aller Gemütsruhe zugeben, daß Sie Angst haben, erwecken Sie den Eindruck, als wären Sie mutig. Das muß ich mir merken.«

»Ach! Haben Sie das denn nötig?«

»Wahrscheinlich nicht. Ich mache im Biwak nie ein Auge zu. Aber bei mir hat das mit Angst nichts zu tun. Ich bin eben zu aufgeregt über die Besteigung. Aber sehen Sie sich Anderl an! Der ist einfach umwerfend. Er lehnt sich an der schieren Felswand an und schläft ein, als ob er friedlich zu Hause in seinem Federbett läge.«

»Warum denn nicht?« fragte Anderl. »Nehmen wir mal das Schlimmste an – was nützt es, wach zu sein, wenn man abstürzt? Ein letzter Blick auf das schöne Panorama?«

»Ah!« entfuhr es Jean-Paul. »Endlich hat der Ober bei seinen vielen Verpflichtungen wieder einmal einen Augenblick Zeit für uns.«

Doch der Ober kam mit einem Zettel für Jonathan, den er ihm auf einem kleinen silbernen Tablett überreichte.

»Von dem Herrn dort drüben«, sagte er erklärend.

Jonathan blickte in die angegebene Richtung, und sein Magen verkrampfte sich.

Es war Clement Pope. Er saß an einem nahegelegenen Tisch, trug eine karierte Sportjacke und einen breiten, kanariengelben Schlips. Frech winkte er Jonathan zu; offensichtlich war er sich völlig im klaren darüber, daß er damit Jonathans Inkognito aufs Spiel setzte. Nach und nach kehrte sein neutrales, wenn auch noch schwaches Lächeln in Jonathans Gesicht zurück, während er des Magenflatterns Herr zu werden versuchte. Ganz auf der Hut, blickte er von einem zum anderen um den Tisch herum und versuchte herauszubekommen, ob nicht irgendein Zeichen des Erkennens oder der Angst sich auf ihren Gesichtern zeigte. Er vermochte jedoch nichts dergleichen zu entdecken.

Er entfaltete den Zettel, überflog ihn, nickte und dankte dem Ober.»Da Sie schon einmal hier sind, können Sie Monsieur Bidet auch gleich eine Kanne frischen Kaffee bringen.«

»Nein, nur keine Umstände«, sagte Jean-Paul. »Jetzt hab ich keine Lust mehr. Ich glaube, ich gehe zurück auf mein Zimmer und ruhe mich noch ein wenig aus, wenn Sie mich bitte entschuldigen wollen.« Damit verließ er sie. Sein Gang verriet Zorn und Entschlossenheit.

»Was hat Jena-Paul denn bloß?« fragte Jonathan Anna leise.

Sie zuckte nur mit den Achseln. Offensichtlich interessierte sie das im Augenblick nicht sonderlich. »Kennen Sie den Mann, der Ihnen diese Nachricht geschickt hat?« fragte sie.

»Ich glaube, ich habe ihn irgendwo mal kennengelernt. Aber von mir aus hätte ich ihn nicht erkannt. Warum?«

»Wenn Sie ihn sprechen, dann sollten Sie ihm wirklich einen Wink wegen seiner Kleidung geben. Es sei denn, er hätte es absichtlich darauf abgesehen, als Schnulzensänger oder Amerikaner erkannt zu werden.«

»Das werde ich tun. Falls ich ihn spreche.«

Anderls Aufmerksamkeit wurde von den beiden Schnepfen von gestern gefangengenommen, die am Fenster vorübergingen und ihm fröhlich zuwinkten. Schicksalergeben zuckte er mit den Schultern, entschuldigte sich und ging nach draußen, um sich ihnen anzuschließen.

Gleich darauf fragte Karl Anna, ob sie nicht einen Spaziergang durchs Dorf mit ihm machen wolle.

Und so war die Gesellschaft innerhalb von drei Minuten nach Popes Auftauchen bis auf Jonathan und Ben zusammengeschmolzen. Eine Weile saßen sie schweigend da und tranken ihren kalten Kaffee. Als er sich ganz nebenbei umblickte, sah Jonathan, daß Pope gegangen war.

»Hej, altes Haus. Was ist denn bloß mit diesem Dschon-Paul los?« Ben sprach den Namen immer noch falsch aus, nur beruhte das jetzt nicht mehr auf der Schreibweise, sondern auf dem Gehör.

»Ach, ich glaube, der ist bloß nervös.«

»Nun, Nervosität ist bei einem Bergsteiger keine schlechte Eigenschaft. Nein, das ist es nicht, der ist sauer über irgendwas. Hast du dir seine Frau an die Brust gezogen?«

Jonathan mußte über die Direktheit der Frage lachen. »Nein, Ben, das habe ich nicht.«

»Bist du da auch ganz sicher?«

»Das müßte ich doch immerhin wissen, oder?«

»Tja, das stimmt wohl. Das, was ihr jetzt am wenigsten brauchen könnt, ist böses Blut. Ich seh euch schon an der Wand, wie ihr mit Eispickeln aufeinander losgeht.«

Dieses Bild war Jonathans Phantasie nicht gerade fremd.

Ben versank eine Weile in Nachdenken, ehe er sagte: »Weißt du, wenn ich mit jemandem auf diesen Berg raufklettern würde – mit Ausnahme von dir, selbstverständlich –, dann wäre es mir am liebsten, ich würde mit Anderl an einem Seil hängen.«

»Das begreife ich gut. Aber du läßt wirklich die Finger besser davon.«

»Naja. Hat man so was schon mal gehört? Wenn der sich mal in den Kopf gesetzt hat, einen Berg zu bezwingen, dann macht der nicht viel Federlesens.«

»Offensichtlich nicht.« Jonathan stand auf. »Ich geh jetzt auf mein Zimmer. Wir sehen uns beim Abendessen.«

Und was ist mit dem Mittagessen?«

»Da bin ich nicht hier. Ich geh runter ins Dorf.«

»Hast du da wen, der auf dich wartet?«

»Ja.«

Jonathan saß in seinem Zimmer am Fenster, starrte auf den Berg hinaus und versuchte, Ordnung in seine Gedanken zu bringen. Das unverfrorene Auftauchen von Pope war eine Überraschung für ihn gewesen. Einen Augenblick hatte es ihn völlig aus dem Gleichgewicht geworfen. Er hatte keine Zeit gehabt, sich genau zu überlegen, welche Gründe Dragon dazu bewogen haben mochten, sein Inkognito so offenkundig preiszugeben. Da Dragon an seine abgedunkelte, antiseptische Zelle in New York gebunden war, galt ja allgemein Pope als der Leiter der Abteilung »Spürhund« und »Strafaktion«. Es konnte nur einen Grund geben, der ihn dazu bewog, so offen für alle Welt erkennbar Kontakt mit ihm aufzunehmen. Jonathan erstarrte innerlich vor Zorn, als ihm aufging, was das für ein Grund war.

Wie erwartet, klopfte es. Jonathan ging an die Tür und machte auf.

»Na, wie ist es gegangen, Hemlock?« Pope streckte seine breite Hand aus, die Jonathan geflissentlich übersah. Er schloß die Tür hinter seinem Besucher. Pope ließ sich grunzend auf dem Sessel nieder, in dem zuvor Jonathan gesessen hatte. »Hübsches Zimmer haben Sie hier. Wollen Sie mir keinen Drink anbieten?«

»Schießen Sie los, Pope.«

Popes Lachen verriet keine Freude. »Okay, Kumpel, wenn Sie das Spiel so spielen wollen, dann wollen wir uns mal darauf einstellen. Weg mit allen Formalitäten und ran an den Speck, stimmt's?«

Als Pope einen kleinen Stapel von Karteikarten mit handgeschriebenen Notizen darauf aus der Innentasche seiner Jacke hervorholte, bemerkte Jonathan, daß er anfing, dick zu werden. Da er in seiner Collegezeit aktiv Sport getrieben hatte, war Pope auf seine langsame und massive Weise immer noch kräftig, doch Jonathan schätzte, daß er trotzdem mit Leichtigkeit mit ihm fertig werden konnte. Und er hatte durchaus die Absicht, ihn fertigzumachen – freilich erst, wenn er einige nützliche Informationen aus ihm herausbekommen hatte.

»Lassen wir zunächst einmal die kleinen Fische aus dem Teich, Hemlock, damit wir die Schußlinie klar kriegen.«

Jonathan lehnte sich neben der Tür an die Wand und kreuzte die Arme vor der Brust. »Von mir aus können wir so viele Metaphern durcheinanderbringen, wie Sie wollen.«

Pope warf einen Blick auf die erste Karteikarte. »Sie wissen nicht zufällig irgendwas Neues über den Aufenthaltsort von 365/55 – eine gewisse Jemima Brown, oder?«

»Nein, das weiß ich nicht.«

»Sie würden gut daran tun, es uns zu sagen, Kumpel. Mr. Dragon wäre verdammt sauer, wenn er erfahren müßte, daß Sie ihr was angetan haben. Sie hat nichts weiter getan, als unsere Befehle ausgeführt. Und jetzt ist sie verschwunden.«

Jonathan dachte über die Tatsache nach, daß Jemima unten im Dorf war und er sich in einer Stunde mit ihr treffen wollte. »Ich bezweifle, daß ihr sie jemals findet.«

»Darauf würd ich mich nicht so verlassen, Baby. ›Spürhund‹ und ›Strafaktion‹ haben einen langen Arm.«

»Nächste Karte?«

Pope ließ die oberste seiner Karteikarten unter den anderen verschwinden und warf einen Blick auf die nächste. »Ach ja. Da haben Sie uns ja eine schöne Schweinerei hinterlassen, Baby.«

Jonathan lächelte. Seine Augen wurden ganz sanft und ruhig. »Das ist jetzt das zweitemal, daß Sie mich Baby genannt haben.«

»Das liegt Ihnen wohl schwer im Magen, was?«

»Ja. Ja, das tut es«, gestand Jonathan mit gelassener Würde.

»Na, da sind wir jetzt doch wohl längst drüber raus, Kumpel. Daß wir uns Ihrer Gefühle wegen Sorgen machen mußten, die Tage haben wir doch nun schon lange hinter uns.«

Jonathan holte tief Atem, um nicht aus der Haut zu fahren.

»Sagten Sie eben nicht etwas von einer Schweinerei?«

»Richtig. Wir mußten die ganze Wüste von Suchtrupps durchkämmen lassen, um rauszukriegen, was nun eigentlich passiert war.«

»Na und, haben Sie es rausgekriegt?«

»Am zweiten Tag stießen wir auf das Auto und auf den Kerl, dem Sie das Lebenslicht ausgeblasen hatten.«

»Und was ist mit dem anderen?«

»Miles Mellough? Ich mußte weg, ehe wir ihn fanden. Aber kurz bevor ich New York verließ, erhielten wir noch eine Mitteilung, daß einer der Suchtrupps ihn gefunden hatte.«

»Tot, nehme ich an.«

»Mausetot. Hitze, Hunger, Durst. Woran er nun zuerst gestorben war, wissen wir nicht. Auf jeden Fall war er beaucoup tot. Sie haben ihn draußen in der Wüste begraben.« Pope kicherte. »Scheußliche Vorstellung.«

»Scheußlich?«

»Er muß vor seinem Ende verdammt Kohldampf gehabt haben.«

»So?«

»Tja. Er hat einen Hund aufgegessen.«

Jonathan blickte zu Boden.

Pope fuhr fort: »Wissen Sie, was uns das gekostet hat? Diese Untersuchung, meine ich? Und die ganze Sache zu vertuschen?«

»Nein. Aber ich nehme an, Sie möchten es mir sagen.«

»Nein, das werde ich nicht tun. Geheime Verschlußsache! Aber wir sind es allmählich satt, zuzusehen, wie ihr freien Mitarbeiter das Geld zum Fenster rausschmeißt – als ob Geld was völlig Altmodisches wäre.«

»Das hat Ihnen wohl schon immer schwer im Magen gelegen, was, Pope? Die Tatsache, daß Männer wie ich mit einem Auftrag mehr verdienen als Sie in drei Jahren.«

Pope lächelte höhnisch und schnitt dabei eine Grimasse, für die sein Gesicht geradezu gemacht schien.

»Ich geb ja zu, daß es billiger wäre«, sagte Jonathan, »wenn ihr festen Mitarbeiter die Strafaktionen selber übernehmen würdet. Aber dazu gehört nun mal Können und eine ganze Portion Mut. Und das sind Eigenschaften, für die es auf den Bewerbungsformularen der Behörde keine eigenen Rubriken gibt.«

»Auf jeden Fall bin ich nicht sauer wegen dem Geld, das Sie für diesen Job kriegen. Diesmal werden Sie sich's sauer verdienen müssen, Baby.«

»Ich hatte gehofft, daß Sie auch darauf zu sprechen kommen würden.«

»Sie werden's ja schon selbst erraten haben. 'n großer Universitätsprofessor wie Sie muß doch schon selber auf den Trichter gekommen sein.«

»Es bereitet mir ausgesprochenes Vergnügen, es aus Ihrem Munde zu vernehmen.«

»Wenn Sie unbedingt wollen... Jedem das seine, nehme ich an.«

Er kam zur nächsten Karte. »Was das Opfer Ihrer Strafaktion betrifft, so tappt Spürhund immer noch im dunkeln. Wir wissen, daß es hier ist. Und daß es an der Besteigung mit Ihnen teilnimmt. Aber wer es genau ist, das wissen wir nicht.«

»Miles Mellough wußte es.«

»Hat er es Ihnen gesagt?«

»Er hat sich erboten, es mir zu verraten. Aber der Preis war mir zu hoch.«

»Was wollte er denn haben?«

»Daß er weiterleben durfte.«

Pope sah von seinen Karteikarten auf. Er tat sein Bestes, den Anschein eines eiskalten Profis zu erwecken, und nickte verständnisvoll. Doch die Karten fielen ihm von den Knien, und er mußte sie wieder mühsam zusammenklauben.

Jonathan sah ihm dabei voller Abscheu zu. »Und jetzt haben Sie mich als Köder ausgeworfen, damit das Opfer sich zu erkennen gibt, stimmt's?«

»Was blieb uns anderes übrig, Kumpel? Wir dachten uns, daß der Mann mich sofort erkennen würde. Und jetzt weiß er, daß Sie derjenige sind, der die Strafaktion an ihm vollziehen soll. Also muß er versuchen, an Sie heranzukommen, ehe Sie ihn umlegen. Und wenn er das tut, dann wissen wir, wer es ist.«

»Und wer würde dann die Strafaktion ausführen, wenn er mich vorher umlegte?« Gelassen ließ Jonathan seine Augen auf Pope ruhen. »Sie?«

»Sie meinen, ich würde damit nicht fertig werden?«

Jonathan lächelte. »In einem verschlossenen Schrank vielleicht. Mit einer Handgranate.«

»Darauf würde ich kein Gift nehmen, Kumpel. Aber zufälligerweise werden wir noch einen anderen Strafvollstrecker herbeiholen, der die Sache dann übernimmt.«

»Ich darf annehmen, daß das auf Ihrem Mist gewachsen ist?«

»Dragon war damit einverstanden, aber ursprünglich stammt die Idee von mir.«

Jonathans Gesicht straffte sich und nahm dann seinen lächelnden sanften Kampfausdruck an. »Es spielt ja auch weiter keine Rolle, daß Sie in alle Welt hinausposaunt haben, wer ich bin, jetzt, wo ich mich entschlossen habe, nicht mehr für Sie zu arbeiten.«

»Man sollte es nicht meinen, aber Sie haben es völlig richtig erfaßt.«

Pope genoß den Augenblick des Triumphes über Jonathan, nachdem er jahrelang unter dessen unverhohlener Verachtung hatte leiden müssen.

»Und was passiert, wenn ich nun einfach abschwirre und die ganze Sache auf sich beruhen lasse?«

»So einfach ist das nicht, Kumpel. Erstens würden Sie nicht zu Ihren Hunderttausend kommen, zweitens wären Sie Ihr Haus los, und drittens würden wir auch noch Ihre Bilder einziehen müssen; immerhin dürften Sie ja wohl ein bißchen Zeit brauchen, sie aufs Land hinauszuschmuggeln. Na, wie ist das, wenn man so in der Patsche sitzt, Kumpel?«

Jonathan durchmaß das Zimmer, um sich einen Laphroaig einzugießen. »Das haben Sie phantastisch hingekriegt, Pope. Wirklich saubere Arbeit. Wie steht's? Ein Drink?«

Pope wußte nicht so recht, was er von diesem plötzlich so herzlichen Ton halten sollte. »Hm, das ist verdammt anständig von Ihnen, Hemlock.« Er lachte, als er sein Glas in Empfang nahm. »Hej! Ich hab grade gesagt, ich finde das verdammt anständig von Ihnen. Ich wette, das hat diese Jemima Brown Ihnen nie gesagt, stimmt's?«

Ein beseligtes Lächeln umspielte Jonathans Lippen. »Nein, das hat sie wirklich nicht getan.«

»Hej, sagen Sie mal: Wie ist denn so 'ne Schwarze nun eigentlich? Gut, was?«

Jonathan trank sein Glas halb aus, setzte sich dann auf den Sessel Pope gegenüber und neigte sich vertraulich vor. »Wissen Sie, Pope, ich sollte es Ihnen wirklich im voraus sagen, daß ich die Absicht habe, Ihnen ein kleines Straffes aufzubrummen.« Er zwinkerte ihm heiter zu. »Das verstehen Sie doch, in einem Fall wie diesem, daß ich nicht anders kann, nicht wahr?«

»Mir ein Straffes aufbrummen? Was meinen Sie damit?«

»Ach, nichts, das ist bloß West-Side-Slang. Sehen Sie, wenn es Dragon lieber wäre, daß ich diese Strafaktion persönlich übernehme – und ich setze voraus, es wäre ihm lieber –, dann brauche ich doch wenigstens ein paar Informationen. Lassen Sie uns doch die Montrealer Sache noch einmal gemeinsam durchsprechen. Es waren also zwei Männer daran beteiligt, diesen – wie hieß der Kerl doch gleich noch? – umzulegen, stimmt's?«

»Wormwood hieß er. Das war ein guter Mann. Einer von den festen Mitarbeitern.« Pope durchflog rasch die Notizen, die er sich auf einer der Karten gemacht hatte. »Ja, das stimmt. Es waren zwei Männer.«

»Sind Sie dessen auch ganz sicher? Nicht vielleicht doch ein Mann und eine Frau?«

»Hier steht: zwei Männer.«

»Na schön. Sind Sie sicher, daß Wormwood einen der Männer verwundete?«

»So steht es in dem Bericht. Einer von den beiden Männern hinkte beim Verlassen des Hotels.«

»Aber sind Sie auch sicher, daß er verwundet war? Könnte er sich nicht irgendwann vorher verletzt haben? Vielleicht bei einem Unfall beim Bergsteigen?«

»Nach dem Bericht hat er gehumpelt. Warum fragen Sie? Ist einer von Ihren Leuten hier bei irgendeinem Unfall verletzt worden?«

225

»Karl Freytag sagt, daß er sich bei einem kleinen Absturz vergangenen Monat das Bein verletzt hat.«

»Dann könnte Freytag Ihr Mann sein.«

»Vielleicht. Was haben unsere Spürhunde sonst noch über den Mann herausgebracht?«

»So gut wie nichts. Ein Profi kann's nicht gewesen sein. Wenn er das gewesen wäre, wüßten wir jetzt bestimmt schon Genaueres über ihn.«

»Könnte er derjenige gewesen sein, der Wormwood den Bauch aufschlitzte?«

»Das ist möglich. Allerdings sind wir immer davon ausgegangen, daß diesen Teil der Arbeit Kruger übernahm. Aber es könnte natürlich auch genau umgekehrt gewesen sein, nehme ich an. Warum?«

»Einer von den Bergsteigern hier ist in der Lage, einen Menschen mit einem Messer umzubringen. Das bringen nur wenige Leute fertig.«

»Vielleicht ist das dann Ihr Mann. Wer es auch immer sein mag, auf jeden Fall ist er 'n bißchen schwach auf dem Magen.«

»Weil er auf den Boden gekotzt hat?«

»Richtig.«

»Das könnte einer Frau passieren.«

»Ist hier eine Frau dabei?«

»Die Frau von Bidet. Sie hätte Männerkleidung tragen können. Und die Humpelei – das könnte doch alle möglichen Ursachen haben – ein verstauchter Fuß zum Beispiel.«

»Sie haben da ja eine ganz schöne Büchse voll mit Würmern, Baby.«

Aus irgendeinem perversen Grund genoß Jonathan es, Pope durch das geistige Labyrinth hindurchzuführen, in dem er während der vergangenen beiden Nächte so lange umhergeirrt war. »Ach, das wimmelt nur so von Würmern – von mehr, als Sie denken. Wenn man bedenkt, daß es in der ganzen Angelegenheit letztlich um eine Formel für bakteriologische Kriegführung geht, ist es immerhin interessant, daß einer von den Beteiligten hier eine Fabrik besitzt, die Aerosol-Kanister herstellt.«

»Wer?«

»Bidet.«

Pope lehnte sich vor, die Augen vor lauter Anstrengung, sich zu konzentrieren, nach oben gerichtet. »Da könnten Sie auf etwas höchst Wichtiges gestoßen sein.«

Jonathan mußte lächeln. »Vielleicht. Aber andererseits ist einer von ihnen auch noch in der Branche, die Insektenvernichtungsmittel herstellt – und es besteht Grund zu der Annahme, daß sie während des Krieges noch viel häßlichere Dinge hergestellt haben.«

»Einer von den beiden, stimmt's? So haben Sie sich das gedacht?»

Pope blickte auf, als sei ihm unversehens eine Erleuchtung gekommen. »Oder vielleicht überhaupt *beide?*«

»Das ist eine Möglichkeit, Pope. Fragt sich nur – warum? Auf das Geld ist keiner von beiden angewiesen. Die hätten es sich leisten können, jemand zu bezahlen, die Schmutzarbeit für sie zu erledigen. Tja, und damit kämen wir zum Dritten im Bunde – Meyer , der ist nämlich arm. Und der brauchte Geld, um sich an dieser Besteigung beteiligen zu können.«

Pope nickte bedeutsam. »Dann könnte dieser Meyer durchaus unser Mann sein.« Er blickte Jonathan in die Augen und errötete, als ihm plötzlich voller Wut ein Licht darüber aufging, daß er hier auf den Arm genommen wurde. Er kippte den Rest seines Drinks hinunter.

»Und wann werden Sie zu Ihrem Schlag ausholen?«

»Ach, ich hatte gedacht, ich warte, bis ich genau wüßte, wer denn nun eigentlich der Auserwählte ist.«

»Ich werde mich hier im Hotel aufhalten, bis die Sache vorüber ist.«

»Nein, das werden Sie nicht tun. Sie werden augenblicklich in die Staaten zurückkehren.«

»Das geht nicht, Kumpel.«

»Hm, das werden wir ja sehen. Aber noch eins, ehe Sie gehen. Mellough erzählte mir, daß Sie derjenige wären, der ihn dafür bezahlt hätte, daß er die Strafaktion an Henri Baq vollzog. Stimmt das?«

»Wir waren dahintergekommen, daß er seine kleinen Privatgeschäftchen mit der anderen Seite machte.«

»Aber Sie waren es, der ihn auf die Abschußliste gesetzt hat?«

»Das ist doch mein Job, Kumpel.«

Jonathan nickte. Seine Augen schienen in eine unbestimmte Ferne zu blicken. »Tja, ich glaube, das wär's dann wohl.« Er erhob sich, um Pope bis an die Tür zu bringen. »Sie können wirklich mit sich zufrieden sein, wissen Sie. Selbst wenn ich in der Patsche sitze, kann ich doch nicht umhin, zu bewundern, wie umsichtig Sie mich hineinmanövriert haben.«

Pope blieb in der Mitte des Zimmers stehen, und seine Augen wurden ganz schmal, als er versuchte, sich darüber schlüssig zu werden, ob er nun auf den Arm genommen wurde oder nicht. Er kam zu dem Schluß, daß dem wohl nicht so sei. »Wissen Sie was, Kumpel? Wenn wir uns gegenseitig nur eine Chance gegeben hätten, wir hätten vielleicht sogar Freunde werden können.«

»Wer weiß, Pope.«

»Ach, noch was. Ihre Kanone. Ich hab unten beim Empfang eine für Sie abgegeben. Eine CII-Standard-Pistole ohne Seriennummer und mit Schalldämpfer. In einer Pralinenschachtel mit Geschenkpapier verpackt.«

Jonathan machte die Tür auf für Pope, der hinausging, sich dann jedoch umdrehte und sich mit beiden Händen am Türrahmen festhielt. »Und was war das noch, von wegen mir ein Straffes aufbrummen?«

Jonathan bemerkte, daß Pope sich mit den Fingern im Schließblech verkrallt hatte. Das würde wehtun. »Wollen Sie das wirklich wissen?«

Abermals argwöhnend, daß er auf den Arm genommen wurde, setzte Pope den verwegensten Gesichtsausdruck auf, dessen er fähig war. »Eines sollten Sie sich merken, Baby. Was mich betrifft, so seid ihr freien Mitarbeiter das Überflüssigste, was es seit der Erfindung der Präservative gibt.«

»Stimmt.«

Zwei von Popes Fingern brachen, als Jonathan die Tür zuknallte. Als er sie wieder aufriß, war der Schrei des Schmerzes in Popes Augen, doch reichte die Zeit nicht für ihn, auch noch in seine Kehle zu kommen. Jonathan packte ihn beim Gürtel, riß ihn an sich und rammte ihm dabei das Knie zwischen die Beine. Es war ein Zufallstreffer. Jonathan spürte, wie Popes Hoden zerquetscht wurden. Pope krümmte sich mit einem nasalen Grunzer zusammen, daß ihm der Rotz auf die Brust spritzte. Jonathan packte ihn am Jackenaufschlag und wirbelte den Mann im Kreis herum, so daß sein Kopf gegen die Wand fuhr. Popes Knie gaben unter ihm nach, doch Jonathan zerrte ihn auf die Füße und riß ihm die karierte Sportjacke über die Arme, ehe er das Bewußtsein verlor. Jonathan lenkte Popes Fall dergestalt, daß er mit dem Gesicht nach unten über sein Bett fiel, wo er, das Gesicht in der Matratze und die Arme von der Jacke an seinen Körper gezwängt, liegenblieb. Jonathans Daumen versteiften sich, als er die Stelle unmittelbar unter den Rippen erkannte, wo er ihm die Nieren kaputtmachen konnte.

Aber er trieb die Daumen nicht hinein.

Verwirrt und plötzlich leer, hielt er inne. Er würde Pope laufenlassen. Er wußte, daß er es tun würde, obgleich er das kaum glauben konnte. Pope hatte dafür gesorgt, daß Henri Baq starb. Pope hatte ihn in die Falle gelockt! Pope hatte sogar gewagt, so über Jemima zu sprechen.

Und trotzdem würde er Pope laufenlassen. Er blickte hinunter auf die in sich zusammengesunkene Gestalt, auf die lächerliche Sportjacke, auf die in der Bewußtlosigkeit nach innen gebogenen Füße, auf die schlaff herunterhängenden Beine – und doch spürte er nicht den kalten Haß, der ihn sonst im Kampf auszeichnete. Irgend etwas ging ihm in diesem Augenblick ab.

Er rollte Pope auf den Rücken, ging dann hinüber ins Badezimmer und stopfte ein Handtuch in die Toilette, hielt es so lange mit einer Hand, bis es sich vollgesogen hatte. Als er wieder im Zimmer war, ließ er das nasse

Handtuch Pope aufs Gesicht fallen. Der Schock des kalten Wassers hatte eine sofortige Verkrampfung des bewußtlosen Körpers zur Folge. Dann schenkte er sich einen kleinen Laphroaig ein, setzte sich auf den Sessel und wartete darauf, daß Pope wieder zu sich kam.

Unter viel unterdrücktem Gestöhn, daß es schon unmännlich wirkte, kam Pope schließlich wieder zu Bewußtsein. Zweimal versuchte er, sich aufzusetzen, ehe es ihm beim drittenmal gelang. Die Schmerzen, die ihn peinigten – in den Fingern, im Unterleib und im Kopf –, waren so groß, daß er es nicht einmal fertigbrachte, seine Jacke wieder hochzuziehen. Er rutschte vom Bett und saß dann völlig fassungslos auf dem Boden.

Jonathan sprach ganz ruhig. »Es wird schon alles wieder gut werden. Aber hier sind Sie jetzt überflüssig. Und deshalb werden Sie so schnell wie möglich wieder in die Staaten zurückkehren. Haben Sie das verstanden?«

Mit hervorquellenden, fassungslosen Augen starrte Pope ihn an. Er begriff immer noch nicht, was mit ihm geschehen war.

Jonathan sprach sehr präzise und ganz langsam. »Sie werden in die Staaten zurückkehren. Und zwar sofort. Und Sie werden sich bei mir nie wieder blicken lassen. Damit sind Sie doch einverstanden, oder?«

Pope nickte schwerfällig.

Jonathan half ihm auf die Füße und brachte ihn bis zur Tür, wobei er ihn freilich mehr trug als geleitete. Pope suchte wieder am Türrahmen Halt. Der Lehrer in Jonathan ließ sich nicht verleugnen: »Jemand ein Straffes aufbrummen ist West-Side-Slang und heißt soviel wie: jemand zerreißen, fertigmachen, körperlich züchtigen oder züchtigen lassen.«

Pope suchte schwankend seinen Weg hinaus, und Jonathan schloß die Tür hinter ihm.

Jonathan nahm den Deckel seiner Reiseschreibmaschine ab und holte seine Rauchutensilien hervor. Dann ließ er sich in den Sessel sinken und behielt den Rauch so lange wie möglich in den Lungen, ehe er ihn wieder entströmen ließ. Henri Baq war sein Freund gewesen. Und er hatte Pope laufenlassen.

Jemima saß Jonathan schweigend eine geschlagene Viertelstunde im dämmerigen Inneren des Cafés gegenüber; ihre Augen suchten forschend in seinem Gesicht und in dem distanzierten, abwesenden Ausdruck darin.

»Es ist nicht dein Schweigen, was mich beunruhigt«, sagte sie zuletzt, »sondern deine Höflichkeit.«

Jonathan nahm sich zusammen und kehrte in die Gegenwart zurück. »Wie bitte?«

Traurig lächelte sie. »Genau das ist es.«

Jonathan holte tief Luft und heftete dann seinen Blick auf sie. »Es tut mir leid. Ich bin schon ganz bei dem, was morgen passiert.«

»Solche Sachen sagst du immer wieder – es tut mir leid, entschuldige bitte, und bitte, reich mir doch mal das Salz. Und weißt du, was mir dabei wirklich an die Nieren geht?«

»Was denn?«

»Daß ich nicht mal das Salz hab.«

Jonathan lachte. »Sie sind phantastisch, Madame.«

»Schon, bloß – was hab ich davon? Entschuldigungen. Tut mir leid. Verzeih mir.«

Er lächelte. »Du hast recht. Es tut mir...«

»Sag's, und du kriegst einen Tritt vors Schienbein.«

Er berührte ihre Finger. Der spielerische Ton verflüchtigte sich augenblicklich.

Unterm Tisch zwängte sie seinen Fuß zwischen ihre Beine. »Was hast du jetzt mit mir vor, Jonathan?«

»Was meinst du damit?«

»Ich bin dein, aber du bist es, der was mit mir anfangen muß, Mann! Du könntest mich küssen, oder mir die Hand drücken, oder mit mir schlafen, oder mich heiraten, oder mit mir reden, oder mich schlagen, oder... Statt dessen wiegst du den Kopf langsam von einer Seite auf die andere, was bedeutet, daß du nicht die Absicht hast, mich zu schlagen, oder mit mir ins Bett zu gehen, oder überhaupt irgendwas anzufangen – richtig?«

»Ich möchte, daß du nach Hause fliegst, Gem.«

Sie starrte ihn an, und ihre Augen blitzten vor Gekränktsein und Stolz. »Gott verdamm dich, Jonathan Hemlock! Bildest du dir ein, du wärest der liebe Gott, oder was ist los? Du stellst deine Regeln auf, und wenn jemand dich verletzt oder austrickst, dann fährst du auf ihn hernieder wie ein Roboter des Schicksals!« Sie war wütend, weil ihr wider Willen die Tränen in die Augen gestiegen waren. Mit dem Handrücken wischte sie sie fort. »Du machst keinen Unterschied zwischen einem Menschen wie Miles Mellough oder jemand wie mir – jemand, der dich liebt.« Sie hatte die Stimme nicht erhoben, aber ihre harten Konsonanten verrieten ihren Zorn.

Jonathan konterte im gleichen harten Tonfall. »Jetzt mach mal einen Punkt! Ich würde nicht in diesem ganzen Schlamassel stecken, wenn du mich nicht bestohlen hättest. Ich hab dir meine Bilder gezeigt. Und hab dich kurze Zeit geliebt. Und weißt du, was du getan hast? Du hast Dragon die Handhabe gegeben, mich mit Gewalt in diese Situation hineinzumanövrieren. Eine Situation, in der ich – Gott verdammt noch mal – wenig Chancen habe zu überleben. Erzähl du mir was von Liebe!«

»Aber – ich hab dich doch überhaupt nicht gekannt, als ich diesen Auftrag übernahm!«

»Das Geld hast du am Morgen genommen. *Hinterher!*«

Durch ihr Schweigen gab sie zu, daß sie erkannte, wie bedeutsam diese Reihenfolge war. Nach einer Weile fing sie an, zu erklären, doch nach ein paar Worten gab sie es auf.

Der Kellner kam mit einer Kanne Kaffee, und seine Gegenwart zwang sie in ein verlegenes Schweigen. Während dieses Schweigens kühlte sich ihr Gemüt merklich ab. Als der Kellner ging, riß Jemima sich mit einem tiefen Seufzer zusammen und sagte lächelnd: »Es tut mir leid, Jonathan.«

»Sag das noch mal, und du kriegst einen Tritt vors Schienbein.«

Der Streit hatte seinen Stachel verloren.

Sie nahm einen kleinen Schluck von ihrem Kaffee. »Wird es denn so schlimm werden, diese Sache auf dem Berg, meine ich?«

»Naß wird's werden.«

Sie erschauerte. »Ich hab den Ausdruck immer gehaßt: nasse Arbeit. Gibt es nichts, was ich dabei tun könnte?«

»Nein, gar nichts, Jemima. Halt dich raus! Flieg nach Hause.«

Als sie danach wieder sprach, klang ihre Stimme trocken, und sie versuchte, die Situation unvoreingenommen und objektiv zu bewerten. »Ich glaube, wir machen uns alles kaputt, Jonathan. Menschen wie wir verlieben sich nur höchst selten ineinander. Es hat sogar was Komisches, sich vorzustellen, daß ausgerechnet zwei Menschen wie wir sich *lieben*. Aber es ist nun mal geschehen, und wir haben uns geliebt. Und es wäre eine Schande... es wäre, verdammt noch mal, eine Schande...« Sie zuckte die Achseln und blickte zu Boden.

»Gem, mir passieren komische Sachen. Ich, äh...« Er schämte sich fast, es zu sagen. »Ich habe Pope heute laufenlassen. Ich weiß auch nicht, warum. Es hat mir... nun, einfach nichts bedeutet.«

»Was soll das heißen? Du hast Pope laufenlassen?«

»Die Einzelheiten spielen keine Rolle. Aber irgendwas Komisches... irgendwas, was mich beunruhigt... geht mit mir vor. Vielleicht in ein paar Jahren...«

»Nein!«

Daß sie das so spontan von sich wies, überraschte ihn.

»Nein, Jonathan. Ich bin eine erwachsene, begehrenswerte Frau. Und ich seh mich nicht rumsitzen und darauf warten, bis du reifer wirst oder müde genug, bis du es über dich bringst, an meine Tür zu klopfen.«

Er dachte darüber nach, ehe er antwortete. »Das kann ich gut verstehen, Gem.«

Ohne zu sprechen, tranken sie ihren Kaffee. Dann blickte sie mit ihren

Goldflitteraugen auf, und ihr ging immer mehr auf, was er da eigentlich gesagt hatte. »Himmelherrgott!« flüsterte sie fassungslos.

»Es passiert wirklich. Wir machen es uns kaputt. Wir werden Abschied voneinander nehmen. Und damit hat sich's dann.«

Jonathans Stimme klang sanft, als er spach. »Kannst du noch heute abend eine Maschine nach New York bekommen?«

Sie konzentrierte sich auf die Serviette, die sie auf dem Schoß liegen hatte, und strich sie immer wieder mit den Händen glatt. »Ich weiß nicht. Aber ich denke doch.«

Jonathan stand auf, fuhr mit den Fingerrücken über ihre Wange und verließ das Café.

Er ging zurück in sein Hotel.

Die letzte gemeinsame Mahlzeit der Bergsteiger vor ihrem Aufstieg war ziemlich spannungsgeladen; fast alle aßen sie nicht besonders viel, außer Anderl, dem das Gefühl für Angst vollkommen abging, und Ben, der schließlich und endlich ja an der Besteigung nicht direkt teilzunehmen brauchte. Jonathan beobachtete jeden einzelnen seiner Gefährten und suchte nach irgendwelchen Reaktionen auf das Auftauchen von Clement Pope, doch wiewohl es mancherlei Anzeichen dafür gab, daß alle ein wenig verstört waren, machte der nur allzu natürliche Druck des bevorstehenden Aufstiegs es unmöglich, die Ursachen auseinanderzuhalten. Bidets schlechte Laune von heute morgen war in kühle Höflichkeit übergegangen, und Anna bemühte sich nicht im mindesten, sich aus ihrer gewohnheitsmäßig amüsierten Defensive herauslocken zu lassen. Karl nahm die selbstaufgebürdeten Verantwortungen viel zu ernst, als daß er sich in gesellschaftlichen Trivialitäten hätte ergehen können. Trotz der Flasche Champagner, die der griechische Großindustrielle ihnen herübergeschickt hatte, machte sich im Verlauf der Mahlzeit immer wieder Schweigen breit, das sich so unmerklich ausweitete, bis seine Last so drückend wurde, daß plötzlich alle es spürten und versuchten, es durch übertrieben heiteres und unbeschwertes Geplauder zu vertreiben, das dann wieder in halben Sätzen und bedeutungslosem Wortgeklingel versickerte.

Obwohl der Speisesaal gesteckt voll war mit Eiger-Vögeln in farbenfrohem, lässigem Gefieder, hatte ihre Unterhaltung einen spürbar anderen Ton angenommen. Es saß kein echter Dampf dahinter. Ab und zu lachte ein Mädchen, *allegro vivace sforzando*, das übliche gesetzt-männliche Gedröhn des *ponderoso* übertönend. Doch unter allem lag ein *basso ostinato* der Ungeduld: Wann würde dieser Aufstieg beginnen? Zwei Tage waren sie jetzt schon da. Geschäftsabschlüsse wie Vergnügen gab es zu

tätigen. Wann mochte es wohl zu diesen Abstürzen kommen – Gott be-
hüte, daß es jemals dazu kam!

Der Schauspieler und seine üppige Gattin betraten wie üblich den Saal erst
spät und winkten den Bergsteigern ausgiebig zu, wobei sie zweifellos
hofften, den Eindruck zu erwecken, als genössen sie das Vorrecht, akzeptiert zu werden.

Das Abendessen schloß mit dem sachlichen Ton von Karls überflüssiger
Ermahnung, daß jeder sich so früh wie möglich schlafen legen solle. Er
erklärte seinen Kameraden, daß er persönlich zwei Stunden vor Morgengrauen die Runde durch die Zimmer machen und jeden einzelnen wecken
würde, damit sie sich hinausstehlen könnten, bevor die Gäste und die Reporter überhaupt wüßten, daß sie schon aufgebrochen seien.

Das Licht in Jonathans Zimmer war ausgeschaltet. Durch den Schnee
vorm Fenster gefiltertes Mondlicht brachte das gestärkte Bettzeug auf
seine Weise zum Schimmern. Er saß im Dunkeln, auf dem Schoß die Pistole, die Pope ihm zurückgelassen hatte, ein schweres Ungetüm mit einem Schalldämpfer, der ihr ein Aussehen verlieh, als sei sie das Eigenfa-
brikat eines Schrotthändlers. Als er das Päckchen an der Rezeption in
Empfang genommen hatte (Pralinen von einem Mann für einen anderen
Mann – das ließ den Mann hinter der Theke die Augenbrauen hochzie-
hen), hatte er erfahren, daß Pope in die Staaten zurückgekehrt sei, nachdem ihm Erste Hilfe für das verabreicht worden war, was er phantasievoll
als eine Folge von Stürzen im Badezimmer beschrieben hatte.

Obwohl er den Schlaf vor dem Aufstieg dringend brauchte, wagte Jonathan es nicht, eine Schlaftablette zu nehmen. Diese Nacht war die letzte
Chance für das Opfer, seinen Präventivschlag auszuführen, falls es sich
nicht entschlossen hatte zu warten, bis sie auf dem Berg wären. Dabei
konnte freilich ein solcher Schlag bei einem so schwierigen Aufstieg die
gesamte Seilschaft in Gefahr bringen; Spuren würden allerdings nicht
zurückbleiben. Jonathan überlegte, wie verzweifelt das Opfer wohl sein
mochte – und wie gerissen.

Aber es hatte wirklich keinen Sinn, hier herumzusitzen und zu warten!
Er stemmte sich aus dem Sessel hoch und entrollte seinen Schlafsack gegenüber von der Tür, wo jeder, der eintrat, als klare Silhouette vor dem
hellen Licht auf dem Flur zu sehen sein mußte. Nachdem er in den Schlafsack hineingekrochen war, entsicherte er die Pistole und spannte den
Hahn – zwei Geräusche, die er dann später nicht zu machen brauchte,
wenn jedes Geräusch von Bedeutung sein konnte. Er legte die Waffe neben sich auf den Fußboden und versuchte zu schlafen.

Er hatte nicht sonderlich viel Zutrauen zu derlei Vorbereitungen. Zwar
machte er sie bei seinen Strafaktionen immer, aber sie waren im Grunde

nicht von Bedeutung. Sein Mißtrauen war wohlbegründet. Während er sich hin- und herwälzte, um die für seinen Körper bequemste Lage und doch ein bißchen Schlaf zu finden, rollte er sich auch über die Pistole, und so war sie unter seinem Schlafsack durchaus nicht so ohne weiteres greifbar.

Er mußte doch eingeschlafen sein, denn ihm war, als sackte er in die Tiefe, als er, ohne die Augen aufzumachen, plötzlich merkte, daß Licht und Bewegung im Zimmer waren.

Er schlug die Augen auf. Die Tür schwang weit auf, und ein Mann – Bidet – stand eingerahmt im gelben Rechteck. Der Revolver in seiner Hand schimmerte silbrig vor dem schwarzen Rand der Tür, als er sie verstohlen auf dem Rücken hielt. Jonathan verhielt sich mucksmäuschenstill. Er spürte den Druck der eigenen Waffe im Nacken und verfluchte das böswillige Geschick, das sie dorthin manipuliert hatte. Der massige Schatten von Bidet näherte sich seinem Bett.

Obwohl er ganz leise sprach, schien Jonathans Stimme den dunklen Raum vollständig zu erfüllen. »Keine Bewegung, Jean-Paul!«

Bidet erstarrte, begriff nicht, woher die Stimme kam.

Jonathan erkannte, wie er hier vorzugehen hatte. Er mußte den gedämpften, aber bestimmten Tonfall beibehalten. »Ich sehe Sie ausgezeichnet, Jean-Paul, und ich werde Sie ganz gewiß umlegen, wenn Sie auch nur die geringste Bewegung machen. Verstehen Sie mich?«

»Ja.« Bidets Stimme klang heiser vor Angst nach diesem langen Schweigen.

»Gleich rechts neben Ihnen steht die Nachttischlampe. Greifen Sie bitte hin, aber knipsen Sie sie erst an, wenn ich es sage.«

Man hörte, wie er sie suchte, und dann sagte Jean-Paul: »Ich berühre sie.«

Jonathan veränderte die hypnotisierende Monotonie seiner Stimme nicht im geringsten, spürte jedoch instinktiv, daß der Bluff nicht lange anhalten würde. »Knipsen Sie das Licht an. Aber sehen Sie nicht zu mir her. Halten Sie Ihre Augen weiter in das Dunkel gerichtet. Verstanden?« Jonathan wagte keine übertriebenen Bewegungen, die er eigentlich benötigte, um aus dem Schlafsack herauszukommen und um unter ihm nach der Pistole herumzusuchen.

»Haben Sie verstanden, Jean-Paul?«

»Ja.«

»Dann also langsam. Jetzt!« Jonathan wußte, daß es nicht klappen würde.

Er hatte recht. Bidet tat es, aber nicht langsam. Im selben Augenblick, da das Zimmer mit blendender Helligkeit erfüllt war, wirbelte er herum und zielte mit seinem Revolver auf ihn, der, der Lage völlig unangemessen, eingesponnen in seinem Kokon aus Eiderdaunen lag. Aber er schoß nicht, sondern starrte Jonathan an, wobei sich Angst und Zorn in seinen Augen die Waage hielten.

Sehr langsam hob Jonathan die Hand im Schlafsack und wies mit dem Finger auf Bidet, der trocken schlucken mußte, als er erkannte, daß die Ausbuchtung im Schlafsack direkt auf seinen Bauch gerichtet war. Etliche Sekunden vergingen, ohne daß einer von beiden sich bewegte. Wie erbost Jonathan über die schmerzhaft sich in seine Schulter bohrende Pistole war! Aber er lächelte. »Bei uns in Amerika nennt man so was ein mexikanisches Unentschieden. Gleichgültig, wer von uns beiden zuerst schießt, sterben würden wir beide.«

Jonathan bewunderte Bidets Selbstbeherrschung, als der sagte: »Wie löst man eine solche Situation normalerweise? Bei Ihnen in Amerika, meine ich?«

»Im allgemeinen dadurch, daß beide Männer die Waffen weglegen und sich miteinander aussprechen. Auf diese Weise sind schon eine Unmenge Schlafsäcke vor dem Durchlöchertwerden bewahrt worden.«

Bidet lachte. »Ich hatte nicht die Absicht, Sie zu erschießen, Jonathan.«

»Ich nehme an, es ist Ihr Revolver, der mich so durcheinandergebracht hat, Jean-Paul.«

»Damit wollte ich Ihnen doch nur imponieren – vielleicht auch Angst einjagen. Ich weiß es nicht. Auf jeden Fall war es dumm von mir. Das Ding ist noch nicht mal geladen.«

»In welchem Fall Sie vielleicht nichts dagegen haben, ihn dort drüben aufs Bett zu werfen.«

Einen Augenblick lang stand Bidet reglos da, dann sackten seine Schultern zusammen, und er ließ die Waffe aufs Bett fallen. Jonathan erhob sich langsam auf einen Ellbogen, hielt aber immer noch den Finger im Schlafsack auf Jean-Paul gerichtet, während er mit der anderen Hand unter den Schlafsack griff und seine Pistole hervorholte. Als Bidet sie unter dem wasserdichten imprägnierten Gewebe auftauchen sah, zuckte er in einer gallischen Geste fatalistischer Ergebenheit mit den Achseln.

»Sie sind sehr mutig, Jonathan.«

»Es blieb mir wirklich keine andere Wahl.«

»Auf jeden Fall wissen Sie sich verdammt gut zu helfen. Aber das war nicht nötig. Wie ich Ihnen schon sagte, habe ich das Ding nicht einmal geladen.«

Jonathan arbeitete sich aus dem Schlafsack heraus und ging dann zu seinem Sessel hinüber, die Pistole immer noch auf Bidet gerichtet. »Gott sei Dank, daß Sie nicht geschossen haben. Ich wäre mir verdammt albern vorgekommen, mit meinem Daumen unter der Decke zu wackeln und päng, päng zu sagen.«

»Legen nicht *beide* Männer die Waffen beiseite, bei einem mexikanischen Unentschieden, oder wie das heißt?«

»Trau nie einem Gringo!« Jonathan war entspannt und voller Selbstvertrauen. Eines war gewiß: Jean-Paul war ein Amateur. »Sie verfolgten doch einen Zweck, als Sie sich hier hereinschlichen, nehme ich an?«

Jean-Paul betrachtete seine Handfläche und strich sich mit dem Daumen über die darin eingegrabenen Linien. »Ich glaube, ich kehre jetzt besser in mein Zimmer zurück, wenn Sie nichts dagegen haben. Ich hab mich in Ihren Augen genug zum Esel gemacht. Es ist nichts gewonnen, wenn ich diesen Eindruck noch verstärke.«

»Ich glaube aber, ich habe ein gewisses Recht auf eine Art von Erklärung. Daß Sie hier in mein Zimmer eingedrungen sind, war – Zufall?«

Bidet ließ sich schwer aufs Bett plumpsen, sein Körper sackte in sich zusammen, die Augen hielt er abgewendet, und sein ganzes Gehabe hatte etwas so Niedergeschlagenes, daß Jonathan keinerlei Angst hatte, seine Waffe wieder in seiner Reichweite zu wissen. »Es gibt nichts Lächerlicheres auf der Welt als einen aufgebrachten, betrogenen Ehemann, Jonathan.« Er lächelte schmerzlich. »Ich habe nie geglaubt, daß ausgerechnet ich einmal den Pantalone spielen würde.«

Jonathan fühlte jene höchst ungemütliche Verbindung von Mitleid und Abscheu in sich aufsteigen, die er stets den emotional Weichen gegenüber empfand, insbesondere jenen gegenüber, die es nicht fertigbrachten, ihr Liebesleben in Ordnung zu halten.

»Aber ich kann mich in Ihren Augen ja kaum noch lächerlicher machen«, fuhr Bidet fort. »Ich nehme an, Sie sind bestens über die Grenzen informiert, die meinen physischen Möglichkeiten gesetzt sind. Anna läßt ihre Hengste im allgemeinen darüber nicht im unklaren. Aus irgendeinem mir unerfindlichen Grunde inspiriert sie das ihrerseits zu um so größerer Leistungsfähigkeit.«

»Sie versetzen mich in die unangenehme Lage, meine Unschuld beteuern zu müssen, Jean-Paul.«

Unverhohlenen Abscheu in den Augen, blickte Jean-Paul Jonathan an. »Sie brauchen sich keine Mühe zu geben.«

»Es liegt mir aber daran, das ins reine zu bringen. Wir sollen morgen schließlich gemeinsam einen Aufstieg machen. Lassen Sie es mich ohne Umschweife sagen: Ich habe weder mit Anna geschlafen, noch habe ich Grund zur Annahme, daß irgendwelche Avancen meinerseits bei ihr auf etwas anderes als auf Spott stoßen würden.«

»Aber gestern abend…«

»Was soll mit gestern abend sein?«

»Sie war hier.«

»Woher wissen Sie das?«

»Ich habe sie vermißt... nach ihr gesucht... an Ihrer Tür gelauscht.« Er blickte beiseite. »Abscheulich, nicht wahr?«

»Ja, in der Tat. Aber es stimmt, Anna war gestern abend hier. Ich traf sie auf dem Flur und lud sie zu einem Schlummertrunk ein. Aber geschlafen haben wir nicht miteinander.«

Wie abwesend nahm Jean-Paul seine Waffe auf und spielte damit, als er sprach. Jonathan fühlte keine Gefahr; für ihn war Bidet kein potentieller Mörder mehr. »Nein, das stimmt nicht. Sie hat gestern mit jemand geschlafen. Ich habe sie angerührt. Ich weiß das, weil sie...«

»Davon möchte ich nichts hören. Ich interessiere mich nicht für klinische Einzelheiten, und wir befinden uns hier nicht im Beichtstuhl.«

Jean-Paul spielte mit der kleinen italienischen Automatik. »Ich hätte nicht hierherkommen sollen. Was ich getan habe, war geschmacklos. Und das ist schlimmer als das, was Anna getan hat – die war bloß unmoralisch. Bitte, halten Sie das dem Streß vor der Besteigung zugute. Ich hatte so große Hoffnungen auf diese Tour gesetzt. Ich dachte, wenn Anna sehen würde, daß ich mich an einen Berg wage, den die wenigsten Männer kaum anzurühren wagen, dann würde das... irgendwie... Ich weiß nicht. Was immer es war, es war eine sinnlose Hoffnung.« Mit mutlosen Augen blickte er zu Jonathan hinüber. »Verachten Sie mich jetzt?«

»Meine Bewunderung für Sie hat neue Grenzen gefunden.«

»Sie verstehen es, sich elegant auszudrücken. Aber Sie haben ja auch den Vorteil, keine Gefühle zu kennen.«

»Glauben Sie mir das mit Anna?«

Ein schmerzliches Lächeln umspielte Jean-Pauls Mund. »Nein, Jonathan, das nehme ich Ihnen nicht ab. Ich mag zwar ein Hahnrei sein, aber deswegen bin ich noch lange kein Narr. Wenn Sie nichts zu fürchten hatten, – weshalb haben Sie dann da auf dem Boden gelegen und geahnt, daß ich mich rächen würde?«

Das konnte Jonathan nun wirklich nicht erklären, und so versuchte er auch gar nicht, irgendeine Ausrede zu erfinden.

Jean-Paul seufzte. »Nun, ich werde jetzt in mein Zimmer zurückkehren und dort allein für mich erröten und Sie von der unangenehmen Pflicht befreien, mich zu bemitleiden und zu verachten.« Mit einer Geste von dramatischer Endgültigkeit zog er das Magazin seiner Automatik heraus, und eine Kugel sprang aus der Kammer, schlug gegen die Wand und fiel dann tanzend auf den Teppich. Beide Männer blickten überrascht auf das schimmernde Messing. Jean-Paul lachte ohne jede Freude. »Ich glaube, mich führt man leichter hinters Licht, als ich angenommen hatte. Ich hätte geschworen, daß sie ungeladen war.«

Er ging hinaus, ohne gute Nacht zu sagen.

Jonathan rauchte noch eine Zigarette und schluckte eine Schlaftablette, ehe er versuchte, wieder einzuschlafen, und zwar diesmal in seinem Bett – wozu ihn ein ähnlich abergläubisches Vertrauen auf die Unwiederholbarkeit des Zufalls bewog, das Bomberpiloten dazu bringt, Kurs auf Sprengwölkchen zu halten. oder Waldarbeiter, beim Sturm unter Bäumen Schutz zu suchen, die bereits einmal vom Blitz getroffen wurden.

Eiger   11. Juli

Die einzigen Geräusche, die sie machten, als sie im Gänsemarsch auf den
Fuß des Berges zumarschierten, waren das leise Knirschen unter ihren
Sohlen und das schwache Zischen, wenn ihre mit Gamaschen geschützten
Schuhe durch das taufeuchte, schimmernde Gras fuhren. Jonathan, der
die Nachhut bildete, blickte zu den Sternen empor, die immer noch kalt
funkelten, obwohl die Morgendämmerung drohte, ihr Gefunkel bald ver-
blassen zu lassen. Die Bergsteiger marschierten unbeschwert von der Last
der Rucksäcke, der Seile, Haken und Steigeisen. Ben und drei von den
jungen Bergsteigern, die ihre Zelte auf der Matte aufgeschlagen hatten,
waren mit der schweren Ausrüstung bis zum Fuß des Geröllhangs vor-
ausgegangen.

Das Team reagierte auf das Schweigen, die frühe Stunde und das Gewicht
ihres Vorhabens mit jenem Gefühl von Unwirklichkeit und emotionaler
Unausgeglichenheit, wie es sich vor einer bedeutenden Besteigung stets
einzustellen pflegt. Wie immer kurz vor einem Aufstieg, machte Jonathan gierig von sämtlichen Möglichkeiten Gebrauch, sich physisch anzuregen. Er spürte in seinem Körper jedem erwartungsvollen Kribbeln und
Zittern nach. Seine Beine, die er dieser schweren Aufgabe wegen in
Hochform gebracht hatte, ließen das flache Land weitausgreifend und mit
geradezu schwindelnder Mühelosigkeit unter sich hinweggleiten. Daß ein
leichter Wind vor Morgengrauen frisch seinen Nacken umfächelte, daß
das Gras würzig roch, daß die Dunkelheit ihn ölig umfloß – auf all das
konzentrierte Jonathan sich nacheinander, genoß die Empfindungen, die
sie hervorriefen, brachte sie in Verbindung mit seinem Erinnerungsvermögen, freilich nicht mit einer abstrakten, sondern einer höchst sinnli-
chen Erinnerung. Er staunte immer wieder darüber, welche merkwürdige
Bedeutung er diesen einfachen Erfahrungen kurz vor einer schwierigen
Besteigung beimaß. Er erkannte, daß dieses Auffächern alles Erdhaften
das Ergebnis der plötzlich veränderten Welt der Sinne war. Und er wußte
auch, daß es nicht der Wind, das Gras und die Nacht waren, die vom Sterben bedroht waren, sondern vielmehr das instinktbesessene Tier in ihm.
Aber darüber dachte er nie weiter nach.

Jean-Paul verlangsamte seinen Schritt und fiel zurück, bis er neben Jonathan einherschritt, der ihm dieses Eindringen in sein geradezu sakramen-
tales Verhältnis zu einfachen Empfindungen übelnahm.

»Das von gestern abend, Jonathan...«

»Vergessen Sie's.«

»Tun Sie's auch?«

»Aber gewiß.«

»Das bezweifle ich.«

Jonathan schritt weiter aus und ließ Jean-Paul hinter sich zurück.

Sie näherten sich den wie Glühwürmchen herumtanzenden Lichtpunkten, welche sie über die Matte geführt hatten, und stießen auf Ben und seine Freiwilligen, die im Licht von Taschenlampen die Ausrüstung in eine Reihe legten und einer letzten Inspektion unterzogen. Karl hielt es in seiner Stellung als Führer des Teams für angemessen, noch eine Reihe von höchst überflüssigen Instruktionen von sich zu geben, während die Bergsteiger sich rasch fertigmachten und ihre Ausrüstung aufnahmen. Ben murrte ständig über die Kälte und die frühe Morgenstunde, doch im Grunde wollte er mit seinem Gebrummel nur gegen die allgemeine Stille ankämpfen. Er kam sich leer und unnütz vor. Sein Beitrag zu diesem Unternehmen war geleistet; jetzt blieb ihm nichts anderes übrig, als ins Hotel auf der Kleinen Scheidegg zurückzukehren, sich um die Reporter zu kümmern und mit Hilfe des Fernrohrs, das er zu diesem Zweck mitgebracht hatte, den Aufstieg der Seilschaft zu verfolgen. Nur wenn etwas passierte und er etwa eine Rettungsmannschaft zusammenstellen mußte, würde er wieder ein aktives Mitglied werden.

Ben stand direkt neben Jonathan, blickte jedoch weg und zum Berg hinauf, der eine noch dunklere Masse innerhalb der allgemeinen Dunkelheit bildete, zupfte an seiner gewaltigen Nase und sagte: »Jetzt hör mir mal zu, altes Haus. Paß bloß auf, daß du mit heilen Knochen von diesem Berg wieder runterkommst, sonst kriegst du von mir einen Tritt in den Arsch.«

»Du bist ein sentimentaler Schleimscheißer, Ben.«

»Tja, mag sein.« Damit drehte Ben sich um, ging fort und bedeutete den jungen Freiwilligen bullerig, ihn ins Hotel zurückzubegleiten. Wären sie jünger gewesen und hätten sie mehr Sinn fürs Dramatische gehabt, hätte er Jonathan wahrscheinlich die Hand geschüttelt.

Die Bergsteiger zogen hinaus ins Dunkel, kletterten die Geröllhalde hinauf bis an das Felsgestein unmittelbar am Fuß des Berges. Als sie die eigentliche Wand erreichten, ließ das erste Licht des Tages Formen in der schwarzen Masse erkennbar werden. In dieser heraufkriechenden Helligkeit nahmen sich Felsen und Schneeflächen gleichermaßen einfach schmutziggrau aus. Doch der Fels des Eiger ist von einem kräftigen organischen Grau, das durch eine ausgewogene Mischung der unterschiedlichsten Farbelemente hervorgerufen wird und nicht durch ein einfaches Gemenge von Schwarz und Weiß. Auch war der Schnee in Wirklichkeit von einem strahlenden, völlig fleckenlosen und noch nicht angetauten Weiß. Es war das schmutzige Licht, das alles befleckte, was es erhellte.

Sie seilten sich an und folgten ihrem Plan, die untere Strecke der Felswand auf zwei unabhängigen, parallel zueinander verlaufenden Routen in Angriff zu nehmen. Das bedeutete, daß Freytag und Bidet eine Seilschaft bildeten und Karl die meisten der Ringe mit den Felshaken um die Hüfte baumeln hatte. Er beabsichtigte, die ganze Strecke über zu führen und es Bidet zu überlassen, die Felshaken wieder einzusammeln, die etwa eingeschlagen werden mußten. Jonathan und Anderl hatten ihre Haken gleichmäßig untereinander aufgeteilt, weil sie stillschweigend übereingekommen waren, im »Bocksprung« aufzusteigen, sich also im Aufspüren der Route und im Führen abzuwechseln. Selbstverständlich kamen sie auf diese Weise viel rascher voran als die beiden anderen.

Es war neun Uhr morgens, und die Sonne fiel – was nur zweimal täglich für kurze Zeit vorkam – auf die nach innen gewölbte Eigerwand. Das Hauptgesprächsthema der Eiger-Vögel im Speisesaal bildete ein Streich, den der griechische Industrielle seinen Gästen während der Party gestern abend gespielt hatte. Er hatte sämtliche Klopapierrollen in Wasser eingeweicht. Seine Frau, die Dame aus der amerikanischen High-Society, fand, dieser Streich verrate einen schlechten Geschmack, sei aber vor allem, was noch schlimmer war, die reinste Geldverschwendung.
Ben wurde jäh beim Frühstück gestört, als ein Ruf auf der Terrasse erscholl, auf den hin ein ganzer Schwarm von Eiger-Vögeln aufgeregt nach draußen flatterte und sich auf die Fernrohre stürzte. Die Bergsteiger waren ausgemacht worden. Jetzt setzte sich die wirtschaftliche Maschinerie des Hotels, durch sorgfältige Vorbereitungen gewissermaßen gut geschmiert, in Bewegung. Uniformierte Bedienstete nahmen neben jedem der Fernrohre Aufstellung (mit Ausnahme dessen, das der griechische Industrielle unter großen Kosten für sich hatte reservieren lassen). Diese Bediensteten waren mit Benutzungskarten versehen – jeweils in einer anderen Farbe für jedes Instrument –, auf denen genaue Zeitangaben für die jeweils drei Minuten während Mietdauer des Fernrohres gedruckt waren. Diese Karten wurden den Eiger-Vögeln zum Zehnfachen des normalen Preises für die sonstige Benutzung der Münzfernrohre verkauft, und augenblicklich war jedes der Instrumente von Neugierigen umringt. Die Benutzungskarten wurden unter der Voraussetzung verkauft, daß die Hotelleitung nichts zurückerstatten würde, falls schlechtes Wetter oder Wolken die Bergsteiger den Blicken der Neugierigen entzogen.
Ben spürte, wie eine Welle von bitterem Abscheu in ihm hochstieg, als er diese durcheinanderschnatternden Aasgeier sah, aber gleichzeitig war ihm auch ein Stein von der Seele gefallen, daß man das Team endlich ausgemacht hatte. Jetzt konnte er sein eigenes Fernrohr ein wenig weiter weg

vom Hotel auf der offenen Matte aufstellen und ein wachsames Auge auf die Kletterer haben.

Er stand gerade im Begriff, sich von seinem Kaffee zu erheben, als ein halbes Dutzend Reporter gegen den Strom der nach draußen Eilenden in den Speisesaal hereingestürmt kam, ihn umringte und ihn mit Fragen über den Aufstieg im allgemeinen und die Bergsteiger im besonderen bombardierte. Wie geplant, verteilte Ben kurze, hektographierte biographische Abrisse über jeden der Beteiligten. Diese Abrisse hatte man vorbereitet, um die Zeitungsleute davon abzuhalten, zu ihrer eigenen blühenden Phantasie Zuflucht zu nehmen. Doch stellten diese persönlichen Berichte, die nichts weiter als Geburtsort und -datum, Berufsangaben und etwas über die alpinistische Laufbahn des Betreffenden enthielten, eine kärgliche Quelle für die Journalisten dar, die hinter Dingen von allgemein menschlichem Interesse und hinter Sensationen herjagten, und so war es kein Wunder, daß sie Ben mit einem Schwall von zudringlichen Fragen überschütteten. Sein Frühstücksbier mit sich nehmend, die Kinnlade schweigend zusammengepreßt, bahnte Ben sich den Weg durch sie hindurch, doch ein amerikanischer Reporter packte ihn am Jackenärmel und hielt ihn fest.

»Sind Sie sicher, daß Sie für diese Hand keine weitere Verwendung haben?« fragte Ben, woraufhin ihn die Hand unverzüglich freigab.

Zäh folgten sie ihm, als er die Hotelhalle mit seinen energischen, federnden Schritten durchmaß, doch ehe er die Tür des Aufzugs erreichte, stellte sich eine in Tweed gekleidete englische Journalistin – zäh, sehnig, geschlechtslos und mit höchst präziser und abgehackter Redeweise – zwischen ihn und den Aufzug.

»Sagen Sie, Mr. Bowman, klettern diese Männer Ihrer Meinung nach auf den Eiger, um ihre Männlichkeit zu beweisen, oder mehr, um ihre Minderwertigkeitsgefühle zu kompensieren?« Den Bleistift gezückt, wartete sie darauf, daß Ben antwortete.

»Warum geh'n Sie nicht hin und lassen sich mal gründlich vögeln? Das würde Ihnen verdammt gut tun!«

Sie hatte die ersten Wörter bereits hinstenographiert, als ihr aufging, was man ihr da eben gesagt hatte, und sie hielt im Schreiben inne. Ben flüchtete sich in den Aufzug.

Jonathan und Anderl hatten ein wenig westlich vom Eingang jener diagonalen Rinne, die für Karl den Schlüssel zur neuen Aufstiegsroute bildete, einen schmalen Sims gefunden. Sie hämmerten einen Felshaken ein und seilten sich fest, um auf diese Weise gesichert die Ankunft von Karl und Jean-Paul abzuwarten. Obwohl von der vorspringenden Klippe über ihnen ein ständiger Strom von eisigem Schmelzwasser herniederrieselte, schützte diese sie immerhin auch vor dem Steinschlag, der sie während der vergangenen halben Stunde des Aufstiegs belästigt hatte. Noch während sie Seilrollen unter sich zurechtlegten, um sich vor der Nässe zu schützen, sprangen Fels- und Eisbrocken über den Rand dieser Klippe, sausten mit Pfeiftönen unterschiedlicher Stärke nur einen halben Meter oder einen Meter von ihnen entfernt in die Tiefe und schlugen mit lautem Knall schrapnellgleich auf den Fels dort unten auf.

Dieser Sims war so schmal, daß sie Hüfte an Hüfte nebeneinander sitzen mußten. Ihre Beine baumelten im Leeren. Sie waren sehr rasch vorangekommen, und es war großartig gewesen. Der Ausblick, der sich ihnen jetzt bot, war atemberaubend schön, und als Anderl eine Tafel harter Schokolade aus der Tasche seiner Jacke hervorholte und sie sich mit Jonathan teilte, waren sie bester Stimmung und kauten schweigend vor sich hin.

Jonathan konnte das Geräusch, das sie genauso vollkommen einhüllte wie eine Totenstille, einfach nicht überhören. Während der letzten halben Stunde, als sie sich dem Eingang zur Rinne auf einer Linie näherten, die etwas rechts von ihr selbst gelegen war, hatte das Geräusch herniederrinnenden Wassers immer mehr an Stärke zugenommen. Obgleich er das von dieser Stelle aus selbstverständlich nicht feststellen konnte, nahm er an, daß der Kamin ein wahrer Katarakt von Schmelzwasser sein müsse. Er war auch früher schon durch Wasserfälle dieser Art emporgestiegen (der Eisschlauch drüben auf der normalen Route war kein schlechtes Beispiel dafür), doch seine Erfahrung hatte ihm höchstens noch größeren Respekt vor den Gefahren eines solchen Aufstiegs eingeflößt.

Er warf einen Blick auf Anderl, um zu sehen, ob dieser seine Sorge teilte, doch das selbstvergessene, fast leere Lächeln auf dem Gesicht des Österreichers bewies, daß dieser sich so richtig in seinem Element fühlte und restlos zufrieden war. Einige Menschen fühlen sich in den Bergen nun einmal wie zu Hause; während sie an einer Wand hängen, existiert das Tal unter ihnen für sie überhaupt nicht, es sei denn als Brennpunkt jener geduldigen und immer vorhandenen Schwerkraft, gegen die sie ständig anzukämpfen haben. Jonathan teilte Anderls Zufriedenheit und Unbekümmertheit nicht. Solange sie geklettert waren, hatte die Welt aus nichts weiter bestanden als aus Seil, Fels, Trittstufen und Körperrhythmus. Aber jetzt, wo sie in sicherem Halt saßen und Zeit hatten nachzudenken, stellten sich die Sorgen von drunten im Tal wieder ein.

Zum Beispiel konnte es selbstverständlich Anderl sein. Ja, Anderl konnte sein Opfer sein – und wäre dann selber ein Jäger aus eigenem Recht. Wenigstens ein halbes Dutzend Mal hätte Anderl in den vergangenen drei

Stunden nur das Seil durchzuschneiden oder leicht daran zu ziehen brauchen, und Jonathan hätte keine Bedrohung mehr für ihn dargestellt. Die Tatsache, daß er es nicht getan hatte, schloß ihn allerdings als potentielles Opfer nicht aus. Bis jetzt waren sie dem Ausgangspunkt ihres Aufstiegs immer noch viel zu nahe. Hier würde man noch Spuren sichern können, und ein durchschnittenes Seil sieht nun einmal ganz anders aus als ein durchgescheuertes. Außerdem verfolgte man sicher jede einzelne ihrer Bewegungen von der spielzeugkleinen Terrasse des Hotels aus, wo vermutlich ein Dutzend optisch verstärkter Augen sie beobachtete.

Jonathan kam zu dem Schluß, daß er völlig ruhig sein konnte. Falls es geschah, dann bestimmt weiter oben, in größerer Höhe, wo sie bei dieser Entfernung zu kleinen Punkten zusammenschnurren würden und wo selbst das stärkste Fernrohr sie kaum noch erkennen konnte. Vielleicht passierte es, wenn Wolken oder Nebel sich herniedersenkten und sie vollständig den Blicken der Zurückgebliebenen entzogen, oder hoch oben, in größter Höhe, wo es Monate, vielleicht sogar Jahre dauern würde, ehe man die Leiche und das durchschnittene Seil fand.

»Worüber runzeln Sie denn so die Stirn?« fragte Anderl.

Jonathan lachte. »Morbide Gedanken. Übers Abstürzen.«

»Ich denke nie ans Abstürzen. Wenn es zu einem Absturz kommen soll, dann wird es geschehen, ohne daß ich daran denke. Ich denke nur ans Klettern. Alles andere lenkt mich nur ab.« Er unterstrich seine einfache Philosophie, indem er den letzten Brocken Schokolade in den Mund schob.

Das war die längste Rede, die Jonathan jemals aus Anderls Mund vernommen hatte. Es lag auf der Hand, hier war ein Mann, der erst auf einem Berg richtig er selber wurde.

Zuerst kam Karls Hand über dem vorkragenden Fels unter ihnen zum Vorschein, dann sein Kopf, und sobald er auf dem unmittelbar unter ihrem Sims befindlichen Halt Fuß gefaßt hatte, holte er stetig das Seil ein, das hinunterführte zu Jean-Paul, bis auch der sich auf den Felsvorsprung hinaufgeschwungen hatte. Sein Gesicht war gerötet, aber er strahlte triumphierend. Die Neuangekommenen fanden gleichfalls einen Sims und ruhten sich aus.

»Wie finden Sie meine Route jetzt, Herr Doktor?« schrie Karl herauf.

»So weit, so gut.« Jonathan dachte an das rauschende Schmelzwasser über ihnen.

»Ich habe ja gewußt, daß es so sein würde.«

Jean-Paul trank einen kräftigen Schluck aus seiner Feldflasche, lehnte sich dann gegen das Seil, das mittels eines Sicherheitskarabiners mit dem Felshaken verbunden war, und ruhte sich aus. »Ich hatte ja keine Ahnung, daß ihr vorhattet, den Berg hinaufzurennen! Bitte, habt Einsehen mit einem alten Mann!« Er beeilte sich, über seine eigenen Worte zu lachen, falls doch jemand auf die Idee kommen sollte, sie für bare Münze zu nehmen.

»Sie werden jetzt Zeit haben, sich auszuruhen«, sagte Karl. »Hier bleiben wir mindestens eine Stunde.«

»Eine ganze Stunde!« protestierte Jean-Paul. »So lange sollen wir hier rumsitzen?«

Jonathan stimmte völlig mit Karl überein. Wenn auch ein Bergsteiger an der Eigerwand stets gewärtig sein muß, in einen regelrechten Stein- und Eishagel hineinzugeraten, so hat es doch erst recht keinen Sinn, sich bewußt diesen wahren Salven auszusetzen, die der Berg um die Mitte des Vormittags herum auf seine Flanken abfeuert. Gestein und Geröll, das im Laufe der Nacht an das Massiv anfriert, gerät durch die auftauende Berührung der Morgensonne in Bewegung und kommt vom großen Sammeltrog der Spinne, die direkt, wenn auch in größerer Höhe über ihnen gelegen war, in hohem Bogen heruntergeflogen, -gesprungen und -gehüpft, um unten zu zerbersten. Normalerweise bewältigt man den Aufstieg wesentlich weiter westlich, wo man aus der Schußlinie dieses Steinschlags heraus ist.

»Wir werden erst einmal abwarten, bis der Berg seinen Morgenabfall abwirft, ehe wir uns an die Rinne heranmachen«, erklärte Karl. »Bis dahin laßt uns das Panorama genießen und etwas essen. Ja?«

Jonathan spürte hinter Karls aufgesetzter Fröhlichkeit, daß auch ihm nicht entgangen war, mit welcher Gewalt das Wasser diese Rinne herunterrutschte; genauso klar war es jedoch auch, daß er irgendwelcher Kritik oder Ratschlägen gegenüber sich unzugänglich zeigen würde.

Trotzdem: »Hört sich an, als ob wir uns auf was Nasses gefaßt machen müssen, Karl.«

»Sie haben doch gewiß nichts gegen eine Morgendusche, Herr Doktor?«

»Das wird uns ganz schön mitnehmen, selbst wenn wir es dann schaffen.«

»Ja, Bergsteigen ist eine anstrengende Sache.«

»Rotzjunge!«

»Was?«

»Nichts.«

Jean-Paul nahm noch einen Schluck Wasser und reichte dann die Plastikfeldflasche weiter an Karl, der sie ihm jedoch sogleich wieder zurückgab – er wolle nicht trinken. Nachdem er unter Mühen die Flasche wieder in seinem Gepäck verstaut hatte, blickte Jean-Paul voller Ehrfurcht und anerkennend um sich. »Wunderschön, nicht wahr? Einfach wunderschön.

Anna beobachtet uns wahrscheinlich gerade in diesem Augenblick durchs Fernrohr.«

»Wahrscheinlich«, sagte Jonathan, obwohl er es stark bezweifelte.

»Den Durchgang durch die Rinne machen wir im Viererseil«, sagte Karl. »Ich übernehme die Führung, Anderl bildet die Nachhut.«

Jonathan lauschte wieder auf das Rauschen des Wassers.

»Im Winter, wenn es kein Schmelzwasser gibt, wäre diese Route leichter.«

Anderl lachte. »Meinen Sie, wir sollten solange warten?«

Ben vernahm aufgeregtes Durcheinandergerede draußen auf der Terrasse, unmittelbar unter seinem Fenster, und dann hörte er deutlich, wie eine texanische Stimme den allgemeinen Klageton von Beschwerden auf die kürzeste Formel brachte.

»Scheiße! Stell sich das einer vor! Da glotz ich meine drei Minuten durch das Ding, bloß um zu sehen, wie die da auf dem Felsen hocken, und kaum ist meine Zeit rum, brechen sie auf und tun was! Hej, Floyd! Wieviel gute Dollars haben wir dafür berappen müssen?«

Ben eilte aus seinem Zimmer hinunter zur Wiese, in einiger Entfernung vom Hotel und von den Eiger-Vögeln. Er brauchte zehn Minuten, um sein Fernrohr aufzubauen. Von Anfang an hatte Karls lange, schräg verlaufende Rinne ihn mehr beunruhigt als jede andere Teilstrecke des Aufstiegs. Jetzt rückte die ferne Wand deutlich im Fernrohr heran und wurde erkennbar, rutschte ihm dann wieder aus dem Visier, um endlich wieder klar vor Augen zu stehen. Er begann am unteren Ende der Rinne, ließ dann das Rohr nach rechts in die Höhe schwenken und folgte der schwarzen Narbe auf der Wand. Unten am Ausgang schäumte es weiß auf, was ihm verriet, daß drinnen ein regelrechtes Wildwasser aus geschmolzenem Eis und Schnee herniederrauschen mußte, und er wußte, daß die Bergsteiger sich gegen den Strom hinaufarbeiten mußten, wobei das heftig strömende Wasser ihnen die Hände von jedem Halt reißen würde, den sie gefunden hatten, und sie außerdem die ganze Zeit über auch noch dem völlig unberechenbaren Steinschlag ausgesetzt waren, der seinen Weg durch diesen natürlichen Kanal nahm. Seine Hände waren ihm feucht geworden, als er endlich den letzten der Bergsteiger ins Blickfeld bekam: gelbe Jacke – also Anderl. Weiter oben an dem spinnfadendünnen Seil eine weiße Jacke: Jean-Paul. Über ihm wiederum die hellblaue Windjacke von Jonathan. Karl war nicht zu sehen – offenbar steckte er hinter einem Felsvorsprung. Ruckweise und nur sehr langsam kamen sie voran. Dieses schäumende Wasser und die Eisteilchen darin mußten die Hölle sein, dachte Ben. Warum brechen sie das Ganze nicht ab? Dann wurde ihm

246

klar, daß sie ja gar nicht mehr zurückkonnten. Sobald sie sich einmal dazu entschlossen hatten, sich in einer Viererseilschaft gegen die Wucht des herunterrauschenden Wassers emporzuarbeiten, mußten sie einfach weitermachen. Das kleinste Nachgeben, die geringste Anpassung an das Abwärtsströmen, und sie liefen Gefahr, die Rinne hinunterzupurzeln und durch den schäumenden unteren Ausgang in hohem Bogen ins Nichts hinausgeschleudert zu werden.

Aber sie schoben sich hinauf, und das war immerhin schon etwas. Es kletterte immer nur einer, während die anderen so gut wie möglich Halt suchten, um dem im Augenblick am meisten gefährdeten Kameraden so gut wie möglich Seilsicherung zu geben. Vielleicht hatte Karl irgendwo außerhalb der Sicht irgendeinen besonders guten Standort gefunden, sagte Ben sich. Vielleicht waren sie doch sicherer, als es sich von hier aus ausnahm.

Plötzlich straffte sich das Seil mit den bunten Punkten daran.

Sie kamen nicht weiter. Die Erfahrung sagte Ben, daß irgend etwas geschehen sein müsse.

Er fluchte vor sich hin, daß er nicht besser sehen konnte. Eine leichte, unvorsichtige Bewegung mit dem Fernrohr, und er hatte sie aus den Augen verloren. Wüste Beschimpfungen über dieses Mißgeschick ausstoßend, hatte er sie dann endlich doch wieder im Visier. Der Faden über Anderl hing schlaff herab. Die weiße Jacke – Bidet – hing kopfunter am Seil. Er war abgestürzt. Das Seil über ihm war straff gespannt und führte zur blauen Windjacke – Jonathan, der sich mit weit ausgestreckten Armen und Beinen an den Felsen krallte. Das bedeutete, daß er durch die Wucht des Sturzes seines Kameraden von seiner Trittstufe heruntergerissen worden war und jetzt nicht nur sein eigenes Gewicht, sondern auch noch das von Bidet mit seinen Händen halten mußte.

»Wo zum Teufel steckt denn bloß dieser Karl!« schrie Ben. »Dieses gottverdammte Arschloch!«

Jonathan biß die Zähne zusammen und konzentrierte sich vollkommen darauf, die Finger um den Felsspalt über ihm herumgelegt zu halten. Er war allein in seiner übermenschlichen Anstrengung, vom Kontakt mit den anderen abgeschnitten durch das alles übertönende Rauschen des Wassers unmittelbar links neben ihm. Ununterbrochen rann ihm ein kleines Rinnsal, das ihm allmählich jedes Gefühl in den Händen raubte, in die Ärmel hinein und sammelte sich eiskalt auf der Brust und in den Achselhöhlen. Zu rufen wäre jetzt nur Atem- und Energieverschwendung gewesen. Er wußte, daß Anderl unter ihm tat, was er konnte, und er hoffte, daß Karl, der über ihm war und den er nicht sehen konnte, einen

Spalt im Fels fand und endlich einen Felshaken hineintrieb und sie dann alle an dem langen Seil sicher hielt. Das schwere Gewicht von Jean-Paul an dem Seil, das ihm um die Taille ging, preßte die Luft aus ihm heraus, und er wußte nicht, wie lange er es noch aushalten würde. ein rascher Blick über die Schulter zurück bewies ihm, daß Anderl sich bereits offen und ungeschützt den rauschenden Trog hinauf auf Jean-Paul zu arbeitete, der sich nicht mehr geregt hatte, seit der Felsbrocken, der sausend an Jonathans Ohr vorbeigerast war, ihn an der Schulter getroffen und von seinem Halt heruntergerissen hatte. Den Kopf nach unten, lag Jean-Paul mitten im brodelnden Wildwasser. Flüchtig mußte Jonathan daran denken, welche Laune des Schicksals es wäre, ausgerechnet auf einem Berg zu ertrinken.

Seine Hände schmerzten ihn nicht – er hatte überhaupt kein Gefühl mehr darin. Er vermochte nicht abzuschätzen, ob er überhaupt fest genug zupackte, um nicht abzurutschen, und so drückte er vorsichtshalber einfach noch fester zu, bis es in den Muskeln seines Unterarms klopfte. Wenn das Wasser oder der Steinschlag jetzt auch noch Anderl umriß – beide konnte er unmöglich halten. Was dieser Karl da oben nur vorhatte!

Dann ließ der Druck um seine Hüfte nach, und eine Welle von immer größer werdendem Schmerz stieg statt dessen in ihm hoch. Anderl hatte Jean-Paul erreicht und sich quer in der Rinne verspreizt, hielt ihn gewissermaßen auf dem Schoß und gab auf diese Weise Jonathan Leine, die er brauchte, um seine Trittstufe wiederzufinden.

Jonathan zog sich nach oben, bis seine Arme vor Anstrengung zitterten; nach nicht enden wollenden Sekunden fand er mit einem Schuh endlich einen kleinen Halt, und das Gewicht seines Körpers zerrte nicht mehr an seinen Händen. Sie waren zwar tief eingeschnitten, aber nicht allzu tief, und das stetig rinnende eiskalte Wasser verhinderte, daß es in ihnen klopfte. So schnell, wie er es eben wagen konnte, wickelte er so viel Seil ab, wie er brauchte, um weiter hinaufzuklettern, wobei er dem straff und bogenförmig hinaufführenden zweiten Seil des Doppelseils folgte, das über einen Felsvorsprung hinüberführte, auf dem er Karl fand.

»Helfen Sie mir!«

»Was ist denn los?«

Karl hatte eine Nische gefunden und sich fest darin verspreizt, um seinen Kameraden Seilsicherung zu geben. Er hatte keine Ahnung von dem, was sich unter ihm abgespielt hatte.

»Packen Sie an!« rief Jonathan, und dann hievten sie Jean-Paul mit reiner Muskelkraft von Anderls verkeiltem Körper frei. Es war keinen Augenblick zu früh. Dem kräftigen Österreicher hatten bereits die Beine zu zittern begonnen, so sehr strengte es ihn an, Bidet zu halten.

Anderl kletterte um Jean-Paul reglos dahängenden Körper herum und erreichte die Trittstufe, auf der vorher Jonathan gestanden hatte. Jetzt, da Bidet von zwei Seiten Seilsicherung hatte, konnte ihm nichts mehr passieren. Von ihrem Standort aus konnten weder Jonathan noch Karl sehen, was sich unter ihnen abspielte, doch erzählte Anderl später, Jean-Paul habe ein seltsam fassungsloses Gesicht gemacht, als dann endlich das Bewußtsein wieder in ihn zurückgekehrt war und er erkannte, daß er mitten in einem steil nach unten rauschenden Wildwasser baumelte. Der heruntersausende Felsbrocken hatte ihm keinen ernstlichen Schaden zugefügt, doch war er beim Fallen mit dem Kopf gegen das Gestein geprallt. Mit den automatischen Reaktionen des geübten Bergsteigers, der versucht, seine Benommenheit zu überwinden, begann er sich dann emporzuarbeiten. Dann dauerte es nicht mehr lange, und alle vier drängten sich in Karls kleiner, aber sicherer Nische.

Als die letzte bunte Jacke hinter der Felsfalte oben am Ausgang der Rinne verschwand, richtete sich Ben hinter seinem Fernrohr auf und holte zum erstenmal seit mindestens zehn Minuten tief Atem. Er sah sich nach tiefem Gras um, und dann erbrach er.
Zwei von den jungen Bergsteigern, die sich in seiner Nähe aufhielten, sich Sorgen machten und doch nicht wußten, was sie tun sollten, wandten sich ab, um Ben das peinliche Gefühl zu ersparen, beobachtet zu werden. Vor lauter Verlegenheit grinsten sie einander an.

»Naß und kalt, aber immerhin – hier kann man's aushalten«, lautete Karls Diagnose. »Das Schlimmste haben wir hinter uns.«
»Den Abstieg können wir durch diese Rinne nicht machen«, erklärte Jonathan mit einer Stimme, die keinen Widerspruch zuließ.
»Glücklicherweise haben wir das auch nicht nötig.«
»Und falls es zu einem Rückzug kommt...«
»Sie haben wirklich eine Maginot-Mentalität, Herr Doktor. Wir werden nicht umkehren. Wir werden ganz einfach aus dieser Wand herausklettern.«
Jonathan empfand heftigen Widerwillen gegen Karls Tollkühnheit, sagte jedoch kein Wort mehr. Statt dessen wandte er sich an Anderl, der bibbernd auf der vorspringenden Felsplatte neben ihm hockte. »Vielen Dank, Anderl. Sie waren großartig.«
Anderl nickte, nicht selbstgefällig, sondern weil er ehrlich fand, daß jeder seiner Schritte sicher und völlig richtig gewesen war. Er hörte nur das, was er sich selbst gegenüber empfand. Dann blickte er zu Karl hinauf. »Und du hast nicht gewußt, daß wir in Schwierigkeiten waren?«

»Nein.«

»Du hast es nicht am Seil gespürt?«

»Nein.«

»Das ist nicht gut.«

Anderls schlichtes Urteil wurmte Karl mehr, als alle Vorhaltungen es hätten tun können.

Jonathan beneidete Anderl um seine Gelassenheit, wie er da auf der schmalen Felsklippe saß, über den Abgrund hinwegblickte und sinnend in die Unendlichkeit des Raums hinausschaute. Jonathan war alles andere als gelassen. Er zitterte, war völlig durchnäßt, fror; außerdem machte ihm der plötzliche und ungewohnt mächtige Adrenalinstoß noch so zu schaffen, daß ihm fast übel wurde.

Bidet wiederum saß auf der anderen Seite neben Jonathan und betastete vorsichtig die dicke Beule an der Seite seines Schädels. Plötzlich lachte er laut auf. »Komisch, nicht wahr? Ich kann mich an nichts mehr erinnern, was passierte, nachdem der Felsbrocken mich runtergerissen hatte. Das muß eine ganz schöne Geschichte gewesen sein. Ein Jammer, daß ich's verschlafen habe.«

»Das ist die richtige Einstellung!« sagte Karl, wobei er das erste Wort ein wenig überbetonte, so, als wolle er den Unterschied zwischen Jean-Pauls und Jonathans Haltung deutlich machen. »Jetzt werden wir uns hier ein bißchen ausruhen, versuchen, unsere fünf Sinne wieder zusammenzukriegen, und dann geht's weiter! So, wie ich die Route einschätze, müßten die nächsten vierhundert Meter ein Kinderspiel sein.«

Jede Faser in Bens Körper war müde, ausgelaugt von den nach- und mitempfundenen Spannungen und Anstrengungen, mit denen er versucht hatte, den Bergsteigern zu helfen, indem er ihre Bewegungen gewissermaßen durch Telekinese zu lenken versuchte. Die Augen brannten ihm vor lauter Anstrengung, und seine Stirn hatte sich in Sorgenfalten gelegt. Widerwillig gestand er Karl zu, daß er das Team, nachdem das Wildwasser in der Rinne erst einmal überwunden war, in einem sauberen, zügigen Aufstieg in jungfräuliches Gestein hinaufgeführt hatte; vorbei an den Fenstern der Eigerwand-Station und durch eine lange Rinne, die voll Eis und Schnee lag, hinauf zu einem gut erkennbaren Pfeiler, der vor dem Wandstück aufragte, welcher das Erste vom Zweiten Eisfeld trennte. Diesen Pfeiler zu bezwingen hatte sie zwei Stunden Knochenarbeit gekostet. Nach zwei vergeblichen Versuchen hatte Karl schließlich sein Gepäck abgelegt und ihn mit solch akrobatischer Hingegebenheit in Angriff genommen, daß es ihm einen wenn auch für seine Ohren unhörbaren Applaus seitens der Hotelgäste auf der Terrasse eingetragen hatte, als er

endlich oben war. Unter Seilsicherung von ihm hatten die anderen Bergsteiger den Pfeiler dann vergleichsweise spielend geschafft.

Wie jeden Tag hatte die Wolkenkappe des Eiger sich herabgesenkt und
die Bergsteiger am Nachmittag für zwei Stunden den Blicken der Neugierigen entzogen. In dieser Zeit versuchte Ben, seinen verkrampften Rük-
ken zu entspannen und hielt sich hartnäckige Reporter mit Grunzlauten
und einsilbigen Flüchen vom Leib. Diejenigen unter den Eiger-Vögeln,
die auf diese Weise um ihren Nervenkitzel beim Zuschauen gekommen
waren, beklagten sich bitterlich, doch die Hotelleitung weigerte sich
standhaft, den Betroffenen ihr »Schaugeld« zurückzuerstatten, und erklärte mit einer Demut, die sonst eigentlich gar nicht zu ihr paßte, sie
könne schließlich Gottes Handlungen nicht beeinflussen.

Rasch sich emporarbeitend, um das Tageslicht, das ihnen noch blieb, auszunutzen, kletterte die Seilschaft durch den Nebel und stieg den Eiskorri-
dor hinauf, der über das Zweite zum Dritten Eisfeld hinüberführte. Als
die Wolken sich wieder hoben, konnte Ben sehen, daß die Bergsteiger sich
ein wenig links vom Bügeleisen und unterhalb des Todesbiwaks zu einem
zwar ungemütlichen, aber sicheren Biwak einrichteten. Überzeugt, daß
die Kletterei für heute beendet war, gestattete sich Ben, den unsichtbaren
Faden der Beobachtung, der ihn mit dem Team verbunden hatte, abreißen
zu lassen. Er war mit der Leistung dieses Tages zufrieden. Mehr als die
Hälfte der Wand lag unter ihnen. Andere hatten zwar am ersten Tag
schon mehr geschafft (ja, Waschak und Forstenlachner hatten die Nordwand unter geradezu idealen Witterungsverhältnissen auf einen Schlag,
das heißt in achtzehn Stunden, bezwungen), aber auf einer bisher noch
nicht begangenen Route hatte noch niemand es besser gemacht als sie.
Von diesem Punkt an würden sie der klassischen Aufstiegsroute folgen,
und Ben schätzte ihre Chancen, es zu schaffen, jetzt größer ein – voraus-
gesetzt allerdings, das Wetter hielt sich.
Ausgelaugt und ein wenig übel von dem sauren Klumpen in seinem Magen, schob Ben die Beine seines Stativs zusammen und überquerte mit
müden Schritten die Terrasse. Seit dem Frühstück hatte er noch keinen
Bissen gegessen, sich allerdings sechs Flaschen deutsches Bier zu Gemüte
geführt. Er hatte kein Auge für die Eiger-Vögel, die immer noch in Trauben um die Fernrohre herumhingen. Doch auch sie ließen jetzt von den
Bergsteigern ab, die, wie es schien, an diesem Tag nichts mehr riskierten
und folglich auch nichts Aufregendes mehr hergaben.
»Ist das nicht köstlich?« rief eine der entschlossen Jugendlichkeit vortäu-
schenden älteren Frauen und stürzte auf ihren bezahlten Begleiter zu, der

251

ihr pflichtschuldigst die Hand drückte und sein italienisches Profil in die gewünschte Richtung drehte. »Diese bezaubernden Wolkentupfer!« schwärmte die Frau. »Alle golden und rosig vom letzten Tageslicht überhaucht! Das sieht wirklich wunder-, wunderschön aus!«

Ben hob den Blick und erstarrte. Eine ganze Herde von Schäfchenwolken schob sich rasch aus südöstlicher Richtung heran. *Föhn!*

Mit verzweifelter Zähigkeit attackierte Ben das Schweizer Telefonsystem, und obgleich schwer behindert dadurch, daß er kein Deutsch konnte, gelang es ihm schließlich trotzdem, mit der Wetterstation Verbindung aufzunehmen. Er erfuhr, daß ohne jede Vorwarnung Föhn ins Berner Oberland eingefallen war. Die Nacht über würde der Föhn noch anhalten, wütende Stürme würden die Eigerwände umtoben und durch die Wärme der mitgebrachten Luft viel Eis und Schnee wegtauen. Allerdings, so versicherte man ihm, nähere sich von Norden her ein starker Hochdruckkeil, der den Föhn bis zum Mittag vertrieben haben würde. Zusammen mit diesem Hoch erwarte man allerdings Rekordkälte.

Ben legte den Hörer auf die Gabel und starrte, ohne etwas wahrzunehmen, auf die zur Gedächtnisstütze hingekritzelten Zahlen in der Telefonzelle. Sturm und Schneeschmelze, und hinterher Rekordkälte! Die gesamte Wand würde mit einer Eisschicht überzogen sein. Ein Abstieg unter solchen Bedingungen würde sich als außerordentlich schwierig erweisen, der Hinterstoisser-Quergang, falls vereist, wäre praktisch wohl unbegehbar. Ben legte den Hörer auf die Gabel und starrte, ohne etwas wahrzunehmen, wußten, was das Eigerwetter für sie bereithielt.

Die beiden Felslippen, die sie gefunden hatten, waren im Grunde kaum für ein Biwak geeignet, doch hatten sie beschlossen, die letzte halbe Stunde bei Tageslicht nicht weiterzuklettern, weil sie unter Umständen Gefahr liefen, überhaupt keinen Schutz zu finden. In der Reihenfolge, wie sie am Seil gehangen hatten, hockten sie jetzt da: Karl und Jonathan auf der oberen Lippe, Anderl und Jean-Paul auf der darunter, die breiter war und etwas mehr Raum bot. Mit ihren Eispickeln kratzten sie den Schnee heraus und trieben dann ein ganzes System von Felshaken in das Gestein, um sich und ihre Ausrüstung abzusichern. So hatten sie sich, so gut es an der kargen Wand eben ging, eingenistet. Als sie mit dem Biwak endlich fertig waren, kamen am immer dunkler werdenden Himmel die ersten mutigen Sterne zum Vorschein. Die Nacht senkte sich rasch hernieder, und der Himmel war übersät mit einer Unzahl von leuchtenden, kalten, gleichgültigen Sternen. Hier, an der Nordwand, hatten sie keine Ahnung, daß sich von Südosten ein Föhnsturm heranschob.

Einen zusammenklappbaren Spiritusbrenner zwischen sich und Jean-Paul auf dem Rand des Felsvorsprungs wacklig plaziert, braute Anderl einen Becher lauen Tee nach dem anderen, und zwar aus Wasser, das kochte, ehe es wirklich heiß war. Sie saßen nahe genug beieinander, um den Becher herumgehen zu lassen, und schweigend und mit Genuß tranken sie. Zwar zwang sich jeder von den vieren dazu, zumindest ein paar Bissen handfestes Essen hinunterzuwürgen, das klebrig und fade in ihren ausgetrockneten Mündern lag, doch war es der Tee, der gegen Kälte und Durst half. Das Teekochen dauerte über eine Stunde, wobei sie den Tee gelegentlich durch einen Becher Bouillon ersetzten.

Jonathan strampelte sich ab, um endlich in seinen mit Eiderdaunen gefüllten Schlafsack hineinzukommen, und stellte fest, daß er, wenn er sich zwang, sich zu entspannen, sein Zähneklappern unter Kontrolle bekam. Außer beim direkten Klettern hatte nach dem Durchnäßtwerden in der Rinne die Kälte ihn konvulsiv geschüttelt, ihn sehr viel Energie gekostet und an seinen Nerven gezerrt. Der Felsvorsprung war so schmal, daß er rittlings auf seinem Rucksack sitzen mußte, um nicht dauernd auf der Hut sein zu müssen, und selbst dann hing er fast immer noch senkrecht im Seil. Sein Seilgeschirr war hinter ihm zur Vorsicht an zwei verschiedenen Seilen festgemacht – falls Karl versuchen sollte, eins durchzuschneiden, während er döste. Zwar glaubte Jonathan, diese vernünftige Vorsichtsmaßnahme treffen zu müssen, doch hielt er sich für ziemlich sicher. Die Männer unter ihm konnten ihn nicht ohne Schwierigkeit erreichen, und da er direkt über ihnen hing, bedeutete das, daß er, falls Karl ihn hinunterstieß oder die Seile durchschnitt, die beiden Männer mit in die Tiefe reißen würde, und er bezweifelte, daß Karl gern allein hier auf dem Berg war.

Nächst seiner eigenen Sicherheit war Jonathan vor allem um Jean-Paul besorgt, der nur die allernotwendigsten Vorkehrungen getroffen hatte, um sich für die Nacht einzurichten. Jetzt hing er mit seinem ganzen Gewicht in den Sicherungsseilen, starrte in die schwarze Tiefe hinunter und nahm mechanisch den Tee, den man ihm anbot, entgegen. Jonathan spürte, daß hier etwas nicht stimmte.

Das Seil, das zwei Männer auf einem Berg miteinander verbindet, ist mehr als nur ein Sicherheit gewährleistendes Gebilde; es muß etwas Organisches in ihm sein, das kaum erkennbare Botschaften über Absichten und Gemütsverfassung von einem Menschen zum anderen übermittelt; eine Verlängerung des Tastsinns, ein psychisches Band, eine Leitung, in dem Kommunikationsströme hin- und hergehen. Jonathan hatte etwas von der Energie und der verzweifelten Entschlossenheit Karls über ihm gespürt, genauso aber auch die unbestimmten und zufälligen Bewegungen Jean-Pauls unter ihm – sonderbar manische Stromstöße von Kraft, die wieder abwechselten mit fast unterschwelligen Hemmungen und Verunsicherungen.

Als bei hereinbrechender Nacht mit ihrer physischen Untätigkeit die Kälte noch spürbarer wurde, schüttelte Anderl Jean-Paul aus seinem Dahindämmern auf und half ihm, in seinen Schlafsack hineinzuklettern. Jonathan erkannte an der Beflissenheit, mit der Anderl seinem Kameraden half, daß auch dieser über das Seil, das sein Nervensystem mit dem Jean-Pauls verband, gespürt haben mußte, daß etwas nicht stimmte.

Jonathan unterbrach die Stille, indem er hinunterrief: »Wie geht's denn, Jean-Paul?«

Jean-Paul wand sich in seinem Geschirr und zeigte, als er den Kopf hob, ein optimistisches Grinsen. Blut tröpfelte ihm aus Nase und Ohren, und die Pupillen seiner Augen hatten sich zusammengezogen. Also eine schwere Gehirnerschütterung.

»Mir geht's großartig, Jonathan. Aber es ist komisch, nicht wahr? Ich kann mich an nichts mehr erinnern, was geschehen ist, nachdem dieser Brocken mich runtergerissen hat. Das muß eine ganz schöne Geschichte gewesen sein. Schade, daß ich's verschlafen hab.«

Karl und Jonathan tauschten einen Blick. Karl war schon im Begriff, etwas zu sagen, doch da wurde er von Anderl unterbrochen.

»Seht nur! Die Sterne!«

Feine Wolkenfetzen rasten zwischen ihnen und den Sternen dahin und enthüllten und verbargen abwechselnd ihr Gefunkel in einem eigentümlich wogenden Muster. Dann waren die Sterne plötzlich wie ausgelöscht.

Das Unheimliche dieses Vorgangs wurde noch vestärkt durch die Tatsache, daß hier an der Wand völlige Windstille herrschte. Zum erstenmal, solange Jonathan sich erinnern konnte, stand die Luft an der Eigerwand. Und, was noch Schlimmeres verhieß: Diese Luft war auch noch warm. Niemand sprach und brach das allgemeine Schweigen. Das Ölige der Luft erinnerte Jonathan an Taifune im Südchinesischen Meer.

Dann, leise erst, doch allmählich immer lauter werdend, erhob sich ein Gesumm wie von einem riesigen Dynamo. Dieses Dröhnen schien aus der Tiefe des Gesteins selbst hervorzudringen. Die Luft hatte etwas Prickelndes. Und Jonathan ertappte sich dabei, wie er plötzlich auf die Spitze seines Eispickels starrte, der kaum einen halben Meter von ihm entfernt war. Sie war von der grünlichen Aureole eines Elmsfeuers umgeben, das flakkerte und bebte, ehe es knisternd aufleuchtete und ins Gestein sprang.

Bis zum letzten seiner teutonischen Neigung getreu, zu betonen, was doch so klar auf der Hand lag, formten Karls Lippen nur das eine Wort: *Föhn.* Genau in diesem Augenblick grollte der erste felserschütternde Donner, und in seinem Grollen erstarb jeder andere Laut.

Eiger   12. Juli

Ben fuhr aus seinem leichten Schlummer auf und schnappte nach Luft
– wie jemand, der in seinem eigenen Unbewußten ertrinkt. Das ferne Getöse einer Lawine bildete eine sinnliche Brücke zwischen seinem unruhi-
gen Schlaf und der hell erleuchteten, unwirklichen Hotelhalle. Er zwinkerte, blickte sich um und versuchte, seinen Platz in Zeit und Raum
wiederzufinden. Es war drei Uhr morgens. Zwei Reporter in zerknitterten
Anzügen schliefen in den Sesseln, die Glieder weit von sich gestreckt und
irgendwie locker in den Gelenken, als wären sie ausrangierte Schaufen-
sterpuppen. Der Nachtportier übertrug irgendwelche Daten auf Karteikarten, seine Bewegungen waren schläfrig und hatten etwas Automatisches. Das Kratzen seiner Feder drang durch den ganzen Raum. Ben
erhob sich. Hinterbacken und Rücken waren verschwitzt und klebten am
Plastikbezug des Sessels. In der Halle war es durchaus angenehm kühl ;
seine Träume waren es, die ihn so ins Schwitzen gebracht hatten.
Er streckte sich, um die Steifheit und die Verkrampfungen aus seinem
Rücken zu vertreiben. In der Ferne grollte Donner, ein Laut, über den sich
greller das unheimlichere Rauschen herunterrutschender Schneemassen
lagerte. Er durchquerte die Halle und warf einen Blick auf die verlassene
Terrasse, die im schräg einfallenden Licht leblos dalag wie eine Theater-
kulisse, die man beiseite geschoben hatte. Im Tal hatte es aufgehört zu
regnen. Der ganze Sturm hatte sich in dem konkaven Amphitheater der
Eigerwand gefangen. Und selbst dort toste er längst nicht mehr so laut
wie zuvor, da ein eiskaltes Hoch aus dem Norden ihn hinausdrängte. Sobald es tagte, würde es aufgeklart haben und die Wand sichtbar sein – falls
es dort überhaupt noch etwas zu sehen gab.
Ratternd ging die Tür des Aufzugs auf, und das klang ungewohnt laut,
da das Geräusch nicht im üblichen Gesumm des Tages unterging. Ben
drehte sich um und sah Anna auf sich zukommen. Ihre Haltung und ihre
Entschlossenheit strafte ein Make-up Lügen, das schon dreißig Stunden
alt war.
Sie stand nahe bei ihm und blickte aus dem Fenster. Sie hatten keine Be-
grüßungsworte getauscht. »Das Wetter klart ein wenig auf, wie es
scheint«, sagte sie.
»Ja«, brummte Ben. Ihm war nicht nach Reden zumute.
»Ich hörte gerade, daß Jean-Paul einen Unfall hatte.«
»Sie haben es *gerade* gehört?«
Sie wandte sich ihm zu und sprach mit zornigem Nachdruck. »Jawohl, ich
habe es gerade eben gehört. Von einem jungen Mann, mit dem ich zu-

sammen war. Schockiert Sie das?« Das klang bitter; offenbar wollte sie sich selbst bestrafen.

Ben fuhr fort, wie benommen in die Nacht hinauszustarren. »Es ist mir völlig schnuppe, mit wem Sie schlafen, Lady.«

Sie schlug die Lider nieder und holte tief Atem. »Ist Jean-Paul schwer verletzt?«

Ben hielt unwillkürlich die Luft an, ehe er antwortete: »Nein.«

Anna musterte sein breites, zerfurchtes Gesicht. »Sie lügen natürlich.«

Wieder wurde ein jetzt entfernteres Donnergrollen als Echo vom Berg zurückgeworfen. Ben schlug sich auf den Nacken, wandte sich vom Fenster ab und ging quer durch die Halle. Anna folgte ihm.

Ben fragte den Nachtportier, ob der ihm ein paar Flaschen Bier besorgen könne, was dieser umständlich bedauerte; nein, um diese Nachtzeit sähe er im Rahmen der strengen, schriftlich niedergelegten Dienstvorschrift keine Möglichkeit, ihm zu Diensten zu sein.

»Ich habe Cognac in meinem Zimmer«, bot Anna an.

»Nein, vielen Dank.« Ben warf den Kopf in die Höhe und blickte sie an.

»Na schön. In Ordnung.«

Als sie im Aufzug waren, sagte Anna: »Sie haben mir keine Antwort gegeben, als ich sagte, Sie lügen. Bedeutet das, daß Jean-Pauls Absturz ernsthaft war?«

Die Müdigkeit nach der langen Wache strömte in seine Glieder ein und erfüllte seinen ganzen Körper. »Ich weiß es nicht«, gestand er.

»Seine Bewegungen sahen nach dem Absturz komisch aus, anders als sonst. Nicht, als ob er sich irgendwas gebrochen hätte, nur – komisch. Ich hatte das Gefühl, daß er verletzt sein müsse.«

Anna schloß die Tür zu ihrem Zimmer auf, ging vor Ben hinein und knipste, während sie hindurchging, die Lichter an. Ben zögerte ein wenig, ehe er dann eintrat.

»Kommen Sie herein, Mr. Bowman. Was ist los?« Sie lachte trocken auf.

»Ach so, ich verstehe. Sie haben wohl mehr oder weniger erwartet, den jungen Mann hier vorzufinden, den ich erwähnte.« Sie schenkte ihm ein großes Glas Cognac ein und kehrte damit zu ihm zurück. »Nein, Mr. Bowman. Niemals in dem Bett, das ich mit meinem Mann teile.«

»Sie belieben, Ihre Grenzen an absonderlichen Orten zu ziehen. Vielen Dank!« Er trank das Glas auf einen Zug aus.

»Ich liebe Jean-Paul.«

»Hm.«

»Ich habe nicht gesagt, daß ich ihm körperlich treu wäre, sondern daß ich ihn liebe. Manche Frauen haben Bedürfnisse, die über die Möglichkeiten ihrer Männer hinausgehen. Gleich Alkoholikern sind sie zu bedauern.«

»Ich bin müde, Lady.«

»Glauben Sie etwa, ich wollte Sie verführen?«

»Ich habe Hoden. Und andere Voraussetzungen braucht es da anscheinend nicht.«

Anna flüchtete sich ins Lachen. Unmittelbar darauf war sie wieder ernst.

»Sie werden doch lebend wieder runterkommen, oder?«

Der Alkohol entfaltete in Bens übermüdetem Körper rasch seine Wirkung. Er mußte dagegen ankämpfen, daß er sich entspannte.

»Ich weiß es nicht. Vielleicht sind sie ...« Er stellte das Glas hin.

»Danke. Wir sehen uns später.« Er ging auf die Tür zu.

Sie beendete seinen Gedanken ruhig und ohne die Stimme zu heben.

»Vielleicht sind sie jetzt schon tot.«

»Das ist möglich.«

Nachdem Ben gegangen war, setzte Anna sich an ihren Frisiertisch, nahm absichtlos den Kristallglasstöpsel eines Parfümfläschchens auf und ließ ihn fallen. Sie war mindestens vierzig.

Die vier Gestalten waren genauso reglos wie der Berg, an den sie sich drückten. Ihre Kleidung war steif und mit einer spröden Eisschicht überzogen – ebenso wie der Berg mit einer Hülle aus gefrorenem Regen und Schmelzwasser überzogen war. Es tagte noch nicht, doch im Osten begann die tiefste Schwärze der Nacht sich aufzulösen. Jonathan konnte undeutlich seine eisüberkrusteten wasserdichten Hosen erkennen. Über vier Stunden hatte er zusammengekauert dagehockt und in seinen Schoß gestarrt, ohne allerdings irgend etwas wahrzunehmen; seither war der Sturm immerhin so weit abgeflaut, daß er die Augen hatte aufmachen können. Trotz der schneidenden Kälte, die nach dem Sturm über sie hereingebrochen war, hatte er keinen Muskel bewegt. Genau diese zusammengekauerte Haltung hatte er eingenommen, als der Föhn aufgekommen war – er hatte sich zu einer Kugel zusammengerollt und sich so klein gemacht, wie das auf dem beschränkten Raum überhaupt möglich war, um dem Sturm das kleinstmögliche Ziel zu bieten.

Der war ohne jede Warnung über sie hergefallen, und es war unmöglich abzuschätzen, wie lange er gedauert hatte, eine Ewigkeit von Schrecken und Chaos, das sich zusammensetzte aus peitschendem Regen, stechendem Hagel und zerrendem Wind, der um sie herumfuhr und sich zwischen Mensch und Gestein zu zwängen versuchte, um sie auseinanderzureißen. Blendende Blitze und blinde Dunkelheit, Schmerzen von der Anstrengung, sich festzuhalten, und Gefühllosigkeit vor Kälte. Vor allem aber Getöse: ohrenbetäubende Donnerschläge nach Blitzen, die ganz in ihrer Nähe einschlugen, das ununterbrochene Heulen des Windes, das

Rauschen und Getöse der Lawine, die links und rechts von ihnen herunterraste und in exzentrischem Muster über die Felsbuckel hinwegbrauste, die sie beschützten.

Jetzt herrschte Stille. Der Sturm war vorüber.

Der Sturzbach der Aufregungen, die über sie herniedergegangen waren, hatte Jonathans Geist saubergewaschen, und langsam und bruchstückweise kehrte das Denken zurück. Mit einfachen Worten sagte er sich, daß das, was er da vor Augen hatte, seine Hose sei. Dann machte er sich klar, daß sie mit einer Eiskruste überzogen war. Schließlich kam er zu dem Schluß, daß der Schmerz eine Folge der Kälte sei. Und erst da, unter Zweifeln und mit Verwunderung, jedoch ohne die geringste Erregung, wußte er, daß er lebte. Es konnte nicht anders sein.

Der Sturm war zwar vorbei, aber das Dunkel und die Kälte zogen sich nur langsam aus seinem Bewußtsein zurück, und der Übergang von Schmerz und Sturm zu Ruhe und Kälte vollzog sich fast unmerklich. Sein Körper und seine Nerven konnten den Aufruhr der Elemente nicht so leicht vergessen, und wenn seine Sinne ihm auch sagten, daß es jetzt vorüber sei, vermochte er doch nicht genau zu sagen, wann der Sturm aufgehört und die Stille eingesetzt hatte.

Er bewegte einen Arm und vernahm ein Geräusch, ein leises knirschendes Klirren, als durch die Bewegung das Eis auf seinem Ärmel zersprang. Er ballte die Hand zur Faust und streckte sie wieder, drückte mit den Zehen gegen die Schuhsohlen und zwang auf diese Weise sein Blut, rascher zu zirkulieren und wieder in seine Extremitäten einzufließen. Aus der Gefühllosigkeit wurde zuerst ein stechendes Kribbeln, dann ein klopfender Schmerz, doch waren das keine unangenehmen Empfindungen, denn sie bewiesen, daß er lebte. Die Dunkelheit hatte sich so weit gelichtet, daß er den gebeugten und reglosen Rücken von Karl erkennen konnte, doch verschwendete er keinen Gedanken daran, wie es Karl wohl gehen mochte; all seine Aufmerksamkeit war auf das zurückkehrende Gefühl zu leben gerichtet.

Unmittelbar unter ihm vernahm er einen Laut.

»Anderl?« Jonathans Stimme klang erstickt und trocken.

Vorsichtig bewegte Anderl sich, wie jemand, der prüft, ob alles noch funktioniert. Die Eisschicht auf ihm zersprang dabei, die Splitter rieselten mit hellem Klang über sein Gesicht und sprangen in die Tiefe. »Heut nacht war ein Sturm.« Seine Stimme klang rauh, aber fröhlich. »Ich nehme an, Sie haben's bemerkt.«

Zugleich mit der Dämmerung kam ein Wind auf, hartnäckig, trocken und sehr kalt. Anderl warf einen Blick auf den Höhenmesser, den er wie eine Uhr am Handgelenk trug. »Vierzig Meter tief«, verkündete er sachlich.

Vierzig Meter tief! Das bedeutete, daß der Barometerdruck zwei Strich höher lag als normal. Und das wiederum hieß, daß sie sich in einer starken Hochdruckzone befanden, die große Kälte brachte und ziemlich lange andauernd konnte.

Er sah, wie Anderl sich vorsichtig am Felsrand vorschob, um nach Jean-Paul zu schauen, der sich bis jetzt noch nicht gerührt hatte. Kurz darauf machte Anderl sich daran, Tee zu kochen, wobei er den Spirituskocher gegen Jean-Pauls Bein lehnte, um ihm Halt zu geben.

Jonathan blickte sich um. Durch die Wärme, die der Föhn mitgebracht hatte, war die oberste Schneeschicht aufgetaut, doch unter dem Einfluß der Kaltfront war sie wieder gefroren. Ein paar Zentimeter war der Schnee jetzt mit einer Eisschicht bedeckt, spiegelglatt und scharf, jedoch nicht so dick, daß sie das Gewicht eines Menschen tragen könnte. Das Gestein war mit einer Eishülle aus gefrorenem Schmelzwasser überzogen, an der man keinerlei Halt finden konnte. Dennoch war auch diese Schicht nicht so dick, daß Eisnägel darin halten würden. In der zunehmenden Helligkeit versuchte er, sich über die Oberflächenbedingungen klar zu werden. Es waren die tückischsten, die man sich vorstellen konnte.

Karl bewegte sich. Er hatte nicht geschlafen, sondern sich genauso wie Anderl und Jonathan in einen schützenden Kokon von halber Bewußtlosigkeit eingesponnen. Nachdem er sich aus diesem Zustand herausgearbeitet hatte, machte er sich unverzüglich und methodisch daran zu prüfen, ob die Felshaken, an denen er und Jonathan hingen, sich auch nicht gelockert hätten, dann vollführte er mit Händen und Füßen kleine gymnastische Übungen, um die Blutzirkulation wieder in Gang zu bekommen, und schließlich machte er sich an die an sich einfache, doch hier oben höchst mühselige Arbeit, etwas zu essen aus seinem Rucksack zu holen – gefrorene Schokolade und Trockenfleisch. Er war niedergeschlagen und von den Ereignissen der Nacht sichtlich mitgenommen. Er war kein Führer mehr.

Anderl zog sich, gegen das Seil gelehnt, das ihn hielt, in die Höhe und reichte Jonathan einen Becher lauwarmen Tee. »Jean-Paul...«

Gierig trank Jonathan den Becher auf einen Zug aus. »Was ist mit ihm?« Er reichte den Blechbecher hinunter und fuhr sich mit der Zunge über die Stelle, wo seine Lippe am Metall geklebt hatte und aufgerissen war.

»Er ist tot.« Anderl goß den Becher wieder voll und reichte ihn Karl. »Muß während des Sturms hinübergegangen sein«, fügte er dann still hinzu.

Karl nahm den Becher entgegen und hielt ihn dann zwischen den Handflächen, während er hinabstarrte auf die verknitterte Gestalt in dem eisüberzogenen Paket, das Jean-Paul gewesen war.

»Trinken Sie«, befahl Jonathan, doch Karl rührte sich nicht. Er atmete durch den Mund – kurze, flache Atemstöße über dem Becher, aus dem mit dem kondensierten Atem der Dampf des Tees aufstieg.

»Woher weißt du, daß er tot ist?« fragte Karl mit unnatürlich lauter, monotoner Stimme.

»Ich habe ihn mir angesehen«, sagte Anderl, als er den kleinen Topf mit Eisbröckchen füllte.

»Du hast gesehen, daß er tot ist! Und dann stellst du dich einfach hin und machst Tee?«

Anderl zuckte mit den Achseln. Er machte sich nicht einmal die Mühe, von seiner Arbeit aufzuschauen.

»Trinken Sie den Tee«, wiederholte Jonathan. »Oder geben Sie her und lassen Sie mich ihn trinken, sonst wird er kalt.«

Karl bedachte ihn mit einem Blick, der tiefsten Abscheu verriet, doch er trank den Tee.

»Er hatte eine Gehirnerschütterung«, sagte Anderl. »Der Sturm war zuviel für ihn. Der Mann drinnen konnte den Mann draußen nicht vom Sterben zurückhalten.«

Während der nächsten halben Stunde aßen sie, soviel sie konnten, machten immer wieder kleine gymnastische Übungen, um gegen die Kälte anzukämpfen, und besänftigten ihren unendlichen Durst mit einer Tasse Tee oder Bouillon nach der anderen. Sie konnten einfach nicht genug trinken, um endlich keinen Durst mehr zu verspüren, doch dann kam die Zeit, da sie weiter mußten, und so trank Anderl den letzten Tropfen des geschmolzenen Eises und verstaute die Kanne und den zusammenklappbaren Spirituskocher in seinem Rucksack.

Als Jonathan in groben Zügen darlegte, wie er sich das weitere Vorgehen vorstellte, widersetzte Karl sich dem Führerwechsel nicht. Ihm war die Lust vergangen, irgendwelche Entscheidungen zu treffen. Immer und immer wieder schweiften seine Gedanken ab und richtete sich seine Aufmerksamkeit auf den Toten unter ihm. Tod – das war etwas, was in seinen Bergerfahrungen bisher gefehlt hatte.

Jonathan faßte die Situation in wenigen Worten zusammen. Der Fels war vereist und der Schnee zu Bruchharsch geworden, beide trugen also eine dünne Eisschicht; weiter hinaufzuklettern kam nicht in Frage. Ein solches, Kaltluft heranbringendes Hoch, wie es sie jetzt mit seiner Kälte quälte, konnte sich Tage, ja Wochen halten. Eingraben konnten sie sich hier, wo sie waren, auch nicht. Sie mußten einfach den Rückzug antreten.

Den Rückzug durch Karls Rinne anzutreten kam nicht in Frage. Die war zweifellos völlig vereist. Jonathan machte daher den Vorschlag, daß sie versuchen sollten, bis zu einer Stelle unmittelbar über dem Fenster der Eigerwand-Station zu gelangen. Vielleicht konnten sie sich von dort trotz des weit vorspringenden Überhangs abseilen. Ben wartete auf sie und verfolgte zweifellos von unten jede ihrer Bewegungen – also würde er ihre Absicht erraten und mit Helfern am Fenster auf sie warten. Als er sprach, las Jonathan in Anderls Gesicht, daß dieser wenig Zutrauen zu ihren Chancen hatte, sich von oberhalb des Fensters der Eigerwand-Station abzuseilen; er erhob jedoch keine Einwände – wahrscheinlich erkannte er, daß sie schon aus Gründen der Moral gar nicht anders konnten, als zu versuchen, von hier wegzukommen. Sie durften unmöglich hierbleiben und sich der Gefahr aussetzen, in diesem Biwak zu Tode zu frieren wie vor vielen Jahren Sedlmayer und Mehringer kaum hundert Meter über ihnen.

Jonathan bestimmte, wie die Seilschaft gehen sollte. Er wollte führen und langsam große, muldenförmige Trittstufen in den verharschten Schnee hineinschlagen. Als nächster würde dann Karl am Seil folgen. An einem zweiten, mit dem anderen nicht verbundenen Seil wollten sie Jean-Pauls Leiche zwischen sich schweben lassen. Auf diese Weise konnte Karl Jonathan halten und sichern, ohne dabei von Jean-Pauls Gewicht belastet zu werden. Hatten sie beide sicheren Halt gefunden, konnten sie ihre Ladung hinunterlassen, wobei es Jonathans Aufgabe war, sie um Hindernisse herumzubugsieren, während Karl gegen die Schwerkraft ankämpfte, sie aber andererseits auch ausnutzte. Als Kräftigster sollte Anderl der letzte am Seil sein, immer bemüht, eine wirklich sichere Trittstufe zu finden, falls die anderen abrutschten und er plötzlich das Gewicht von allen dreien halten mußte.

Obgleich die Gefahren des Abstiegs dadurch, daß sie Jean-Pauls Leichnam mitnahmen, vervielfältigt wurden, kam keiner von ihnen auf den Gedanken, ihn etwa zurückzulassen. Es entsprach der Bergtradition, daß man seine Toten mit zurückbrachte ins Tal. Außerdem wollte keiner den Eiger-Vögeln den Gefallen tun und ein schauriges Zeichen zurücklassen, das ihnen hinter ihren Fernrohren noch wochen-, unter Umständen sogar monatelang wollüstige Schauer über den Rücken jagte, bis eine Rettungsmannschaft den Toten herunterholen konnte.

Als sie packten und Jean-Paul in seinen Schlafsack verschnürten, der als eine Art Segeltuchschlitten dienen sollte, stieß Karl brummelnd halbherzige Verwünschungen gegen das Pech aus, das es ihnen verwehrt hatte, sich diesen Berg als Trophäe an den Hut stecken zu können. Anderl jedoch hatte nichts gegen einen Rückzug. Bei Oberflächenbedingungen wie diesen waren Aufstieg wie Abstieg gleichermaßen schwierig, und für ihn galt einzig die Herausforderung des Kletterns an sich.

Als Jonathan die beiden Männer bei den Vorbereitungen beobachtete, wußte er, daß er von seinem Opfer nichts zu befürchten hatte, wer immer es auch sein mochte. Wenn sie lebendig wieder hinunterkommen wollten, dann mußten sie jetzt mit dem ganzen Einsatz ihrer Kraft und ihres Könnens zusammenarbeiten. Die Angelegenheit würde unten im Tal erledigt werden, falls sie das flache Land überhaupt mit heiler Haut erreichten. In der Tat hatte der ganze Auftrag der Abteilung »Strafaktion« angesichts der drohenden Wirklichkeit des Berges etwas so Unwirkliches wie eine phantastische Operette.

Der Abstieg vollzog sich mit quälender Langsamkeit. Der Harsch war so hart, daß das Steigeisen keinen Halt darauf fand, man jedoch beim nächsten Schritt unversehens mit dem ganzen Bein in den darunterliegenden weicheren Schnee einbrach, versank und das Gleichgewicht verlor. Das Eisfeld krallte sich in einem Winkel von fünfzig Grad in die Felswand, und Jonathan mußte sich bei jedem Schritt, den er machen wollte, vorbeugen und hinunterlehnen, um die nächste Trittstufe mit seinem Eispickel herauszuhacken. Er konnte sich nicht damit zufriedengeben, mit den üblichen beiden sicher geführten Schlägen jene eleganten Stufen herauszuschlagen, die bestenfalls den Zehen Halt gewährten, sondern er mußte Löcher herausarbeiten, die groß genug waren, ihn zu halten, wenn er sich hinauslehnte, um das nächste freizumachen – vor allem groß genug, damit Anderl bei jedem Schritt mit beiden Füßen Halt darin fand und mit dem Seil die anderen sichern konnte.

Das war zwar ein eintöniges, aber durchaus kompliziertes Vorgehen, das viel Energie erforderte. Jonathan stieg um eine Seillänge allein ab; seine Sicherung übernahm Karl, der seinerseits wieder von Anderl gehalten wurde. Sodann machte er eine ganz besonders große Trittstufe frei, in deren Schutz er sorgfältig das Abseilen der Leiche Jean-Pauls dirigierte, die Karl Armlänge um Armlänge hinuntergleiten ließ, wobei er ständig auf der Hut sein mußte, daß die Last ihm nicht das Seil aus der Hand zog, die Wand hinunterraste und sie dabei alle drei mit in die Tiefe riß. Sobald das Segeltuchbündel ihn erreichte, belegte er es, so gut er konnte, indem er Jean-Pauls Eispickel in den Firn rammte und das Seil daran festmachte. Dann machte Karl sich auf, zu ihm zu gelangen, was natürlich wesentlich schneller ging, da er sich nur von einer großen Trittstufe zur anderen vorzuarbeiten brauchte. Die dritte Phase dieses Abstiegsschemas war die gefährlichste. Anderl mußte den halben Weg bis zu ihnen hinunterkommen und sich in einer der größeren Trittstufen verspreizen, um ihnen Seilsicherung zu geben, wenn sie den Zyklus wiederholten. Anderl arbeitete im wesentlichen ohne Sicherung, bis auf das »psychologische Seil«, das zwischen ihm und Karl jedesmal schlaff wurde. Jedes Ausrutschen oder

Abgleiten konnte seine Kameraden aus ihrem Halt herausreißen, und selbst wenn er an ihnen vorbeifiel, so bestand für sie kaum eine Chance, dem Ruck zu widerstehen, den das Seil machen würde, wenn es sich nach einem Absturz von einer doppelten Seillänge straffte. Anderl wußte, was für eine Verantwortung er trug, und so bewegte er sich mit größter Umsicht, wenn er auch ständig fröhlich zu ihnen hinunterrief und über ihr langsames Vorwärtskommen, das Wetter oder irgendwelche anderen Mißlichkeiten schimpfte.

Obwohl sie nur im Schneckentempo vorankamen, hatte sich Jonathan verzweifelt anzustrengen, da er jede einzelne Stufe aus dem Eis und dem Schnee mühsam heraushacken und -schaufeln mußte und sich nur dann ausruhen konnte, wenn die beiden anderen von oben nachrückten.

Drei Stunden – zweihundertfünfzig Meter.

Er keuchte vor Erschöpfung; die eisige Luft fuhr ihm stechend in die Lungen; seine Arme waren vom ständigen Gebrauch des Eispickels bleiern. Und wenn er stehenblieb, um Jean-Paul in Empfang zu nehmen und den anderen Gelegenheit zu geben, nachzurücken, wurde nur eine Qual gegen die andere eingetauscht.

In jeder Ruhepause fiel der Wind über ihn her, bewirkte, daß der Schweiß an seiner Haut gefror und er von schüttelfrostähnlichen Anfällen gepackt wurde. Er weinte vor Übermüdung und Kälte, und die Tränen gefroren auf seinen Bartstoppeln zu Eis.

Ihr Ziel, die Klippen über der Eigerwand-Station, lag immer noch in allzu entmutigender Ferne, als daß es sich gelohnt hätte, über sie nachzudenken. Also konzentrierte er sich auf Dinge, die in Reichweite lagen: noch ein Schlag mit dem Eispickel, noch eine Trittstufe, die herausgehackt werden mußte, dann weiter.

Fünf Stunden – dreihundertundfünfundzwanzig Meter.

Sie kamen langsamer voran. Sie mußten eine Ruhepause einlegen.

Jonathan betrog seinen Körper, verführte ihn geradezu, holte durch falsche Versprechungen das Letzte aus ihm heraus. Noch ein Schritt, dann darfst du dich ausruhen. Ist ja schon gut. Ist ja schon gut. Und jetzt wirklich nur noch einen Schritt weiter.

Die zackigen und schartigen Ränder der Eiskruste um jede tiefe Trittstufe herum zerrissen seine wasserdichte Hose, wenn er sich hinauslehnte. Sie schnitten durch seine Skihose, bohrten sich in sein Fleisch, aber die Kälte ließ ihn den Schmerz nur undeutlich wahrnehmen.

Noch ein Schritt, dann darfst du dich ausruhen.

Seit Morgengrauen befand Ben sich auf der Matte und suchte mit dem Fernrohr sorgfältig die Wand ab. Die jungen Bergsteiger, die sich freiwillig für die Rettungsaktion zur Verfügung gestellt hatten, scharten sich mit besorgten Mienen um ihn. Keiner von ihnen konnte sich erinnern, im Hochsommer jemals eine derartige Kälte erlebt zu haben, und leise redend ergingen sie sich in Mutmaßungen, wie es wohl an der Wand selbst aussehen mochte.

Psychologisch hatte Ben sich darauf vorbereitet, nichts an der Wand zu finden. Er hatte sich bereits vorgenommen, wie er völlig gelassen ins Hotel zurückkehren und entsprechende Telegramme an die verschiedenen Alpenvereine schicken wollte, welche die Schirmherrschaft über diese Begehung übernommen hatten. Dann würde er in seinem Zimmer abwarten, und zwar möglicherweise tagelang, bis das Wetter besser wurde und er eine Mannschaft zusammenstellen konnte, um die Leichen zu bergen. Ein Ventil hatte er sich für seine Gefühle versprochen: Er wollte jemand schlagen – einen Reporter oder besser noch einen Eiger-Vogel.

Immer wieder ließ er das Fernrohr über die dunkle Rinne neben dem Bügeleisen gleiten, wo er sie kurz vor Einbruch der Nacht das Biwak hatte aufschlagen sehen. Nichts. Da ihre Kleidung eisverkrustet sein mußte, waren die Bergsteiger auf dem gleichfalls vereisten Felsen einfach nicht zu erkennen.

Auf der Terrasse standen die Eiger-Vögel bereits Schlange vor den Fernrohren, stampften mit den Füßen auf, um sich zu wärmen, und ließen sich von geschäftig hin- und hereilenden Kellnern heißen Kaffee reichen. Die ersten Gerüchte, daß von den Bergsteigern auf der Wand keine Spur zu sehen sein sollte, hatten sie elektrisiert. Sensationslüstern und begierig, tiefes menschliches Mitgefühl zu bekunden, gackerten die Eiger-Hennen untereinander, wie schrecklich alles sei und daß sie schon in der Nacht von dunklen Vorahnungen heimgesucht worden seien. Eine der Schnepfen, deren Anderl sich bedient hatte, brach plötzlich in Tränen aus, lief zurück ins Hotel und wollte sich von ihrer Freundin nicht trösten lassen. Als man sie beim Wort nahm und sie in der leeren Hotelhalle ganze zwanzig Minuten allein ließ, fand sie schließlich die Kraft, auf die Terrasse zurückzukehren – mit rotgeweinten Augen, aber mutig.

Die Eiger-Hähne nickten einander vielsagend zu und sagten, sie hätten es ja schon von Anfang an gewußt. Wäre man so vernünftig gewesen, sie um Rat zu fragen, hätten sie ihnen schon gesagt, daß das Wetter nichts Gutes verhieß und wechselhaft aussah.

Warm gegen die Kälte eingehüllt und von dienstbeflissenem Personal begleitet, gingen der griechische Industrielle und seine amerikanische Frau nach draußen und mischten sich unter die Menge, die sogleich verstummte und auseinanderwich, um ihnen Platz zu machen. Nach links und rechts grüßend, schlüpften sie in ihre Rollen als Hauptleidtragende,

264

und jeder sagte, daß es sie ja wirklich ganz besonders schwer treffen müsse. Ihr Zelt war die ganze Nacht über durch die tragbaren Gasöfen warm gehalten worden, trotzdem mußten sie sich der Kälte aussetzen, immer wieder vom Frühstückstisch aufstehen und den Berg mit dem Fernrohr absuchen.

Ben stand auf der Matte und nahm abwesend einen Schluck aus dem Zinnbecher, den einer der jungen Bergsteiger ihm in die Hand gedrückt hatte. Da kam erst ein Murmeln, dann ein schrilles Geschrei von der Terrasse. Jemand glaubte, so etwas wie eine Bewegung wahrgenommen zu haben. Er ließ den Becher ins bereifte Gras fallen und klemmte sich augenblicklich wieder hinters Fernrohr. Er entdeckte, daß drei von ihnen langsam herniederstiegen. Drei – und noch etwas anderes. Ein Bündel. Als sie erst einmal aus dem Schnee heraus waren, konnte Ben die Farben ihrer Windjacken erkennen. Blau (Jonathan) hatte die Führung übernommen. Er bewegte sich äußerst langsam abwärts und war offensichtlich damit beschäftigt, große Trittstufen herauszuhacken, was sehr viel Zeit und Kraft erforderte. Dergestalt arbeitete er sich fast um eine Seillänge nach unten, ehe der zweite Mann – rot (Karl) – anfing, ein graugrünes Etwas – ein Bündel – zu ihm hinabzulassen. Dann stieg Karl relativ rasch ab und gesellte sich zu Jonathan. Der letzte – gelb (Anderl) – kletterte offensichtlich mit äußerster Vorsicht in die Tiefe und hielt auf halbem Wege inne, um sich sorgfältig zu verspreizen und den anderen Seilsicherung zu geben. Nach Anderl kam niemand mehr.

Das Bündel mußte also Jean-Paul sein – verwundet oder... tot.

Ben konnte sich nur allzugut vorstellen, wie die Oberfläche des Felsens nach dem warmen Föhn und der nachfolgenden Eiseskälte aussehen mußte. Eine heimtückische Eiskruste, die sich jeden Augenblick von dem darunterliegenden Schnee lösen und zu Tal fahren konnte.

Zwanzig Minuten blieb Ben hinter dem Fernrohr. Es war eine körperliche Qual, nichts tun zu können, um ihnen zu helfen, und sich außerdem auch noch nicht einmal über die Absichten der Seilschaft im klaren zu sein. Zuletzt zwang er sich, aufzustehen und aufzuhören, sich in unnützen Mutmaßungen zu ergehen und mit unsinnigen Hoffnungen zu quälen. Da sie so schrecklich langsam vorankamen, würde es noch Stunden dauern, ehe er sicher sein konnte, wie sie ihren Rückzug bewerkstelligen wollten.

Er zog es vor, in seinem Zimmer weiter zu warten, wo niemand sehen konnte, welche Angst er um sie ausstand. Vielleicht würden sie versuchen, dem langen Quergang über die klassische Route zu folgen. Möglicherweise aber würden sie auch versuchen, auf demselben Wege zurückzukehren, auf dem sie aufgestiegen waren – vielleicht würden sie gar nicht auf den Gedanken kommen, daß Karls Rinne jetzt völlig vereist sein mußte. Es gab aber auch noch eine dritte Möglichkeit, und Ben hoffte inständig, daß Jonathan noch soviel Übersicht besaß, diese Route zu wählen. Sie konnten nämlich versuchen, die Klippen oberhalb der Eigerwand-Station zu erreichen. Immerhin mußte es möglich sein, sich von dort bis zu diesem Seitentunnel abzuseilen. Zwar hatte das bisher noch nie jemand vesucht, doch schien das noch die beste von lauter schlechten Möglichkeiten zu sein.

»Morgen! Ist Ihr Fernrohr vielleicht gerade frei?«

Ben drehte sich um und gewahrte das zuversichtliche jungenhafte Lächeln, mit dem der Schauspieler ihn begrüßte. Die Schauspielersgattin mit dem maskenhaften Make-up stand neben ihrem Mann, ihr fettes Kinn war von einem leuchtenden Seidentuch umhüllt, und sie bibberte in dem eleganten Skidreß, der eigens geschaffen worden war, sie größer und weniger pummelig wirken zu lassen.

Der Schauspieler entfaltete die ganze Modulationsfähigkeit seiner Stimme. »Meine Gattin würde es außerordentlich bedauern, wenn sie wieder hineingehen müßte, ohne etwas gesehen zu haben, aber es geht wirklich nicht an, daß sie mit all diesen anderen Leuten Schlange steht. Ich weiß, daß Sie das verstehen werden.«

»Sie wollen *mein* Fernrohr benutzen?« fragte Ben ungläubig.

»Sag ihm, daß wir bereit sind, dafür zu bezahlen, Liebling«, mischte sich die Frau jetzt ein, um gleich darauf die jungen Bergsteiger mit einem huldvollen Blick aus ihren schönen Augen zu beglücken.

Der Schauspieler lächelte und sagte dann mit seiner schokoladigsten Stimme: »Selbstverständlich werden wir dafür bezahlen.« Er griff nach dem Instrument und produzierte dabei die ganze Zeit sein entwaffnendes Lächeln.

Entgegen späteren Berichten in den Zeitungen schlug Ben ihn nicht wirklich.

Der Schauspieler reagierte blitzschnell auf Bens Handbewegung und zuckte mit überraschender Geistesgegenwart zurück. Diese Bewegung kostete ihn das Gleichgewicht, und er fiel auf dem gefrorenen Boden auf den Rücken. Augenblicklich schrie seine Frau auf und warf sich über ihren gefallenen Partner, um ihn vor weiteren Brutalitäten zu schützen. Ben zog sie am Haar in die Höhe, beugte sich über die beiden und redete rasch und mit halblauter Stimme auf sie ein. »Ich gehe jetzt hinauf auf mein Zimmer, und mein Fernrohr lasse ich hier stehen, wo es jetzt steht. Falls einer von euch verdammten Aasgeiern wagt, es anzurühren, wird der Arzt seine ganze Kunst aufwenden müssen, euch wieder zusammenzuflicken.«

Unter dem Gelächter der jungen Bergsteiger und etlichen Spritzern obszönen Vitriols aus dem Munde der Schauspielerin, die bewiesen, daß sie die meisten sexuellen Varianten kennen mußte, marschierte Ben davon.

Mit seinem energischen und federnden Gang und ohne auch nur eine Handbreit von dem einmal gewählten Kurs abzuweichen, bahnte Ben sich den Weg durch das Gewühl der Gäste auf der Terrasse. Es bereitete ihm jedesmal ein unheimliches Vergnügen, wenn irgendeiner der Eiger-Vögel zurückzuckte, der von ihm angerempelt wurde, und höchst verwundert hinter ihm herblickte. In der verlassenen Bar bestellte er drei Flaschen Bier und ein Sandwich. Während er darauf wartete, kam Anna herbei, zwängte sich durch die Menge auf der Terrasse, um sich zu ihm zu gesellen. Er wollte nicht mit ihr reden, doch der Barmann war ein langsamer Bursche.

»Ist alles in Ordnung mit Jean-Paul?« fragte sie ihn bereits, als sie noch gar nicht bei ihm war.

»Nein!« Er nahm die klirrenden Flaschen zwischen die Finger der einen, das Sandwich in die andere Hand und verließ die Bar, um auf sein Zimmer zu gehen.

Düster vor sich hinstarrend saß er auf seinem Bettrand und aß und trank. Dann legte er sich nieder, verschränkte die Finger im Nacken und blickte zur Decke hinauf. Schließlich stand er auf, ging im Zimmer auf und ab und blieb jedesmal am Fenster stehen. Dann legte er sich wieder hin. Und stand abermals auf. Zwei Stunden zogen sich auf diese Weise in die Länge, ehe er es aufgab, Ruhe finden zu wollen.

Als er endlich wieder unten bei seinem Fernrohr auf der Matte war, glaubte Ben so gut wie sicher sein zu dürfen, daß die Bergsteiger es auf die Klippen oberhalb des Fensters der Eigerwand-Station abgesehen hatten. Sie befanden sich jetzt fast am Ende jenes Felsstreifens, der das Eisfeld von dem kleinen Schneewulst oberhalb des Fensters trennte. Die Entfernung zwischen ihnen und dem Sicherheit verheißenden Fenster ließ sich mit einem auf Armeslänge weggestreckten Daumen verdecken, doch Ben wußte, daß noch Stunden härtester Arbeit und größter Gefahr vor ihnen liegen würden, ehe sie diese Strecke geschafft hätten. Außerdem ging auch noch die Sonne unter. Er hatte für die Rettungsmannschaft einen Sonderzug der Zahnradbahn angefordert, die mitten durch den Berg hindurchführte. Sie würden abfahren, wenn es an der Zeit wäre, und rechtzeitig am Fenster sein, um die Bergsteiger dort in Empfang zu nehmen.

Er kauerte hinter seinem Fernrohr und schickte über die Linie des visuellen Kontakts Mitgefühl und Energie hinauf.

Sein ganzer Körper zuckte konvulsivisch zusammen, als er Anderl abrutschen sah.

Es gab ein knirschendes Geräusch, und Anderl merkte, daß sich der Firn unter ihm bewegte. Eine riesige Scholle von dem verkrusteten und festgefrorenen Schnee hatte sich von der Wand gelöst und rutschte zu Tal, langsam zuerst, dann rascher, und er mitten auf dieser zum Untergang verdammten Insel. Es war sinnlos, sich eingraben zu wollen – da hätte er sich genausogut an einen in die Tiefe donnernden Felsbrocken festklammern können. Instinktiv versuchte er, auf allen Vieren Höhe zu gewinnen und festen Schnee aufzusuchen. Dann wurde er umgerissen. Er streckte alle Viere von sich, um das tödliche Abrutschen aufzuhalten, rammte seinen Eispickel in die Kruste und schob seinen Körper darüber. Trotzdem glitt er weiter seitlich nach unten, und über ihm grub die Spitze seines Pickels eine tiefe Furche.

Jonathan hatte sich zusammen mit Karl und Jean-Paul in dem tiefen Loch zusammengekauert, das er kurz zuvor freigehackt und -geschaufelt hatte. Seine Augen waren starr auf den Schnee vor ihm gerichtet, sein Geist leer, und er zitterte konvulsivisch, wie er es noch bei jeder Etappe getan hatte. Auf Karls Schrei hin machte ein plötzlicher Adrenalinstoß seinem Zittern augenblicklich ein Ende, und aus Augen, die vor Müdigkeit ganz glasig waren, beobachtete er mit einer völlig stumpfsinnigen Gelassenheit, wie das Schneebrett auf sie zukam.

Karl stieß Jonathan über den verschnürten Leichnam Jean-Pauls, warf sich selber schützend darüber und krallte die Hände um den Eispickel, der ihr Belegnagel war. Das Schneebrett donnerte über sie hinweg, ohrenbetäubend, erstickend, riß und zerrte an ihnen, zwängte sich unter sie und versuchte, sie aus ihrer Trittstufe herauszureißen.

Und dann, mit einer Stille, die sie genauso betäubte wie der Lärm zuvor, war plötzlich alles vorüber.

Jonathan kroch unter dem wie leblos daliegenden Karl heraus und schaufelte ihr Loch von dem frischen Schnee frei. Dann rappelte auch Karl sich hoch, schwer atmend, mit blutigen Händen, die Haut festgefroren an dem kalten Eispickel. Jean-Paul war zwar halb unterm Schnee vergraben, aber er war immer noch da.

»Ich kann mich nicht rühren!« Die Stimme kam von einer Stelle, die nicht weit von ihnen war.

Anderl lag, alle Viere von sich gestreckt, oben auf dem Schnee, die Füße keine drei Meter vom Rand des Abgrunds entfernt. Das Schneebrett hatte ihn hinuntergetragen und ihn dann aus unerfindlichen Gründen beiseite gefegt, über die anderen hinweg, das Gesicht nach unten und den Körper noch über dem Eispickel, der die rutschende Scholle gesprengt hatte. Er war unverletzt, doch jeder Versuch, sich zu bewegen, bewirkte, daß er noch ein paar Zentimeter tiefer hinabrutschte. Zweimal versuchte er es,

268

doch dann kam er zu dem Schluß, daß es klüger wäre, er ließ es bleiben.

Er lag gerade außer Reichweite, und der von der Firnschicht befreite Schnee war viel zu locker, als daß man sich ihm hätte anvertrauen können. Das Seil zwischen Karl und Anderl bildete eine haarnadelgleich zu der Stelle hinaufführende Schlaufe, wo Anderl zuletzt gestanden hatte, und führte von oben wieder zu Anderl hinunter, allerdings war es fast vollständig unterm Schnee vergraben – nur seine beiden Enden lagen frei.

Anderl rutschte noch um etliche Zentimeter weiter auf den Abgrund zu, obwohl er diesmal nicht versucht hatte, sich zu bewegen.

Jonathan und Karl rissen und zerrten am Seil und bemühten sich verzweifelt, es freizubekommen. Freilich wagten sie nicht, mit aller Kraft zu ziehen, vor lauter Angst, sie könnten es allzu ruckartig freibekommen und damit von der Wand hinuntergeschleudert werden.

»Ich komm mir so lächerlich vor«, rief Anderl. Und abermals rutschte er ein Stück tiefer.

»Halt den Mund!« krächzte Jonathan. Es war unmöglich, irgendwo einen Eisnagel einzuschlagen, deshalb trieb er in aller Eile seinen und Karls Eispickel tief in den lockeren Schnee, schlang dann jenen Teil von Anderls Seil, den sie freibekommen und herausgezogen hatten, zwischen den beiden Pickelstielen hin und her. »Leg dich drüber!« befahl er, und Karl gehorchte stumm.

Dann befreite er sich von seiner eigenen Seilsicherung und hangelte sich an Anderls unter dem Schnee vergrabenen Seil voran, wobei er sich immer wieder daran festhielt und es aus dem Schnee herausriß. Jedesmal, wenn er ein Stück freibekommen hatte, verharrte er reglos auf dem steil geneigten Hang, während Karl das lockere Ende um die Pickel schlang. Es war von größter Wichtigkeit, daß so wenig wie möglich lockeres Seil sich straffen konnte. Sobald er die Stelle erreichte, wo das Seil hinunterging zu der Stelle, wo Anderl lag, mußte es schnellgehen, denn er wußte, daß er ganz nahe bei Anderl sein mußte, wenn das Seil freikam. Seine Bewegungen hatten jetzt etwas schrecklich Unbeholfenes. Das Adrenalin, das Jonathans Körper befeuert hatte, war mittlerweile verbrannt, und was blieb, war eine überaus beschwerliche Übelkeit. Er schlang die Beine um das Seil und zerrte es mit einer Hand frei, wobei er jeden Augenblick erwartete, auf Anderl draufzurutschen, ehe das Seil wieder straff war und sie hielt.

Es geschah, als sie beide nur noch drei Meter voneinander entfernt waren, und das Schicksal meinte es gut mit ihnen. Das Seil glitt langsam wie eine Schlange aus dem Schnee heraus, und sie rutschten beide sanft zur Seite, Jonathan über Anderl, bis sie direkt unter Karl und dem Schutz der großen Trittstufe hingen, wobei ihre Beine über dem Abgrund im Freien baumelten. Es war nicht besonders schwierig, sich hochzuziehen.

Im selben Augenblick, da er auf den Boden der fast waagrechten Schneemulde fiel, klappte Jonathan innerlich zusammen. Er kroch nahe an Jean-Pauls Leiche heran und konnte sein Zittern nicht beherrschen. Sämtliche Glieder waren kraftlos.

Anderl hingegen war fröhlich und redselig, und Karl hatte sich in sein Schicksal ergeben. Gemeinsam vergrößerten sie die Mulde noch mehr, und Anderl machte sich daran, Tee zu kochen. Den ersten Becher reichte er Jonathan zusammen mit zwei roten Pillen, einem Herzstärkungsmittel.

»Ihr habt ja keine Ahnung, wie dämlich ich mir da draußen vorgekommen bin. Ich wollte lachen, doch ich wußte, daß jede Bewegung mich ins Rutschen bringen konnte, und so hab ich mir auf die Lippen gebissen. Es war phantastisch, wie Sie runtergekommen sind, um mich zu holen, Jonathan. Aber für die Zukunft bitte ich mir aus, daß Sie mich nicht wieder als Schlitten benutzen. Ich weiß genau, warum Sie das getan haben. Das war reine Angabe vor den Leuten da unten auf der Terrasse, stimmt's?« So redete und redete er, brühte Tee auf und reichte ihn den anderen wie eine geflissentlich ihre Gäste bedienende österreichische Tante.

Das Herzmittel und der Tee begannen zu wirken und Jonathans Müdigkeit zu vertreiben. Er bemühte sich, das Zittern zu beherrschen, während er zusah, wie sich die rotbraunen Blutflecken an seinen zerrissenen Hosen vergrößerten. Er wußte, daß er eine weitere Nacht im offenen Biwak nicht aushalten würde. Sie mußten weiter. Jedesmal, wenn er ausatmete, stieß er einen wimmernden Ton aus – ein Zeichen, daß er kurz vor dem völligen Zusammenbruch stand. Er war sich nicht sicher, wie lange er es noch schaffen würde, den Eispickel zu schwingen. Die Muskeln seiner Unterarme waren verknotet und steif, seine Handflächen sahen aus wie rostiges Metall. Er vermochte sie aufzumachen und zur Faust zu ballen, aber über die Stadien dazwischen besaß er keine Kontrolle.

Er war sich völlig im klaren darüber, daß er unter diesen Umständen eigentlich die Führung nicht wieder übernehmen durfte. Trotzdem wagte er es nicht, das Seil einem der beiden Jüngeren anzuvertrauen. Karl schien niedergeschlagen, hatte sich ganz in sich zurückgezogen und bewegte sich wie ein Automat, und Anderls unablässiges schnoddriges Gerede klang verdächtig nach Hysterie.

Sie machten sich fertig zum Aufbruch. Als Anderl den Blechbecher entgegennahm, schaute er Jonathan forschend in die graugrünen Augen, als ob er ihn zum erstenmal sähe. »Sie sind wirklich sehr gut, Jonathan. Es hat mir großen Spaß gemacht, mit Ihnen zu klettern.«

Jonathan zwang sich zu einem Lächeln. »Wir werden's schon schaffen.« Anderl grinste und schüttelte den Kopf. »Nein, das glaube ich nicht. Aber trotzdem werden wir weitermachen, wie es sich gehört.«

Die Klippe schafften sie in kurzer Zeit, indem sie sich an einem Doppelseil abseilten. Das, was für die Eiger-Vögel unten auf der Hotelterrasse so tollkühn aussah, war in Wirklichkeit weit weniger anstrengend, als sich mühsam durch die Eisfelder hinunterzuarbeiten. Es wurde Abend, und so verschwendeten sie keine Zeit darauf, Anderls Seil einzuholen. Monate später konnte man es noch halb verrottet herunterhängen sehen.

Noch ein Eisfeld galt es zu überwinden, dann würden sie den Überhang über den Fenstern der Eigerwand-Station erreicht haben. Wieder begann der mörderische Kreislauf. Jetzt, da die Sonne unterging, war es womöglich nocht kälter als zuvor. Jonathan biß die Zähne zusammen und beschloß, einfach nicht mehr daran zu denken. Trittstufe nach Trittstufe hieb er aus Firn und Eis heraus, und der Aufprall des Pickels wurde über seinen klopfenden Arm direkt weitergeleitet bis in seinen Nacken. Schlagen. Hinuntersteigen. Sich hinauslehnen. Schlagen. Und konvulsivisch zitternd dahocken, während die anderen nachkamen. Die Minuten zogen sich schmerzlich in die Länge, die Stunden über das hinaus, was der Mensch sich an Zeit vorstellen konnte.

Die Zeit war auch für Ben zur Qual geworden. Etwas zu tun, wäre schon ein Trost gewesen, doch widerstand er dem Impuls, aufzubrechen, bevor er sich nicht ganz sicher war, welche Route sie nahmen und was ihr Ziel war. Als er gesehen hatte, daß der letzte Mann sich von der Klippe abseilte und auf das verhältnismäßig schmale Erste Eisfeld hinausging, erhob er sich von seinem Fernrohr. »Okay«, sagte er ruhig, »laßt uns gehen.« Die Rettungsmannschaft trottete zum Bahnhof; sie schlug einen weiten Bogen um das Hotel, weil sie vermeiden wollte, das Interesse der Reporter und der Schaulustigen zu erwecken. Einige Zeitungsleute hatten jedoch von der für Public Relations aufgeschlossenen Eisenbahnbehörde Hinweise erhalten und warteten auf dem Bahnhof. Ben hatte es satt, sich mit ihnen herumzustreiten, und so erhob er keinen Einspruch dagegen, daß sie mitkamen, doch ließ er keinen Zweifel daran, was dem ersten von ihnen passieren würde, der ihnen in die Quere kam.

Trotz der zuvor getroffenen Abmachungen verloren sie viel Zeit, ehe sie die Bahnbeamten überzeugt hatten, daß der Sonderzug auch wirklich von den Organisationen bezahlt werden würde, die die Schirmherrschaft über diese Besteigung übernommen hatten, doch schließlich ging es los, und die jungen Männer saßen schweigend Seite an Seite im Wagen, als er ratternd und schaukelnd in den schwarzen Tunnel einfuhr. Nach dreißig Minuten erreichten sie ihr Ziel.

Das Geklirr der Bergsteigerausrüstung und das Schlurfen der Schuhe hallten hohl in dem künstlich erleuchteten Tunnel wider, als sie vom Bahnhof der Eigerwand-Station den leicht abwärts führenden Seitentunnel entlanggingen, der zu den Beobachtungsfenstern führte. Es herrschte eine so gedrückte Stimmung in der Gruppe, daß sogar die Reporter aufhörten, dumme Fragen zu stellen, und sich erboten, einige von den aufgeschossenen Extraseilen zu tragen.

Wortkarg machte die Mannschaft sich an die Arbeit. Die hölzernen Trennwände am Ende des Tunnels wurden mit den Eispickeln herausgerissen, und der erste junge Mann kletterte hinaus an die Wand, um eine Reihe von Felshaken einzuschlagen. Der Eishauch, der ihnen plötzlich entgegenschlug, machte alle kleinlaut. Sie wußten, wie diese Kälte an den Kräften der Bergsteiger über ihnen zehren mußte.

Ben hätte alles darum gegeben, die Gruppe zu führen, die die eigentliche Rettung übernehmen sollte, doch seine Erfahrung sagte ihm, daß diese jungen Männer, die noch sämtliche Zehen hatten und jugendliche Kraftreserven besaßen, es besser schaffen würden als er. Dennoch mußte er den Drang, kleinere Verbesserungsvorschläge zu machen, in sich bekämpfen; es kam ihm vor, als machten sie alles eben doch nicht ganz richtig.

Als der junge Anführer die Wand erkundet hatte, kroch er zurück in den Tunnel. Was er berichtete, war nicht gerade ermutigend. Der Fels war mit einer zentimeterdicken Eisschicht bedeckt – zu dünn also und zu zerbrechlich, um einen Eisnagel aufzunehmen, aber doch dick genug, sämtliche Ritzen und Spalten zu verdecken, die zum Einschlagen von Felshaken geeignet gewesen wären. Folglich mußten sie mit den Eispickeln zunächst einmal dieses Eis abklopfen, um den Fels freizulegen und die Haken einschlagen zu können. Und das würde viel Zeit beanspruchen.

Die besorgniserregendste Neuigkeit war jedoch die, daß es nicht möglich sein würde, ihnen mehr als zehn Meter entgegenzuklettern. Darüber kragte der Fels weit vor und bildete einen unbegehbaren Überhang. Es sah so aus, als könne ein sehr gewandter Bergsteiger zwar dreißig Meter nach links oder nach rechts klettern, nicht aber in die Höhe.

Während der junge Mann diese Dinge berichtete, klopfte er sich mit den Händen auf die Knie, um die Blutzirkulation wieder anzuregen. Dabei war er nicht länger als zwanzig Minuten draußen an der Wand gewesen – trotzdem hatte er bereits vor Kälte steife und gefühllose Finger. Als die Sonne unterging, wurde es im Tunnel merklich kühler. Für diese Nacht mußte man sich auf Kälterekorde gefaßt machen.

Da sie unmittelbar am Fenster Verankerungen festgemacht hatten, blieb ihnen nichts weiter übrig, als abzuwarten. Die Wahrscheinlichkeit, daß die Bergsteiger sich genau über diesem Fenster abseilen würden, war sehr gering. Aber selbst angenommen, es wäre möglich – woher sollten sie von oben genau wissen, wo sich dieses Fenster befand? Des Überhangs wegen würde der erste, der herunterkam, etliche Meter vom Fels entfernt frei in der Luft schweben. Man würde also irgendwie versuchen müssen, an ihn heranzukommen, ein Seil zu ihm hinzubringen und ihn dann hereinzuziehen. Hatte man erst einmal dieses Seil festgemacht, mußte die Bergung der anderen leichter sein... falls sie noch so viel Kraft besaßen, es bis herunter überhaupt zu schaffen... und falls sie Seil genug hatten, über den Überhang herüberzukommen... falls sich ihr Seil nicht verfing... falls ihre Verankerung oberhalb der Klippe hielt.

Alle paar Minuten kletterte einer der jungen Leute hinaus auf die Wand und jodelte hinauf. Ben schritt im Tunnel auf und ab, und die Zeitungsreporter drückten sich wohlweislich an die Wand, um ihm aus dem Weg zu gehen. Als er einmal wieder zurückgekommen war, blieb er fluchend stehen und trat selber hinaus ins Freie; nicht angeseilt, hielt er sich mit der einen Hand an einem der Felshaken fest und lehnte sich mit seinem ganzen früheren bedenkenlosen Wagemut hinaus. »Nun komm schon, Jon!« schrie er hinauf. »Mach, daß du von diesem verdammten Berg runterkommst!«

Keine Antwort.

Doch etwas anderes fiel Ben bei dieser Gelegenheit auf. Seine Stimme war mit ganz ungewöhnlicher Resonanz erschollen. Es herrschte Windstille am Eiger. Es war merkwürdig still, und die Kälte senkte sich lautlos und bösartig hernieder. Er lauschte in die unheimliche Stille hinaus, die nur ab und zu von dem geschützfeuerähnlichen Knall irgendeines Felsbrockens unterbrochen wurde, der irgendwo heruntersprang und tief unten aufprallte, daß es nur so krachte.

Als er zurückkletterte in das Fenster, lehnte er sich mit dem Rücken gegen die Tunnelwand und saß in Hockstellung unter der wartenden Rettungsmannschaft, umschlang die Knie mit den Armen, bis das Zittern aufhörte, und leckte sich die Hand, wo Haut am Felshaken zurückgeblieben war.

Jemand entzündete einen Spirituskocher, und der unvermeidliche, lebenspendende Tee wurde herumgereicht.

Die Temperatur sank in dem Maße, wie das Tageslicht am Ende der Galerie schwand und es dort blauer wurde.

Einer von den jungen Männern am Tunnelfenster jodelte, hielt inne und jodelte dann nochmals.

Und dann kam Antwort von oben, ein Ruf!

Aufgeregtes Gemurmel erhob sich im Tunnel, dann war es plötzlich wieder ganz still, als der junge Mann noch einmal jodelte... Und wieder bekam er klar Antwort. Einer der Reporter warf einen Blick auf die Uhr und schrieb sich die Uhrzeit auf seinen Notizblock, als Ben zusammen mit den drei Männern, die er ausgesucht hatte, auf den Felsvorsprung hinaustrat, um Verbindung mit den Bergsteigern aufzunehmen. Wieder wurden Rufe ausgetauscht. In der Windstille und bei dieser allgemeinen Ruhe war unmöglich abzuschätzen, aus welcher Höhe die Antworten kamen. Der Jodler versuchte es nochmals, und mit eigentümlicher Klarheit erwiderte Anderls Stimme: »Was soll das? Ein Jodelwettbewerb?«

Ein junger Österreicher von der Rettungsmannschaft grinste und stieß seinen Nachbarn an. »Na siehst du, das ist unser Anderl Meyer!« Ben hingegen entdeckte in Anderls Stimme die letzte, verzweifelte Gebärde eines stolzen Mannes, der am Ende ist. Er hob die Hand, und diejenigen, die zusammen mit ihm draußen auf dem Vorsprung standen, schwiegen. Über ihnen, ein klein wenig linker Hand, vernahmen sie ein scharrendes, schabendes Geräusch. Irgend etwas wurde über den weit vorspringenden Felsen hinuntergelassen, viel zu weit links – dreißig, vierzig Meter vom rettenden Fenster entfernt. Dem Klirren von Karabinerhaken entnahm Ben, daß derjenige, der herunterkam, sich in einem improvisierten Seilgurt herabließ. Dann wurden die Schuhe sichtbar, und Jonathan glitt langsam herunter, krümmte sich an seinem Seil und hing drei, vier Meter von der Wand entfernt im Freien. Das Zwielicht wurde rasch zur Dunkelheit. Während sich Jonathan langsam am Seil kreiselnd herunterließ, begannen die drei Retter sich ihm im Quergang zu nähern, klopften das trügerische Eis ab, trieben jedesmal, wenn sie einen geeigneten Spalt fanden, einen Felshaken ein. Ben blieb auf dem schmalen Vorsprung vorm Fenster und dirigierte von dort aus die Manöver der drei. Für andere Hilfswillige war draußen kein Platz mehr.

Ben rief Jonathan nichts zu, was diesem Mut gemacht hätte. Er erkannte an der Art, wie er in sich zusammengesackt am Seil hing, daß er am Rande dessen war, was er ertragen konnte; schließlich hatte er seit Morgengrauen den Weg für die anderen gebahnt, und er durfte einfach keinen Atem beim Reden verschwenden. Ben flehte innerlich darum, daß Jonathan jetzt nicht jenen Zusammenbruch erlitt, wie so viele Bergsteiger ihn gerade in dem Augenblick erleiden, wo die Rettung fast in Reichweite ist. Die drei jungen Männer kamen nicht sehr rasch voran. Die Wand fiel hier fast senkrecht ab, und es gab nur einen vereisten, fünf bis sieben Zentimeter breiten Vorsprung, auf dem sie die Zehen aufsetzen konnten. Hätten sie nicht Erfahrung in solchen Quergängen gehabt, wären sie überhaupt nicht in der Lage gewesen, voranzukommen.

Dann blieb Jonathan plötzlich mitten im Herniedergleiten hängen. Er blickte nach oben, konnte jedoch über den Rand des Überhangs nicht hinwegsehen.

»Was ist los da oben?« rief Ben.

»Seil...!« Anderls Stimme hörte man an, daß er mit den Zähnen knirschte.« ...festgeklemmt.«

»Kannst du das beheben?«

»Nein! Kann Jonathan an die Wand heran und uns ein bißchen Leine geben?«

»Nein!«

Jonathan hatte absolut keine Möglichkeit, sich selbst zu helfen. Langsam drehte er sich um sich selbst, zweihundert Meter gähnende Leere unter sich. Wonach es ihn am allermeisten verlangte, das war Schlaf.

Obgleich er tief unter ihnen stand, konnte Ben die Stimme von Karl und Anderl durch die stille, eiskalte Luft hören. Die Worte selbst verstand er nicht, doch schienen sie in einem heftigen Wortwechsel begriffen.

Die drei jungen Männer fuhren fort, sich weiter vorzuschieben. Die Hälfte der Strecke bis zu Jonathan hatten sie etwa geschafft, und jetzt fingen sie an, die Vorsicht beiseite zu lassen, und schlugen weniger Felshaken in die Wand, um schneller voranzukommen.

»Na gut!« ließ sich Anderls Stimme von oben vernehmen. »Ich werde sehen, was ich tun kann.«

»Nein!« schrie Karl. »Beweg dich nicht!«

»Du brauchst mich doch bloß zu halten.«

»Ich kann nicht!« Der Laut, der diesem Ausruf folgte, war fast so etwas wie ein Schluchzen. »Anderl, ich kann nicht!«

Ben sah den Schnee zuerst über den Rand des Überhangs herüberkommen, ein wundervolles, goldüberhauchtes Sprühen in den letzten Strahlen der untergehenden Sonne. Automatisch drückte er sich fest an die Wand. In Sekundenschnelle, wie eine Momentaufnahme, die in einen Film eingeblendet worden ist, sah er die beiden Gestalten an ihm vorbeifliegen, eingehüllt in einen Schleier von herabfallendem Schnee und Eis. Einer von ihnen schlug auf dem Sims auf, und es gab einen dumpfen, häßlichen Laut – dann waren sie verschwunden.

Langsam rieselte weiter Schnee herunter. Dann hörte auch das auf. Und Totenstille herrschte an der Wand.

Den drei jungen Männern war nichts passiert, doch waren sie wie erstarrt von dem, was sie mitangesehen hatten.

»Macht, daß ihr vorankommt!« schrie Ben, und sie faßten sich und gehorchten.

Der erste Aufprall ließ Jonathan in seinem Gurt kippen, dann hing er kopfüber da und schwankte heftig; sein Geist drehte sich in einem Strudel von halber Bewußtlosigkeit. Abermals wurde er getroffen, und Blut schoß ihm aus der Nase. Er wollte schlafen, und er wollte nicht noch einmal getroffen werden. Doch sie prallten noch ein drittes Mal zusammen. Es war mehr ein Gestreiftwerden diesmal, dann drehten sich ihre Seile umeinander. Instinktiv griff Jonathan danach und hielt es fest. Es war Jean-Paul, der da in seiner Totenstarre halb aus seinem Schlafsackbündel heraushing. Aber Jonathan klammerte sich daran fest.

Als Anderl und Karl abstürzten, zerriß durch diese plötzliche Belastung das Seil zwischen ihnen und der Leiche, die über den Überhang hinüberschlidderte und auf Jonathan hinuntersauste. Das bewahrte ihn davor, selber in die Tiefe zu stürzen; denn Jean-Paul bildete das Gegengewicht zu ihm an einem Seil, das über einen Karabinerhaken und einen Felshaken hoch über ihm hindurch- und wieder zu Jean-Paul hinunterführte. Seite an Seite schwangen sie in der eisigen Kälte.

»Setz dich auf!«

Jonathan hörte Bens Stimme wie aus weiter Ferne, leise und unwirklich.

»Setz dich auf!«

Jonathan machte es nichts aus, kopfüber dazuhängen. Er war durch! Für ihn war es vorüber. *Laß mich doch schlafen. Warum soll ich mich aufsetzen?*

»Jetzt zieh dich hoch und setz dich auf, verdammt noch mal!«

Sie lassen mich nicht in Ruhe, wenn ich nicht tue, was sie sagen. Was soll's also? Er versuchte, sich an Jean-Pauls Seil in die Höhe zu ziehen, aber seine Finger wollten sich nicht darum schließen. Er hatte überhaupt kein Gefühl in ihnen. *Was soll's schon?*

»Jon! Um Himmels willen!«

»Laß mich in Ruh!« murmelte er. »Hau ab!« Das Tal unter ihm war dunkel, und er spürte die Kälte nicht mehr. Er spürte, daß der Schlaf ihn überwältigte.

Nein, das ist kein Schlaf. Das ist etwas anderes. Na schön, versuch, dich aufzusetzen. Vielleicht lassen sie mich dann in Ruhe. Krieg keine Luft mehr. Die Nase vom Blut verstopft. Schlaf.

Jonathan versuchte es noch einmal, doch in seinen Fingern klopfte es. Sie waren dick wie Würste und völlig nutzlos. Er griff nach oben und schlang den Arm um das Seil. Halb schaffte er es, sich hochzuziehen, doch dann rutschte er mit dem Arm ab. Wild strampelte er mit den Beinen, versuchte er, sie um Jean-Pauls Leichnam zu schlingen, und auf diese Weise gelang es ihm, sich hochzuziehen, bis seine Stirn an sein Seil schlug.

So. Jetzt sitz ich. Und jetzt laßt mich in Ruhe. Blödes Spiel. Alles egal.

»Versuch, das zu fangen.«

Jonathan preßte die Augen zusammen, um den Eisfilm darüber zum Zerspringen zu bringen. Da waren drei Männer draußen vor ihm. Ziemlich nahe. Saßen an der Wand fest. *Was, zum Teufel, wollen die jetzt noch? Warum lassen die mich nicht in Ruhe?*

»Fang das und schling das um dich!«

»Haut ab!« murmelte er.

Bens Stimme brüllte ihn aus einiger Entfernung an. »Jetzt schling das endlich um dich, verdammt noch mal!«

Darf Ben nicht sauer machen. Er wird hundsgemein, wenn er sauer ist. Bleiern streifte Jonathan sich die Schlinge des Lassos über. *So, das wär's. Jetzt verlangt nicht noch mehr. Laßt mich schlafen. Hört auf, mir den Atem aus dem Leib zu quetschen!*

Jonathan hörte, wie die jungen Männer Ben besorgt zuriefen: »Wir können ihn nicht ranziehen! Das Seil ist nicht lang genug.«

Egal! Dann laßt mich eben hängen.

»Jon?« Diesmal klang Bens Stimme nicht wütend. Das war eine Stimme, die versuchte, ein kleines Kind zu etwas zu überreden. »Jon, du hast immer noch den Pickel am Handgelenk.«

Na und?

»Trenn das Seil über dir durch, Jon!«

Ben ist verrückt geworden. Er braucht dringend Schlaf.

»Schneid das Seil durch, altes Haus. Du wirst nur 'n kurzes Stück fallen. Wir haben dich.«

Los, tu's! Sie lassen dir sonst doch keine Ruhe. Blindlings hackte er auf das Nylonseil über ihm los. Immer wieder, mit kraftlosen Hieben, die nur selten zweimal dieselbe Stelle trafen. Dann kam ihm doch ein halbwegs klarer Gedanke in sein benommenes Bewußtsein, und er hielt inne.

»Was hat er gesagt?« fragte Ben die Männer an der Wand.

»Er sagt, daß Jean-Paul fällt, wenn er das Seil durchschneidet.«

»Jon? Hörst du? Es macht nichts. Jean-Paul ist tot.«

Tot? Ach ja, ich erinnere mich. Er ist hier, aber er ist tot. Wo ist Anderl? Und wo ist Karl? Sie sind irgendwo anders, denn sie sind nicht tot wie Jean-Paul. Stimmt das auch? Ich begreif das nicht. Aber das ist ja auch egal. Wobei war ich doch gerade? Ach ja. Das verdammte Seil kappen. Immer und immer wieder hackte er drauflos.

Und plötzlich riß es. Eine Sekunde fielen die beiden Körper gemeinsam, dann war es nur noch Jean-Paul, der weiterfiel. Jonathan verlor das Bewußtsein, als das Lasso sich mit einem schmerzlichen Ruck um seinen Brustkorb zusammenzog. Und das war eine Gnade, denn auf diese Weise spürte er nicht, wie er auf die Felswand aufprallte.

Zürich   6. *August*

Jonathan lag im Bett, in einem sterilen Einzelzimmer innerhalb des labyrinthischen Riesenkomplexes von Zürichs ultramodernem Krankenhaus. Er langweile sich schrecklich.

»...Siebzehn, achtzehn, neunzehn – runter; und rauf – eins, zwei, drei, vier, fünf...«

Mit unendlicher Geduld, ja geradezu mit Hingabe errechnete er, wie viele Löcher jedes Viereck der schalldämpfenden Decke im Durchschnitt hatte. Diese Zahl im Kopf, machte er sich daran, abzuzählen, wie viele Platten die Decke in der einen und in der anderen Richtung hatte, um beide miteinander zu multiplizieren, diese Summe wiederum mit der Summe der Löcher malzunehmen und auf diese Weise herauszubekommen, wie viele Löcher insgesamt die Decke aufwies.

Er langweilte sich schrecklich. Dabei reichte diese Langeweile erst ein paar Tage zurück. Die meiste Zeit im Krankenhaus über hatte er sich mit Angst, Schmerzen und der Dankbarkeit darüber beschäftigt, überhaupt noch am Leben zu sein. Einmal noch, oben im Tunnel, war er kurz und wie durch einen Nebel sich hindurchkämpfend zu Bewußtsein gekommen und hatte ein danteskes Durcheinander von Licht und Durchgeschütteltwerden wahrgenommen, als der Zug schwankend und ratternd durch einen Tunnel hinabfuhr. Er hatte Bens Gesicht über sich erkannt und sich mit dicker Zunge beklagt:

»Von der Hüfte abwärts hab ich überhaupt kein Gefühl.«

Ben hatte etwas gemurmelt und sich dann in nichts aufgelöst.

Als Jonathan wieder Kontakt mit der Welt aufnahm, war Dante von Kafka abgelöst worden. Eine strahlende Decke war über ihm dahingeglitten, und eine mechanisch verstärkte Stimme hatte einen Arzt nach dem anderen aufgerufen. Ein weiblicher Oberkörper, gestärkt und weiß, hatte sich umgekehrt über ihn geneigt und einen pausbäckigen Kopf geschüttelt. Dann hatte man ihn rasch weitergerollt. Die Decke hatte aufgehört, schwindelerregend vorüberzugleiten, und ganz in der Nähe hatten sehr ernst und sehr rasch männliche Stimmen durcheinandergeredet. Er hatte ihnen erzählen wollen, daß er von der Hüfte abwärts überhaupt kein Gefühl habe, doch niemand schien sich dafür zu interessieren. Sie hatten ihm die Schnürsenkel aufgeschnitten und ihm die Hosen ausgezogen. Eine Schwester hatte mit der Zunge geschnalzt und in einer Mischung aus Mitgefühl und Eifer gesagt: »Den wird man wohl amputieren müssen.«

»Nein!« wollte Jonathan rufen, doch verlor er das Bewußtsein, ehe er ihnen hatte sagen können, daß er lieber sterben würde.

Schließlich war der fragliche Zeh sogar gerettet worden, doch erst, nachdem Jonathan tagelang unter einem Plastikzelt, in dem seine erfrorenen Gliedmaßen in einer Atmosphäre von reinem Sauerstoff badeten, an seinem Bett festgeschnallt, schreckliche Schmerzen hatte durchmachen müssen. Die einzige Erleichterung bei dieser knochenschindenden Unbeweglichkeit hatte darin bestanden, daß man ihn jeden Tag mit Watte und Alkohol abgetupft hatte. Doch selbst dieses kurze Labsal war nicht frei gewesen von berechneten Unwürdigkeiten, denn ein Mannweib von Krankenschwester, der diese Aufgabe oblag, ging mit seinen Genitalien um, als wären es billige Nippesfiguren, die hochgenommen werden mußten, wenn man darunter Staub wischte.

Die Verletzungen waren zwar über seinen ganzen Körper verteilt, doch nicht ernst. Außer den Erfrierungen war sein Nasenbein durch den Aufprall von Jean-Pauls Leiche gebrochen; zwei seiner Rippen waren angeknackst, als die Lassoschlinge sich mit einem Ruck um ihn festgezogen hatte; und der Aufprall auf der Wand hatte eine leichte Gehirnerschütterung zur Folge gehabt. Von allem machte ihm die Nase am meisten zu schaffen. Selbst nachdem das Sauerstoffzelt fortgenommen worden war und er sich etwas freier bewegen konnte, die Rippen einigermaßen wieder zusammengeflickt worden waren, so daß das Heftpflaster unangenehmer war als die Schmerzen, hatte der umfangreiche Verband über der Nase ihn weiterhin gequält. Er konnte nicht einmal lesen, da das Weiß des Verbandzeugs ihn dazu verleitete, zu schielen.

Aber die Langeweile war doch das Schlimmste. Er empfing keine Besucher. Ben hatte ihn nicht nach Zürich begleitet. Er war vielmehr im Hotel geblieben, hatte Rechnungen bezahlt und sich um die Bergung sowie den Abtransport der Toten gekümmert. Anna war gleichfalls dort geblieben, und die beiden hatten ein paarmal miteinander geschlafen.

Die Langeweile war so groß, daß Jonathan sich getrieben fühlte, den Lautrec-Artikel fertigzuschreiben. Doch als er ihn am nächsten Morgen durchlas, stöhnte er und warf ihn in den Papierkorb neben seinem Bett.

Der Aufstieg war beendet. Die Eiger-Vögel flogen, fürs erste einmal gesättigt mit Sensationen, gen Süden in ihre gepolsterten Nester. Ein paar Tage hätten noch Zeitungsleute gewartet, doch als es klar war, daß Jonathan durchkommen würde, hatten sie die Stadt unter lautstarkem Flügelschlagen verlassen wie Aasgeier, die bei einem Kadaver gestört werden. Gegen Ende der Woche besaß die Besteigung keinen Neuigkeitswert mehr, und bald wandte sich die Aufmerksamkeit der Presse dem am meisten beschriebenen Ereignis des Jahrzehnts zu. Die Vereinigten Staaten hatten zwei grinsende Farmboys auf dem Mond abgesetzt, womit die

Amerikaner hofften, der Menschheit angesichts der kosmischen Entfernung und der Leistung der amerikanischen Technik eine »neue Demut« einzuflößen.

Die einzige Post, die er erhielt, war eine Postkarte von Cherry, deren eine Seite voll war mit Briefmarken und Poststempeln, aus denen hervorging, daß sie zunächst von Long Island nach Arizona gegangen war, von dort zurück nach Long Island, von Long Island zur Kleinen Scheidegg und nach Sizilien und von dort über die Kleine Scheidegg nach Zürich. Sizilien? Die Handschrift war zuerst wohlgerundet und groß und dann immer kleiner und eckiger geworden, in dem Maße, wie der Platz abnahm.
»Großartige Neuigkeit!!! Man hat mich von der Last befreit (hem, hem), die ich so lange mit mir rumgeschleppt habe! Endgültig befreit! Phantastischer Mann! Still, sanft, ruhig und geistreich – vor allem aber jemand, der *mich* liebt. Ist ganz auf die Schnelle passiert (hat nicht länger gedauert als ein Fingerschnippen)! Kennengelernt, geheiratet, ins Bett gegangen! Und zwar in dieser Reihenfolge! Was ist bloß aus dieser Welt geworden? Du hast die Chance Deines Lebens verpaßt! Wein Dir die Augen aus dem Kopf! Mein Gott, er ist wunderbar! Ach, Jonathan! Wir wohnen in meinem Haus. Mußt uns unbedingt besuchen, wenn Du wiederkommst. A propos – gehe ab und zu rüber und sehe nach, ob auch niemand Deine Kirche geklaut hat. Bis jetzt noch nicht. Nur eine schlechte Nachricht: Mr. Monk hat gekündigt. Hat jetzt eine feste Anstellung in irgendeinem Nationalpark. Was macht Arizona? Befreit, sag ich Dir! Erzähl Dir alles, wenn Du wieder hier bist.«
Ritsch-ratsch.

Jonathan war wach und starrte die Decke an.
Am ersten Tag, nachdem das Besuchsverbot gelockert worden war, hatte ihn ein Mann vom amerikanischen Konsulat besucht. Gedrungen und mit Embonpoint, das lange Haar die kreuz und die quer über die Glatze gelegt, Froschaugen, die hinter stahlgefaßter Brille blinkerten – also ganz jener unauffällige Typ, aus dem das CII seine Leute mit Vorliebe rekrutiert, weil sie nicht der normalen Vorstellung von einem Spion entsprechen. Solcher Männer bedient sich das CII mit einer derartigen Hartnäckigkeit, daß sie längst zu einem Klischee geworden sind und jeder ausländische Agent sie in einer Menschenmenge auf den ersten Blick herausfinden kann.
Der Besucher ließ ein kleines Bandgerät bei Jonathan zurück, ein neues CII-Modell, bei dem die Tasten für »Spielen« und »Löschen« ausgetauscht waren und beide in Richtung »Abspielen« funktionierten, so daß

die Nachricht beim Abspielen schon gelöscht wurde. Dieses Modell galt als ein bedeutender Fortschritt gegenüber seinem viel verschwiegeneren Vorgänger, der löschte, ehe er abspielte.

Sobald er allein war, klappte Jonathan den Deckel hoch und entdeckte, daß darunter ein Umschlag festgeklebt war. Es war eine Bestätigung seiner Bank, daß hunderttausend Dollar auf sein Konto überwiesen worden waren. Ein wenig verwirrt drückte Jonathan auf die Abspieltaste, und augenblicklich hörte er Dragons Stimme durch den kleinen Lautsprecher, dünner und metallischer womöglich, als er sie sonst vernommen hatte. Er brauchte bloß die Augen zu schließen, und dann sah er das geisterhafte, elfenbeinblasse Gesicht und die rosa Augen unter buschigen, watteweißen Augenbrauen aus dem Dämmer auftauchen.

»Mein lieber Mr. Hemlock... Sie werden jetzt den Umschlag aufgemacht und – überrascht und erfreut, wie ich hoffe – festgestellt haben, daß wir uns dazu durchgerungen haben, Ihnen die gesamte Summe auszuzahlen, trotz unserer früheren Drohung, Ihnen die Kosten für die kostspieligen Extratouren abzuziehen, die Sie sich geleistet haben... Ich halte das jedoch nur für fair angesichts der Unannehmlichkeiten und Kosten, die Ihnen durch Ihre Verletzungen entstanden sind... Für uns liegt es klar auf der Hand, daß es Ihnen nicht gelungen ist, das Opfer der Strafaktion dazu zu bringen, sich selber zu verraten, und Sie deshalb den sicheren, wenngleich grausam harten Weg wählten, alle drei Männer sterben zu lassen... Aber Sie haben ja immer schon zu ungewöhnlichen Lösungen geneigt. Wir nehmen an, daß die Beseitigung von Monsieur Bidet in der ersten Nacht im Schutze der Dunkelheit geschah... Wie es Ihnen gelang, die beiden anderen Männer in die Tiefe zu stürzen, ist uns nicht klar, interessiert uns aber im einzelnen auch nicht... Die Ergebnisse sind uns, wie Sie sich gewiß erinnern werden, wichtiger als das Wie und das Wo. Doch jetzt sollte ich Ihnen wirklich Vorhaltungen machen wegen des wahrhaft erbarmungswürdigen Zustands, in dem Sie Clement Pope zu uns zurückgeschickt haben... Sie entgehen meinem Zorn nur deshalb, weil ich seit längerem vorhatte, ihm eine wohlverdiente Strafe angedeihen zu lassen. Und warum sollte er die nicht durch Ihre Hand empfangen?... Pope war die Aufgabe zugefallen, das Opfer dieser Strafaktion zu identifizieren, und das ist ihm nicht gelungen... Als Rettung in letzter Minute kam er auf die Idee, Sie als Köder zu opfern... Das war zweifellos eine zweitklassige intellektuelle Leistung und das Ergebnis eines in die Enge getriebenen und mit dieser Aufgabe völlig überforderten Mannes, doch leider blieb uns keine andere Wahl... Ich habe fest daran geglaubt, daß Sie diese zugegebenermaßen unangenehme Situation überstehen würden, und wie Sie sehen, habe ich recht behalten... Pope ist versetzt worden und arbeitet jetzt nicht mehr für die Abteilungen ›Spürhund‹ und ›Strafaktion‹; ihm ist die zweifellos weniger Können erfordernde Arbeit zugewiesen worden, die Reden des Vizepräsidenten der Vereinigten Staaten zu schreiben... So, wie Sie ihn zugerichtet haben, ist er für uns vollkommen wertlos... Er leidet unter dem, was man bei einem guten Jagdhund Feuerangst nennen würde.

Nur mit äußerstem Zögern reihe ich Ihre Akte jetzt unter die der ›Inaktiven‹ ein, wiewohl ich Ihnen nicht verhehlen will, daß Mrs. Cerberus meine Wehmut in dieser Beziehung nicht teilt... Um Ihnen die Wahrheit zu gestehen, nehme ich ganz, ganz insgeheim an, daß wir früher oder später doch wieder zusammenarbeiten werden... In Anbetracht Ihrer kostspieligen Neigungen reicht dieses Geld für Sie höchstens vier Jahre, und danach – wer weiß!

Ich darf Ihnen noch zu der genialen Lösung gratulieren, mit der Sie diese Krise bewältigt haben, und möchte Ihnen viel Glück in dem Schrein wünschen, den Sie Ihrem Selbst-Image errichtet haben.«

Das Ende des Tonbandes flatterte, als die Spule leer war. Jonathan stellte das Gerät ab und legte es beiseite. Langsam schüttelte er den Kopf und sagte dann hilflos zu sich selbst: »O Gott!«

Er mußte gähnen.

»Wie war das doch noch? Zweiundvierzig Löcher vorwärts mal – eins, zwei, drei, vier...«

Ben hatte Mühe, durch die Tür zu kommen. Er fluchte und stieß erbost mit dem Fuß danach, als er hereingestolpert kam, einen riesigen, in Plastikfolie gehüllten Geschenkkorb auf dem Arm.

»Was bringst du mir denn da Schönes?« fragte Jonathan zwischen zwei Lachanfällen.

»Weiß nicht. Obst und so 'n Zeug. Das verhökern sie da unten in der Halle. Was ist 'n daran so verdammt komisch?«

»Nichts.« Jonathan tat alles weh vor Lachen. »Es ist nur – nun ja, so was Süßes hat wirklich noch nie jemand für mich mitgebracht.«

»Nun mach mal nicht in die Hose!«

Das Bett wackelte, als Jonathan von einem neuen Lachanfall gepackt wurde. Zwar stimmte es, daß Ben ziemlich lächerlich aussah, wie er mit dem bändergeschmückten Geschenkkorb in den mächtigen Pranken dastand, doch Jonathans Gelächter hatte durchaus etwas Hysterisches, so sehr wirkte Bens Erscheinen als Befreiung von Platzangst und Langeweile.

Ben stellte den Geschenkkorb auf den Bolden und ließ sich in einen Sessel neben dem Bett hineinfallen; die Arme vor der Brust gekreuzt, sah er aus wie jemand, der sich knurrend und widerwillig in Geduld faßt. »Es tut mir richtig wohl zu sehen, wie sehr ich dich aufheitere.«

»Es tut mir leid, schau. Schon gut.« Er schluckte das letzte trockene Gelächter hinunter. »Ich hab deine Postkarte bekommen. Ausgerechnet du und Anna?«

Ben wedelte mit der Hand. »Es passieren eben die komischsten Dinge.«

Jonathan nickte. »Habt ihr sie gefunden...?«

»Ja, wir haben sie unten am Fuß der Wand gefunden. Anderls Vater beschloß, ihn auf der Matte vor dieser Wand begraben zu lassen.«

»Gut.«

»Ja, das ist gut.«

Und dann hatten sie einander nichts mehr zu sagen. Es war das erstemal, daß Ben Jonathan im Krankenhaus besuchte, doch Jonathan verstand es. Was soll man einem kranken Mann schon sagen?

Nach einer Pause fragte Ben, ob er auch gut behandelt werde. Und Jonathan sagte, ja. Und Ben sagte, gut.

Ben erwähnte das Krankenhaus in Valparaiso, nach der Bezwingung des Aconcagua, wo die Rollen allerdings vertauscht gewesen waren und Ben sich von der Amputation seiner Zehen erholt hatte. Jonathan erinnerte sich und tat sogar noch ein übriges – er holte aus der Tiefe seiner Erinnerung ein paar Namen von Menschen und Orten herauf, zu denen sie beide energisch nicken konnten – um sie dann wieder zu vergessen.

Ben ging im Zimmer umher und sah aus dem Fenster.

»Wie sind denn die Schwestern?«

»Gestärkt.«

»Hast du schon mal eine an Bord geholt?«

»Nein. Sie sind samt und sonders ziemlich häßlich.«

»Schade.«

»Ja, schade.«

Ben nahm wieder Platz und beschäftigte sich eine Weile damit, Fussel von seinen Hosenbeinen zu schnippen. Dann erzählte er Jonathan, daß er vorhabe, noch heute nachmittag in die Staaten zurückzufliegen. »Morgen früh bin ich wieder in Arizona.«

»Grüß George von mir!«

»Das werde ich tun.«

Ben seufzte, streckte sich ausgiebig, sagte etwas von gut auf sich aufpassen und erhob sich dann, um zu gehen. Als er den Geschenkkorb aufhob und näher ans Bett herantragen wollte, fing Jonathan von neuem an zu lachen. Diesmal fand Ben sich damit ab. Lachen war besser als dieses lange Schweigen. Allerdings, nach einer Weile kam er sich denn doch komisch vor, und so setzte er den Korb nieder und ging auf die Tür zu.

»Ach, was ich noch sagen wollte, Ben.«

»Ja?«

Jonathan wischte sich die Lachtränen fort. »Wie bist du denn überhaupt in diese Sache in Montreal reingeschliddert?«

...Ben stand lange am Fenster, die Stirn ans Fensterkreuz gelehnt, und blickte auf den Verkehr hinunter, der die farblose, von hoffnungsvollen jungen Bäumen gesäumte Straße entlangkroch. Als er dann sprach, klang seine Stimme belegt und ein wenig gepreßt. »Das hat mich aber wirklich aus den Latschen gekippt.«

»So hab ich's mir immer und immer wieder ausgemalt, während ich hier lag und die Löcher in der Decke zählte.«

»Na, die Überraschung ist dir vollkommen gelungen, altes Haus. Seit wann weißt du's denn?«

»Erst seit ein paar Tagen. Zuerst waren's nur Kleinigkeiten, die ich mir zusammenzureimen versuchte. Ich hab mir immer wieder diesen humpelnden Mann in Montreal vorgestellt, und von den Männern am Berg paßte eigentlich keiner auf die Beschreibung. Du warst der einzige, der noch etwas mit dem Aufstieg zu tun hatte. Und dann paßte eines zum anderen. Die rein zufällige Begegnung mit Mellough bei dir, zum Beispiel. Und warum sollte George Hotfort mir wirklich nur die Hälfte von dem Zeugs reinjagen? Miles hätte das bestimmt nicht getan. Der kannte meine Antwort ja schon. Und warum sollte George Hotfort es für ihn tun? Soweit ich weiß, gab es nur eines, was sie wirklich interessierte, und das konnte Miles ihr bestimmt nicht geben. Für dich allerdings hätte sie so etwas schon tun können. Und dir hätte daran gelegen sein können, daß sie es tat, weil du wolltest, daß ich Miles ohne viel Federlesens um die Ecke brachte, ehe er mir stecken konnte, um wen es sich bei dem Mann in Montreal handelte.«

Ben nickte schicksalsergeben. »Ich bin immer wieder schweißgebadet aufgewacht und malte mir aus, Mellough hätte es dir draußen in der Wüste erzählt, und du spielst jetzt nur Katz und Maus mit mir.«

»Ich hab Miles erst gar nicht die Gelegenheit gegeben, es mir noch zu erzählen.«

Jonathan war es schließlich, der das Schweigen, das dieser Feststellung folgte, brach. »Wie bist du denn überhaupt mit dem zusammengekommen?«

Ben fuhr fort, aus dem Fenster hinauszustarren auf den Verkehr.

Der Abend senkte sich herab, und die ersten Straßenlaternen gingen an.

»Du weißt doch, wie ich mich mit dieser kleinen Bergsteigerschule durchzubringen versuchte, nachdem ich nicht mehr aktiv klettern konnte. Nun, die Sache hat sich nie bezahlt gemacht. Es kamen ohnehin nicht viele Leute, und diejenigen, die es taten – wie du –, waren meistens alte Bergkameraden, denen ich einfach kein Geld abnehmen mochte. Und viele Anzeigen bei den Stellenangeboten für ehemalige Bergsteiger gab's auch nicht. Ich hätte vermutlich irgendeinen Bürojob finden können, von neun Uhr früh bis nachmittags um fünf, aber an den Gedanken konnte ich mich nie so recht gewöhnen. Du verstehst wohl, was ich meine, wenn ich mir überlege, auf welche Weise du dein Geld verdienst.«

»Ich tu's nicht mehr. Ich habe damit aufgehört.«

Ben blickte ihn ernsthaft an. »Das freut mich, Jon.« Dann wandte er sich wieder dem Verkehr unten auf der Straße zu, der sich durch die zunehmende Dunkelheit schob. Seine Stimme klang trocken, als er wieder sprach. »Eines Tages kommt dieser Miles Mellough wie aus heiterem Himmel bei mir reingeschneit und sagt, er hätt' mir 'nen Vorschlag zu machen. Er würde mir 'n stinkfeinen Laden einrichten mit 'ner kleinen Bergsteigerschule nebenbei; ich brauche nichts weiter zu tun, als seine Leute kommen und gehen zu lassen, ohne irgendwelche Fragen zu stellen. Da wußte ich selbstverständlich, daß es nicht ganz koscher war. Das hat Mellough übrigens auch nie behauptet. Aber ich war ziemlich tief verschuldet... und...« Seine Stimme verlor sich.

Jonathan brach durch die rauchfarbene Plastikfolie und holte sich einen Apfel aus dem Geschenkkorb. »Miles war ganz groß im Rauschgiftgeschäft. Ich nehme an, deine Klitsche fungierte als ein Ferienheim, in dem seine Helfershelfer für eine Weile verschwinden konnten, und außerdem als Durchgangslager für den Ost-West-Verkehr.«

»Das wird's wohl gewesen sein. Es ging auch ein paar Jahre ganz gut. Und die ganze Zeit über hatte ich keine Ahnung, daß du und dieser Mellough Feinde wart. Ich habe nicht einmal gewußt, daß ihr euch überhaupt kanntet.«

»Na schön, das erklärt, warum du an Mellough gebunden warst. Aber wieso bist du denn nach Montreal gekommen?«

»Ich hab keine besondere Lust, darüber zu reden.«

»Ich glaube aber, du bist mir eine Erklärung schuldig. Ich wäre nie auf diesen Berg gestiegen, wenn du es mir vorher erzählt hättest.«

Ben schnob verächtlich durch die Nase. »Nein! Dann hättest du mich abgeknallt und dein Honorar kassiert.«

»Das glaube ich nicht.«

»Du willst mir doch nicht weismachen, daß du dein Haus und deine Bilder und alles aufgegeben hättest?«

Jonthan schwieg.

»Da bist du dir nicht mehr so ganz sicher, was, Jon?«

Ben sah ihn aufmerksam an.

»Nein, ich bin nicht ganz sicher.«

»Ehrlich sein genügt hier nicht, Jon. Aber wie dem auch sei, ich hab immerhin viele Male versucht, dich davon abzubringen, an dieser Besteigung teilzunehmen. Ich wollte nicht sterben, aber ich wollte auch nicht, daß du meinetwegen auf diesem Berg stirbst.«

Doch Jonathan ließ sich nicht ablenken. »Sag mir, wie du nach Montreal gekommen bist.«

Ben seufzte röchelnd auf. »Oh, ich hab 'ne ganze Menge Dummheiten gemacht, altes Haus. Dinge, die ein erfahrener Mann wie du niemals tun würde. Ich stand für ein paar Schiffsladungen gerade – solche Sachen. Und dann...« Er kniff die Augen zusammen und rieb mit Daumen und Zeigefinger an der Nasenwurzel. »Und dann rutschte meine Tochter so in Rauschgiftsachen rein, wurde süchtig... Mellough hat sich ihrer angenommen. Brachte sie in einer Klinik unter, wo man sie wieder hinkriegte. Danach hatte er mich in der Hand. Ich war ihm verpflichtet.«

Jonathan runzelte die Stirn. »Deine Tochter, Ben?«

Bens Augen bekamen etwas Leuchtendes. »Ja. Das ist etwas, was du nicht gewußt hast, Doktor. George Hotfort ist meine kleine Tochter.«

Jonathan mußte daran denken, daß er mit ihr geschlafen und sie hinterher verdroschen hatte. Er senkte die Augen, blickte auf den noch nicht angebissenen Apfel und fing an, ihn langsam auf der Bettdecke blank zu reiben. »Da hast du recht. Das ist etwas, was ich nicht gewußt habe.«

Ben zog es vor, nicht länger bei diesem Thema zu verweilen. »Und Mellough wußte selbstverständlich die ganze Zeit über, daß wir beide Freunde waren. Es ging ihm darum, mich irgendwie in Teufels Küche zu bringen, um was in der Hand zu haben, womit er sich bei dir freikaufen konnte – damit du ihn von der Abschußliste streichst und er zur Abwechslung mal wieder ruhig schlafen konnte.«

»Typisch für seine Handlungsweise: nie direkt, immer auf die krumme Tour.«

»Und diese Geschichte in Montreal gab ihm die Gelegenheit, mich in sein Spiel reinzuziehen. Er sagte mir, ich müßte mitkommen. Ich sollte so eine Scheißtype, Kruger hieß er, begleiten, wenn der irgendwelche Sachen in Empfang nehmen sollte. Ich hatte keine Ahnung, daß dabei jemand draufgehen könnte. Aber selbst wenn ich das gewußt hätte – mir wäre ja doch keine andere Wahl geblieben.«

»Aber mit dem Umbringen selbst hast du doch nicht direkt zu tun gehabt, oder?«

Ben wand sich.

»Na ja, wie soll ich mich ausdrücken? Immerhin hab ich's nicht verhin-

dert, oder? Ich hab dabeigestanden und zugesehen, wie's passierte.« Seine
Stimme klang bitter, voll von Selbstvorwürfen. »Und als dieser Kruger
anfing, ihm den Bauch aufzuschlitzen, da habe ich...«
»Gekotzt.«
»Ja, das stimmt. Ich bin eben kein Killer.« Er wandte sich wieder dem Fen-
ster zu. »Wie du, altes Haus.«
»Hör mir damit auf! Theoretisch hast du ja gar nichts gegen das Killen,
Du hattest doch zum Beispiel auch nicht das geringste dagegen, daß ich
Mellough für dich um die Ecke brachte. Du kannst es eben bloß nicht mit
eigenen Händen tun.«
»Da hast du wohl recht.«
Jonathan warf den Apfel wieder zurück in den Korb. Es war ein Geschenk
von Ben gewesen. »Sag mir: Warum bist du denn raufgekommen und
hast mich vom Berg runtergeholt? Wenn ich zusammen mit den anderen
gestorben wäre, dann wärst du doch endgültig alle Sorgen losgewesen.«
Ben lächelte und schüttelte den Kopf. »Glaub bloß nicht, daß ich mit dem
Gedanken nicht gespielt hätte, altes Haus.«
»Aber du bist eben kein Killer.«
»Ja, das ist es wohl. Und dann schuldete ich dir ja auch noch was für das,
was du auf dem Aconcagua für mich getan hast.« Ben drehte sich um und
blickte Jonathan an. »Und was passiert jetzt?«
»Nichts.«
»Du würdest doch wohl nicht 'n alten Kumpel hinters Licht führen,
oder?«
»Die Leute vom CII sind fest davon überzeugt, daß sie ihren Mann haben.
Und ich sehe keinen Grund, sie eines Besseren zu belehren. Vor allem,
wo ich doch schon bezahlt worden bin.«
»Und wie steht es mit mir? Ich weiß, wie du über Freunde denkst, die dich
mal hintergangen haben.«
»Ich hab keine Freunde, die mich hintergangen hätten.«
Ben dachte darüber nach. »Na schön. Aber sag mir, altes Haus, hast du
überhaupt irgendwelche Freunde?«
»Deine Sorge rührt mich, Ben. Wann fliegst du?«
»Ich muß sofort los.«
»Schön.«
An der Tür blieb Ben noch einmal stehen. »Paß auf dich auf, altes
Haus!«
»Danke für das Obst.«
Nachdem die Tür sich hinter Ben geschlossen hatte, starrte Jonathan etli-
che Minuten darauf. Er kam sich innerlich vollkommen ausgehöhlt vor.
Seit einigen Tagen hatte er gewußt, daß er nie wieder bergsteigen würde.

Er hatte einfach nicht mehr den Nerv dazu. Und Ben war fort. Und Jemima war fort. Und er war es müde, die Löcher in der Decke zu zählen...

Er knipste das Licht aus, und das Blau des späten Abends flutete durch das Zimmer.

Er schloß die Augen und versuchte zu schlafen.

Ach, zum Teufel! Er brauchte sie nicht. Er brauchte überhaupt nichts! Wenn er in die Staaten zurückkehrte, würde er die verdammte Kirche verkaufen.

Aber die Bilder nicht!